陕西省社会科学基金项目"贾平凹与中国文学传统研究"
（2018J12）成果

商洛文化暨贾平凹研究中心开放课题项目
（22SLWH02）成果

贾平凹与中国文学传统研究

JIA PINGWA YU
ZHONGGUO
WENXUE CHUANTONG
YANJIU

程 华 著

陕西师范大学出版总社 西安

图书代号　SK23N0955

图书在版编目（CIP）数据

贾平凹与中国文学传统研究 / 程华著. — 西安：
陕西师范大学出版总社有限公司，2024.5
ISBN 978-7-5695-3636-2

Ⅰ.①贾…　Ⅱ.①程…　Ⅲ.①贾平凹—文学研究
Ⅳ.①I206.7

中国国家图书馆CIP数据核字（2023）第096256号

贾平凹与中国文学传统研究
JIA PINGWA YU ZHONGGUO WENXUE CHUANTONG YANJIU

程　华　著

出版统筹	刘东风　郭永新
责任编辑	宋媛媛
责任校对	高　歌
封面设计	张潇伊
出版发行	陕西师范大学出版总社
	（西安市长安南路199号　邮编710062）
网　　址	http://www.snupg.com
印　　刷	陕西龙山海天艺术印务有限公司
开　　本	720 mm×1020 mm　1/16
印　　张	20.5
插　　页	1
字　　数	350千
版　　次	2024年5月第1版
印　　次	2024年5月第1次印刷
书　　号	ISBN 978-7-5695-3636-2
定　　价	98.00元

读者购书、书店添货或发现印装质量问题，请与本公司营销部联系、调换。
电话：(029) 85307864　85303629　传真：(029) 85303879

目　　录

绪　　论

002　在史传与抒情传统之间

综　　论

032　贾平凹对传统儒释道思想的接受
047　贾平凹阅读接受的倾向性
061　贾平凹对传统审美精神的传承
073　贾平凹对传统审美形式的转化
086　诗书画一体的文艺创作
125　贾平凹与民间音乐

分　　论

152　从《山地笔记》看贾平凹对古典小说叙事传统的承继
177　欲望叙事下的三重想象空间
　　　——《废都》与传统世情小说结构

190　贾平凹对传统叙事手法的承续
　　——从《废都》中的慧明说开去
203　《废都》、埙乐与贾平凹小说的音乐叙事
215　一曲秦腔，八面来风
　　——贾平凹小说与戏曲的水乳交融
229　《山本》的整体性文学视野及其叙事手法
242　形式的难度：《暂坐》的整体性艺术架构
257　《古炉》：寓意创作及其有意味的时空架构
268　《古炉》：个人经验与历史叙事
283　《带灯》：实录写真的现实精神
297　《高兴》：从"以文运事"到"因文生事"

315　参考文献

绪 论

在史传与抒情传统之间

　　"史传"与"诗骚"作为中国文学的两大传统：一则偏重"补正史之阙"，所叙之事皆有所据，是博采旁搜所得，在手法上注重实录；一则注重虚构和寄意，"作意好奇"，强调文采和臆想。陈平原在《中国小说叙事模式的转变》一书中指出，现代小说受史传传统和诗骚传统的影响，发展出两种不同的话语形式，一种在叙事中偏重客观历史的呈现，写实意味浓重，一种强调在叙事中渗入主观情绪，有浓郁的抒情意味。[①]作为一个当代作家，贾平凹致力于在传统审美经验中表现现代人的思想和情绪。若从承继文学传统的角度来看，他是在史传传统和诗骚传统中往返博弈最为鲜明的当代作家。他作品中有鲜明的抒情文体的特征，这是受诗骚的影响。贾平凹自出道伊始，基于性格、出生地以及文学接受的原因，其创作可归入现代小说抒情一派，贾平凹在小说写作中发展了自《诗经》到《红楼梦》的抒情传统，以建构现实之上的意象世界为写作目的，发展了以实写虚的手法，借鉴中国传统绘画散点透视的手法发展出多线索的叙事结构，追求小说世界整体、浑然的特征。但早在20世纪80年代，贾平凹就很重视历史书籍的阅读，在写作实践中注入历史意识和史传笔法。随着写作视野的开阔，贾平凹越来越潜入现实和历史的深处，运用大量实录笔墨，书写现实生活。他的以实写虚的叙事手法，正是基于他对生活的哲学的深刻认识，在《秦腔》之后直到《山本》的写作

[①] 陈平原：《中国小说叙事模式的转变》，北京大学出版社，2003年，第208页。

中，贾平凹追求在广阔的时代和生活的基础上张扬他的意象和想象。如若从实录生活的层面来看，贾平凹的以实写虚是对史传传统中春秋笔法的承继和发展。在史传与诗骚的往返博弈中，贾平凹虽强调写意，但更注重书写广阔、丰富、扎实的时代和生活的真实。从贾平凹对古典史传和诗骚传统的承继方面考察其对现代小说文体的创新是一个很好的切入点，有利于理解和分析贾平凹小说创作的文体特征和他对长篇小说文体的贡献。

一、贾平凹的文体寻根意识及其创作实践

许子东认为，贾平凹寻根，其文体意义大于其思想意义。他对《商州初录》中远承明清笔记、近袭知堂废名的笔墨情趣大加赞赏，并认为贾平凹在语言和文体方面对汉文学传统的复归在当代文学史上具有重要意义。[①]贾平凹在小说文体上向传统复归的觉悟在创作《山地笔记》时期就已显露，但文学史上对其的评价更多在其表现人情人性美方面，而忽略了他在文体上向传统靠拢的事实。自《山地笔记》之后，贾平凹一直不放松在文体方面的试验，直到1983年《商州初录》的出版。《商州初录》被认为是寻根文学的范本，这固然是因为《商州初录》中所呈现的文化趣味，其对民间文化和传统文化的关注打破了当时反思文学和伤痕文学的题材取向，但《商州初录》向明清笔记靠拢的文体形式也受到文坛的关注。《商州初录》之后，贾平凹扎根商州，十年时间用四十七部短、中、长篇小说累积起商州文学大厦，在这其中，他调试笔墨，不仅在内容方面不断变换，而且历经改革、悲情、传奇和魔幻小说的尝试，于1993年完成《废都》这一集大成之作。在此期间，在文体的试验上，贾平凹主要进行实与虚的用笔体验，试验如何在小说中建构意象世界。《废都》发表以后，各方争议不断，但其在文体上的贡献却得到学者的普遍赞誉，主要在于其小说结构、意象的运用以及审美趣味等方面。许子

[①] 许子东：《寻根文学中的贾平凹和阿城》，载《文艺争鸣》2014年第11期。

东认为，直到《废都》，贾平凹才真正洗脱了"五四书生腔"。[1]雷达认为，《废都》属于世情小说，与我国古典小说有极密切的血缘。[2]《废都》之后，贾平凹一直未停歇文体探索的步伐，他通过《怀念狼》《秦腔》《古炉》《带灯》等，一方面在结构上追求情节意象和整体意象的贯通，另一方面在叙事视角、叙事结构以及叙事手法等方面融传统审美与现代叙事于一体，建构整体性艺术格局，其基本的立足点仍然是在实与虚的把握上求得艺术架构的平衡，融诗、书、画、音乐于一体，发展了意象主义小说的叙事模式。

贾平凹在小说文体上的探索和其在小说艺术观念上的认识是相辅相成的。1982年，贾平凹在《"卧虎"说》中提出"以中国传统的美的表现方法，真实地表达现代中国人的生活和情绪"[3]这一写作追求，对古典文学传统的体认和承续至此成为指导其全部文学创作的纲领。2017年，他在《我与传统接受》中仍然强调："原来说中学为体、西学为用，在境界这个方面来讲应该是西学为体、中学为用，这个也就是说作品的价值境界一定要现代，而在叙事上更多要靠传统的，也就是旧瓶装新酒。"[4]可以这样说，贾平凹一旦确定写作目标，他对文学传统的实践就辐射到他全部的文学创作中，对传统文学审美的认同也成为他文学思想的根底。

在创作的不同阶段，贾平凹始终强调民族形式和中国经验的重要性。20世纪80年代初，伤痕文学和反思文学成为文学发展的主流，贾平凹本人的创作也面临一次重要的选择。1982年2月10日至13日，西安笔耕文艺研究组在西北大学召开贾平凹近作研讨会，与会专家对贾平凹的写作虽有肯定，但批评的声音也很大。有论者说，贾平凹的近作，有一部分仍然保持了以往创作的特色，基调是积极、健康、向上的，但有一部分作品，思想倾向上出现了一些偏差，反映出作者对生活中的阴

---

[1] 许子东：《寻根文学中的贾平凹和阿城》，载《文艺争鸣》2014年第11期。
[2] 雷达等：《说长道短〈废都〉》，见肖夏林主编：《〈废都〉废谁》，学苑出版社，1993年，第128页。
[3] 贾平凹：《关于散文》，生活·读书·新知三联书店，2015年，第15页。
[4] 贾平凹：《我与传统接受》，载《小说评论》2017年第2期。

影看得过重,存在对生活把握不准的问题,在某些作品中,表现了消极情绪,表现了探索人生意义的美好初衷与理论修养不足的矛盾。面对评论界的声音,贾平凹决心从头开始:"深入生活,研究生活,潜心读书,寂寞写作。"[1]1982年9月,他阅读了川端康成的作品,意识到"用民族传统的美表现现代人的意识、心境、认识世界的见解,所以,川端成功了"[2]。1983年10月28日,他在给友人的信里谈及泰戈尔的诗文、川端康成的小说,以及鲁迅、朱自清、郁达夫、沈从文、丰子恺的文章,"他们都是以民族的东西而为自立,却明明显显的没有一个不是吸收、借鉴外来文学的精华的,这也是他们之所以能自立的原因"[3]。这充分说明,通过阅读大量古今中外作家的作品,他的文学观念愈加明确,根于民族文学的立场,援引吸收外来文学的精华,以此来确保文学创作的独立性。叶君认为,贾平凹在80年代初即选择对文学传统的认同,表现出其"非凡的智慧和独到的识见"[4]。

贾平凹一方面继承传统,另一方面,则深入民间,开始了文坛独行的征程。从1983年起,在两年的时间里,他和友人四次行走商洛六县一区,《商州初录》即是行走的笔记实录。作品中有对商州山川地理、民俗风情和历史掌故等的集中展示,因其鲜明的地域文化特征,贾平凹的作品具有了独特的标识,被纳入寻根文学的行列。贾平凹因为发现"商州"进而寻找到了他文学创作的根据地。也是从《商州初录》始,贾平凹调试笔墨,吸取东方文学表现主义的手法并应用于写作中。李陀、汪曾祺、宗璞、刘心武、陈建功等对《商州初录》中"厚重的史笔风格,活脱脱的大文化形态,脍炙人口的商州地方风格和散文美,赞不绝口"[5]。《商州初录》实践了《"卧虎"说》提出的创作观念,是用传统文学手法表

---

[1] 贾平凹:《关于散文》,生活·读书·新知三联书店,2015年,第51页。
[2] 贾平凹:《关于散文》,生活·读书·新知三联书店,2015年,第70页。
[3] 贾平凹:《关于散文》,生活·读书·新知三联书店,2015年,第26—27页。
[4] 叶君:《浅论贾平凹文学创作的传统认同及其他》,载《郧阳师范高等专科学校学报》2003年第1期。
[5] 李星、孙见喜:《贾平凹评传》,郑州大学出版社,2004年,第37页。

现现代生活的一个杰出范本,也是将传统的、地域的和现代的文学审美巧妙融合后的一个突显个性的文本。从文体风格来看,《商州初录》可以说是贾平凹全部文学创作的纲,在这部作品中,有诸多文学的因素被贾平凹在其后的创作过程中不断放大和完善。诸如从行文结构来看,《商州初录》介于散文和小说之间,少数篇幅是有故事的散文,多数是在游踪笔记中插入传奇和闲笔,行文利落洒脱,而整体上又是散文化的结构。在其后的商州系列小说中,贾平凹也做过将小说结构戏剧化的尝试,比如《美穴地》《五魁》和《浮躁》,但贾平凹讲故事仍比较重视细节的描画,在进行环境描写时,往往以风俗画的形式出现,故事细腻而富于感情。在写完《浮躁》后,贾平凹就放弃了这种倚重故事情节的小说,强调意象在小说中的运用。可以说,在转了一个小圈之后,贾平凹又回到了《商州初录》的这种结构模式中,从《妊娠》《太白山记》以至《废都》,贾平凹逐渐形成类似闲话体结构的小说文体,这也是在《商州初录》中早已呈现的、更为自由的叙事文体。首先,在叙事视角上,十四篇游踪笔记大多采用第一人称游踪者视角,以"我"的游历为框架,"把一个不连贯的、框架的故事聚合在一起"[①],从而实现了以叙事者为贯穿线索对小说结构整体性的把握。其次,第一人称视角也"给读者'事事从身历处写来,语语从心坎中抉出'的感觉"[②],这是作者借助叙事视角的设置实现小说从全知视角向限制视角的转变,从而实现艺术表现的客观真实性。再次,《商州初录》一方面通过"借一人的眼睛来看世界"的方式获得"'感觉'的真实"[③],这也是因为用第一人称叙事便于抒发自我感情;另一方面,叙事者在叙述过程中,又融入大量的关于地理、风俗、民情、掌故等的见闻。李陀认为:"贾平凹似乎在做将小说与史结合起来的尝试,不过他不是写历史小说,而是使他的写商州的小说有一种

---

① 陈平原:《中国小说叙事模式的转变》,北京大学出版社,2003年,第75页。
② 陈平原:《中国小说叙事模式的转变》,北京大学出版社,2003年,第74页。
③ 陈平原:《中国小说叙事模式的转变》,北京大学出版社,2003年,第71—72页。

地方史的价值。"① 这里面又体现出笔记体叙事的客观实录特征。贾平凹的《商州初录》，借助叙事者的设置，既实现了小说架构的整体布局，又具备艺术表现的真实性，达到了融主观抒情与客观实录于一体的叙述效果。以游踪者的视角（"借一人的眼睛求看世界"的视角）叙述所见所思，也影响到其后的小说创作，在《秦腔》《高兴》《带灯》《古炉》《老生》等小说中，叙事者引生、高兴、带灯、狗尿苔、老生等如同游历者，走出走进不同的街巷、村庄，随着叙述者的视角和脚步，文本内容随之扩大，人与人的关系渐而变得复杂，这是通过客观视角具体地呈现生活的全般面貌的叙事方法，被陈思和称为"法自然"的现实主义。② 贾平凹借助叙事视角开拓小说艺术格局不仅仅是受西方叙事学的影响，在中国的文人小说传统中，从《搜神记》到《阅微草堂笔记》，都以书中人物的所见所识为"限"，"作家有意限制自己的叙事权力"，"大量采用限制叙事"，从而增强了小说叙述内容的客观性。③《商州初录》在文体形式方面具有鲜明的寻根倾向，费秉勋认为，它是"从我国的方志、游记、笔记稗乘、话本小说等散文形式中吸取了营养，又以当代审美情趣加以改造，从而炼铸为这种独特的笔法"④。许子东认为，《商州初录》的意义在于：一是提醒文学青年应回头看看朴素平实的民间，也回头看看沉静中和的文化传统；二是提醒当代文学的先锋派作家，不要一味地沿着"五四"以来小说模式西方化的方向去探索，还应回头重新审视从《世说新语》到明清笔记再到20世纪30年代散文的脉络线索，在语言和文体意义上重新注意汉文学传统的魅力。⑤

其实，贾平凹不仅仅是在80年代以来的散文和小说创作中寻根于传统，在《山地笔记》的诸多文章中，贾平凹就致力于建构艺术整体美

---

① 李陀：《中国文学中的文化意识和审美意识：序贾平凹著〈商州三录〉》，载《上海文学》1986第1期。
② 陈思和：《论〈秦腔〉的现实主义艺术》，载《中国现代文学论丛》2006年第1期。
③ 陈文新：《论志怪三体》，载《学术论坛》1995年第6期。
④ 费秉勋：《贾平凹论》，陕西人民出版社，2018年，第23页。
⑤ 许子东：《寻根文学中的贾平凹和阿城》，载《文艺争鸣》2014年第11期。

的格局。诸如以叙事者为贯穿线索完成对小说结构整体性的把握；通过"锦屏对峙"的结构性设计、对比性人物组的设计等将对比提升到行文的整体构思层面；将民歌等音乐元素作为抒情线索贯穿始终等，或通过对某一细节的反复书写形成弥漫全篇的抒情氛围；创设意境使散漫的叙事具有笼罩全篇的意象象征等。这些艺术手段的运用既有传统史传文学的特征，也有抒情文学的因素，这也充分说明，借助传统审美形式建构整体的艺术格局是贾平凹在创作初始就有的艺术自觉，贾平凹文体上的寻根意识在《山地笔记》阶段就已初露"荷尖"。

从文学形式上寻根于传统，用传统审美形式表达现代意识是贾平凹矢志不渝的文学追求。写完《浮躁》后，贾平凹即有反省："我再也不可能还要以这种框架来构写我的作品了。换句话说，这种流行的似乎严格的写实方法对我来讲将有些不那么适宜，甚至大有了那么一种束缚。……作为中国的作家怎样把握自己民族文化的裂变，又如何在形式上不以西方人的那种焦点透视法而运用中国画的散点透视法来进行，那将是多有趣的试验！"[1]作为陕西作家，贾平凹没有承继柳青等人追求现实主义典型化的创作模式，也没有像先锋作家那样，一味西向而学。他在扎实的写作实践中，从自我性情出发，探索新时代抒情传统的写作思路，企图在以实写虚的探索中实现文体的创新。他在《〈浮躁〉序言二》中谈道："艺术家的最高目标在于表现他对人间宇宙的感应，发觉最动人的情趣，在存在之上建构他的意象世界。"[2]自《浮躁》之后，他逐渐背离"五四"以来现实主义小说的焦点透视法，而在结构上追求"运有中国画的散点透视法"，这种结构形式淡化了情节，却"加重了现实生活的成分"，[3]这在他的《妊娠》诸篇的写作中得到了充分的运用。贾平凹认为："要写出这个时代，此时代的作家只需真真实实写出现实生活，混混

---

[1] 贾平凹：《关于小说》，生活·读书·新知三联书店，2015年，第32—33页。
[2] 贾平凹：《关于小说》，生活·读书·新知三联书店，2015年，第33页。
[3] 贾平凹：《关于小说》，生活·读书·新知三联书店，2015年，第38页。

沌沌端出来。"① 贾平凹此时的目的是以现实和存在为地基，建构他的艺术世界。在《太白山记》中，他试验以实写虚，"即把一种意识，以实景写出来"②。以实写虚即是以象写意，连接的是传统的意象思维，贾平凹探索意象在小说中的作用，其实也是借助意象思维，建构现代小说文体与文学传统的承续。

《废都》的创作，在贾平凹的创作中具有阶段性、开创性和转折性。③《废都》集前期的艺术经验，又有新的变异和创造。从艺术的继承来看，贾平凹在商州系列小说中，借地域文化彰显人性的复杂，文化品格和人性探索是贾平凹商州系列小说的特色。在《废都》中，"百鬼狰狞"的废都文化与庄之蝶等的人情人性也达到了水乳交融。同时，《废都》打破了情节结构，是对《红楼梦》等相对成熟的传统文人小说模式的继承。传统文人小说比起传统话本小说，更强调写意，贾平凹后来的小说，除了《高兴》，基本上都是这种散点透视、借象寄意的小说结构，表现了他受传统绘画观念影响至深。《废都》的转折和突破在于，贾平凹是用与时俱进的变化着的眼光看人看事，塑造了以庄之蝶为代表的当代知识分子主体精神失落的现状，具有敏锐的超前意识，这也是作者现代意识的体现。如果说，《废都》是贾平凹文学创作上第二次大的变化和选择，那也是在创作过程中积累的文学思想和创作经验使然。

在《废都》写作之前，也即1991年10月，贾平凹去美国领奖，这也是他第一次踏出国门，因坐飞机而引发了他对"云上的阳光"的思考。贾平凹将他的感慨和体验，写到1991年12月发表于《上海文学》的《四十岁说》中。《"卧虎"说》和《四十岁说》是传达贾平凹文学观念最重要的两篇文章，他在《"卧虎"说》中提出的中西融合的文学观念，在时隔十年之后的《四十岁说》中更为坚定和清晰，他说：

我们应该自觉地认识东方的重整体的感应和西方的实验

---

① 贾平凹：《关于小说》，生活·读书·新知三联书店，2015年，第38页。
② 贾平凹：《关于小说》，生活·读书·新知三联书店，2015年，第114页。
③ 贾平凹：《访谈》，生活·读书·新知三联书店，2015年，第136页。

分析，不是归一和混淆，而是努力独立和丰富。

对于西方文学的技巧，不必自卑地去仿制，因为思维方式的不同，形成的技巧也各有千秋。

中国的宗教、哲学与西方的宗教、哲学，若究竟起来，最高的境界是一回事，正应了云层上面的都是一片阳光的灿烂。

古老的中国的味道如何写出，中国人的感受怎样表达出来，恐怕不仅是看作纯粹的形式的既定，诚然也是中国思维下的形式，就是马尔克斯和那个川端先生，他们成功，直指大境界，追逐全世界的先进的趋向而浪花飞扬，河床却坚实地建凿在本民族的土地上。[1]

这些观点说明，贾平凹在接受东西方文化方面，有和而不同的意识，要发展本民族文学艺术的个性，对于西方的新形式、新技术不必一味模仿和追逐。各民族的思维方式不同，艺术表现形式不同，但文学的最高境界则是相通的。文学创作，既要努力追逐他所说的"云上的阳光"，也要发展民族文学的形式。在《废都》的构思和写作中，既有"现代思维、现代精神"，又能"更鲜明地感受到他接续传统血脉的努力"。[2]《废都》在叙事上也是成功的，主要是运用《红楼梦》笔法表现现代人的思想情绪。在贾平凹之前，张爱玲将这种传统的叙事手段和现代人的生存经验结合得天衣无缝。作为一种将传统东方文学的审美形式和现代人的思想情绪融为一体的创作实践，贾平凹在意象的运用方面，逐渐从细节意象向整体意象过渡，在小说中既有统摄意象，如"废都"，还有细节意象，如"四朵花""四个太阳"，还有情节意象，诸如"牛""埙音"和"俗谣"等。意象不仅作为表意的方式，还作为主题的隐喻和结构的线索，作者企图通过意象开拓小说表现的格局。另外，从这些意象的设置来看，作者不是从一个透视点看问题，有从人的角度，也有从动物的、

---

[1] 贾平凹：《关于散文》，生活·读书·新知三联书店，2015年，第111—113页。
[2] 谢有顺：《在传统和现代中往返博弈的贾平凹》，载《小说评论》2017年第2期。

鬼神兽的角度看问题，实现小说多层次的主题表达和文体功能上整体性写作的目的，使作品充满魔幻和象征意味。贾平凹在其后的长篇小说创作中，有意识地发挥意象多角度的表现功能，进而拓展小说的表意空间。

在《废都》之后，贾平凹不止一次说道，他一直想走这个路子，在精神境界上吸收外来的东西，形式上用本民族的东西。2000年，他在《中国当代文学缺乏什么》中强调要借鉴西方文学的内核和境界；2009年，贾平凹把现代意识和文学大道联系起来，"关注社会，关怀人生，关心精神，是文学最基本的东西，也是文学的大道"[1]。他对现代意识和作品境界的强调，表明了他在写作观念上的世界性视野。其实，在创作中，贾平凹始终重视用现代意识提升文学的审美境界，叩问人类的存在处境，关注中国民生。谢有顺引用刘再复"四个维度"的观点，谈及贾平凹在精神探索的道路上，可以和西方作家媲美，他的作品中不仅具有"国家、社会、历史"的维度，而且在其他三个维度上，贾平凹也有自觉的意识，比如"在叩问存在意义的维度上，《废都》是最典型和深刻的作品"，"在神秘感和死亡体验等超验的维度上，贾平凹也是有意识地在追求的"，"在自然和生态的维度上，贾平凹更是最为自觉的践行者"。[2]《废都》及其之后的创作实践也说明，只有世界视野和民族经验的融合，才能走出一条文学上的康庄大道。

与此同时，贾平凹借鉴传统文学中的意象手法，不断进行改变和突破，使意象成为他小说创作的主要表现形式。在《怀念狼》中，作者将作品中贯穿始终的普查狼、寻找狼的故事情节处理成意象，将意象的运用从细节意象发展到情节意象，是艺术革新的表现。在《秦腔》中，作者将日常生活连缀起来构成意象，意象即形而下的感性的生活内容，在漫溯式的生活化叙事中包含着作者对生活的态度。贾平凹通过《怀念

---

[1] 贾平凹：《关于散文》，生活·读书·新知三联书店，2015年，第189页。
[2] 谢有顺：《背负精神的重担——谈贾平凹的文学整体观》，见林建法、乔阳主编：《中国当代作家面面观：汉语写作与世界文学》（下卷），春风文艺出版社，2006年，第688—689页。

狼》和《秦腔》的实践,充分认识到作品中的"意"来源于对现实生活的扎扎实实的呈现。从《秦腔》到《古炉》《山本》,都有扎实丰满的日常生活细节。借助生活流的实存之象来传达对生活的形上之思,已成为贾平凹独具个性特色的创作方法。至此,贾平凹发展了传统意义上的意象,象不仅是一种物象,或一个事件,甚或某种情节,还是扎实广阔的生活本身,生活本身是丰富而混沌的,从实写生活中提炼对生活的理解和思考。在持续不断的创作实践中,贾平凹发展了意象主义小说的叙事文体,具有以下特征:一是在小说文体中充分发挥意象的作用,实现了从细节意象到情节意象再到整体意象的探索;二是将意象思维和叙事功能结合起来,拓展小说的表现空间;三是借助意象所具有的象征和隐喻功能,"使小说有多义性",传达多层次的主题和意蕴;四是借助意象,提升小说写虚的境界,形成虚实相生的文体特征。

贾平凹对意象世界的创造,主要源于他对实与虚的思考。2009年,在《面对当下社会的文学》中,贾平凹谈到了在具体的写作中,如何处理写实和写虚的问题:

> 任何现代主义都产生于古典主义,必须具备扎实的写实功力,然后进行现代主义叙写,才可能写到位。实与虚的关系,是表面上越写得实而整体上越能表现出来虚,如人要跳得高必须用力在地上蹬,如果没有实的东西,你的任何有意义的观念都无法表现出来,只能是高空飘浮,虚假编造。这里又存在这样一个问题,即,没有想法的写实,那是笨,作品难以升腾,而要含量大,要写出精神层面的东西,你要写实。[①]

在贾平凹看来,扎实的写实既是抵达现实和生活的唯一途径,也是超越现实、张扬精神的必经之路。在《古炉》后记中,他说:"写实并不是就事说事,为写实而写实,那是一摊泥塌在地上,是鸡仅仅能飞到院墙。在《秦腔》那本书里,我主张过以实写虚,以最真实朴素的句子去建造作品浑然多义而完整的意境,如建造房子一样,坚实的基,牢固的

---

① 贾平凹:《关于散文》,生活·读书·新知三联书店,2015年,第191—192页。

柱子和墙，而房子里全部是空虚，让阳光照进，空气流通。"①这就是虚实结合的美学在小说创作上的实践。写实的目的是写虚，形而下的写实背后有作者精神意志的注入，"废都""秦腔""古炉"这些象征性意象都是在扎实的日常生活流的叙述中得以彰显的。

在贾平凹这里，以实写虚不仅仅是表现手法的问题，还关涉到意与象、形与神、形而上与形而下的关系，这就涉及小说叙事模式的问题。2013年，贾平凹出版长篇小说《带灯》。《带灯》的叙事结构从两个方面展开：一是记叙带灯的日常工作，近乎实录；一是短信表现主人公的内心世界，是优美的抒情文体。两条线索在文体上实现了主观抒情与客观实录的自由转换。可贵的是，这种结构上的双线索映衬，又是有意味的小说形式，表达了主人公带灯理想与现实的矛盾和冲突，独具想象与写实的艺术张力。

在《带灯》后记中，贾平凹也谈及创作手法的问题，他这样表述："几十年以来，我喜欢着明清以至三十年代的文学语言，它清新、灵动、疏淡、幽默，有韵致。我模仿着，借鉴着，后来似乎也有些像模像样了。而到了这般年纪，心性变了，却兴趣了中国西汉时期那种史的文章的风格，它没有那么多的灵动和蕴藉，委婉和华丽，但它沉而不糜，厚而简约，用意直白，下笔肯定，以真准震撼，以尖锐敲击。"②贾平凹本人在创作实践中寻求虚与实以及意与象的融合，这是极富中国经验的表现手法。早在20世纪80年代初，他就曾在《山石、明月和美中的我》和《"卧虎"说》中表达了对虚实相生的艺术境界的追求：

  山石是坚实的，山中的云是空虚的，坚实和空虚的结合，使山更加雄壮；山石是庄重的，山中的水是灵活的，庄重和灵活的结合，使山更加丰富。③

  寓于这种强劲的动力感，竟不过是一个流动的线条和扭

---

① 贾平凹：《古炉》，人民文学出版社，2010年，第607页。
② 贾平凹：《带灯》，人民文学出版社，2013年，第361页。
③ 贾平凹：《关于散文》，生活·读书·新知三联书店，2015年，第21页。

曲的团块结合的石头的虎，一个卧着的石虎，一个默默的稳定而厚重的卧虎的石头！

卧着，内向而不呆滞，寂静而有力量，平波水面，狂澜深藏，它卧了个恰好，是东方的味，是我们民族的味。[①]

在这些表述中，山石与水云、线条与团块、平波水面与狂澜深藏，以及其在《带灯》后记中所表述的海风与山骨，是一种文体上的互补与映衬，是稳定厚重与清逸灵动的互补与对应，形成虚实相生、形神兼具的美学风格，这背后是"动而生阳，静而生阴，阴阳相摩相荡，万物于是生也"[②]的道家哲学观念。只不过在《带灯》中，贾平凹将实与虚的互补与具体的文学传统结合起来，在他看来，短信是优美的抒情文体，而记叙带灯日常的工作，则近乎实录，接近史传文体。在《带灯》中，婉约灵动的主观抒情与真准简约的客观实录在该作品中得到自由转换，甚或界限分明，也就是说，贾平凹在创作中实践的是史传叙事与抒情笔墨的融合。

在《带灯》的写作中，史传与抒情的叙述笔墨不仅仅体现在叙事手法中虚与实的关系上，而且和叙事视角、叙事结构等结合起来，形成具有贾氏模式的叙事文体。从叙事视角的层面来看，带灯作为综治办主任，以带灯为叙事者，贾平凹寻找到一个既可接触镇政府工作，又与村民和村社有密切联系的工作人员，有利于呈现基层政府、乡村、老百姓等乡镇生活的全貌，类似于传统的纪传体，以人物为主要观察点，尽可能容纳更多的人事。与此同时，作者又通过短信的方式直接触摸主人公的内心，从外而内塑造一个典型的基层政府工作人员。从结构线索来看，用带灯串联樱镇的故事，客观实录的一面展现现实生活，主观抒情的一面表现人物的内心世界，文体上虚与实的互补和映衬关系成为贾平凹小说中的潜在结构，传达主人公主观理想与客观现实的矛盾。

贾平凹将史传与抒情的叙述笔墨、叙述视角和叙述结构融合起来，将第一人称主人公作为叙述线索，或是通过第三人称讲述见闻的方式实

---

① 贾平凹：《关于散文》，生活·读书·新知三联书店，2015年，第14—15页。
② 朱良志：《中国艺术的生命精神》，安徽教育出版社，2006年，第358页。

现结构上的整体贯通，不仅能够客观真实地观察现实与历史，还能够实现叙述感觉上的真实性，兼具史传与抒情的双重因素。限制视角的设置也是客观化叙事手段，是史传文学所追求的；题目在整体上具有统摄全篇的意象象征的作用，这是借象立意的抒情手法的表现。《秦腔》《古炉》《老生》等在叙事视角和叙事结构的设置上和《带灯》有异曲同工之妙。贾平凹将史传和抒情纳入小说文体创新的领域，这得益于他对民族传统审美经验的承继与转化，以及在创作实践中将现代叙事元素和传统审美思维的结合，从而拓展了小说写实与虚构的表现空间，实现了富有中国经验的文体创新。

2020年7月，贾平凹在《我们的小说还有多少中国或东方的意韵》中谈道："中国的宗教、哲学、医药、绘画、书法、戏剧、建筑、服饰、烹饪、文学等等都是一个统一的整体，当我们都在仿效西方的时候，而没有在学习融合中创造出新的中国或东方的东西。"[①] 在他看来，当所有小说都成了西方模式，中国或东方哲学意味和审美情趣日渐衰微的时候，更要强化和发展本民族文学的特性，这表现了一个作家少有的文学责任和担当。在文学领域，文体寻根比文化寻根更具有实践的价值。从《"卧虎"说》到《四十岁说》，再到《我们的小说还有多少中国或东方的意韵》，他从文学观念上呼吁中国作家在学习借鉴西方文学作品的同时，更要承续中国传统的审美经验和文化思想。他自己也坚持不懈地在创作上实践着用传统审美形式表达现代意识这一自始至终的文学追求。他的文学目标建立在对实与虚、意与象的关系的探索和实践上，他体会到写实和写虚的妙用，一方面实录生活书写现实，一方面创造意境突出情调，将传统美学思想与现代叙事理论相结合，不断改变叙事视角，拓展小说结构，融诗骚和史传笔法于一体，形成了极具个人特色的意象主义小说叙事的文体特征。

---

① 贾平凹：《我们的小说还有多少中国或东方的意韵》，载《当代》2020年第5期。

二、写实及其史传传统的影响

陈平原说，影响中国小说形式发展的绝不只是某一具体的史书文体或诗歌体裁，还有作为整体的历史编纂形式与抒情诗传统。① 在刘勰的《文心雕龙·史传》里，史传是纪言纪事历史散文的总称。② 史传文学的基本品格是实录，这从班固和刘勰对司马迁《史记》的评价中即可看出。班固评司马迁《史记》"善序事理，辨而不华，质而不俚，其文直，其事核，不虚美，不隐恶，故谓之实录"③，刘勰评价司马迁撰史"实录无隐"④。以司马迁《史记》为代表的史传文学，是助推小说发展的重要动力，实录因此而成为叙事文学所遵循的创作原则。

但小说和文学毕竟是两种不同的文体，从虚实角度辨析，严复、夏曾佑曾著书说："书之纪人事者谓之史，书之纪人事而不必果有此事者谓之稗史。"⑤ 史传之文，往往用笔简略，纪实研理，足资考证，绝无点缀斡旋之笔，这也正如金圣叹所说，史家之文，重在"以文运事"，而小说家之文，重在"因文生事"，重在用翔实之笔穿插导引，用奇幻之笔表达作者的情思与想象。⑥ 当以小说比附史书，其实也即在小说文体中培育了重实事而轻虚构的艺术倾向。捷克学者普实克认为，在中国的文学作品中，高度评价的是"实"，即"对事实的如实记录"，文学中的幻想因素则因"虚"而被贬低或排斥，这种对现实和真实性的偏爱，"妨碍了文学在富于想象力的小说领域的充分发展"⑦。如何在小说中实现写实和写虚的平衡，既要有小说之"虚"，又间有史书之"实"，也是摆在当代作家面前的难题。如何从文学的角度处理虚实关系？如何在借鉴史传文学客

---

① 陈平原：《中国小说叙事模式的转变》，北京大学出版社，2003年，第209页。
② 刘勰：《文心雕龙》，王志彬译注，中华书局，2012年，第180页。
③ 郭绍虞：《中国历代文论选》（第1册），上海古籍出版社，2001年，第84页。
④ 刘勰：《文心雕龙》，王志彬译注，中华书局，2012年，第184页。
⑤ 陈平原：《中国小说叙事模式的转变》，北京大学出版社，2003年，第213页。
⑥ 施耐庵：《金圣叹批评本·水浒传》，金圣叹评，岳麓书社，2015年，第1页。
⑦ 普实克：《抒情与史诗》，李欧梵编，郭建玲译，上海三联书店，2010年，第90页。

观实录的同时又发挥小说想象和虚构的成分,达到写实和写虚的平衡?从贾平凹的创作实践中,能探得其在承继史传文学方面,既昧得写实的妙处,又能突破实而有征的实录写法,达到艺术写真的目的。

贾平凹早期的试验性创作中,就有意识地抛弃据实而写的实录,他借鉴史传文学的客观实录笔法,追求的是艺术表现的客观真实,他运用的叙述方法是客观叙事。客观叙事是相对于主观叙事而言的,追求小说叙事效果的真实性。石昌渝认为,客观叙事是指"叙事者尽可能地隐退在叙述的背后,将历史事件的过程戏剧化地呈现在读者面前,就事而理自见"[1]。贾平凹从《山地笔记》开始,就有意识地借助转换叙事视角、调节叙事手法达到客观叙事的目的;在艺术地反映真实方面,贾平凹发展了史传文学客观实录的手法,同时还在叙事结构、叙事视角方面力图做到客观写真,形成了独具特色的艺术风格。

在具体的写作实践中,贾平凹主要通过白描、对话描写以及改变叙事视角等手法,实现客观叙事的目的。诸如在描写人物方面,贾平凹往往借助人物自己的语言、动作、神态来描写。在环境描写方面,贾平凹也突出细节描写的魅力。他对细节有敏锐的感觉,诸如《曳断绳》中的"曳绳",《威信》中的"鹅卵石",《结婚》中的"酒葫芦",这些细节都非单纯的客观描写,而是与作品人物或主题相关联,作者在这些细节上寄予情感和思想,将其发展成细节意象,从而具有双重意蕴。另一方面,贾平凹还通过反复书写细节,使某些细节成为贯穿全文的线索,使小说文体摇曳生姿。同时,贾平凹还非常重视场景描写,并从中提炼出诸多场景转换技巧,短篇小说《满月儿》的场景转换技巧和《废都》的场景转换技巧,在后文中都有论述,此处不再赘述。

对话也是客观叙事的一种,刘知幾《史通》中"因言语而可知"即是对对话的说明。对话的特点是通过人物自己的语言、行为和心理表现人物。贾平凹在1977年即尝试借助对话来结构小说,如《猪场夜话》全文

---

[1] 石昌渝:《春秋笔法与〈红楼梦〉的叙述方略》,载《红楼梦学刊》2004年第1期。

即由对话构成。在《山地笔记》中，对话成为塑造人物、表现主题、衔接过渡、烘托氛围的重要手段。在后期的长篇小说中，贾平凹充分发挥对话的客观叙事功能，不仅通过对话来呈现人物的性格和存在处境，还探索如何借助戏剧性对话来结构文体。如在小说《暂坐》中，几乎三分之二的叙事内容都是人物的对话，《暂坐》的结构类似于戏剧的人像展览结构，每一个人物都在和不同人物的对话和关系中呈现出性格的侧面，这也是叙事者戏剧化的体现。戏剧化视角由于叙述者的在场性，将每一个人物在他人眼里的形象具体客观地呈现出来，形成人物之间映衬、矛盾和对话的关系，无疑会加强作品表现人物和主题的力度，也能呈现出不同人物多元立体的生存处境。

改变叙事视角，尤其是限制视角的运用，也是客观叙事的重要方面。贾平凹在创作《山地笔记》期间，就"不停地试探角度，不断地变换方式"[①]，倾向于向客观叙事靠拢。《山地笔记》第一辑中的十七篇短篇小说，主要书写青年人的事业和爱情，彰显了贾平凹的创作特色。这其中，有七篇采用第一人称限制视角，其余十篇都采用第三人称客观叙述，能看出贾平凹从叙事视角的层面对客观叙事的追求。《山地笔记》中的篇目多为短篇小说，人物设置不复杂，作者表现的主题也相对单纯，不足以体现第三人称客观叙事的魅力。在其后的《废都》《怀念狼》《暂坐》等长篇小说写作中，作者借助第三人称叙事，隐藏叙事者，但将叙事视点固定于某一人物身上，进行人物角度叙事，在全知和限制的自由转换中，彰显客观叙事的魅力。

以游踪者的视角叙述所见所思，是以《商州初录》为代表的贾平凹游踪笔记的叙述特点，也影响到小说的创作，在《秦腔》《带灯》《古炉》《老生》《山本》等小说中，其叙述线索如散文一样自由、灵活，通过不断地插入生活细节和闲话，打破了故事的"专制"，这是小说叙事上的特点。在这些小说中，引生、带灯、狗尿苔、老生等即限制叙事者，作者借

---

① 贾平凹：《关于散文》，生活·读书·新知三联书店，2015年，第48页。

叙事者的眼睛，呈现时代和社会的基本样貌，具体人物在日常生活场景中的对话和细节，汇聚成大水走泥般的生活流场面，推动情节的发展和叙事的进程，这种叙事被陈思和称为"法自然"的现实主义。这些叙事者同时充当小说的结构线索，小说写到后面，贾平凹越发对以叙事者为贯穿线索充满兴味，将视角与结构相结合，这在古典美学上就是团块与线条的组合所形成的审美体验，形成了富有中国传统美学特色的叙事形式。据此，在叙事模式上，贾平凹在他的小说中，强调所叙之事皆为所见所闻之事，如游历所见；有客观的叙事视角，如限制叙事者（游历者）的设置；有出入自由灵活的叙事线索，即按一定的顺序出入不同的空间场所。比如《老生》是以老生为视角，出入于不同时代和不同村庄中；《带灯》以带灯为视角，行走于樱镇及其所囊括的各个村庄以及人家中；《秦腔》则在引生的视角下，出入于清风街的大街小巷，与各色人等碰面；《古炉》在狗尿苔的视角下，穿插行走在古炉村镇不同的场域；《山本》则是出入于有七十二个峪口的大秦岭。通过叙事视角、结构线索等方式的恰当融合达到"效法自然"的叙事目的，这是贾平凹实现客观叙事模式的特点。

　　从文学创作的过程来看，贾平凹早期作品表现出唯美灵秀的风格，书写女性的阴柔美，山地的风物美，字里行间充满多愁善感和敏感多情的意味，这种抒情是来自禀赋里的，如同费秉勋所说，带有南方词人的温婉气质。[①]贾平凹文学风格的变化就在于质实对抒情的冲击，他在《废都》《秦腔》以后的作品中，通过众多人物琐细的日常生活场景，呈现时代和社会的基本样貌。为了原生态地还原生活面貌，作者在很多方面不惜采用实录生活的手法，诸如《秦腔》《古炉》中对夏天礼、夏天智、满盆等的丧葬习俗的描写，对入殓、老去的人的穿戴、灵牌、对联、孝歌的仪式等都有非常详细的书写。《秦腔》中四次丧葬仪式侧重点不同，这也是承续中国传统文学"犯而能僻""同树异枝、同枝异叶"的写作手法；

---

① 费秉勋：《论贾平凹》，载《当代作家评论》1985年第1期。

《秦腔》中对淤地方案的报表、《古炉》中对烧瓷的三十六组程序也是直接录入;《带灯》中实录的文字更多,诸如综治办的职责、年度责任目标和需要化解稳控的矛盾纠纷问题、县志里关于天气的祥异记载、洪灾报告、镇政府的工作通报、带灯的工作日志、中药配方等,原生态的还原和"实录无隐",加大了史志书写的比例,这些都和他在审美品格上对"充实之为美"的追求有关。

贾平凹在《怀念狼》后记中说:"生活有它自我流动的规律,日子一日复一日地过下去,顺利或困难都要过去,这就是生活的本身,所以它混沌又鲜活。如此越写得实,越生活化,越是虚,越具有意象。以实写虚,体无证有,这正是我把《怀念狼》终于写完的兴趣所在啊。"[1]2009年,在《面对当下社会的问题》中,贾平凹再一次谈及写实和写虚的问题:"实与虚的关系,是表面上越写得实而整体上越能表现出来虚。"[2]写实需要经验和文化取舍做后盾,比纯粹抒发个人情绪更难,只有对生活和人物有更深的爱和责任,才能在这生活里灌注喜怒哀乐,这样,文学想象才有所附丽。贾平凹认为:"文化是人的生存方式,是一种过日子的哲学。文化在表面上是先导,实际上是基础,是一切的基础。"[3]把生活写出来了,生活背后的文化、情感和价值自然而然就出来了。和传统的虚实融合的美学观念不同,贾平凹强调将混沌的生活作为他艺术表现的实存之象,并从这混沌之象中升华出抽象之虚空,据此体悟出以实写虚的创作方法。在《秦腔》之后的小说中,贾平凹追求在广阔的时代和生活的基础上张扬他的意象和想象,借助以实写虚的手法,完成了写实和抽象、现实和想象的融合。贾平凹关于以实写虚的创作,其实正如韩愈所说,"据事迹实录,善恶自现"[4],这是对史传传统中"就事而理自现"的春秋笔法的承继和发展。春秋笔法既强调"实录",也强调"微言大

---

[1] 贾平凹:《关于小说》,生活·读书·新知三联书店,2015年,第115页。
[2] 贾平凹:《关于散文》,生活·读书·新知三联书店,2015年,第192页。
[3] 贾平凹、谢有顺:《贾平凹谢有顺对话录》,苏州大学出版社,2003年,第10页。
[4] 韩愈:《韩愈散文精选》,蒋凡、雷恩海选注,东方出版中心,1998年,第202页。

义"。史传传统中纪言纪事的"真实",是经过写作者筛选过的真实,追求意义的真实,贾平凹在写作中,从现实真实的基础上张扬意义和想象的真实,恰是以实写虚的写作秘籍。

史传不仅是文体形式,还包括作者对历史和现实的态度,也即在现实和历史的写作中,要开阔视野和灌注精神。早在20世纪80年代,贾平凹就很重视历史书籍的阅读,在写作实践中注入历史意识和史传笔法。1987年冬天,贾平凹与王愚谈论《浮躁》的时候就说:"我在这一两年中,系统地读过《史记》《中国通史》这类东西,怎样从历史的角度上考察目前中国发生的一些事情,把前后历史一看,有些问题你就会看得特别清。"①贾平凹总能抓住时代发展的敏感点,将现实和想象接通,寻找小说中人物命运和时代发展的交集,全面立体地呈现乡村中国在现代化过程中的嬗变。《浮躁》借助一条浮躁不安的州河,书写改革开放背景下中国农村社会人们文化心理的变化;《秦腔》通过清风街一二十年的人人事事,写出了传统农耕文化的衰微;《高兴》则把视角切入进城打工的农民工身上,从关注"农民工的基本生存状态"到关注"整个社会问题";《古炉》通过一个烧瓷的村子,写出了"文革"在一个乡村的发生和发展,留下了一个时代的文学记忆;《带灯》的突破在于,将写作的切入点放到樱镇的镇政府,从基层政府与村社的关系出发,多层面、立体化地呈现当前农村社会的发展现状。

2013年1月,贾平凹给林建法写信谈及《带灯》的写作,重点仍是作品的文化背景问题:"我想要说的是,围绕在带灯身边的故事,在选择时最让我用力的是如何寻到这些故事的特点,即中国文化特有背景下的世情、国情、民情。"②《带灯》是直面现实的作品,在写作过程中,贾平凹强调作家要参与时代和生活,但参与时代和生活,不是就事论事地书写人物命运,要有大的眼光和视野:"我们的国家面临着深入改革的大的机遇,也面临了很大的困境,而如何面对这种困境和如何走出困境,这

---

① 贾平凹:《访谈》,生活·读书·新知三联书店,2015年,第26页。
② 贾平凹:《给林建法的信》,载《当代作家评论》2013年第2期。

一切，都是为人类发展提供着一份中国的经验。"①写作视野的开拓既要面向社会和文化，关注社会和现实，要有悲悯和忧患意识，还要面向作家的生命和精神层面，要有大精神和大风度。2005年，贾平凹在《沈从文的文学》中说："作品要讲究维度，要提升精神层面。"又说："现在有许多作品，写现实，不应称之为现实主义，没有精神的现实作品不是现实主义作品。"②关于如何提升作品的精神维度，他谈道："现在要写，得从生活中真正有了深刻体会才写，写人写事形而下的要写得准写得实，又得有形而上的升腾，如古人所说，火之焰，珠玉之宝气。"③《秦腔》之后的《高兴》《带灯》《古炉》，延续着自《废都》以来建构意象世界的目的，题名本身就是作品所要完成的整体意象，这些整体意象与作品人物的精神面貌以及作品的主题相契合，实现了贾平凹所说的"作文每有制述，必贯之神性"④的写作目的。

在史传与诗骚的往返博弈中，贾平凹在2000年之后的小说中，虽强调写意，但更注重书写广阔、丰富、扎实的时代和生活的真实。在《高兴》后记中，他说："在这个年代的写作普遍缺乏大精神和大技巧，文学作品不可能经典，那么，就不妨把自己的作品写成一份份社会记录而留给历史。"⑤《古炉》完成之后，贾平凹接受采访时说："作家的职责就是做一名信访工作者，信访工作者就是要将生活的本来面目呈现出来。"不论是书写"社会记录"，"做一名信访工作者"，还是为人类和文学"提供中国经验"，"以文观察世间，有敢担当"，⑥贾平凹对文学的态度中加入了可贵的史识。一个对现实和历史没有态度和鉴别的作家，很难深入现实和历史的深处，文学和史学写作者尤其需要这种史识，史识表现在其对现实和历史事件的判断、鉴定以及能通过文学作品烛照到大处的眼光和能力。

---

① 贾平凹：《给林建法的信》，载《当代作家评论》2013年第2期。
② 贾平凹：《关于小说》，生活·读书·新知三联书店，2015年，第139页。
③ 贾平凹：《天气》，作家出版社，2012年，第230页。
④ 贾平凹：《天气》，作家出版社，2012年，第229页。
⑤ 贾平凹：《高兴》，作家出版社，2006年，第440页。
⑥ 贾平凹：《给林建法的信》，载《当代作家评论》2013年第2期。

三、写意及其诗骚入小说

王德威认为,抒情不仅仅是浪漫主义文学的表现手法,抒情作为一种文体特征,涉及话语模式的问题,也即"利用声音、文字,还有审美的各种资源,把它们架构起来,从而形成抒情诗或者文学"[①]。王德威的抒情观念不仅超越了西方浪漫主义的拘囿,也超越了文体的限制,叙事类、戏剧类作品中也有抒情话语的呈现。陈平原则从诗骚入小说的具体表现谈起,他认为:"'诗骚'之影响于中国小说,则主要体现在突出作家的主观情绪,于叙事中着重言志抒情;'摛词布景,有翻空造微之趣';结构上引大量诗词入小说。"[②]在普实克的文论里,抒情是作品主观主义和个人主义的集中表现,是作者借助艺术"表达、展示或发现现实生活中受到一定压抑或没有充分表现的那部分个性"[③],普实克强调在客观实录的写实基础上,加入作者个人的经验、情感和经历,或能实现写实和写虚的平衡。沈从文则从选材取向谈及抒情文体的问题,他说:"事功易做,有情难为","事功"面向的是时代和社会,兼顾表现对象的家国意识和民族情怀,"有情"中有"作者对于人、对于事、对于问题、对于社会,所抱有态度……这种态度的形成,却本于这个人一生从各个方面得来的教育总量"[④],"有情"成为表达作者主观情绪、个人经验、情感和想象的代名词,也可以说是叙事文学中最能表现作者艺术个性的部分。沈从文的"有情"与普实克的"个人主义"都强调在文学写作中,作者的个人意识,诸如个人的记忆、情感和想象等,能开拓小说创作的疆域,也能强化小说的抒情表现空间。在小说文体层面,个人抒情也容易和叙事的实录相互辉映,暗合了传统美学实与虚的关系。贾平凹在创作中对诗意的追求,对表现主义的青睐,一定意义上与中国抒情文学传统有关

---

① 季进、王德威:《抒情传统与中国现代性:王德威教授访谈录》,载《书城》2008年第6期。
② 陈平原:《中国小说叙事模式的转变》,北京大学出版社,2003年,第212页。
③ 普实克:《抒情与史诗》,李欧梵编,郭建玲译,上海三联书店,2010年,第1页。
④ 沈从文:《抽象的抒情》,江苏教育出版社,2005年,第14页。

联。在具体实践上,贾平凹处处追求诗的韵味。1979年,贾平凹给丁帆的信中谈及:"我喜欢诗,想以诗写小说,每一篇都想有个诗的意境。给人一种美。"[1]他在《爱和情:〈满月儿〉之外》中说:"时时写进生活情趣,使故事丰腴","叙述要抒情,产生诗的意境"。[2]1983年,他与刘路谈及散文的创作时说:"结构上要严谨,但空间要留得一定多,而将一种诗的东西隐流于文字的后面。"[3]在《说〈天狗〉》中,贾平凹认为:"弄文学的人却一定要心中充溢诗意;诗意流动于作品之中,是不应提取的,它无迹可寻。这是不是一种所谓的'气'呢?文之神妙是在于能飞,善断之,善续之,断续之间,气血流通,则生精神。"[4]古代文论中有"气盛言宜"一说:"气盛则言之短长与声之高下者皆宜"[5]。汪曾祺认为"气"指思想感情,贾平凹认为"气"是"诗意流动",其实说的都是在写作中要灌注神气和精神。他在《山石、明月和美中的我》中说:"诗写得最多,发表得最少,让它成为一种暗流,在我的心身的细胞之内,在我的小说、散文的字句之后。"[6]

从1978年起,文坛开始关注贾平凹的创作,程德培认为:"贾平凹的短篇,说它是诗,更像是一首绝句;说是画,更像是一幅斗方白描。"[7]孙犁谈及《一棵小桃树》,称赞其是一篇没有架子的文章,且说此调不弹久也,"它是心之声,也是意之向往,是散文的一种非常好的音响"[8]。费秉勋说:"就实质上说,贾平凹乃是一个诗人,他有着诗人的心肠和才情","那些细腻的、娓娓不断的描述,都是通过微末的细节在品味着醇美的诗情。正是这种诗人的才情决定了他小说的写法和风格,决定了他

---

[1] 贾平凹:《1979年贾平凹通信手札》,载《扬子江评论》2014年第5期。
[2] 贾平凹:《关于小说》,生活·读书·新知三联书店,2015年,第4页。
[3] 王永生编:《贾平凹文集》(第14卷),陕西人民出版社,1998年,第26页。
[4] 王永生编:《贾平凹文集》(第14卷),陕西人民出版社,1998年,第80页。
[5] 韩愈:《韩愈选集》,孙昌武选注,上海古籍出版社,2013年,第185页。
[6] 贾平凹:《关于散文》,生活·读书·新知三联书店,2015年,第21—22页。
[7] 程德培:《短小简练 清新自然》,载《上海文艺》1978年第10期。
[8] 孙犁:《读一篇散文》,载1981年7月4日《人民日报》。

叙事笔调的浓厚的表现性特征"。①1986年之后,贾平凹虽未公开发表诗歌,"诗"却以其他方式更大范围地存在于他全部的文艺创作中。在小说领域,他将以实写虚的创作手法发展到极致,以实写虚本就是以象写意,这是中国传统诗歌的表现手法,在其后来的每一部长篇小说中,他写实用史传笔墨接近生活的真实,写意则借助诗骚手法来传达他对生活的理解和思考。他小说作品中多层次的意象构思、闲话意味浓厚的笔墨情趣,都是抒情写意的表达。

在早期的文学创作中,贾平凹就对中国表现主义艺术深有体会:

单就绘画、戏曲来说,中国的画,尤其山水画,纸面上它总是完整的构图,从上而下,先是天空,天下是树,树长山上,山脚存水,水边筑屋,屋旁立人,是一个有限的天地,但斗方之中的有限境界,却唤起了读者无限的情思。而油画,则讲究透视、焦点,一一俱实,不求完整的无限,却给人的感觉是有限的实景。戏曲可以在舞台上超越时空观念,融语言、诗、歌、舞、雕塑、绘画、工艺、建筑、武术、杂技等等为一体,将严谨的程式化规范与时空间的自由创造高度统一。而话剧则绝对是时时事事严格地生活化的。这么一比较,中国画和中国戏曲就明显地看出是表现的艺术。②

这一段描述,可见出贾平凹是一个高明的艺术鉴赏家,他对中国画和戏曲的理解,直接影响到他的创作,如绘画在空间分布中追求浑然整体的艺术境界,影响到小说中空间结构的设计;中国戏曲中多层次、多角度的艺术形式,也为他强调丰富多维的艺术表现空间提供了灵感。贾平凹后来多次谈及中国绘画、戏曲对其写作的影响,例如在1986年11月,他与《文学家》编辑陈泽顺对谈时说:"如果有人说我的作品中多少有一点东方美学思想的影响,那很大程度得力于中国的文人画、民乐、书法和中国戏曲,我有意识地将中国的古代哲学与西方的现代派哲学作

---

① 费秉勋:《论贾平凹》,载《当代作家评论》1985年第1期。
② 贾平凹:《关于散文》,生活·读书·新知三联书店,2015年,第28页。

过比较，然后就分别将中国文人画和西洋画作比较，将中国戏曲和话剧作比较，从中获得我们民族文化长期以来所形成的美学方面的东西。"[1]

贾平凹强调诗书画一体化，一定意义上也是发扬了民族文学擅于抒情的表现手法。在《我的诗书画》中，他说："诗要流露出来，可以用分行的文学符号，当然也可以用不分行的线条的符号，这就是书，就是画。……诗、书、画，是一个整体，但各自有不可替代的功能，它们可以使我将愁闷从身躯中一尽儿排泄而平和安宁，亦可以在我兴奋之时发酵似的使我张狂而饮酒般的大醉。"[2]他的书法和绘画也是他的情趣和精神的表达，在他后来的书画作品中，他尤其强调"造境""立意"，具体作画中力求突破形似，追求神似和气胜。在《废都》的写作中，他说："我只想写出一段心迹。但我绝对强调一种东方人的，中国人的感觉和味道的传达。我喜欢中国古乐的简约，简约几近于枯涩，喜欢它模糊的、整体的感应，以少论多，言近旨远，举重若轻，从容自在"[3]。这种追求"心迹"、重视立意的手法，贯穿在他小说的写作中。在以象写意的表现手法方面，《废都》在《红楼梦》的传统里，之后的《秦腔》《古炉》《带灯》《山本》等，又都在《废都》的余绪中。在整体象征、天地人一体的写作视野、多线索的小说结构等方面，贾平凹一直走在传统美学经验所开拓的文学河道里。

在长篇小说创作中，贾平凹尤其重视意象的整体象征，善于借助意象群来反映作品主题，这关涉的是文学叙事方面的整体性写作。他说："我写一部作品的时候，必须使这部作品总的意象是个啥，我起码把它弄出来，这个总的意象，你说象征也行，意象更准确些，整个它好像里边想说个啥东西，你也把它说不清，但你能感受到那种东西。具体里边又不停地有小的意象，这个故事和那个故事之间有什么意象，这句话和那句话有啥意象。"[4]在《废都》中，"废都""埙""牛""四朵花""四个太

---

[1] 贾平凹：《访谈》，生活·读书·新知三联书店，2015年，第14页。
[2] 王永生编：《贾平凹文集》（第12卷），陕西人民出版社，1998年，第106页。
[3] 王永生编：《贾平凹文集》（第14卷），陕西人民出版社，1998年，第320页。
[4] 贾平凹、韩鲁华：《穿过云层都是阳光：贾平凹文学对话录》，北京联合出版公司，2016年，第122页。

阳"等共同构成一个意象群;在《高兴》中,是"高兴""高跟鞋""锁骨菩萨""肾"等形成一个整体性的意象群落;在《带灯》中,"萤火虫""佛前灯"与"指甲花""埙"是两组不同的意象,一种是为生民立命的"奉献"与"照亮",一种是自叹自怜的"寄托"与"慰藉",代表的是两种不同的旨意。在小说中,作者借带灯之口说:"没听过吧,这是土声,世上只有土地发出的声音能穿透墙,传到很远很远的地方。"①这埙音从情感的无意识的层面来说,可以说是从废都城墙上空经过清风街、西安城里的剩楼、古炉村,一直吹到樱镇街道。埙音中更多寄予着个人生命中的悲凉,这种绝望和悲哀在庄之蝶那里表现得最为强烈,其余波影响到清风街上的白雪、引生、夏天义等,直到带灯。

  陈平原认为,叙事中引入诗词,"有利于小说氛围的渲染与人物性格的刻画"②。贾平凹善于在作品中嵌入音乐元素,将音乐的插入与现代小说叙事理论相结合,拓展了音乐入小说的叙事边界。他在小说叙事中插入的音乐形式有陕北民歌、陕南孝歌、花鼓戏词、秦腔曲谱和戏曲,还有笛声、箫音、埙乐、尺八、古琴、哀乐等,他将音乐融入故事和文字中,营造出整体浑然的艺术境界。音乐在这个层面上,和诗书画是一体的,都是传达情感、发挥作者创造性想象的媒介。音乐入小说,也从一定层面上表现了贾平凹对音乐的认识和态度,从在形式上追求姿态横生的叙事文体的效果,到借助音乐达到借象立意的目的,音乐成为小说重要的意象元素,是作品主旨的隐喻。在早期作品中,贾平凹借助音乐或曲词本身有韵的调子营造情景交融的氛围,借唱词表达主人公的情绪,山歌或曲词的反复插入也使作品在结构上有一种回环往复的音乐环绕效果。到了《废都》《秦腔》《山本》,贾平凹选择富有文化意象的埙乐、秦腔曲词和尺八等,实现了音乐元素和小说情节的内在融合,声音意象不仅仅作为某种情感的氛围烘托,或贯穿全文的结构线索,还变成一种叙述的视角或媒介,勾连起诸多的人事和情境,贾平凹借此实现了结构

---

① 贾平凹:《带灯》,人民文学出版社,2013年,第136页。
② 陈平原:《中国小说叙事模式的转变》,北京大学出版社,2003年,第224页。

上写实和写虚的平衡,这在后文中会有具体论述。

在贾平凹的早期创作中,其在处理诸如时代改革和历史发展等现实题材时,总能通过氛围烘托、意象营造等艺术手法,渗透作者主观的个人情感和体悟,如"忧柔的月光"弥漫。比如,《山地笔记》就表现出作者轻快灵动的文体特色。善于运用场面连缀来营构小说,用白描手法进行场景描写,人物言行神态活灵活现;善设抒情结构,借助音乐线索贯穿在作品中,增强小说的抒情性;也会在小说结尾留下空白,使读者产生富有意味的想象和联想。一般而言,抒情性是作品文学性的表现,也是作者个性流露的地方,这些抒情方法的运用,就是"山石"中的"水月",体现出贾平凹创作中虚实融合的特点。从《浮躁》到《山本》的写作中,贾平凹都以现实和历史为背景,但却很难将其归入史传文学。他在写实的基础上,重在张扬情感和想象,他将借象立意的意象主义表现手法融入长篇小说的写作中,发展出以实写虚的表现手法,使其小说在史传笔墨和诗骚手法之间往返博弈,作品既具有主观抒情特色,又有实录现实和历史的一面。从抒情的层面来看,《浮躁》围绕金狗的人生起伏和情感经历展开叙述,金狗身上具有改革年代的奋发意识,凸显了"浮躁"的时代情绪,具有鲜明史传因素的社会变革等具体事件因过多的场景、细节和环境氛围描写而被淡化。《废都》中,庄之蝶的绝望,其实是作者在文化转型过程中,个人情感和文化选择的迷惘表现,"废都"意象以及废都城墙上氤氲不绝的埙音也强化了作品整体的抒情氛围。《秦腔》中最具现实意味的人物夏天义,从土地的捍卫者变成土地的凭吊者,围绕这一和时代同步的角色,贾平凹不仅写出其子女不孝、传统伦理丧失,其钟爱的土地贬值等很多近于"史传"的事件,同时,作者多角度的情感渲染加诸一个时代没落者身上,比如悲怆的秦腔腔调,被土掩埋的巨大绝望,无字碑的无奈,等等,都增添了浓厚的抒情意味。《古炉》营造了两个不同的艺术世界,一个是写实的暴力的革命故事,一个是诗意抒情的想象世界。王德威在评价贾平凹《古炉》时认为:"贾平凹的抒情写作就像《古炉》里擅剪纸花的狗尿苔婆一样。在革命最恐怖黑暗的时刻,婆却每每灵光一现,有了'铰花花'的欲望。她的剪纸不只是个人寄托,也成为随缘施法、安抚众生的标记。"①《带灯》围绕带灯个人情感和现实之间的巨大裂隙展开叙述,"带灯夜游"寓意带灯情感世界的分裂,带灯发给元天亮的二十六封短信,更是浪漫抒情话语的直接表现。《山本》中的有情叙事,比之前作品涵盖的面更广,不仅小说中的"铜镜"、"地藏菩萨"、陈先生是战争叙事的有情观照者,而且秦岭山上的动植物也被作者赋予有情的观照,它们都是作者在叙事中渗入主观情感,形成类似于"草木有情""人间有爱"思想的表达。

具体来说,贾平凹小说中的抒情特色表现在以下几个方面。一是抒情氛围的营造,诸如《浮躁》中的州河、《废都》中的埙音、《秦腔》中的秦腔曲谱,这些抒情意象在作品中被反复书写,并一线贯穿,营造出浓厚的抒情氛围。二是叙事者的情感注入,诸如引生、狗尿苔、带灯等极富感情的叙事态度在文本中的体现。三是整体意象的象征手法,诸如"浮躁""废都""秦腔""带灯"等题名都拓展了作品的意义象征空间。四是将闲笔纳入小说中,是自《废都》以来的创作经验,既是对《红楼梦》等世情小说文学传统的有益借鉴,也成就了其小说叙事手法方面的特点。闲笔是中国小说的一种抒情方式,强调自我情感的注入。用抒情手法打破写实的情节,是写作手法上的闲笔,其在写实和抒情的表现方法上因素材和主题的不同而不同。比如《老生》中的《山海经》是闲笔,闲笔的插入,是结构的连接,也是视野上的观照。《山本》中史的线索是写实,缘史生成的关于草木的记录、四时风景和地方习俗等是闲笔。贾平凹在《山本》中探索写实和抒情的表现手法,呈现多层次的叙事技巧,得益于作者旁逸斜出的闲笔插入,这在后文中有较为充分的论述。

五、未尽之言

贾平凹是诗化的小说作者,重视感觉,强调立意,善白描化的语言,

---

① 王德威:《暴力叙事与抒情风格:贾平凹的〈古炉〉及其他》,载《南方文坛》2011年第4期。

在字里行间传情，这一写作方式，和其黏液质的性情是谐和的。贾平凹作品中诗意抒情的成分浓厚，有性格气质和阅读接受的原因。影响作家创作风格的，除了禀赋气质以及阅读接受之外，地域文化类似文学基因，也深深地镌刻在每一个作者身上。地域文化塑造作者性格，性格的差异会导致文风的殊异，文学风格又受制于地方的风俗文化。真正好的作家，往往是文化风俗与个人性格以及文学风格保持一致，这在贾平凹身上表现得尤为明显。贾平凹的出生地商洛，在其民间文化的漫长发展中，具有楚文化的神秘放浪，融入了秦文化的悠远放达，又融入了汉以来中原文化的中庸凝重。多元文化的融合与包容，一方面为他的创作提供了博大而深厚的文化资源，另一方面，这种源自地域的多元文化也潜在地影响了作家气质和作品风格。

王国维说："南方之人，以长于思辨，而短于实行，故知实践之不可能，而即于理想中求其安慰之地，古有遁世无闷，嚣然自得以没齿者矣。若北方之人，则往往以坚韧之志，强毅之气，恃其改作之理想，以与当日之社会争。"[①] 正是因为对北人与南人了解深透，王国维认为，北方人感情深邃，却想象匮乏，因而文风多质实；南方人因无深邃情感支撑，想象散漫而无附丽。文学艺术是感情的产物，既需要有想象的原质，也需要纯挚的情感，屈原文学的意义就在于融合了南北文化之优长。南北文化的融合，其作用到文学艺术上，是可以大放光彩的。贾平凹文学实践中有质实的一面，强调文学作品要有生活实感，要大美充实，坚实的背后是深邃的情感和诸种喜怒哀乐，是北方文学与地域影响相融合的结果。但他在写实的同时，也会张扬意象，比如之前所说抒情氛围的营造、意象的象征、神秘物象从现实中逸出等，是他灵秀多变的一面，是抒情，也是受南方文学和地域文化的影响。贾平凹的创作特点总体来说质实与想象兼具，也可以说是南北文化和融的具体体现。

---

① 王国维：《屈子的文学精神》，见聂震斌选编：《中国现代美学名家文丛·王国维卷》，中国文联出版社，2017年，第167页。

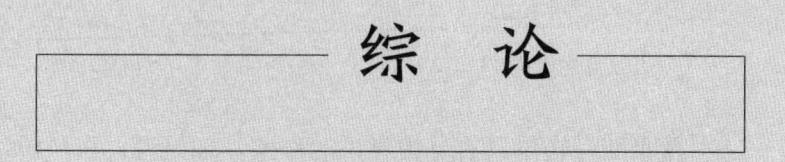

综　论

贾平凹对传统儒释道思想的接受

贾平凹是较早具有寻根意识的作家。如果说,写于1982年的《"卧虎"说》是贾平凹在文学审美上对传统的认同,用传统审美手法表达现代人的思想和情绪是他在阅读和实践基础上多年经验的总结,那么,写于1985年的《四月二十七日寄蔡翔书》就可以说是贾平凹的一篇立意明确的为文学寻找文化之根的宣言了。这是贾平凹在1985年年初应《上海文学》编辑部蔡翔关于《青年作家与文化》栏目的约稿文章,作为"寻根文学"的最初发动者,贾平凹在这篇文章中提出以下几点思考:一是"中国的文学是有中国文化的根的",中国文化源远流长,有强大的文化积淀所形成的民族性特点,有中国文化的自信;二是中国文学所要承继的传统要以中国的文化和哲学为基础,他认为儒是传统哲学的灵魂支柱,佛、道两家则为在野哲学,"在这三种主要哲学体系的制约和影响下,中国古典文学便出现了各自的流派和风格,产生了独特的中国诗的形式、书画的形式、戏曲的形式"[①];三是文化培养民族的性格,民族的性格又反过来制约和扩张了这种文化,他认为,文学书写当下历史,不能仅仅着眼于时代和社会对人的影响和冲击,还要关注社会改革怎样冲击和影响了更为内在的文化渊源。许子东认为,贾平凹和阿城更倾向于"寻文化之根",在他看来,文学寻根有"寻文化之根"和"寻道德之根"的区别,"寻道德之根"的目的在于"寻乡土道德之根以解脱精神价值危

---

① 王永生编:《贾平凹文集》(第14卷),陕西人民出版社,1998年,第75—76页。

机",而"寻文化之根"则在于"寻求和拯救传统精神文化的支柱",贾平凹实践的是"文化再认识"的寻根。[1] 作为作家,贾平凹更看重民族文学本身所具有的文化底蕴。贾平凹在1986年接受《文学家》编辑陈泽顺访谈时,强调寻根的目的在于发展民族文学,在谈到现代意识与寻根的关系时他说,寻根是目的,在现代意识下寻根,这是工作的手段。[2] 从20世纪80年代中期到21世纪20年代,贾平凹对传统文化和文学的态度始终没变,在他看来,文化越是需要认同,文学艺术越是需要表现本民族文化的独特性,文学作品里的文化一定要寻到中国文化的精髓上、根本上。他说:"我们在学习了西方,在人类意识的主题下,增强广大着的视野,有了新的价值判断,有了小说的新的定位,使我们作品的格局、境界大幅度提升,却弱化、丧失了中国和东方的基因、特性,我们的学习还处于仿效阶段。"[3] 在文化自信的背景下,贾平凹始终强调作家创作的文化基因问题,其实,这也是许子东所说的"寻文化之根"的问题,这不仅仅是运用传统审美形式,创作富有中国经验的文学作品,也不仅仅是在作品中注入文化因子,这里面还包含着作者对民族文化的态度问题,以及民族文化对作家文学思想和观念的影响问题。

贾平凹对传统文化,不是教条地学习和运用,传统文化不仅成为他了解现实和历史的一个视角,一种文化的援助,传统文化,尤其是传统的儒释道思想,也一定意义上影响了贾平凹的文学观念。具体而言,儒家思想使贾平凹在追求"文学的大道"上具有了为生民立命的家国情怀和忧患意识;贾平凹写佛、画佛,借助佛来转化自我,佛成为其生命和人格修炼的一种载体;老庄思想开拓了贾平凹的文学思维,贾平凹将混沌和整体性作为其文艺作品的追求目标,援引道家有与无、实与虚的哲学思维建构自己的文学思想,并在此基础上形成"以实写虚,体无证有"的创作观念。

---

[1] 许子东:《寻根文学中的贾平凹和阿城》,载《文艺争鸣》2014年第11期。
[2] 贾平凹:《访谈》,生活·读书·新知三联书店,2015年,第18页。
[3] 贾平凹:《我们的小说还有多少中国或东方的意韵》,载《当代》2020年第5期。

一、儒与"文学的大道"的追求

儒家文化强调礼乐和仁义，尊崇民本思想，推行仁政。以孔子为代表的儒家文艺思想"主张对现实采取积极入世的态度，强调要敢于面对社会和人生，具体地去干预它改造它"[①]。"兴观群怨"是孔子对文学的社会作用的高度概括，文学可以达到"观风俗""刺上政"的目的。传统文人在儒家思想的影响下，在其作品中表现济世思想和爱国情怀，发展出"文以载道""兼济天下""铁肩担道义"等文学观念。这些文学观念，用贾平凹的话说，就是"文学的大道"，核心立场是"关心社会，忧患现实"。[②]儒家文化影响现当代作家，更多地表现在这种忧患现实人生思想的传承。在当代背景下，作家写作要有家国意识和民族情怀，这是新时代的文学之道。家国意识和民族情怀，在不同的作家那里，表现不一样，诸如在莫言那里，是忧患天下苍生的观念与批判现实人生的思想融为一体，在贾平凹这里，则更多是四十年如一日用文学参与时代和社会的发展，以及在表现现实人生中注入的文化反思与济世情怀。

从关注与忧患现实人生的层面看待贾平凹的文学观，儒家文化在其思想的传承和接受上是本位思想，佛、道则为辅翼，这主要通过贾平凹对儒释道的认识以及其"关心社会，忧患现实"的创作态度体现出来的。贾平凹在访谈和自述文章中说："中国汉民族是伟大而苦难的，又有儒家的影响，所以其政治情结和关注、忧患国家民族的意识是中国任何作家都无法摆脱的。"[③]"要了解中国民族传统的东西，对中国的儒家、道家、佛家的了解很重要，这样才能弄懂中国的国民性，了解中国的文学发展史。"[④]贾平凹对传统文化一直比较看重，在其创作生命力旺盛的时期，也正是寻根文学的发展时期，这在创作上是机遇也是挑战，促使

[①] 张少康：《中国古代文学创作论》，北京大学出版社，1983年，第110页。
[②] 贾平凹：《关于散文》，生活·读书·新知三联书店，2015年，第189页。
[③] 贾平凹：《访谈》，生活·读书·新知三联书店，2015年，第110页。
[④] 贾平凹：《访谈》，生活·读书·新知三联书店，2015年，第13—14页。

其对文学与文化的思考也更深入："中国的文化悠久，它的哲学渗透于文化之中，文化培养了民族性格，性格又进一步发展、丰富了这种文化，这其中有相当好的东西，也有许多落后的东西，如何以现代的意识来审视这一切，开掘好的东西，赋予现代的精神，而发展我们民族的文学，这是'寻根'的目的。"[1]由此可以看出，贾平凹从一开始对传统文化的认识就有现代意识的指导，类似的观点在《四月二十七日寄蔡翔书》中也有表达，诸如中华民族有强大的文化积淀所形成的民族性特点，作家要从文学的角度关注时代和社会变革对民族文化内部结构和民族性格的影响等。

从现代意识的角度来审视传统文化，其目的在于寻找适于本民族艺术特征的文学表现方式，但其对作者影响至大的，则是开阔了其文学写作的视野。贾平凹文学写作的突破与视野的开阔是分不开的，而其视野的开阔则与其对历史和文化的态度分不开。贾平凹最初在文学上的突破是《商州初录》，20世纪80年代初，贾平凹在创作上遇到瓶颈，一方面是笔耕文艺研究组的批评，另一方面是个人生活阅历的不足，他在回顾这一阶段的创作时说："是商州使我得以成熟"，其实是商州的历史和文化、传统和现实开拓了他的写作视野。商州地处秦头楚尾，是秦汉文化与巫楚文化的交会处，"这里的历史文化、时代变化以及风土人情是那样地丰厚和有特点，它足够我写一辈子"[2]。贾平凹写了《商州初录》《商州又录》，风情民俗的内容较多；接下来以《小月前本》《鸡窝洼的人家》《腊月·正月》为代表的"改革三部曲"，其创作目的是借助山乡之地老百姓生活观念和爱情观念的变化，反映时代的发展和改革的风潮，以及作者对改革深入山乡之地的欣喜态度。其后以《黑氏》《天狗》《古堡》等为代表的系列悲情小说，从两性关系出发，透视质朴、蒙昧的人性在变革激流中向现代人性迈进的艰难步履，表现改革对人性和人心的冲击，深层则是传统道德与现代情感的对抗。及至《浮躁》，贾平凹在表

---

[1] 贾平凹：《访谈》，生活·读书·新知三联书店，2015年，第6—7页。
[2] 贾平凹：《天气》，作家出版社，2012年，第184—185页。

现时代和生活的同时,有了历史的站点。他在写作《浮躁》时说:"我在这一两年中,系统地读过《史记》《中国通史》这类东西,怎样从历史的角度上考察目前中国发生的一些事情","怎样把道德、历史和现代意识这三个东西糅合在一块"。①以"浮躁"来概括改革时期的时代情绪,"浮躁"内含矛盾、冲撞的情绪,包含传统和现代的冲突、个人情感和道德规范的冲突。浮躁情绪在金狗身上表现最为集中,金狗身上有早期作品王才、禾禾的优点,其拥抱改革、融入时代的一面传达着贾平凹对改革的态度,其回望传统、回归乡土的结局又体现出他对商业文明浸入农村的怀疑。至此,贾平凹的笔触和当下的时代和社会生活紧紧地焊接在一起。在《废都》中,他追究"人废"背后的时代和文化根源,面对《废都》的误读和争议,贾平凹无奈感慨:"《废都》是我的一系列小说中的一部,它描写的是本世纪之末中国的现实生活,我要写的是为旧的秩序唱的一首挽歌,同时更是为新的秩序的产生和建立唱的一首赞曲。不幸的是,我的忧患和悲悯被一些人视而不见和误解。"②《怀念狼》开头书写城里人子明生活萎靡、猎狼队队长傅山无狼可猎、大熊猫产子失败、猎狼队队员普遍患上了软骨症等,把《怀念狼》放在自然生态恶化、人类失去了对立面以及人的异化等背景下,反映出作者深刻的忧患意识。《高兴》中书写刘高兴们的拾破烂生活,关注的却是整个农村和农民的出路问题。在《秦腔》中,贾平凹从清风街的日常生活入手,揭示出传统乡村生产方式和生产关系的改变,以及人们行为方式和思想观念的变化。

一时代有一时代的作家,作家关注现实、忧患天下苍生的情感在贾平凹这里表现在他超越了个人情怀,将自己的写作和时代社会的发展融为一体,这也是他在20世纪80年代就树立的写作目标:"一个作家得有情怀,个人的命运得纳入整个人类的命运,这才可能使作品有大境界。"③经过十多年的案头磨砺,贾平凹说:"这几十年一路走来,之所以

---

① 贾平凹:《访谈》,生活·读书·新知三联书店,2015年,第26—27页。
② 唐妹、韩鲁华:《〈废都〉研究》,陕西师范大学出版社总社,2022年,第10页。
③ 贾平凹:《访谈》,生活·读书·新知三联书店,2015年,第81页。

还没有被淘汰,还在继续写作,得益于我经常讲的两句话:一个要和现实生活保持一种鲜活的关系,你起码要了解这个社会,和这个社会保持一种特别新鲜的关系、鲜活的关系;再一个你在写作过程中,一定要不停地寻找突破点,或者是常有常新的一些东西出来。"① 始终关注现实生活,用文学参与历史发展,越到写作后期,越成为他的使命和责任意识。他说:"在这样一个时代,这就决定了作家的命运,起码决定了我们这一代作家的命运,即你的文学无法逃避现实,你必须得面对现实。"② 在2018年的"从《废都》到《带灯》——贾平凹创作回顾研讨会"上,白烨谈道,贾平凹及其作品,能从乡土角度完整地看到中国社会历史的演变和作家个人的成长变化。张志忠也认为,贾平凹的创作历程概括了数十年中国乡村的现实,他有很强的介入现实、追踪现实、迅速把握现实的能力,能够写出现实的痛疼感。③

贾平凹的忧患意识和悲悯情怀,还表现在他对时代和现实的追踪式写作中,有丰富的文化维度。2013年,贾平凹在汉学家与中西方文化交流活动中说:"中国的文化几千年中没有断裂和消亡,这种文化背景下发生的故事才是我们文学要写的东西。"④ 在他四十多年的创作中,文化视角是其最可宝贵的写作视角。在商州系列小说中,地域文化和民间文化成为小说创作的大背景,《高老庄》《怀念狼》等作品呈现城市文明和农耕文化的融合与冲突。《废都》在老城消逝的背景下书写人的精神和文化的嬗变。《秦腔》则是在秦腔声里表现时代之兴衰、文化之更迭。2017年,贾平凹在接受访谈时说:"我在写作选取素材时有两个考虑,一方面,我所用的材料必须都是真实地从生活中长出来的;另一方面,这些材料一定要有中国文化的特点,呈现的国情、民情,一定要以一种文

---

① 贾平凹:《中国文学要为时代立言》,载2012年5月8日《陕西日报》。
② 贾平凹:《关于散文》,生活·读书·新知三联书店,2015年,第258—259页。
③ 王觅、贾平凹:《评论家说好说坏都是创作的动力:从〈废都〉到〈带灯〉》,载2013年11月8日《文艺报》。
④ 贾平凹:《文学与改革》,载2013年12月16日《人民政协报》。

化为背景。"① 在贾平凹漫长的文学创作道路上,民间文化、传统文化和现代文化是交织融合在一起的,这就使其作品有了文化的厚度。

在具体作品中,诸如在小说《秦腔》中,仁义礼智等儒家思想成为支撑秦腔魂魄的核心内容。他为清风街夏家老一辈四兄弟起的名中包含这四个字,但这四个字不仅仅是一种文化符号,在作品里,作者用大量的事实和细节写了夏天义、夏天礼和夏天智的兄弟情谊,这四兄弟的原型是作者的父辈,这也说明儒家文化的仁爱友善是从儿时起就灌输在作者的生命中,唯其如此,当老一辈逐渐死去,拜金和逐利之风在子孙辈身上显现,孝义和仁爱在清风街越来越稀缺,才有了小说里的悲怆和无奈的情感表达。在《古炉》中,作者塑造了善人形象,其主要目的是治病救人,但他治的是人心。善人为古炉村人讲道理,他的"道"里包含家国一体的仁孝观念,这也是传统儒家文化的根基。诸如,他给护院媳妇说,社会就凭一个孝道作为基本哩;又说,伦常中人,互爱互敬,各尽其道;还说,父母尽慈,子女尽孝,兄弟姐妹尽悌,全是属于自动的,才叫尽道。钱穆说:"中国文化重在修身齐家,这个家,不仅是家庭,还要讲家族,家族要能传下,传家不是传财富,传田宅。……中国的家庭,有家训,有家教,有家风,不只是一个血统相传。父慈子孝,这里面有人文精神。"他认为,人生既要吸收天地精华之美,即外在的自然美,也要修"内在美,这就是我们的人伦道义,如孝、友、睦、姻、任、恤"。②《古炉》一方面通过狗尿苔和蚕婆等形象对天人合一寄予美好的想象,一方面通过善人说病治病,回望儒家文化,希冀从此寻求治病救人的良剂。贾平凹在访谈时说:"中国传统东西就在丢失,为啥设置'善人'这个人物,他不停地讲中国最传统的仁义道德,人的孝道。古人提出的人是以孝为本的,然后演化中国传统的仁义忠孝这些东西。"③ 除善人外,《极花》中的老老爷、《山本》中的陈先生,他们作为传统道德和民间文

---

① 贾平凹、黎峰:《写作实在是我的宿命》,载《青年作家》2017年第4期。
② 钱穆:《中国文化精神》,九州出版社,2011年,第196页。
③ 贾平凹:《访谈》,生活·读书·新知三联书店,2015年,第323页。

化的代言人，承担着乡土伦理和道德的救赎作用。当然，在贾平凹的小说中，民间文化所包含的思想内涵是复杂的，儒家思想是其中最重要的部分，这是民间伦理本身的特征。

儒家文化影响下的文学风格为"充实之美"。孟子曰："充实则为美。"李泽厚认为："孟子则最早树立起中国审美范畴中的崇高：阳刚之美。这是一种道德主体的生命力量。"[1]孟子的"充实则为美"强调美的内在德行，他提出的"浩然之气"也是"集义所生"之气，是从道德的凝聚变为生命的力量。在这里提"充实之美"，是在《废都》之后的作品中看到了贾平凹对"充实则为美"的审美追求。当作者的笔触越来越深入现实生活中时，他实录生活的史传笔法也越来越明显，这是其一。贾平凹久居西安，西安是汉唐旧都，他在汉唐历史文物中感受到雄阔刚劲的时代精神，诸如在"卧虎"上感受到稳定厚重的力量，在碑林的汉魏碑刻上感受到混沌苍茫的艺术风神，进而在散文上倡导"大散文"，在小说领域追求文字背后厚重开阔的精神内容，这是其二。其三，当写作到一定程度的时候，贾平凹也越来越重视人格的养成。为了完善和建构理想的人格，贾平凹认同"养气说"，他在阅读沈从文和废名的过程中，说废名作品的气是内敛的，沈从文作品的气是向外喷发的。[2]文学作品中所散发的气，是人格投射到作品中的体现，说到底是一个人精神和气质的养成。当然，精神和气质的养成，向外的一面，就是如上所说的关注生活，体验民生疾苦，在作品中投射兼济天下的忧患情怀；向内的一面，就是修炼内心，在近佛与道中，完成内心的转化和提升，这在下文中详细说明。

二、佛参与其人格的修炼

佛学是面对苦难人生讲求如何通过彻悟而求解脱的人生哲学。石杰认为："贾平凹人生观的主要特征是宁静虚远，淡泊超脱"，"具有佛教

---

[1] 李泽厚：《华夏美学》，天津社会科学院出版社，2001年，第96页。
[2] 王永生编：《贾平凹文集》（第12卷），陕西人民出版社，1998年，第185页。

色彩"。①贾平凹本人认为,佛是心的转化和修炼。②如果说,儒家文化影响其文学观念,使其在追求"文学的大道"上具有了为生民立命的家国情怀和济世思想,那么,佛则参与和完成着他个人思想的转化,在心灵的炼狱中,使其超越孤独和悲观,逐渐转向光辉明朗的状态。

贾平凹儿时的成长道路是孤独的,这种内向敏感的性格使其自然地靠近佛学,"除文学外,举凡百家杂书,以至麻衣相法、佛学大纲也都在其阅读范围之内,尤其有中国佛教之称的禅宗更受到他的喜爱"③。贾平凹有强烈的自省意识,肝病的复发,尤其是家庭的离散和《废都》带来的争议,又加重了他的悲观主义情绪,在和黎峰的访谈中,贾平凹说:"各种原因导致我这种不是开阔的、开朗的、光明的个性,但也决不是阴暗的。它不是生机勃发的,一般是收敛的、内敛的、内向的、拘谨的、敏感的,也有悲凉、伤感、无奈,这种性格发展得好可以达到放达、旷达,但绝对达不到昂扬、慷慨,发展得不好就是孤僻、刻毒。"④向佛靠近,在他这里就变成了心灵的吸引。佛是大光明,借助佛的气魄,让生命充满光辉。他的书房里摆放着大大小小的佛像,犹如一个佛像博物馆。他开始一天的创作时要拜佛烧香。他去全国各地的寺庙,归来必有心灵的感应,书写与寺庙相关的文章,诸如《法门寺塔》《药王堂》《松云寺》《又上白云山》《云塔山》等。他看花、看树、看云落、看河流,也总会牵引出关于佛的顿悟。诸如,他在合阳的一棵柿子树上看到了树佛:"长长的不被理解的孤独使柿树饱尝了苦难,苦难中终于成熟,成熟则为佛。"⑤他在泾阳的河边行走,捡到一残佛的头颅,他写道:"'佛的手也是佛,佛的脚也是佛。'光明的玻璃粉碎了还是光明的。"⑥可以说,佛与他的日常生活须臾不可分离,佛参与着他的生活,佛也时刻

---

① 石杰:《贾平凹及其创作的佛教色彩》,载《徐州师范学院学报》1994年第1期。
② 贾平凹:《关于小说》,生活·读书·新知三联书店,2015年,第260页。
③ 石杰:《贾平凹及其创作的佛教色彩》,载《徐州师范学院学报》1994年第1期。
④ 贾平凹、黎峰:《写作实在是我的宿命》,载《青年作家》2017年第4期。
⑤ 王永生编:《贾平凹文集》(第12卷),陕西人民出版社,1998年,第213页。
⑥ 贾平凹:《贾平凹文集》(第18卷),陕西人民出版社,2004年,第233页。

促他顿悟、开化。

贾平凹人生的每一次历劫，也都因佛而转化。诸如，在1982年，他的文学创作受到批评家的严厉批评，他请人画了达摩面壁图以自警。1993年，《废都》受到沸沸扬扬的争议等，他靠佛的力量宁静内心，止息杂虑。写于1993年的《说生病》里这样说："佛不在西天和经卷，佛不在深山寺庙里，佛在熙熙攘攘的人群中，生病只要不死，就要生出个现世的活佛是你的。"[1]在1994年的《坐佛》中，他说："平凹坐于椅，坐于墩，坐于厕，坐于椎，皆能身静思安。"[2]他在《佛像》中说："我们每个人都要体验到死却体验了无法再总结，而病是生与死的过渡，是可以成为参透人生的一次哲学啊！"[3]贾平凹在病中参佛，了悟生死，在争议中参佛，宁静心志，并自始至终以写作修行。

佛是心灵的转化，文学是心的表达，从这个角度来说，文学也是心学的另一种方式，他对文学的诸多审美认识，是在参佛中悟得的。在《缘分》中，他对着佛石，感悟到文学作品里应有宗教的维度，文学创作要感怀慈悲，超越激情。贾平凹在混沌的佛像上感受到的艺术气象和他在"卧虎"上得到的艺术启迪是一样的，他说："这是一尊谁见了谁都看出是佛像，是浑厚的佛像，混沌的佛像，充满了强劲之力的佛像，一尊极具艺术魅力的佛像！"[4]2000年之后，他注重在书画和文学作品中张扬混沌苍茫的艺术气象。在《古炉》的写作中，那个刻于明代的童子佛，给予他天人合一的写作灵感："这尊佛就供在书桌上，他注视着我的写作，在我的意念里，他也将神明赋给了我的狗尿苔，我也恍惚里认定狗尿苔其实是一位天使。"[5]在《带灯》写作之前，他写下这样一段话："我又在佛前焚香，佛总是在转化我，把一只蛹变成了彩蝶，把一颗籽变出了大树。"[6]

---

[1] 王永生编：《贾平凹文集》（第13卷），陕西人民出版社，2004年，第68页。
[2] 王永生编：《贾平凹文集》（第13卷），陕西人民出版社，2004年，第95页。
[3] 贾平凹：《贾平凹文集》（第18卷），陕西人民出版社，2004年，第117页。
[4] 贾平凹：《感谢混沌佛像》，载《人民文学》1999年第7期。
[5] 贾平凹：《古炉》，人民文学出版社，2010年，第606页。
[6] 贾平凹：《带灯》，人民文学出版社，2013年，第354页。

佛参与着贾平凹人生观的形成，作为作家，他把对佛的思考和感悟也写到文章中，他写的关于寺庙和佛的散文，表达着他思想和情感的转变过程。他还画了很多关于佛的绘画，或写意或言志，是比散文更直观具体的思想表达，有些题跋，实乃人生箴言。诸如，他画莲藕上开出枝茎长长的莲花，画鱼跃出水面，题写："莲藕原是千手佛，所以我们看到了高洁的荷，有一日，鱼窥视了秘密，鱼从此化变为龙。"①从自然物象中感受到转化的力量，其实也是画者自身的转化，在《菩提与凉花图》的释画文字中，他说："在佛法之中，问题不是如何建立教条，而是如何运用心的科学，透过修行，完成个人的转化和对事物究竟本性的认识。"②

佛也成为他小说创作中的重要意象。他的小说创作，愈到后期，愈加重了佛和寺庙在作品中的分量。在《带灯》中，带灯最后沐浴在佛光之中："就在这时，萤火虫又飞来落在了带灯的头上，同时飞来的萤火虫越来越多，全落在带灯的头上，肩上，衣服上。竹子看着，带灯如佛一样，全身都放了晕光。"③陈思和认为，这个菩萨是派来引渡农民的苦难的。④《古炉》中的善人是给古炉村人说病治病根的，《山本》中的宽展师父则是为战争的受难者安魂的。作者塑造他们，将无边的佛法和世俗相联系，在他们身上张扬大爱、宽容、奉献等美德和精神，他们是人间的天使，弘扬的是大义和人间的德行，是宗教在人间的救赎之光。这些小说中，也都有贯穿始终的寺庙线索，在《古炉》中是窑神庙，在《带灯》中是松云寺，在《山本》中是地藏菩萨庙，这些都是作者所张扬的文化意象，超越于现实生活，传达着他对传统和民间文化的态度。

三、道家思想与贾平凹的文学思维

道家思想是认识和理解世界的哲学思想，其核心观念在"道"中。

---

① 贾平凹：《贾平凹语画》，山东友谊出版社，2004年，第19页。
② 贾平凹：《贾平凹文集》（第18卷），陕西人民出版社，2004年，第106页。
③ 贾平凹：《带灯》，人民文学出版社，2013年，第352页。
④ 丁帆、陈思和、陆建德等：《贾平凹长篇小说〈带灯〉学术研讨会纪要》，载《当代作家评论》2013年第6期。

"道"虽无名无形,但"天下万物生于有,有生于无"①。这里包含着两重辩证关系。一是虚与实的关系,道虽无形无名,却是一切有形的基础,具体的万事万物都从道的无限中生发出来。二是有与无的关系。道的根本状态是"无","这种'无',就是包孕最多、最丰富的状态"②。所有的实在和具体都建立在可"致虚极"的玄虚和无之中。

贾平凹对佛道思想注重体悟。如上所述,贾平凹从20世纪80年代初即用现代意识思考传统文化对文学的影响,他不仅从历史的文化的维度关注现实,忧患天下苍生,还从传统文化中寻找适于本民族艺术特征的文学表现方式,在这方面,他主要受道家思想影响较多,也可以说,道家思想开拓了他的文学思维。贾平凹的文学思维集中体现在他对意象的理解上,作为当代意象主义小说创造者之一,其思维源头在于对作品整体性、混沌性的追求;其次,他对艺术作品整体性的追求中包含虚与实、有与无的辩证性思考。

1982年,贾平凹一方面通过行走商州六县一区拓展他的文学题材,一方面思考如何"以中国传统的美的表现方法,真实地表达现代中国人的生活和情绪"③。《"卧虎"说》第一次阐明了他的文学思想与传统美学的关联。贾平凹笔下的"卧虎","重精神,重情感,重整体,重气韵,具体而单一,抽象而丰富,正是我求之而苦不能的啊!"④"卧虎"原本是霍去病墓前的石虎,却是开启贾平凹艺术思想的闸门;"卧虎"包含着形与神、动与静、虚与实的和谐与统一,这集中表现了艺术品的整体美,整体美的背后是道家思想的体现。叶朗认为,"老子美学是中国古典美学史的起点","'道'是老子哲学的中心范畴","象"是古典艺术的基本元素,叶朗论述"道"与"象"的关系时说,"象"存于"道"中,"'象'必须体现着'道'"。贾平凹看石虎,其实已进入审美观照中,审美观照是以

---

① 老子:《道德经》,汤漳平、王朝华译注,中华书局,2014年,第154页。
② 葛兆光:《古代中国文化讲义》,人民文学出版社,2020年,第158页。
③ 贾平凹:《关于散文》,生活·读书·新知三联书店,2015年,第15页。
④ 贾平凹:《关于散文》,生活·读书·新知三联书店,2015年,第14页。

对"象"的观照而进入对"道"的观照，贾平凹既看到了物象的差别和对立，也看到了物象背后的丰富和混沌，这就是"道"的整体化的表现。

在老子"道中有象"的哲学思想影响下，宗炳谈及"澄怀味象""澄怀观道"，叶朗认为，宗炳美学思想中"味象"的本质在于"观道"，审美观照不能被孤立的"象"所局限，应该突破"象"，"取之象外"。① 只有"取之象外"，才容易进入对"道"的观照，也即对事物本体和生命的观照。贾平凹在审美观照中，也经历了从借象取意到味之象外的过程。在《〈高老庄〉后记》中，作者谈道："感动我的已不在了文字的表面，而是那作品之外的或者说隐于文字之后的作家的灵魂！偶尔的一天，我见到了一副对联，其中下联是'青天一鹤见精神'，我热泪长流，我终于明白了鹤的精神来自于青天！"② 要揣摩鹤的精神，需要在鹤之外去寻找，这正是贾平凹对味之象外的领悟。只有"味之象外"，才能在纷纭复杂的现实人生中把握事物之道，而这道，就是贾平凹所追求的艺术作品的整体美。"整体""混沌"成为他在创作中不断提到的字眼，他在《〈废都〉就是〈废都〉》中说："我喜欢中国古乐的简约，简约到几近于枯涩，喜欢它的模糊的、整体的感应，以少论多，言近旨远，举重若轻，从容自在"③。他在《〈高老庄〉后记》中说："对于整体的、浑然的、元气淋漓而又鲜活的追求，使我越来越失却了往昔的优美、清新和形式上的华丽。"④"我的初衷里是要求我尽量原生态地写出生活的流动，行文越实越好，但整体上却极力张扬我的意象。"⑤ 贾平凹借助整体意象达到对作品主题和内容的统摄已经成为他的创作特色。

贾平凹对意象世界的追求背后有他对有与无、虚与实的理解和思考。在《〈怀念狼〉后记》中，作者谈及贾克梅蒂的故事使他再一次思考关于老子有与无的辩证关系："他的故事让我再一次觉悟了老子关于容

---

① 叶朗：《中国美学史大纲》，上海人民出版社，1985年，第27页。
② 贾平凹：《关于小说》，生活·读书·新知三联书店，2015年，第109页。
③ 王永生编：《贾平凹文集》（第14卷），陕西人民出版社，1998年，第320页。
④ 贾平凹：《关于小说》，生活·读书·新知三联书店，2015年，第109页。
⑤ 贾平凹：《关于小说》，生活·读书·新知三联书店，2015年，第112页。

器和窗的解释，物象作为客观事物而存在着，存在的本质意义是以它们的有用性显现的，而它们的有用性正是由它们的空无的空间来决定的，存在成为无的形象，无成为存在的根据。但是，当写作以整体来作为意象而处理时，则需要用具体的物事，也就是生活的流程来完成。……如此越写得实，越生活化，越是虚，越具有意象。"[1] 老子说："有之以为利，无之以为用。"[2] 在老子的思想中，天地万物都是有无相生，虚实统一，有了这种统一，天地万物才能流动运化。老子关于有与无的思想，对中国古典美学影响很大，虚实结合成了古典美学的重要原则，并在此基础上发展出气韵生动的美学观。气韵流动的关键在于虚空，宗白华认为："艺术的表现正在于一鳞一爪具有象征理想，使全体宛然存在。"[3] 从一鳞一爪中表现全体，就是有无相生和虚实结合。贾平凹从文学审美的角度思考有与无的关系，但他不强调"一鳞一爪"，他强调将混沌的生活作为他艺术表现的实存之象，并从这混沌之象中升华出抽象之虚空，并据此体悟出以实写虚的创作方法。写出了混沌的生活即写出了事物之"道"，即写出了作家对历史和事实的理解。贾平凹本人将这种写法称为过日子的哲学在文学上的体现，这也是贾平凹对传统意象论的发展。

张少康认为："我国古代的现实主义文艺和现实主义文艺思想，主要受儒家思想的影响和史学写作原则的影响而发展起来的，而浪漫主义文学则往往较多地和道、佛思想有着密切的联系。"传统现实主义文艺理论强调实录写真的创作方法，浪漫主义以比喻、夸张手法和寄言出意的象征手法为主，浪漫主义中前者承自以屈原为代表的《楚辞》传统，后者承自以《庄子》为代表的"得意忘言""言为意荃"的道家文艺思想。贾平凹在创作中探索实与虚的辩证统一关系，既在写作实践中注入历史意识和实录写真的精神，并运用大量史传笔墨，实写现实生活；同时，他以建构现实之上的意象世界为写作目的，发展了以实写虚的手法，追

---

[1] 贾平凹：《关于小说》，生活·读书·新知三联书店，2015年，第115页。
[2] 老子：《道德经》，汤漳平、王朝华译注，中华书局，2014年，第42页。
[3] 宗白华：《美学散步》，上海人民出版社，1981年，第90页。

求小说世界的整体、浑然特征,这与佛道思想尤其是老庄思想对他的影响分不开。

贾平凹文学思想的形成与其对道家思想的体悟分不开,不仅如此,道家的"道法自然""天人合一"思想也成为贾平凹认识现实和人生的哲学维度。比如,《山本》中的哲学思维是天人合一的道家思想,这在其后记中即有说明,它也是小说立意和构思的出发点。在此前的小说中,贾平凹更多接通民间文化,在《山本》《秦岭记》中,他探寻到中国文化的源头:万物有灵,天人合一,阴阳会通,玄冥幽微。《山本》的创作,灌注着作者整体性的文学视野,这也是如胡河清所说的全息现实主义,是天人合一哲学思想在文学上的表现,在后文中有具体论述。

四、小结

传统的儒释道思想经过长期发展,已经成为汉民族的集体无意识,而读者对于儒释道的理解和接受,也形成了漫长的接受史。贾平凹对儒释道思想的接受,是现代背景下研究传统儒释道思想的一个视角和途径。贾平凹在儒释道的接受和学习方面,比较注重个人人格的修为。徐复观认为:"人格修养所及于创作的影响,是全面的、由根而发的影响。"[1]贾平凹本人也谈及,文学比到最后,不是技巧和形式的比量,而是人格的较量。其在承续各类文化和思想时,能融会贯通。他博览书籍取其杂,这虽是写作的需要,也成为其人格、思想和文学接受上的特点,非单一地接受某一家思想或某一种流派,而是吐纳百家为我所用。有论者说,贾平凹身上具有太多看似不可调和的内容:他看似柔弱实则刚强,他最传统也最现代,他年岁愈老但创作欲望又像年轻人一样蓬勃……这些不调和,在贾平凹那里都得到了统一。从这个角度来看,作为矛盾的统一体,贾平凹对传统的接受,包括传统施加在他身上的影响,都不是单向度的,也不是固定不变的。

---

[1] 徐复观:《中国文学精神》,上海书店出版社,2006年,第7页。

贾平凹阅读接受的倾向性

贾平凹是一个天赋极高的作家，天才的创作主要是性灵的抒发，但也不排除阅读对他的影响。贾平凹在阅读过程中，有鲜明的倾向性。他的阅读内容早期偏向中国抒情传统和唯美风格的作品，后期偏重史传文学，这说明他在阅读接受过程中既注重文学审美个性的培养，也注重文学气质的熏陶。《红楼梦》在贾平凹的阅读接受中犹如米兰·昆德拉所说的电光火石，他的创作在《红楼梦》这条长河里。贾平凹在创作上的变化，一定意义上受所阅读的作家作品的影响，先有孙犁、沈从文、张爱玲等，后有苏东坡、老子和庄子等。贾平凹的阅读内容非常驳杂，他阅读古今中外的优秀作品，主要从文学观念和创作方法等方面汲取营养。在贾平凹的阅读过程中，影响的焦虑与超越是作者摆脱不了的课题，贾平凹在向他的文学前辈学习和致敬的同时，最终还是顺着自己创作的河道，渐行渐远。

一、文学接受的历史延续性

一个人的文学创作，个人的情感潜能是其创作的基础，贾平凹无疑是个长情的人，在《我的小学》中，他写小时候就喜欢造句子，常常是没有本子，每到清明节的时候，就捡坟头上的挂纸，能装订好多个本子。在村子里的孩子们中间，他也形单影只，经常一个人对着野花惆怅。或是内心的寂寞和多感才让他想要用文字表达，也才会有贫穷家庭纸不够用的记忆。长情是文艺创作的基础，喜怒哀乐爱恶欲等七情，蓄积于衷,当表之于外时,既需要外物的感发,也需要他者的启悟,尤其是文学前辈的文字启悟。

一个作家最初的情感潜能无外乎来自两个方面:一个是生他养他的故乡,故乡和儿时的经历对作家而言是取之不尽用之不竭的财富;一个是无意识接触的文学作品的启悟,这是一种性灵的启悟。一个人的文学之路,即使在最孤独的时候,也不是个人的苦心孤诣,总会有其他文字背后的灵魂的陪伴。作家与作家的遇见,一作家对另一作家和作品的倾心和感应,如米兰·昆德拉所说的,有石火和电光的作用。

有阅读,就会有启发,就会受影响,就在字里行间摆脱不了前辈作家的印记。米兰·昆德拉曾说过,文学写作有历史的延续性,任何一个作家的创作都会先天地受到他人的影响,这是因为历史和传统内在地根植于作家的经验和经历里。艾略特在《传统与个人才能》中谈道:"诗人的作品,不仅最好的部分,就是最个人的部分也是他前辈诗人最有力地表明他们的不朽的地方。我并非指易接受影响的青年时期,乃指完全成熟的时期。"[①]作家个人创作的历史延续性更鲜明,这延续是传统和历史在个人作品里的体现。但任何一种传统,在面对作者个人强烈的情感系统时,都会溃不成军。面对历史和传统,自我拯救的方式是强化自己的情感系统和认知视野。《红楼梦》在《诗经》《楚辞》的传统里,张爱玲的小说也在《红楼梦》的传统里,贾平凹和张爱玲、沈从文等又有或隐或显的联系,可是谁又能说曹雪芹、张爱玲、贾平凹等的作品不是个性的创造呢?若以贾平凹的创作而论,《废都》是最接近《红楼梦》《金瓶梅》的作品,但它也是作者的激情创作。激情创作,是指创作过程完全受个人情绪的推动。创作《废都》的时候,贾平凹本人在情绪上是矛盾和绝望的,《废都》也是相对充分地展现作者个性和风格的作品。《秦腔》《古炉》《老生》《山本》等作品在形式上可以说是对《废都》所定型的这个结构和手法的不断补充和完成。

[①] T.S.艾略特:《传统与个人才能》,见卞之琳:《卞之琳译文集》(中卷),安徽教育出版社,2000年,第276页。

创作受阅读启发，有影响，就会有接受，有接受就会有焦虑，要摆脱这种焦虑，就要离开前辈开创的河道，开创自己的文学河道，这是作家创作的必然之路。

二、文学接受和审美气质

贾平凹在阅读和接受中有鲜明的倾向性。他在自述和访谈中谈到他读过的中国古代作家和作品有庄子、屈原、司马迁、苏轼、陶渊明、蒲松龄、曹雪芹、《周易》《诗经》《世说新语》《山海经》《道德经》《古文观止》等，中国现当代的作家有鲁迅、废名、沈从文、郁达夫、施蛰存、张爱玲、林语堂、孙犁、王国维和钱穆等，外国作家有马尔克斯、泰戈尔、福克纳、海明威、川端康成、略萨等。他所阅读的作品偏向抒情传统和唯美风格，这说明他在阅读接受过程中注重文学审美个性的培养。他在接受访谈时说："我是学习着《红楼梦》的那一类文学路子走的，《红楼梦》也是顺着《诗经》《离骚》《史记》等一路走到了清代的作品，它积蓄的是中国人的精气神。我最近读《诗经》这方面的感受就特别多。"[①] 从《诗经》《庄子》、屈原、苏轼到《红楼梦》，再到废名、沈从文、张爱玲、孙犁，这是中国文学的一条线索，作家多以才情取胜，风格多抒情唯美。贾平凹在文学审美风格上，倾向于接受那些唯美风格的、有自己个性风格的作家和作品。

贾平凹对抒情传统和唯美风格作品的接受，与性格气质有关。他的性格气质使其偏重于感悟和个人体验式的写作。"我写作常常对社会、人生有一种感悟，却没有明确的、清晰的判断和分析，就模糊地顺着体悟走，写成什么是什么，不求其概念之圆满，只满足状况之鲜活。""中国文坛向来崇尚史诗，我更喜欢心迹。"[②] 从上文列举的作品来看，那些在阅读中有"感应"的作品，往往是和其性格气质相契合的作品，也往往能获得生命深层的感悟和体验，激发其创作的生命力。贾平凹的阅读

---

① 贾平凹：《访谈》，生活·读书·新知三联书店，2015年，第311页。
② 王永生编：《贾平凹文集》（第14卷），陕西人民出版社，1998年，第302页。

接受和其性格气质相契合，比如对《红楼梦》的感应，创作出《废都》和《秦腔》，其情感深处的荒凉无奈以及绝望感与《红楼梦》的"一把辛酸泪"相似。

　　从文学风格来看，贾平凹所接受的这些作家和作品，与政治意识性强烈的作品不同，也与客观再现现实的写作不同，更多倾向个人话语的表达。贾平凹对文学审美有自己的取舍："中国作家历来分两类，一类政治性强，大题材，大结构，雄浑刚健"，"另一类讲究文体，讲究艺术，讲究语言，讲究气韵。……这类作家的作品寿命长，他的文字至老都好。……唯美性的作家作品有一个很重要的特点，艺术感觉好，文笔美，善于运用'闲话'增加韵味"。[①]在和他人对谈时他说："往往最后还能写的，都是那种艺术性强的作家，有才情的、唯美型的"，"（20世纪）三四十年代大的话语比较个人化"。[②]而他在公开的访谈和文章中谈及自己受废名、郁达夫、沈从文、张爱玲、施蛰存等作家影响较多。陈平原在论及20世纪小说模式的转变时，也谈及"五四"以来的作家在叙事角度和叙事结构上更倾向于"发挥个性与表现自我"，注重"诗趣"。其实，文学创作本是个性创作，作者个人要面对社会历史以及人生，甚至自己的心灵、个性气质会渗透到作品里和文字中。从文学史的发展来看，到了20世纪90年代，中国文学回归到文学本体时代，"优秀的作家开始凸显出来，不是以流派的方式，而恰恰是以个人的方式"[③]。从贾平凹的文学创作过程来看，他的创作暗合了新时期不同的文学流派，总体上仍是归于文学，归于性情，也归于爱好的个人写作。

　　他一方面选择那些和他的性格气质相近的作品，同时，这些作品又在一定程度上影响了他的审美取向。他在阅读和创作过程中，认识到作家的气质影响作品风格，作家要善于发现自己的文学气质，并从气质和个性心理上发掘不同作家作品的优缺点，在创作上扬长避短。贾平

---

① 贾平凹：《关于小说》，生活·读书·新知三联书店，2015年，第140页。
② 贾平凹：《访谈》，生活·读书·新知三联书店，2015年，第159—160页。
③ 贾平凹：《访谈》，生活·读书·新知三联书店，2015年，第253页。

凹喜欢的作家，包括孙犁、川端康成、废名、沈从文和张爱玲等，都属于文学气质接近的。孙犁在人情美方面影响贾平凹早期的创作，川端康成吸引贾平凹的也是日常生活和人情人性的细腻微妙的描写，但川端康成的气质决定了其对情感多孤独忧郁的书写，这和贾平凹不同。贾平凹也意识到，文学的格调和人的格调相似，"文学亦是这样，气质的发现、发展是极其重要的"。在对废名和沈从文两个作家的学习中，贾平凹认识到个人的气质会影响文学风格，与此同时，文学也能在一定程度上改变个人气质。他说："沈从文学废名而脱于废名，他的作品的气是外喷的。"[1]"沈文是发展了冯文，扩大了视野，气盛。……吾则要拉开距离，习之《史记》，强化秦汉风度。"[2] 也正是在阅读体悟中，贾平凹有了自觉的意识，希望借助阅读改变气质，"我是陕西的商州人，商州现属西北地，历史上却归之于楚界，我的天资里有粗犷的成分，也有灵性派里的东西，我警惕了顺着灵性派的路子走去而渐巧渐小，我也明白我如何地发展我的粗犷苍茫，粗犷苍茫里的灵动那是必然的"[3]。早期，贾平凹阅读作品，更多欣赏的是情调，后期，则注重生命气质的养成。贾平凹说："你的观念、意识那是生命中的，文学本身是生命的另一种形态。它必然带到里边去了。我藏了许多汉罐，汉罐都是当时工匠们做的，他一做就那么大气，因为他所处的国家强盛，那是一种时代精神在每一个人的血液里、气质里。"[4] 从文学气质的养成角度阅读作品，所阅读的作品又对气质养成产生一定的影响，越到后期，他越注重在个性气质的熏陶和养成中接受作品："器皿的容量大小是起决定性作用的，罐子大了装的东西肯定多……到一定程度以后，文学艺术就不是技巧上的问题，而是比容量了。"[5] 有时候，前辈的文学艺术家，对后学者来说，就是一面镜子，起着指引文学方向，甚至矫正文学观念的作用。但同时，后学者

---

[1] 贾平凹：《关于小说》，生活·读书·新知三联书店，2015年，第140页。
[2] 王永生编：《贾平凹文集》（第12卷），陕西人民出版社，1998年，第185页。
[3] 贾平凹：《关于小说》，生活·读书·新知三联书店，2015年，第109页。
[4] 贾平凹：《访谈》，生活·读书·新知三联书店，2015年，第193页。
[5] 贾平凹：《访谈》，生活·读书·新知三联书店，2015年，第195页。

如若在阅读中一味模仿，摆脱不掉前者的影响，其文学创作也会止步不前。作家和他的阅读充满矛盾，是一个不断累积又不断缩减的过程，作家的阅读需要悟性，通过阅读提供创作的方式方法是一般的接受，更高水平的接受则来自阅读对个人气质的影响和人格的提升。

三、《红楼梦》在贾平凹的阅读中犹如电光火石

在《读书示小妹十八岁生日书》中，贾平凹谈及他最初接触的文学作品是《红楼梦》，推算下来，那时他十六岁。读一本书喜欢到要将它偷拿回家，喜欢到能跟着书中的主人公哭和笑，可见这是能和作者身心感应、性情气质契合的书。在大学期间，贾平凹又读过两遍《红楼梦》。20世纪90年代初又重拾《红楼梦》。2006年，在首届世界华文长篇小说奖"红楼梦奖"的受奖辞里，贾平凹说："《红楼梦》是一座大山，我的写作仅仅是一抔黄土了。"[1] 这也不是作者的谦辞。贾平凹喜爱《红楼梦》，以至于在品评其他作家的时候，往往也以《红楼梦》为标准："我所崇拜的现当代作家沈从文和张爱玲，我觉得他们写作都是依然在《红楼梦》的长河里。沈从文的湘西系列让我看到了《红楼梦》的精髓；张爱玲的作品更是几乎一生都在写《红楼梦》的片段。"[2]

《红楼梦》在贾平凹的阅读接受中犹如米兰·昆德拉所说的电光火石，从最初的无意识接受到后来的有意识吸收，《红楼梦》对贾平凹的影响是深入腠理和肌肤中的。其实，任何伟大的作品，其之所以伟大，在于作品中有作者对人生和社会的全部体会，其所能激发的读者感受和想象也是大方无隅的，每一个后来者都能各取所需，在其中找到自己所感应的。贾平凹与《红楼梦》就是美丽的相遇，《红楼梦》中小儿女的对话描写，日常生活的白描勾勒，其意象交融的情境描绘，再到其行文结构的去戏剧化特点，以及在作品中文字后面所寄予的情怀，我们都能在贾平凹后来的创作实践中找到《红楼梦》的影响。《废都》是富有创造性也

---

[1] 贾平凹：《关于小说》，生活·读书·新知三联书店，2015年，第146页。
[2] 贾平凹：《关于小说》，生活·读书·新知三联书店，2015年，第146页。

最能见出作者个人性情的作品,也是最接近《红楼梦》艺术情调的作品。作者夫子自述:"一切都是茫然,茫然如我不知我生前为何物所变,死后又变何物。我便在未做全书最后的一次润色工作前写下这篇短文,目的是让我记住这本书带给我的无法向人说清的苦难,记住在生命的苦难中又唯一能安妥我破碎了的灵魂的这本书。"[1]这是一部书写作者心迹的作品,但作者并未直陈心迹,而是将情绪寄托于暗示于隐喻于所建构的意象世界中。"废都"包含复杂的意象,小说开始如《红楼梦》讲幻境一样,从神秘事物和奇幻景象说起,都是超越视角和意象思维的结果;《废都》结构包含着"百鬼狰狞,上帝无言"的意象构造,《红楼梦》中也处处是两个世界的意象想象。在《废都》中拾破烂的老头那里,能看见《红楼梦》中的空空和尚和跛足道人。在人物设置上,《废都》的四大文人对应《红楼梦》的四大家族,痴情的红楼公子与多情的庄之蝶遥相呼应。《废都》的语言不是纯粹的大白话,白话语言中夹杂着古语,但语调又与商州系列小说的笔记体味道不一样,透着明清文人的况味,整个小说的审美格调也给人无尽的悲凉意味,尤其在主人公庄之蝶的结局处理上,满纸都是绝望与苍凉。作品出版之初,在文体创造上就被学界认为是对《红楼梦》的承续。"《废都》属于世情小说,与我国古典小说有着极密切的关系,又糅合了现代生活语汇,化合的功夫之到家令人惊叹,可说深得'红楼''金瓶'之神韵。"[2]贾平凹曾在访谈中提及:"《红楼梦》在初中时读过,上大学又读过,直到我从事写作近二十年,曹雪芹的影响反倒大起来了。"[3]贾平凹20世纪70年代初期开始写作,二十年后也就是90年代初,那正是创作《废都》的时期。《废都》之后,贾平凹的创作也被诸多评论家谈到其与《红楼梦》的联系。著名评论家李星在访谈中说道:"《古炉》在写法上直接承续的是《红楼梦》《金瓶梅》日常化、人性

---

[1] 贾平凹:《关于小说》,生活·读书·新知三联书店,2015年,第63页。
[2] 雷达、曾镇南等:《说长道短论〈废都〉——京都评论家八人谈》,见肖夏林主编:《〈废都〉废谁》,学苑出版社,1993年,第128页。
[3] 王永生编:《贾平凹文集》(第13卷),陕西人民出版社,1998年,第148页。

化、平民化的写作方法","曹雪芹的宇宙观、色空观念,他对人和人生的悲悯"等也影响到贾平凹的创作。①李敬泽在《老生》的首发式上,也谈到在贾平凹的作品里弥漫着"大荒"的韵味,这是《红楼梦》的延续。

《红楼梦》对贾平凹的影响是全方位的,不仅是感受世界的方式、作品的结构和手法,还有对语言韵味的追求。贾平凹说:"《红楼梦》的语言就是中国文学一路下来的呀。看看后来的小说语言就变了,而沈从文的、张爱玲的、孙犁的仍又是《红楼梦》的路子。这类语言貌似不华丽、不煽情、不新鲜,但味道长久。"②他还说:"在写《秦腔》时,我自然在语感上、在节奏上、在气息和味道上受到《红楼梦》的影响。"③《红楼梦》的语言是传统文人的语言,与通俗话本小说的语言不一样,总体上言语淡远有致,使人回味甚多。贾平凹也注重语言的写意成分,多用白描化的文字突出语言的韵外之致。在古汉语和民间土语的使用中,多了些许文人的寄予。《红楼梦》中人物的语言充满个性化特点,在叙事过程中,尤以人物对话成分居多。贾平凹在人物的对话上,对《红楼梦》的借鉴颇多,早期《山地笔记》中的对话或是无意识的影响,后期《秦腔》《暂坐》等的对话语言,就是有意识的吸收了。

2020年,贾平凹写完《暂坐》,谈到"无我"而"无我不在"的写作视角,他的启示仍是从《红楼梦》而来:"《红楼梦》写了什么呢,写了社会巨变背景下大观园中一群少男少女,主要人物贾宝玉、林黛玉,作家给他强加了什么吗,除了有怎么来的,就是他们的以成长而成长,这些以成长而成长的就是那些日常生活。它是没有观念和思想的加入,但它把什么都写出来了。"④贾平凹从《山地笔记》阶段就尝试从叙事手法、视角选择、小说结构等方面进行客观化叙述,诸如白描手法和限制视角的使用,在对比模式中彰显叙事活力,擅长空间叙事结构的营造

---

① 贾平凹:《访谈》,生活·读书·新知三联书店,2015年,第311页。
② 贾平凹:《访谈》,生活·读书·新知三联书店,2015年,第311页。
③ 贾平凹:《关于小说》,生活·读书·新知三联书店,2015年,第146页。
④ 贾平凹:《关于"山水三层次说"的认识——在陕西文学院培训班讲话》,载《当代》2020年第5期。

等,《红楼梦》对贾平凹的影响是深层次的,是影响贾平凹一生的作品。

四、影响的焦虑与超越

阅读伴随着作家的创作,贾平凹在创作上的变化,与所阅读的作家作品的影响是分不开的。贾平凹本人也曾说过,他是个追星族,有自己喜欢的星,"在初写作的时候,孙犁对我影响过,后来是沈从文,是庄子,是苏东坡,是福克纳,是张爱玲"①。

20世纪70年代,在苗沟修水库时,贾平凹反复看的一本书是孙犁的《白洋淀纪事》,孙犁也在不认识贾平凹的情况下肯定了贾平凹的读书路子和散文创作成绩,两人后来有书信往来,在1981年到1992年的公开资料里,孙犁回复给贾平凹的信有六封,关于贾平凹的评论文章有四篇,十篇文字都很扎实。现摘录其中字句,可见孙犁对贾平凹的赞赏和推崇:

> 你的散文的写法,读书的路子,我以为都很好,要写中国式的散文,要读国外的名家之作。……中国当代有些名家的散文,我觉得有一个大缺点,就是架子大,文学作品一拿架子,就先失败了一半,这是我的看法。我称你的散文是不拿架子的散文。②

贾平凹写的《孙犁论》也被孙犁认为是一语中的之作,孙犁和贾平凹或是当代作家里惺惺相惜又互动最多的。贾平凹说:"他(孙犁)的作品直逼心灵。到了晚年,他的文章越发老辣得没有几人能够匹敌。""孙犁是孤家寡人。他的模仿者纵然万千,但模仿者只看到他的风格,看不到他的风格是他生命的外化,只看到他的语言,看不到他的语言有他情操的内涵。"③从阅读接受者的角度而言,贾平凹喜欢"心迹",喜欢从心流露的作品。孙犁是荷花淀派的创始者,从20世纪40年代的《芦花荡》《荷花淀》到50年代的《风云初记》《铁木前传》,"他笔下的一代农村男

---

① 王永生编:《贾平凹文集》(第13卷),陕西人民出版社,1998年,第148页。
② 孙犁:《澹定集》,百花文艺出版社,2012年,第137—138页。
③ 贾平凹:《关于散文》,生活·读书·新知三联书店,2015年,第121页。

女参与革命竟像是谈笑用兵,再剧烈的风云变幻也都融入四时生活的节奏里"①。在左翼革命叙事背景下,不是靠血腥的画面以及战斗的激情打动人心,而是靠日常生活中普通人细微的感情流露打动人心,这种独抒人情人性真善美的一面,我们在贾平凹早期作品诸如《山地笔记》等中能看到其受孙犁写作风格的影响。当然,从以上的引述文章中也可看出,孙犁对贾平凹散文写作方向的肯定一定程度上也影响了贾平凹对文学传统的认同,许子东认为:"这种评论促使他产生了自觉的'文体感',以为三十年代以来中国小说接受了西方模式而散文却承袭了明清笔记传统,于是他也有意以散文笔法为小说。"②贾平凹对文学传统的认同有受文学批评的影响,但更多也是契合自己性情的自觉选择。

每一个有追求的作家都是在学习的同时也在抛弃,莫言曾说过,马尔克斯和福克纳对他来说,是两座炙热的火山,能给他启发,也能烧焦他,这话一点不假。1989年8月,贾平凹的笔记体小说《太白山记》出版,作品古怪、邪异甚至鬼魅的氛围里,已经看不到孙犁的影响了,这其实也是作者通过奇幻、鬼魅以及怪异在突破自我。挣脱自我艺术习惯的尝试在《废都》里最为成熟,贾平凹成功营造了一个"百鬼狰狞"的废都文化场域,在这样的文化场域里,他想表达什么样的人性呢?贾平凹在《四十岁说》中谈道:"在美国的张爱玲说过一句漂亮的话:人生是件华美的睡袍,里面长满虱子。人常常是尴尬的生存。我越来越在作品里使人物处于绝境,他们不免有些变态了,我认作不是一种灰色与消极,是对生存尴尬的反动、突破和超脱。"③他不再在作品里塑造清新脱俗的美,庄之蝶的沉沦和变态与庄之蝶的生活环境是相符的,这是四十岁以后的贾平凹对生活和人性的理解。也是从《太白山记》《废都》等作品开始,贾平凹更多呈现人性的复杂、存在的无奈与绝望,他在人性探索上

---

① 王德威:《暴力叙事与抒情风格:贾平凹的〈古炉〉及其他》,载《南方文坛》2011年第4期。
② 许子东:《寻根文学中的贾平凹和阿城》,载《文艺争鸣》2014年第11期。
③ 王永生编:《贾平凹文集》(第12卷),陕西人民出版社,1998年,第316页。

由单纯入世已经转入复杂处世的阶段。

在艺术表现方面,贾平凹则受张爱玲影响较大,"我受她(张爱玲)启发,我大量运用意象,有零碎意象,更有整体意象,我热衷于意象正是我用心之处"[①]。对张爱玲的喜欢是作者钟情《红楼梦》的延续,贾平凹在《读张爱玲》中说:"你难以揣度她的那些怪念头从哪儿来的,连续性的感觉不停地闪,组成了石片在水面的一连串地漂过去,溅一连串的水花。一些很著名的散文家,也是这般贯通了天地,看似胡乱说,其实骨子里尽是道教的写法——散文家到了大家,往往文体不纯而类如杂说。"[②]或是张爱玲的写作启发了贾平凹,也坚定了他朝向意象写作的方向,写完《太白山记》后,贾平凹在写作技巧上找到了有意味的表现形式——"以实写虚,体无证有"[③]。当然,意象在贾平凹这里,不仅仅是一种表现手法,而成为一种结构形式。我们阅读《废都》之后的作品,其小说结构总是呈现多重向度,有故事或现实的层面,这是"象"的层面,也有对现实和故事的统摄层面,表达作者的情感和思想,这是"意"的层面。以《废都》为例,"废都"意象从两个层面展开叙述:一是废都城里的文人生活,可用"百鬼狰狞"来概括;一是埙和牛在废都城里的超越性存在,可用"上帝无言"来隐喻。象的层面呈现芸芸众生的生活,意的层面传达作者对芸芸众生尤其是对庄之蝶生活的思考,象与意、形而上与形而下的契合表达多元而深层的主题和意蕴。自《废都》之后,贾平凹自觉运用意象结构小说;到《怀念狼》,他对意象结构有了观念上的明晰;直至《秦腔》,可以说意与象完美融合。正是借助意象,贾平凹找到了他观照世界、表达世界的方式,也使作品具有了无限阐释的意义空间。

在现代文学史上,废名是沈从文的老师,他们都强调文学的独立性,追求作品的审美品性,沈从文在创作上远远超出了他的老师,这是因为每一个人都有自己的创作天地,这天地,有来自天性、气质以及爱

---

① 贾平凹:《访谈》,生活·读书·新知三联书店,2015年,第288页。
② 贾平凹:《关于散文》,生活·读书·新知三联书店,2015年,第127页。
③ 贾平凹:《关于小说》,生活·读书·新知三联书店,2015年,第115页。

好的成分。贾平凹早期很喜欢废名作品中的情调，可当他看到沈从文的作品后，更喜欢了沈从文，他曾在访谈中说及《沈从文全集》他是买回来放在书架上供着的，表现了他对前辈作家虔诚的态度。也正是在对沈从文和废名的阅读中，贾平凹体会到文学的格调和人的格调相似，湘西博大而丰富的地域文化资源，忧郁善感而又不安分的灵魂，以及青少年期间辗转奔走于沅水流域的生活经历，使沈从文具有更开阔的生活面，情感自然饱满深厚。贾平凹感受到沈从文作品的唯美性、阴柔性、神性，这些特性又何尝不是贾平凹所追求的艺术特性。每一个他者都是镜子，镜子里他者的优点或是自己的缺点，如何在学习的基础上扬长避短始终是作家的功课。贾平凹在《〈高老庄〉后记》中强调："对于整体的、浑然的、元气淋漓而又鲜活的追求使我越来越失却了往昔的优美、清新和形式上的华丽。"[①]这就是所谓的文学的自觉意识。蝴蝶是从蚕蛹里蜕变出来的，莲花也是挣脱淤泥后开成了美丽的花朵，影响的焦虑与超越始终是伟大作家摆脱不了的课题。因为生活时代、个人性情、生活的地理背景甚或文学使命的不同，贾平凹在向他的文学前辈致敬的同时，最终还是顺着自己创作的河道，渐行渐远。

五、文学观念和态度的变化

贾平凹早期阅读文学作品，重在寻找创造手法上的突破。现试举几例来说明：

> 拿手的是写日常生活中的微妙的感情的东西，靠的是感觉，靠的是体验，而不是靠横的即知识面广赢人。
>
> 冯多拘紧，沈则放野，有一股勃勃豪气。冯文技法有七，一行文多靠感觉，故细腻，形象新鲜，在感觉行笔时再加上意识流动，此意识有主人公的，有写书人的。二转折自然，多在上一段对话中暗交待，遂倏乎转入别处。这样不易

[①] 贾平凹：《关于小说》，生活·读书·新知三联书店，2015年，第109页。

露出痕迹。三对话时空白极大，初看不知晓，细读则入味，后味。四描写多闲笔，全是感觉，能摇曳开。五不交待来龙去脉，随到随写，有《史记》之法。六学六朝、唐人绝句，学李商隐、陶潜，句出意境。是以现代意识浸润意境。以色块写意境。这样意境阔大，无俗媚。七思想沉静，无浮躁气，自己保持自己一个世界。

一、小说的问题不是在写故事，而是充分地写"背景"下的故事过程，而又恰恰没有故事的结局。这便是写人与写故事的区别。二、不停有伏笔，而写伏笔时又使故事摇曳开，以增加深厚度。三、叙述时，动作性东西多，互相交替，显得容量。①

以上所选几乎都是日记，可见，读书是贾平凹日常的功课，他在读书过程中是随读随记，所读作品非常广泛，古今中外作家都有所涉及，诗歌、小说和文学理论也都有自己的体悟。从所记内容来看，也足以说明其是阅读的方家。贾平凹早期作品主观感受强烈，不断尝试多种文学叙事技巧，文体结构丰富，注重文学形式，这都能见出阅读对贾平凹创作的影响。很多作家都是先读书后作文，余华曾说过，好作家首先是一个好的阅读者。马尔克斯也曾把海明威的作品完全拆解，企图寻找其中的写作技巧。贾平凹在阅读文学作品中，也非常重视取彼之长，补己所短。

在《"卧虎"说》《四十岁说》《中国当代文学缺乏什么》中，他提到要用中国传统的美的表现手法，表现现代人的思想和情绪。这启示最先来自对川端康成的阅读："川端走的是把西方现代派文学同日本古典传统结合起来的创作之路。没有民族特色的文学是站不起的文学，没有相通于世界的思想意识的文学同样是站不起的文学。用民族传统的美表现现代人的意识、心境、认识世界的见解，所以，川端成功了。"②贾平凹文学观念中所谓的作品要有现代意识，现代意识和人类意识就是打通阅

---

① 王永生编：《贾平凹文集》（第12卷），陕西人民出版社，1998年，第183—186页。
② 王永生编：《贾平凹文集》（第12卷），陕西人民出版社，1998年，第183—184页。

读界限后获得的。"读20世纪以来的作品,我主要是从其大作中汲取一种精神,一种境界,一种新的思维结构罢了。"①

从对技巧和手法的重视,再到在创作方面获得了超越手法和技巧的认识,这其实也是他对文学的认识,他更加强调作品背后作家的精神气度和人格力量。摆脱自我性灵里的因素,提升文学的大气磅礴气势,贾平凹认为文学最后的较量仍是人的较量:"'人'的精神博大不博大,也就是'人'的胸怀大不大,偏执不偏执,中和不中和,从作品上很快就能看出来。"②定居西安后,贾平凹酷爱汉罐,喜欢唐以前的陶俑和壁画,喜欢到碑林读碑帖,喜欢嘶吼着的民间戏曲秦腔。收藏的爱好,包括书法里他所向往的"海风山谷",其实都是性情的陶冶,向着粗犷、朴拙和大气弥漫的方向颐养性情。

2000年,贾平凹写《西路上》,既是用行走的方式重走丝绸之路,也是一次对雄浑厚大的汉唐文化的心灵膜拜。其实,每一个优秀的作家,都在用不同的方式探寻民族传统文化的魅力,从《秦腔》《古炉》《带灯》《老生》等作品的后记中,我们看到贾平凹已经将阅读的重点更多放在了明清以前的作品中,他读《世说新语》《山海经》,读老子、庄子和《诗经》,希望从民族文化的源头汲取创作的精神富矿。"海风山骨"作为一种文学品格的追求,和作者的个性气质养成有关系,也和作品的文化品格密切相关,从传统文学和文化中汲取创作的有益因素,是作者"养道蓄气"的过程。苏子在作文和书法时,信奉有道有艺,才能信手信足。有道是说"神与万物交",有艺是说"智与百工通",如此,才能心手相应,游刃有余。文艺创作上的自信既要靠自己的体悟,也要勤于学习。体悟的过程就是养道蓄气的过程,学习的过程就是与不同的作家相遇,接近他们又摆脱他们的过程。一个不学习的作家成不了好作家,同样,一个只知道学习模仿而无自己独特体悟的作家也成不了好作家。

---

① 贾平凹:《我读外国文学》,载《世界文学》1987年第4期。
② 贾平凹:《访谈》,生活·读书·新知三联书店,2015年,第145页。

贾平凹对传统审美精神的传承

  1985年，韩少功、阿城等作家倡导要为文学寻找文化之根，韩少功认为："文学有'根'，文学之'根'应深植于民族传统文化的土壤里，根不深，则叶难茂。"①贾平凹虽未标举"寻根文学"的大旗，但他在1982年的《"卧虎"说》中提出，他的创作追求在于"以中国传统的美的表现方法，真实地表达现代中国人的生活和情绪"②，这说明，他是较早返身于传统文学和文化中的作家，也是较早有意识从传统文学中汲取美学经验的作家。《"卧虎"说》的出现在贾平凹的创作中具有重要意义，坚定了他在文学审美上对传统的认同，也标志着贾平凹小说艺术观念的自觉。贾平凹在这只"卧虎"上感受到传统审美精神的价值，那就是混沌之美、有神之美和意象之美，他在作品中提道："'卧虎'，重精神，重情感，重整体，重气韵，具体而单一，抽象而丰富，正是我求之而苦不能的啊！"③"重整体"连通了传统文学理论中形与神、虚与实的美学观念，是贾平凹文艺写作追求的目标；"重精神"连通了传统美学中"形神兼具""离形得似"的审美观念。在中国传统文艺理论中，神似是"对事物本质特征的一种具体的形象的把握"④，贾平凹在他的多部作品中提到的提升境界、重视背景、开阔视野、涵养精神等，都是通往有神的路径。贾平凹虽未在

---

① 韩少功：《文学的"根"》，载《作家》1985年第6期。
② 贾平凹：《关于散文》，生活·读书·新知三联书店，2015年，第15页。
③ 贾平凹：《关于散文》，生活·读书·新知三联书店，2015年，第14页。
④ 张少康：《中国古代文学创作论》，北京大学出版社，1983年，第163页。

《"卧虎"说》中提到"重意象",但"卧虎"作为审美观照对象,它身上具有的"具体而单一,抽象而丰富"的审美特点恰是传统意象理论所追求的。意象思维中的以象写意或立象见意强调的是借助具体的形象传达抽象丰富的内涵,是中国传统文学最重要的表现方法。贾平凹后来在很多文论文章中也谈及他对建构意象世界的兴趣,建构意象成为贾平凹文学创作最重要的手法。《"卧虎"说》也可以说是贾平凹认同传统文学审美精神的宣言,至此之后的四十多年,他在多篇作品的后记以及《四十岁说》《我与传统接受》《我们的小说还有多少中国或东方的意韵》等作品中,不断深化他对传统审美精神的认识,并通过大量的文艺创作,游刃有余地运用传统审美技巧,与现代主义表现手法融合,创造出独具特色的文学成果。可以说,贾平凹全部的文艺创作,都是在"卧虎"所蕴含的美学观念中,在与传统审美的对话中,不断丰富、发展和壮大。

一、"重整体":混沌之美

圆是中国文化中重要的精神原型,它体现着中国艺术生命精神最重要的特征——整体特征。老子说:"道生一,一生二,二生三,三生万物"[①],道所化生的一就是混沌,是圆。圆本无形,却含有化生万物之理,"动而生阳,静而生阴,阴阳相摩相荡,万物于是生也"[②]。这说明,圆虽混沌,但活泼泼的生命气象却蕴含其中。朱良志认为,中国哲学的生命整体观表现在每一个生命都是一个自在圆足的生命整体,万物都有生命,生命精神是共通的,从而表现为有圆成的、共通的生命结构,也就是物物归于圆,归于混沌,归于整体,也即"物物均有内在的理,而内在的理又是共通的;自一物可观万物,自一圆可达万圆,物物绳绳相连,绵绵无尽。它强调了万物都是一个自在圆足的生命整体这一重要特征"[③]。中国哲学的圆满具足说实际上是以诗意的眼光看待万事万物,正

---

① 老子:《道德经》,汤漳平、王朝华译注,中华书局,2014年,第165页。
② 朱良志:《中国艺术的生命精神》,安徽教育出版社,2006年,第358页。
③ 朱良志:《中国艺术的生命精神》,安徽教育出版社,2006年,第362—363页。

是在这样的生命哲学基础上，中国传统审美理论既关心"一"，认为万事万物都是道的化身，更关心"一切"，微尘大千，刹那永恒，一切都是自在圆足的生命。作为艺术家，要写出万象皆殊的宏阔宇宙，就要具有自觉的超越意识，要从精微中体会深妙的内涵，自有限中观察无限，从当下而见出永恒。"中国艺术理论强调：一花一世界，一草一天国，一尘可得无量大千"①，一草一尘中包含整体的、活泼泼的生命力量和精神。中国哲学的生命整体观影响中国的文学和美学观念，中国传统审美理论中的形神兼具、气韵贯通、以象写意等都建立在生命艺术整体论的基础上，中国的诗歌、绘画和戏曲艺术，强调的是形神统一所带来的整体的艺术美感，强调的是在或拙朴或精致的艺术形式中表达蕴含丰富的精神内容。

贾平凹对文艺作品整体性的追求是通过"卧虎"点拨的。他第一次看到"卧虎"，就非常惊异：

> 寓于这种强劲的动力感，竟不过是一个流动的线条和扭曲的团块结合的石头的虎，一个卧着的石虎，一个默默的稳定而厚重的卧虎的石头！②

在这里，作者被流动的线条与扭曲的团块结合产生的艺术品所震撼。这里面流动的线条是飘逸灵动的，是虚化的，石头的团块是静止厚重的，是坚实的。这个石虎是融虚与实于一体的艺术品。

作者继而由"卧虎"联想到作者的出生地，也即作者文学创作的基地：

> 想生我育我的商州地面，山川水土，拙厚、古朴、旷远，其味与卧虎同也。③

在贾平凹文学观念的生成之际和文学创作的蓬勃之时，其传统文化意识的觉醒和地域文化意识的自觉是同步的，共同促进其文学创作。地

---

① 朱良志：《中国艺术的生命精神》，安徽教育出版社，2006年，第365页。
② 贾平凹：《关于散文》，生活·读书·新知三联书店，2015年，第14页。
③ 贾平凹：《关于散文》，生活·读书·新知三联书店，2015年，第14页。

域文化对贾平凹而言，更多是无意识影响，传统文化和文学作品对他而言，是有意识启悟。因而，他在返归文学传统中体悟到："我知道，一个人的文风与性格统一了，才能写得得心应手，一个地方的文风和风尚统一了，才能写得入情入味，从而悟出要作我文，万不可类那种声色俱厉之道，亦不可沦那种轻靡浮艳之华。"[①]1983年2月21日，在其而立之年的生日当天，他在《山石、明月和美中的我》中说："山石是坚实的，山中的云是空虚的，坚实和空虚的结合，使山更加雄壮；山石是庄重的，山中的水是灵活的，庄重和灵活的结合，使山更加丰富。"[②]贾平凹在商洛山地中体验的美是忠实生活与空灵写意的结合，和在"卧虎"中体悟到的美是一致的，都强调在实与虚、形与神的统一中表现艺术的整体美。这也是他在小说叙事上的追求，在后来不断的实践中得到完善，发展成独具个人特色的"以实写虚，体无证有"的叙事手法，这种文学手法在《废都》《秦腔》《山本》等的写作上，不断发展成熟，成为文坛独行侠醒目的文学标志。

在贾平凹看来，"卧虎"蕴含中国传统的审美特征，它"内向而不呆滞，寂静而有力量，平波水面，狂澜深藏，它卧了个恰好，是东方的味，是我们民族的味"[③]。"平波水面，狂澜深藏"是理解贾平凹文学审美的核心：看似"平波水面"，实则"狂澜深藏"；"平波水面"是表，"狂澜深藏"是内；"平波水面"是形，"狂澜深藏"是神；"平波水面"是具体而单一，"狂澜深藏"是抽象而丰富。这里面包含四个方面的含义：一是简单的线条，意味涵泳不尽，这是寓丰富于简单；二是卧着的老虎，分明有强劲的动力感。石虎线条流畅，恰是线条的流畅使虎有了跃跃欲试的动感，是静与动的统一；三是雕刻的老虎线条是其表，稳定而厚重的力量是其神，是形与神统一；四是这只虎的阳刚而富有力量却是用水样的线条表达，是刚与柔统一。

---

① 贾平凹：《关于散文》，生活·读书·新知三联书店，2015年，第14页。
② 贾平凹：《关于散文》，生活·读书·新知三联书店，2015年，第21页。
③ 贾平凹：《关于散文》，生活·读书·新知三联书店，2015年，第15页。

"卧虎"包含形与神、动与静、虚与实的和谐与统一。中国山水画、诗歌,包括戏曲都是中国特色的艺术品,艺术品的整体美就是形与神、动与静、虚与实的和谐统一。贾平凹对"卧虎"生命精神的顿悟,使他认识到,通过具体可感的外在物象,表达内心深处的思想情感,达到物我合一,这是中国文学艺术的精神。在贾平凹的艺术观念中,强调作品的整体特征正与中国传统审美精神遥相呼应。

贾平凹文学观念的形成,受阅读触发,得"卧虎"点拨,同时也是他创作体验的总结和创作实践的追求。1983年10月28日,贾平凹在《学习心得记——与友人的信》中表达了他对中国的表现主义艺术深有体会:

> 中国画和中国戏曲就明显地看出是表现的艺术。在它的画面上和舞台上,出现的并不是生活的原型,但通过构图和表演,引起了生活的幻觉,使读者和观众的喜怒哀乐,不仅将生活艺术化,而且把人物内心世界视象化,特写化,叙述化。[1]

中国的绘画和戏曲,追求的是言有尽而意无穷、自有限而观无限,将丰富和抽象寓于简单和单纯之中,从而获得超越形象的对事物本质的认识,这是"形神兼具""重在神似"的传统审美精神的表现。不仅如此,贾平凹对中国绘画和戏曲的理解,也影响到他的文体形式,如绘画在空间分布中追求浑然整体的艺术境界,影响到小说中空间结构的设计,中国戏曲中多层次、多角度的艺术形式,也为他强调丰富多维的艺术表现空间提供了灵感。

1983年,贾平凹在《使短篇小说短起来:自我告诫之一》中关于"现代文学是内向的文学,暗示的文学"[2]的认识,和表现主义文学强调对生活的主观表现、借助象征手法暗示主题的创作特征相似。贾平凹在告诫中对"空白""妙微精深"以及去故事性和戏剧性的追求,也是从创作

---

[1] 贾平凹:《关于散文》,生活·读书·新知三联书店,2015年,第28页。
[2] 贾平凹:《关于小说》,生活·读书·新知三联书店,2015年,第9页。

方法层面对传统审美理论的体味和妙用。留白是传统美学虚实结合的表现手法，目的是实现主题的多义，他说："'妙微精深'，微了才能达到深，这实在是这个世界、这个人生一切神秘大门的开关啊！"①可见贾平凹已经深谙如何从有形中创造无形，如何从具体和实在中达到对抽象和玄幻的表达。

贾平凹从20世纪70年代末，就有意识用传统手法表达现代意识。在他看来，真正的学习和借鉴，是"自觉地认识东方的重整体的感应和西方的实验分析，不是归一和混淆，而是努力独立和丰富"②。尤其是当中国或东方哲学意味和审美情趣日渐衰微的时候，更要强化和发展本民族文学的基因和特性。在文化自信的背景下，他号召要向传统学习："在中国的传统认识里，重整体、重意向、重象征、重比兴、重言外之意。所以，所有的方法都在万事万物之中，最后归到天人合一。"③用传统审美形式表达现代人的思想和情绪，创造出富有中国民族文学特征的叙事作品，是贾平凹的文学初心，也成为贾平凹矢志不渝的追求，更是他文学作品风格的标记。

二、"重精神"：有神之美

1982年，贾平凹借由"卧虎"思考的是如何通过具体的形式，表达内心深处的思想情感，达到物我合一，这是中国文学艺术的精神。不论是中国的诗歌还是绘画作品，强调的都是气盛，是神似而非形似，强调的是作者能否在或拙朴或精致的艺术表象下，表达出蕴含丰富的精神内容。文学艺术，重视的是艺术作品内在生命精神的探索和发现，重在对深藏的东西的挖掘，深藏的东西就是我们所说的有神之美，也是传统审美理论所强调的借形见神、"形神兼备，以神为主"以及"离形得似"等原则，都强调文学艺术品的传神之美。如唐代司空图提出的"离形得

---

① 贾平凹：《关于小说》，生活·读书·新知三联书店，2015年，第10页。
② 贾平凹：《关于散文》，生活·读书·新知三联书店，2015年，第111页。
③ 贾平凹：《我与传统接受》，载《小说评论》2017年第2期。

似",强调"艺术描写的着眼点应该放在对创作对象内在精神实质的刻画上,而决不能够泥于形迹","不应只是在词藻华艳、模山范水上下功夫,而要着重在意境的创造上"。[①]李泽厚认为:"'有意味的形式',正在于它是积淀了社会内容的自然形式"[②]。如将"卧虎"作为审美观照对象,雄浑强大的汉时代的文化精神凝聚在"卧虎"之中,它虽是一只卧着的老虎,却具有稳定厚重的力量,这力量就是汉唐气魄。贾平凹在《陶俑》《古土罐》等散文里都强调汉唐的时代精神是雄浑厚重的。鲁迅先生在《看镜有感》中也对汉唐精神推崇备至,他在比较汉唐文化和明清文化时用了一个对比,汉唐时代,国家强盛时期,有一种精神是"将彼俘来",国家衰弱时,则是"彼来俘我",他认为汉唐的时代精神有阔大包容的力量。

如何才能创造出"离形得似"、具体传神的艺术品,这是贾平凹着重思考的,他在《〈高老庄〉后记》中这样说:

> 我以前阅读《红楼梦》和《楚辞》,阅读《老人与海》和《尤里西斯》,我欣赏的是它们的情调和文笔,是它们的奇思妙想和优美,但我并不能理解他们怎么就写出了这样的作品。而今重新捡起来读,我再也没兴趣在其中摘录精彩的句子和段落,感动我的已不在了文字的表面,而是那作品之外的或者说隐于文字之后的作家的灵魂!偶尔的一天,我见到了一副对联,其中下联是"青天一鹤见精神",我热泪长流,我终于明白了鹤的精神来自于青天![③]

"鹤的精神来自于青天",是贾平凹说的。汪曾祺说,思想和灵魂往往要在字面之外去体悟。海明威也说好作家是在八分之一的语言中表达出了八分之七的内涵。作者的思想和灵魂是在文字之外,这就是"离形得似"的真谛。这是其一。

---

① 张少康:《中国古代文学创作论》,北京大学出版社,1983年,第163页。
② 李泽厚:《美的历程》,天津社会科学院出版社,2001年,第37页。
③ 贾平凹:《关于小说》,生活·读书·新知三联书店,2015年,第109页。

其二,"鹤的精神来自于青天"是说,要写出好的人物,要弄清楚人物生活的背景。人物要复杂多义,背景也要深厚有基础。庄之蝶是20世纪90年代经济发展的背景下产生的,传统文化走向衰败,商品经济发展成为主流,废都城里人们的拜金欲望甚嚣尘上。《怀念狼》是在狼消逝的背景下,自然生态的恶化和人性的异化已成为一种全球性的事实。《秦腔》是在农耕文化衰亡的背景下思考的。要表达"平波水面"之下的"狂澜深藏",要重视对生活和创作的精神感悟。成为一个真正的好作家,并不是辞采有多丰富,而是你对生活对人生有没有一个深刻体悟的过程。青原惟信禅师的见山三阶段表达了禅宗独特的审美感悟过程,贾平凹将生活体悟和艺术体悟融入他的创作中,也有类似的阶段性的发展过程。

作者最初对文学的理解,注重的是优美的文笔和种种奇思妙想,追求的是情调的清新优美和形式的华丽,还处于最初的"见山是山,见水是水"的未悟阶段。这个未悟阶段,就贾平凹的文学实践而言,就是寻找一个好的故事,抒发美好的情感,这在他的《山地笔记》阶段尤为鲜明。美丽的山川,山川背景下美好的爱情故事是他早期作品的写作倾向。

随着年龄的增长和阅历的丰富,作者开始注重文字背后的情感和精神表现,在作品中释放胸中的块垒,这个阶段,对应的是山匪系列、《太白山记》以及《废都》。这时期的创作,贾平凹通过对艺术形象的变形等手法来寄寓那个更为深刻的自己,比如说写女人不再像菩萨一样,要把脸刺破才能找到归属。庄之蝶不是和妻子百年好合,而是沉沦于身体中,是一个迷失了自我的庄之蝶。这些幻化变形的故事和人物,都深藏着作者的矛盾和困惑,寄寓着作者内心和情感的焦灼,这种内心的矛盾、困惑源于对生活的困惑和焦灼,这是贾平凹审美风格中的"审丑"阶段。这一阶段,作者极力要把个性的、"自我"的意识渗透于作品中,传达他对时代社会和人性的批判,这个阶段是"见山不是山,见水不是水"的个性觉悟阶段。

等贾平凹真正感悟到"鹤的精神来自于青天"的时候,其实他对文学的感悟已进入"见山还是山,见水还是水"的阶段。他也意识到,作品真正追求的,就是在复杂纷纭的世俗万象中对时代、社会、人生的本质或原理的感悟,这种感悟,是看透人生、洞悉人生要义的感悟。《怀念狼》之后的作品可归入此类,叙述少了浮躁和玄幻的想象,个人情感的渗透更多化为艺术形象。《老生》中,作者借助叙事者老生叙述百年历史,在叙述过程中,极力隐藏自己,对人物的好恶美丑不做评价,努力呈现历史和人物本身的特征,对历史和人生持客观的态度。《山本》也企图回归事物本来的面貌,血腥的战争、逞能的英雄,最终灰飞烟灭,但山还是那座山,秦岭始终在那里。秦岭这样的意象,其实就是一个达观的超脱的看透世事人生的淡泊者形象。

贾平凹在新近的文章中谈道:"如果说第二层次(看山不是山,看水不是水)的文学角度是'我',是局外人的视点,那么第三层次(看山还是山,看水还是水)的角度就是'无我'而'无我不在',是太空的俯视。它的作品的意义,不是思想、观念加进去的东西,是所写的东西自性的力量在滋生、成长。"[①] "'无我'而'无我不在'"涉及写作者要从两个方面拓展自己的维度,一是人生态度和写作的视野,一是文学形式和手法。在形式和手法方面,作者要隐藏自己的态度,使用客观化叙事。从贾平凹的创作中可以看到他整个生命精神世界的流程。一个比较重视精神感悟的作家,注定会越走越远。我们总能在感性的形象中,感受到他深层的形而上的表达,这也是他的创作从一开始就未流于浮泛的原因。一个作家,要花大力气寻找"平波水面"背后的"狂澜深藏",这是贾平凹文学创作给我们的启示。

三、"重意象":意象之美

意象,是我国古代哲学、美学和文论中一个重要的范畴。这一概念,最早发源于《周易·系辞上》中"圣人立象以尽意"一语,后经庄

[①] 贾平凹:《关于"山水三层次说"的认识——在陕西文学院培训班讲话》,载《当代》2020年第5期。

子、王充和王弼等人的论述，逐渐丰富、成形。第一次把意象用于文学理论中的是刘勰，在《文心雕龙·神思》篇中他这样写道："玄解之宰，寻声律而定墨；独照之匠，窥意象而运斤。"[1]强调了意象在艺术构思中的重要作用。中国古代艺术理论认为艺术中所表现的情感非一般情感，必须经过净化和深化，通过含蓄蕴藉的途径予以表达，艺术家要借助象来兴发感动，借助感性形象来表达深层意念，激发内在生命冲动。艺术家通过"观象取意"和"假象见意"使内在情感获得感性化载体，最后通过"立象以见意"将心灵虚象化为实象。中国传统艺术理论中的意象论正是通过表现微妙玲珑的意象，通过艺术家的内心营构之象，在心灵的融冶中创造艺术家体验中的艺术世界。

意象论区别于西方的模仿论，模仿论强调对现实世界的再现，而意象论强调"似与不似"，"似"要求本于自然，"不似"又要求造法自然，强调心灵体验和感悟。艺术作品所创造的审美价值因为象"随象运思"的特征，不同的阐释者对象均可阐释不同的理，表达象外之象象外之理，从而扩大作品的意义空间。

朱寨著文说"艺术思维就是意象思维"[2]，意象思维是典型的诗性思维。象作为传统艺术论的基元，是言和意的中介。在《周易略例·明象》中，王弼说："言者所以明象，得象而忘言；象者所以存意，得意而忘象"，言为明象，象为明意。朱良志认为，若以言表意则意无以得显，因为一着语言，即依概念，未必能反映生命之整体性和丰富性。言不尽意故立象以尽意，作为"媒介工具的'象'，却可以超越语言自身的局限性，以类同于生命的符号去显示生命，符号自身构成了如卡西尔等人所说的'隐喻结构'，而不是'解说结构'"[3]。正是借助象的隐喻结构，使至显至简之物达到至深至玄之思。

中国文学艺术中整体圆融的生命境界的传达靠的是意象手法。贾

---

[1] 刘勰：《文心雕龙》，王志彬译注，中华书局，2012年，第320页。
[2] 朱寨：《艺术思维就是意象思维》，载《文学评论》2003年第3期。
[3] 朱良志：《中国艺术的生命精神》，安徽教育出版社，2006年，第113页。

平凹对意象情有独钟，恰是因为他看到了象在传达意的方面的特点，诸如象的多义性和表现性。他在《〈浮躁〉序二》中说："艺术家最高的目标在于表现他对人间宇宙的感应，发掘最动人的情趣，在存在之上建构他的意象世界。"①建构意象世界是他文学创作的目的，也是他用传统文学手法表达现代人思想情绪的重要方法和手段。

意象是贾平凹文学创作的主要表现手段，他对意象的运用是在创作实践中不断成熟的。在早期作品中，他借助客观意象，营造氛围，表情达意。在《太白山记》之前，他并未将意象与小说结构联想在一起。以《太白山记》为滥觞，至《废都》，他在构思小说的过程中，企图借助意象思维以呈现多维度小说主题的想法尤为迫切："我热衷于意象，总想使小说有多义性，或者说使现实生活进入诗意，或者说如火对于焰，如珠玉对于宝气的形而下与形而上的结合。"②经过《废都》的成功实践，他明白，意象不仅可作为小说的表现手法，还可成为一种隐喻结构。《怀念狼》和《秦腔》可以说是意与象的充分融合。借助意象，贾平凹找到了观照世界、表达世界的方式，使作品达到了写实和抽象的巧妙融合。谢有顺评价贾平凹作品时谈道："他的作品都有很写实的面貌，都有很丰富的事实、经验和细节，但同时，他又没有停留在事实和经验的层面上，而是由此构筑起了一个广阔的意蕴空间，来伸张自己的写作理想。"③在具体的创作中，借助意象，贾平凹兼顾物质与抽象的平衡，实与虚的和谐，使作品具有了无限阐释的意义空间，也才真正实现了他整体论的文学观念。

在消费主义时代背景下，文学的新生代像走马灯一样，文学消解了文学性和诗意，成了新时代的新文字游戏。怎样获得文学创作的独立性？怎样在潮流面前保存自己的创作个性？还是高行健一语中的："艺

---

① 贾平凹：《关于小说》，生活·读书·新知三联书店，2015年，第33页。
② 贾平凹：《关于小说》，生活·读书·新知三联书店，2015年，第114页。
③ 谢有顺：《背负精神的重担——谈贾平凹的文学整体观》，见林建法、乔阳主编：《中国当代作家面面观：汉语写作与世界文学》（下卷），春风文艺出版社，2006年，第684页。

术家的革新至少有两种方式,一种是观念的革新,又创造出有新意味的形式;一种是并不提出新观念,却在已有的形式中发展出新的表现。后一种革新在原有的形式的限定下,去发掘新表现的可能,在旧形式内或者在旧形式的极限中开发出一片天地,而极限同样不可能穷尽。"[1]当代文学艺术逐渐物化为消费社会的时髦装饰,文学艺术家在追赶时髦而无法到达终点的长跑中,贾平凹从传统审美艺术中寻找创作突破口,保存自己的艺术独立,无疑是一种创作上的自救。

---

[1] 高行健:《现代性成了当代病》,载《美文》2009年第1期。

贾平凹对传统审美形式的转化

文学是具有一定规则和方法的技艺。刘若愚认为，文学作为一种技艺，它是以语言而不是以物质为材料，强调"写作过程不是自然表现的过程，而是精心构成的过程"[1]。中国传统审美理论在内容和形式方面强调质文不可分，孔子说"文质彬彬"，质是从思想和情感而言，文则从语言和表述方式而言。曾国藩说："为文全在气盛，欲气盛全在段落清。"文章的行文结构、选词造句会影响文章思想和情感的表达。他还进一步强调："文章之雄奇，其精处在行气，其粗处全在造句选字也。"[2]要达到气韵贯通，最后还是要落在具体的行文技巧中，即"质待文"，这就是说，文章内容和思想感情要靠文学手法表达出来。文学形式和技巧的成熟，意味着文学创作风格自成一派。贾平凹在小说创作中能够独步文坛，与他在创作实践中对形式的探索分不开。

贾平凹在审美态度上倾向传统的文学整体观，认为好的文章全在气韵贯通，至于运用什么样的文学形式传达混沌淋漓的情感和精神，他对中国传统的审美表现形式比较青睐。他多次指出，中西方的国情不一样，文化背景不一样，对西方的文学表现形式不能生吞活剥地全盘接受。他在接受记者的访谈时指出："西方文学的境界可借鉴，因为追求境界是大多数作家共通的，但是形式不能借鉴，像水墨画和油画，京剧和话剧，体现了东西方不同的思维方式，如果形式是借鉴来的就类同于

---

[1] 刘若愚：《中国文学理论》，杜国清译，江苏教育出版社，2005年，第133页。
[2] 曾国藩：《曾国藩家书》，中国友谊出版中心，2021年，第184页。

翻译式的语言,丧失了民族性,虽说穿过云层都是阳光,但云层各有不同。"①贾平凹的小说艺术技巧集中体现在他对传统艺术形式的现代性转化中,其对小说意象的处理,对"小说是说话"的叙事结构的实践,以及从民间和古语中寻找好的语言进行改造和发展,等等,就是从文学表现技巧上对中国传统审美形式的承继和发展,目的是更好地表达现代人的思想和情绪。

一、开拓意象表现的可能性

意象是传统诗歌的表现手法,贾平凹重视意象在小说中的表现功能。贾平凹有意识运用意象拓展小说的表现空间是在《太白山记》中。他说:"时下的文学作品中,时髦着潜意识的描述,方法多是意识流,以一种虚的东西写实的东西,《太白山记》却是反其道而行,它是以实写虚,将人之潜意识化变成实体写出,它的好处不但变化诡秘,更产生一种人之复杂的真实。"②在《〈怀念狼〉后记》中,贾平凹回顾写作《太白山记》的情景时说:"以实写虚,即把一种意识,以实景写出来。以后的十年里,我热衷于意象,总想使小说有多义性,或者使现实生活进入诗意"③。贾平凹在这里说明,"以实写虚"类似以象写意,和意识流手法不同,意识流通过书写心理或意识的流动揭示生活的真实,贾平凹企图借助生活中的客观物象传达他对生活的理解。这个象就其本源而言,是我们在意象论中论述的象。言不能尽意,故圣人立象以尽意,从艺术思维的角度而言,承接的是中国传统的意象思维。

贾平凹钟情于意象论,重视意象在小说形式中的作用。首先,贾平凹打破了传统情节小说的结构,借助意象的贯通实现小说艺术的整体性审美功能。在小说中既要呈现丰富的生活,又要突出精神追求,传统的

---

① 孙见喜:《贾平凹前传:制造地震》,花城出版社,2001年,第231页。
② 金吐双:《〈太白山记〉阅读密码》,载《上海文学》1989年第8期。按:贾平凹用"金吐双"的笔名发表阅读札记,提出"以实写虚"的观念。
③ 贾平凹:《关于小说》,生活·读书·新知三联书店,2015年,第114页。

情节结构往往会束缚其叙述的自由，贾平凹在传统的意象手法中找到了叙事的突破，将意象思维运用到小说创作中。他想要寻找一种与小说文体相结合的意象，最初也是使用自然物象和细节物象，类似于诗歌中的兴发感动，但细节意象在小说作品中，只具有点化作用，而无情节贯通作用，小说讲究的是结构上的整体贯通。贾平凹自觉通过意象延展作品的思维深度要从《太白山记》始，突破性的进展则在《怀念狼》中，他明确表示要通过情节意象来达到整体贯通的作用，"局部的意象已不为我看重了，而是直接将情节处理成意象。……如果说，以前小说企图在一棵树上用水泥做它的某一枝干来造型，那么，现在我一定是一棵树就是一棵树，它的水分通过脉络传递到每一枝干每一叶片，让树整体的本身赋形。面对着要写的人与事，以物观物，使万物的本质得到具现"①。在《怀念狼》的写作中，作者用具体的物事，即在寻找狼——捕杀狼——怀念狼的过程中，将意象直接变成情节，这是依小说文体而对意象的创造性化用。

对于那些情节不够连贯的生活内容的叙述，如何做到意象的整体贯通？贾平凹一再强调，他所创造的意象世界也即虚构世界是通过原生态的生活流来表达的，关键点要达到形而下与形而上的结合，在两者的结合上，贾平凹是有哲学依据的："物象作为客观事物而存在着，存在的本质意义是以它们的有用性显现的，而它们的有用性正是由它们空无的空间来决定的，存在成为无的形象，无成为存在的根据。但是，当写作以整体作为意象而处理时，则需要用具体的物事，也就是生活的流程来完成。生活有它自我流动的规律，日子一日复一日地过下去，顺利或困难都要过去，这就是生活的本身，所以它混沌又鲜活。如此越写得实，越生活化，越是虚，越具有意象。以实写虚，体无证有，这正是我把《怀念狼》终于写完的兴趣所在啊。"②在这里，贾平凹理论上完成了他的整体意象论，通过生活流的实存之象来传达他对生活的形上之思。我们可将

---

① 贾平凹：《关于小说》，生活·读书·新知三联书店，2015年，第114页。
② 贾平凹：《关于小说》，生活·读书·新知三联书店，2015年，第115页。

新写实主义与贾平凹的意象主义作比较，新写实强调对生活原生态的还原，强调作者情感的"零度介入"，从整体上消解了作者的情感判断和价值判断。而在贾平凹这里，他一方面突出"汤汤水水、黏黏糊糊""茄子一行豇豆一行"的琐细生活内容的呈现，但他对生活的呈现不是无目的的，而要通过具体实在的生活内容突显作家的某种精神指向。

其次，贾平凹如何做到既呈现形而下的生活的实存之貌，又突显形而上的生活之思呢？他的作品里，总贯穿着一种超越生活的声音和情感，这主要源于作者对小说叙事者的设置。通过叙事者的声音和话语传达作者的形上之思，将其与意象思维联系在一起也有一个过程。贾平凹在写完《浮躁》后，企图突破这种传统的线性情节结构，传统小说对故事完整性的追求束缚了作者的自由叙事，这就是米兰·昆德拉所说的"故事的专制性"。在《帷幕》中，米兰·昆德拉肯定了菲尔丁反叛故事的价值，并称"菲尔丁为了在长长的因果链接的走廊中不至于窒息，到处打开离题和插叙之窗"[1]。正因不断地离题和对故事随时随地地终止，形成了一种更为自由的散文化的叙事结构，而这种叙事因打破了故事的专制，反而能更真实地捕捉生活的现时状态，它所呈现的就不是故事中被一系列事件围困着的历史，不是因果关系中的历史，而是生活本身的历史，它琐碎、无意义，但正适合小说去表现。贾平凹在和王尧对谈时，也意识到传统情节小说的弊端，他说："《浮躁》受到的普遍赞誉比《废都》要多得多。但我觉得《浮躁》是老小说的写法，也就是五六十年代以来的小说写法，这部小说我觉得意义不是很大，那是严格的现实主义小说的写法。《废都》以后，在我的小说中就出现了一些意象的东西。……从那以后我就越来越关注一些意象的东西，在作品的思想内容上要有新的东西出现，文学通常走在生活的前面。"[2]贾平凹之所以要将意象思维渗透在小说结构中，其实也是看到了故事对叙事的限制，强调故事就是强调小说"做"的痕迹，就是强调技巧，他向往的是"说平平

---

[1] 米兰·昆德拉：《帷幕》，董强译，上海译文出版社，2011年，第11页。
[2] 贾平凹：《访谈》，生活·读书·新知三联书店，2015年，第137页。

常常的生活事,是不需要技巧,生活本身就是故事,故事里有它本身的技巧"[1]。

如何让生活本身的故事呈现出来,而不是"做"故事?贾平凹看到了意象的意义。意与象是两个层面的内容,通过象呈现形而下的生活内容,但对形而下的生活内容的呈现需要一个自由的不受约束的叙述者来引领,这就需要在作品中突显叙事者的位置。将叙事元素和意象思维结合起来,在《废都》中是通过离题和插入的手法实现的,比如叙事中的牛、埙、收破烂的老头的民间俗谣穿插在作品中,也是叙事者突出强调的意。通过叙事者营造一个超越于生活之上的意象世界和虚构世界的是《秦腔》,《秦腔》中引生的灵异叙事超越于琐碎的日常生活,引生的身份既是清风街的一分子,又是脱离于清风街生活的疯癫者,这样的视角兼顾了形而下与形而上的结合。引生的灵魂可以游离清风街的生活,将其引向更理性的思想深处,引生的所见所闻、所思所感就不只是生活在呈现,还有着作者某种精神和思想的指引。《古炉》中的狗尿苔和《老生》中的老生在叙事上的精神指引方面与引生相似,这样,叙事者眼中的生活可以自由伸展,既呈现生活中丰赡实在的一面,又张扬了作者的情感和意志,既打破了故事的专制性,又达到了贾平凹所追求的:"我的初衷里是要求我尽量原生态地写出生活的流动,行文越实越好,但整体上却极力去张扬我的意象。"[2]现实的形而下的生活世界是他的象的层面,生活之上的形上之思则是他极力表现的意。不论是在《废都》《秦腔》中,还是在《古炉》《带灯》《老生》中,我们在这种密实的流年似的生活流叙述中,找不到绝对的意念,而是在似生活的混沌的、多元的话语结构背后,看到了小说多层次的、流动的意识形态,那是超越于形下生活的形上之思。谢有顺认为,当代作家在写作过程中始终在两种极端之间摇摆,要么极端地写精神抽象,要么极端地写生活现实,匮乏的是将写物质和写抽象相平衡相综合的能力。贾平凹在写实中兼顾了物质

---

[1] 贾平凹:《关于小说》,生活·读书·新知三联书店,2015年,第81页。
[2] 贾平凹:《关于小说》,生活·读书·新知三联书店,2015年,第112页。

与抽象的平衡，这就是贾平凹意象观念在小说中的成功运用，进而发展成一种具有独特风格的意象现实主义，这正是贾平凹对传统意象论的突破。

再次，贾平凹为了使小说具有多义性，从不单纯设置一个意象，他的小说创作中总会呈现一个意象的群落。诸如《废都》中"废都"主题意象下的"四朵花""四个太阳""埙音""牛"等，《带灯》中"带灯"主题意象下的"埙""萤火虫"等，《暂坐》中反复出现的"雾霾"、"等待活佛"、有关冯迎的事件以及陆以可的再生人父亲等意象。这些组合着的意象是作者形而上的构思，也是小说叙事结构的一部分，富有隐喻和象征意义，表现了作者在写作上一贯的思维特点：不从一个角度记录生活，从多角度多线索表现对生活的理解，是叙事结构上的整体性写作。

最后，意象也成为贾平凹提升文学审美境界的法宝。如上所述，贾平凹小说的文体结构将传统讲故事的情节模式转变成密实的流年式的叙述，即"用文学来再现无限丰富的日常生活细节，同时通过这些细节来揭示当代社会生活的主要特征及其趋向"[①]，这是被陈思和评价为"法自然"的现实主义。如何在场景和细节的描绘中张扬作者的精神指向？贾平凹发挥意象的诗意功能，诸如创造情景交融的抒情意象，或借助民歌等音乐元素作为抒情线索贯穿始终，或是通过对某一细节或意象的反复书写形成弥漫全篇的抒情氛围；贾平凹还善于创设意境，使散漫的叙事有一个笼罩全篇的意象象征等。这些艺术手段都强化了小说的整体性，也在一定程度上增强了作品的抒情性，实现了小说写实和写虚的平衡。

总之，贾平凹借助意象实现了小说文体的整体性写作，将意象思维和现代叙事功能紧密融合，提升了意象的表现功能。意象既是象征和隐喻的手段，又是营造抒情氛围的法宝，还是贯穿始终的情节线索，贾平凹开拓了意象表现的可能性，使意象和小说的诸多元素，如环境、人物、

[①] 陈思和：《论〈秦腔〉的现实主义艺术》，载《中国现代文学论丛》2006年第1期。

结构、主题等发生作用,呈现了一个开阔的叙事空间。

二、从"情节结构"到"闲话体结构"的三层突破

贾平凹将"小说"与"说话"联系起来,明确表明他对中国古典小说说书人传统的反拨。贾平凹在《〈白夜〉后记》中阐明了他的说话理念:

> 小说是什么?小说是一种说话,说一段故事,我们作过的许许多多的努力——世上已经有那么多的作家和作品,怎样从他们身边走过,依然再走——其实都是在企图着新的说法。在相当长的时间里,从开始成为一个作家,要留言的时候,我们似乎已经习惯了一种说法,即,或是茶社的鼓书人,甚至于街头卖膏药人,哗众取宠,插科打诨,渲染气氛,制造悬念,善于煽情。或是坐在台上的作政治报告的领导人,慢慢地抿茶,变换眼镜,拿腔捏调,做大的手势,慷慨陈词。这样的说话,不管正经还是不正经,说话人总是在人群前或台子上,说者和听者都知道自己的位置。当现代洋人的说法进入中国后,说话有了一次革命。洋人的用意十分地好,就是打破那种隔着的说法,企图让说者和听者交谈讨论。但是,当我们接过了这种说法,差不多又变了味,如干部去下乡调查,即使脸上有着可亲的笑容,也说着油盐柴米,乡下人却明白这一切只是为了调查而这样的,遂对调查人的作伪而生厌烦。真和尚和要做真和尚是两回事。……给家人和亲朋好友说话,不需要任何技巧了,平平常常只是真。而在这平平常常只是真的说话的晚上,我们可以说得很久,开始的时候或许在说米面,天亮之前说话该结束了,或许已说到了二爷的那个毡帽。过后想一想,怎么从米面就说到了二爷的毡帽?这其中是怎样过渡和转换的?一切都是自自然然过来的呀!禅是不能说出的,说出的都已不是了禅。小说让人看出在做,做的就是技巧的,这便坏了。说平平常

常的生活事，是不需要技巧，生活本身就是故事，故事里有它本身的技巧。①

贾平凹在这段话中列举了三种不同的小说结构方式，一种是从说书人传统脱胎的拟话本小说结构，重在"哗众取宠，插科打诨，渲染气氛，制造悬念，善于煽情"，这是宋元话本小说的写作特点，影响明清时期的章回体小说，重视在小说中讲述故事，为了故事讲得圆满复杂，要制造悬念，要因果突出，因而重视说书人或作者编故事的能力。一种是强调说话者的观念和立场，因说话者掌握话语权，说话者的理性介入，会造成主题先行、概念化的弊端，因而表现为类似领导干部式的"慢慢地抿茶，变换眼镜，拿腔捏调，做大的手势，慷慨陈词"，和革命现实主义的话语方式相对应，影响20世纪30年代左翼革命文学思潮时期和新中国成立初期文学政治一体化思潮下的创作实践。一种是现代洋人的说话方式，他并未特指哪一派别的话语方式，西方的文学叙事比较重视叙事的形式技巧，注重叙事元素在小说中的巧妙运用，诸如叙事者的设置、叙事节奏和叙事时间的把握等，贾平凹认为这种过分重视叙事技巧的说话方式，不符合中国的国情。前两种说话方式都存在叙述者横亘在故事与故事接受者之间的问题，强调叙事者的态度对叙事文本的硬性切入，最后一种说话方式技巧的痕迹过分鲜明，都不为贾平凹所取。小说作者要创造出契合自己个性也契合文体需要的叙事方式和结构技巧。

改变说话的方式，就是创造新的叙事文体，如何拉近叙述者、接受者和读者之间的距离，做到叙述的自然、随意，是贾平凹孜孜以求的。在不断进行的小说结构尝试中，贾平凹认为，在叙述生活故事的时候，如同生活本身在展示，这就要求在写作中寓技巧于"故事"和"生活"之中，他强调闲话体结构，力戒叙述者观念的硬性楔入，追求叙述技巧的非表演性，达到让人看不出"做"的效果。

力避"做"小说的痕迹，首先就要突破故事的专制性，变故事叙述

---

① 贾平凹：《关于小说》，生活·读书·新知三联书店，2015年，第80—81页。

为日常生活叙述。贾平凹的日常生活叙事强调小说叙事如同日常说话一般,可以随意地插入和断开。但插入或断开过于随便,便会陷入散文化的散漫叙述,他在《怀念狼》之后,以《秦腔》为代表,发现了叙事者在叙事结构中的作用,借助超越于生活和故事的叙事者来把握叙事节奏,也就是说话节奏,这是贾平凹闲话体结构的第二个特点。贾平凹消解了故事,也就削弱了故事的寓言和隐喻的含义。如何通过叙事者叙述日常生活来传达作者对生活的形上之思?贾平凹借助意与象的双重结合来实现。如同上节所述,贾平凹后期作品中的叙事者都具灵异功能,他们一方面遵从生活事实,另一方面又超越生活之外,这样,叙事者所叙之事既有生活丰赡实在的一面,又张扬了作者的精神和意志,意象既是表现手法,又是隐形结构,避免了小说失去故事之后思想内涵的单薄,拓展了小说多层次的精神指向。贾平凹正是通过叙事的三层突破——一是打破故事的专制,二是凸显叙事者掌控叙事的能力,三是借助意与象的双重思维模式——完成了他闲话体小说结构的实践。

在具体的叙述过程中,他的日常生活叙事注重的是日常的生活事,强调那些生活中的"细微之事",他认为:"如果看到了获得了生活中那些能表现某人某物某景的形象而细微的东西,这也就是抓住了细节。文学靠的是细节,而所谓素材的积累,说穿了就是细节的积累。"[①]贾平凹对小说世界的营造是出于一种重建小说世界完整性的考虑,贾平凹在闲话的方式上要求与生活尽可能地靠近,使小说像生活本身一样让读者看不到"做"的痕迹,在闲话的内容上又要求小说尽可能细微地袒露生活的真相,十分看重生活的日常性、琐碎性、原生态。这就使他在选择叙事者的时候,有意识地选择限制视角。限制叙事者来自文本中的人物,从人物的视觉、听觉及感受的角度讲述亲历或转叙见闻,叙事视角相对固定,所叙之事也相对客观真实,贾平凹为了实现所叙之事的客观真实,多选择第一人称限制视角和第三人称限制视角,这是自《山地笔

---

① 贾平凹:《关于散文》,生活·读书·新知三联书店,2015年,第63页。

记》以来就进行的艺术选择。叙事者的选择，关涉到小说的结构，诸如在第一人称限制视角的运用上，"我"既是叙事者，也是结构线索，这样就保证了叙事过程的整体统一。他后来非常重视这种依靠叙事者形成贯穿全文的叙事线索的叙事模式，《秦腔》中的引生，《古炉》中的狗尿苔，《带灯》中的带灯，都是限制叙事者，也都是小说的结构线索。将视角与结构相结合，这在古典美学上就是团块与线条的组合所形成的审美体验，形成富有中国传统美学特色的叙事形式。

如果回到民族小说的叙事传统中，会发现贾平凹在文体的追求上与民族文学的审美形式相契合。自西学东渐以来，小说家学西方的文论观念，注重刻画典型人物，强化以情节结构的完整性为特点的焦点叙事，忽视了对日常生活的细腻描摹。贾平凹的写作，既放大了日常生活的内容，又注重对日常生活的艺术统摄，连接的是以《金瓶梅》和《红楼梦》为代表的传统文人小说叙事传统，但他又通过对意象手法的运用、叙述视角的选择以及叙事结构的开拓等方法，开拓了小说表现的空间，为传统小说模式的现代转化贡献了自己的力量。

三、现代背景下，语言功能的转变

贾平凹自开始创作小说，就非常注重语言的运用，有自觉的语言观。在80年代文坛试笔期间，他就意识到语言的重要性，"语言是作品的眉眼儿"，"艺术，首先是美好，美好地'冶炼'起来的"。关于语言是怎样"冶炼"的，他谈了三点看法。首先，好的语言要充分地表现情趣，"月有情而怜爱，竹蓄气而清爽"[1]，语言中有情操的内涵。在之后的创作中，他学习孙犁运用语言的特点，从中国传统文学中汲取营养，致力于在白描化的语言中突出文学语言的情致。他在语言的白描化追求上，与鲁迅先生如出一辙，鲁迅关于白描有十二字箴言："有真意，去粉饰，少做作，勿卖弄"[2]。贾平凹也反对浮华雕饰的语言，强调语言的单纯

---

[1] 贾平凹：《关于散文》，生活·读书·新知三联书店，2015年，第1页。
[2] 鲁迅：《鲁迅全集》（第4卷），人民文学出版社，2005年，第631页。

朴素，他说："骗子靠装腔作势混世，花里胡哨是浪子的形象。文学是真情实感的艺术，这里没有做作，没有扭捏。"①从他最初的成名小说《满月儿》到《暂坐》，白描化语言一直为评论者所称道。早期白描化语言清丽隽永，至后来，其语言愈加富有质感且生动鲜活。其次，在叙述语言的节奏方面，他认为语言与人的身体和生命相关，"为着情绪，选择自己的旋律，旋律的形成，而达到表现情绪的目的，正是朱自清散文情长意美，孙犁小说神清韵远的缘由"②。贾平凹其实是从情感节奏和叙事节奏的和谐方面谈语言的搭配，作家的语言风格其实就体现在语言的节奏感上。再次，他认为要多用新鲜准确的动词。"生动，生动，活的才能动，动了方能活呢。"③动词使句子充满动感，状物记人犹在眼前一般，给人栩栩如生之感。他认为古今中外，锤句锻字，都在动词，好的动词不仅能够状物逼真，形象凸显，而且可引发读者产生文学性想象，增强作品的诗性特征。

文学语言要具有诗意，如何从现在的日常语言中寻找诗意，有的作家提出从古诗词中寻找，有的作家提出从翻译语中寻找。贾平凹认为，作为一个作家，还得用自己的母语写作。每种语言的产生，都与这个民族的生存环境、哲学、文学有关系，汉语文学原来是古汉语，时代发展变化，文学语言也要发展。白话文的写作从"五四"到现在有百年时间，白话文没有古汉语凝练，但用古汉语写作又有一种迂腐感和陈旧感，这就需要改变古语，赋予古语以新意。贾平凹非常看重语言的本意，汉语本身具有诗性，有丰富的文化蕴意，能够直接传达文化的感性与智性内容。"汉字不是抽象的符号，而是一幅抽象画，它比现实简单，经过提炼，但仍保持现实对象的感性质地，与其所处的境况，及它与它物的关系。因此当汉字传递知识信息时，它所传达的并非一个抽象概念，如拼

---

① 贾平凹：《关于散文》，生活·读书·新知三联书店，2015年，第2页。
② 贾平凹：《关于散文》，生活·读书·新知三联书店，2015年，第4页。
③ 贾平凹：《关于散文》，生活·读书·新知三联书店，2015年，第4页。

音文字那样。它所传达的是关于认知对象的感性、智性的全面信息。"①对于中国汉语的这种诗性特征,贾平凹也有认识:"现在有许多名词,追究原意是十分丰富的,但在人们的意识里它却失却了原意,就得还原本来面目,使用它,赋予新意,语言也就活了。"②他非常看重汉语语言的本意,正因此,从一开始创作,他就十分注重从民间学、从古语中学,"向古人学,就是学他们遣词用句的精巧处,触一反三,而向民间学,留神老百姓口中的生动的口语"③。贾平凹认为,陕西民间土语相当多,语言是上古语言遗落下来的,十分传神,笔录下来,充满古雅之气。他早期作品注重古语在作品中的运用,其文学语言的重要特征就是古拙、质朴,这在《废都》之前的创作中表现尤为突出,而且引起了批评家的高度认可。

随着对西方文学的全面介绍,西方文学语言的各种表现手法也应为中国的作家们推崇效法和学习。贾平凹认为,传统小说多写人生、命运,现代小说多写人性、生命,叙事观念发生变化,语言的功能也应随之发生变化。贾平凹认为,传统小说中的语言更多是描述性的,现代小说则要重视语言的叙事功能。如果说,传统小说的语言要求描述生动逼真即可,那么,现代语言却要求直达精神。他举了一个例子:"在中国戏曲上,唱段是抒发心理情感的,即言之不尽而咏之,对白则是叙述的,承上启下,交待故事。中国戏曲上的这种办法被中国传统小说所采用,对话在小说中的功能当然也能起到塑造人物之效,但更多的还是情节过渡转化,或营造氛围。一般作品中的对话仅是交待,优秀作品则多营造渲染气氛,为塑造人物性格服务。现代小说则改变了,将对话完全地变为营造渲染气氛和抒写心理活动……对话成了现代小说展示作家水平高低的重要舞台。可以看出,现代小说中的对话就是对话,直抵精

---

① 郑敏:《语言观念必须革新——重新认识汉语的审美与诗意价值》,载《文学评论》1996年第4期。
② 贾平凹:《贾平凹文集》(第18卷),陕西人民出版社,2004年,第224页。
③ 贾平凹:《贾平凹文集》(第18卷),陕西人民出版社,2004年,第224页。

神。"[1]贾平凹认为乔伊斯的《尤利西斯》可算作世界上最难懂最伟大的小说,就在于他在对话中充分地把潜意识显示出来,从而扩张、丰富着人的精神世界。现代小说中对话功能的改变可能只是现代小说语言的一种探索,为了使语言更好地传达现代人的精神世界,不仅是贾平凹,莫言、余华和王安忆等一批当代作家,都通过写作实践扩张汉语言的表现功能。语言作为文学写作的最终目的,当文学观念发生变化,结构形式发生变化,作者对语言的理解和运用也应不断改变。

---

[1] 贾平凹:《贾平凹文集》(第18卷),陕西人民出版社,2004年,第227页。

诗书画一体的文艺创作

在当代文学史上，贾平凹不仅创作成就卓然，而且有清醒的文学观念，他从自己的创作实践出发，倡导文学创作之现代意识与中国经验融合。1980年冬，他在茂陵看到一组汉代石雕，因感慨于卧虎"平波水面，狂澜深藏"之艺术风神，在随后发表的《"卧虎"说》中，提出了"以中国传统的美的表现方法，真实地表达现代中国人的生活和情绪"[1]的艺术追求，"卧虎"的美暗合了他对中国传统重整体、重精神、重意象的审美精神的认同。1982年9月，贾平凹在阅读川端康成等外国作家的过程中，认识到本民族文学写作经验的重要性，"没有民族特色的文学是站不起的文学，没有相通于世界的思想意识的文学同样是站不起的文学"[2]。在承继中国传统文学审美经验的基础上，贾平凹一直走在"卧虎"的影响中，提出以实写虚的创作手法，力求做到写实和写虚的平衡，在讲述故事和客观写真之上，建造意象的世界。

1991年10月，贾平凹去美国领奖，这也是他第一次踏出国门。因坐飞机而引发了他对"云上的阳光"的思考，贾平凹以"云上的阳光"比喻东西方文学艺术所追求的最高审美境界是一样的，各民族的文学风格不同，诸如有的地方下雨，有的地方下冰雹，有的地方晴朗，这是不同民族的文学个性使然，作家写作追求的是在这个最高境界下表现各民族文学的独特性。贾平凹将他的感慨和体验写到1991年12月发表于《上

---

[1] 贾平凹：《关于散文》，生活·读书·新知三联书店，2015年，第15页。
[2] 王永生编：《贾平凹文集》（第12卷），陕西人民出版社，1998年，第183页。

海文学》的《四十岁说》中。至此,贾平凹倡导"和而不同"的文学观念,文学写作既要追求现代意识和人类意识,也要用中华民族独具的审美方法书写中国故事,为世界文学提供中国经验。

贾平凹也一直走在运用中国审美经验书写中国历史、现实和社会人生的道路上。在写作的具体追求上,他力求做到三个层面的融合:"现在的文学和艺术,得保障三点,一是它的现代性,二是它的传统性,三是它的民间性。"① 贾平凹认为,现代性与现代意识和人类意识有关,是讲大局意识,在现代背景下,要突破个人狭隘硬壳的束缚,关注世界上大多数人的想法和态度,现代作家必须有现代意识。对于传统性,他说,传统性是定位你的背景,定位你从哪里来的,而民间性则是增加活力。

贾平凹所说的这三个原则,也并不是孤立的,他对传统和民间的态度,是在现代性的基础上谈及的,他在《我们的文学需要有中国文化的立场》《责任与风度:在中德作家论坛上的讲话》《在第三次汉学家文学翻译国际研讨会上的讲话》等文章中提及,文化越是需要认同,文学艺术越是需要表现本民族文化的独特性。中国作家要从认同中国民族文化的立场上去创作,作品的内容要有中国哲学和美学的内涵,而中国哲学和美学在作品里的表现,并不仅仅在于在作品中穿插拳脚、灯笼、舞狮、吃饺子、演皮影等中国元素,文学作品里的中国文化一定要寻到中国文化的精髓上、根本上:

> 比如中国文化中关于太阳历和阴阳五行的建立,是中华民族对宇宙自然的看法,对生命的看法,这些看法如何形成了中华民族的思维方式和它的哲学观念的。比如中国的儒、释、道三种,道是讲天人合一,释是讲心的转化,儒是讲自身的修养和处世的中庸,这三教如何在影响着中国的社会构成和运行的。比如,除了儒释道外,中国民间又同时认为万物有灵,对天的敬畏,对自然界的阴阳的分辨。中国文化中

---

① 贾平凹、武艺:《云层之上:贾平凹对话武艺》,广西师范大学出版社,2020年,第48页。

这些元典的东西，核心根本的东西，才是形成了中国人的思维和性格，它重整体，重混沌，重象形，重道德，重关系，重秩序。能深入了解了这些，中国的社会也才能看得懂，社会上发生的许多事情也才能搞明白。①

至此，我们看到，贾平凹在创作上之所以如大河奔流，始终充满创作的灵感和欲望，是因为他创作最初就从中国文学传统中汲取经验，从中国传统审美中感受到中国古典哲学和文化的精髓，仰观天文，俯察群形，形成了他的文学创作之"道"。这里面包括两个大的向度的融合和三个层面的统一，那就是中国审美经验和现代意识的融合，是传统文化、现代文化和民间文化的统一。

可贵的是，贾平凹的文艺之"道"确立并不断实践的过程，并非单向度完成的过程，是在诗、书、画三种文类的实践中不断成熟并得到完善的："我有我长期以来形成的对于世界对于人生的观念，我有我的审美，所以，我的文学写作和书画，包括我的收藏，都基本上是一个爱好，那便是一定要现代的意识，一定要传统的气息，一定要民间的味道，重整体，重混沌，重沉静，憨拙里的通灵，朴素里的华丽，简单里的丰富。"②

对于贾平凹的诗书画，我们要看到其文类虽各有区别，有不可替代的一面，也要把它们放到一起看，看文类背后的共性和互补性。当然，了解作家创作的最好方式是回顾，回顾诗书画在作家的创作道路上如何相互影响，获得和谐发展，又具有了怎样美美不同的艺术体验。

一、诗书画一路相随

（一）苗沟水库与《工地战报》："实际上是写字改变命运了"

贾平凹 1952 年 2 月 21 日出生于丹凤县金盆乡，他的故乡是棣花镇。小学上过书法课，在孩童期间，就表现出对书法的热爱。在与张公

---

① 贾平凹：《关于小说》，生活·读书·新知三联书店，2015年，第260页。
② 贾平凹：《天气》，作家出版社，2012年，第222页。

者访谈时,贾平凹提及他的书法启蒙老师是吕老师,学的是柳公权。在《我的小学》中,他自述:"学写大字也是我最喜欢的课,但我没有毛笔,就曾偷偷剪过伯父的羊皮褥子上的毛做笔,老师就送给我一支。我很感谢,越发爱起写大字,别人写一张,我总是写两张、三张。老师就将我的大字贴在教室的墙上,后来又在寺庙的高年级教室展览过。"① 何丹萌曾说:"平凹内心灵秀聪慧,又极爱语文和写字,禀赋中就挟带了书写的灵气和嗜好,故而字就比一般孩子写得出色,深得班主任吕老师的喜爱。老师还特意送给他一本欧阳询的字帖,他从此练习毛笔字。"②

孙见喜在《贾平凹前传:制造地震》中,曾描述过贾平凹把绳索绑在身上,在水库两岸的石崖上刷"农业学大寨"等标语。苗沟水库坝面开阔,坝堤高而陡,两岸峭崖直立且险峻,在崖上写字,无异于用生命一搏。人们都觉得他写得好,从此不再扛石头。贾平凹在和张公者的对话中,也回忆了青少年时期的这段经历:

贾平凹:大家都知道我当时语文学得好,我就每天在人家门前晃来晃去,等人家发现我。后来民兵营长就说:你来了,你字写得好,你用这桶红漆到石崖上去写标语。我当时是十七八岁,不到十八岁。

张公者:在悬崖上写?身上吊着绳子?

贾平凹:吊着绳子。那个时候没有写大字的经历。为了挣工分,那时水库上一天能挣八分。

…………

贾平凹:就是这样在那儿涂了半年报,工作踏实,工作性质也算是比较有益,当时县上有四个水库,评选时我在的那个水库简报搞得好,贫下中农推荐上大学就把我推荐上去了,要不然我是"可教子女",是没办法推荐的,从此改变命运了。实际上是写字改变命运了,不是刷标语被发现的。

---

① 王永生编:《贾平凹文集》(第11卷),陕西人民出版社,1998年,第310页。
② 何丹萌:《见证贾平凹》,安徽文艺出版社,2011年,第165页。

后来为什么又写上多种字呢？就是办简报，油印，自己拿着工具，拿着喇叭给大家念。那个时候不会写文章，就看《陕西日报》上的社论啊、小言论啊、小评论啊，就模仿着这些写文章，版面也不能太呆板，才写起仿宋体啊、隶体啊。画画儿咋画呢？画画儿是为了活跃版面，作小插图，是这样开始的，也就是自己摸索摸索。上了大学后对画画儿、写字还是有兴趣，（贾平凹）文学馆还用过我大学时期画的那些钢笔画儿，小插图之类的，受报纸角落插图的影响，那时没有别的什么画。①

从贾平凹在苗沟的经历可以看出，他有文艺的天分，他是从写大字中脱颖而出，又写而优则画，画之不足而记日记写诗歌，这恰是天分的无意识表现。现在看来，贾平凹人生的最初福运与他的天分有关。苗沟水库的《工地战报》在丹凤县水库建设文化宣传活动评比中获得第一，贾平凹上台领奖。据李育善讲述，贾平凹最初被推荐上西北工业大学，正是因为他在颁奖中被分管文艺的区委领导认识，才有了最后去西北大学中文系的结果，再加之他本人勤奋练笔，才有了在文学写作中崭露头角的机会，也才最终确定了文学写作的目标。在这个过程中，潜在地影响他的命运的是文艺上的天分，而他也在一路走来的过程中很自然地将天分和事业紧密结合起来。时隔多年，贾平凹在接受记者张公者访谈时说："人一生最大的快感或幸福感就是爱好和你后来从事的职业是投合的。比如现在好多人爱好文学，但是他是从事别的工作的，那只能是工作之余来搞搞创作，就不能把兴趣和职业结合起来。我最大的好处是在二十多岁的时候，工作和兴趣就一致了，那是我最幸福的时候，内心不痛苦。"②

《工地战报》一开始是三个人编写，后来就成了贾平凹一人在做，

---

① 贾平凹、张公者：《嚼馍：贾平凹访谈》，载《中国书画》2009年第8期。
② 贾平凹、张公者：《嚼馍：贾平凹访谈》，载《中国书画》2009年第8期。

"主编、编辑、记者、刻写、油印、发行、广播,集七职于一身"①,"后来他之所以能画几笔,书法也拿得出手,全是这个时期磨炼的结果。之外,他还当过编剧,当过导演,工地上活跃着一支小型的业余文艺宣传队"②。通过这个工作,他充分发挥了自己在书法、写作和绘画上的天分。苗沟水库是贾平凹最初实践诗书画的地方,也是他文学梦起航的地方。"当我还在乡下,是十多岁孩子的时候,读到的文学作品又深深喜欢,以至于影响我走上文学路的就是孙犁先生的《白洋淀纪事》。"③也从这一时期,他开始了最初的文学创作。有事实和证据可佐证:一是贾平凹在《我是农民》中谈及他当时情感苦闷,写诗和记日记,他为活泼《工地战报》版面写的诗得到认可,向其弟借了八分钱买邮票投稿到《陕西日报》,未有回音;二是贾平凹的初中同学王家民曾保存有贾平凹在苗沟水库写的一首诗,在《贾平凹前传:制造地震》《见证贾平凹》中都有提及,这说明他在苗沟已经有了将自己的情感用文字表达出来的渴望。诗是这样的:

> 月亮升起来了,
> 发着柔和的光。
> 山风吹动了我的衣裳,
> 我掏出笔写下了我的衷肠。
> 四周的山这么荒凉,
> 银河遥远苍茫,
> 水库修好了我到哪里去?
> 丹江无语默默流淌。④

这是一颗敏感而富有柔情的心灵,能感受和接触到自然的美,并将自然与心灵融为一体,织成细腻而忧伤的情感的旋律。从这首诗中可

---

① 贾平凹:《关于散文》,生活·读书·新知三联书店,2015年,第40页。
② 李星、孙见喜:《贾平凹评传》,郑州大学出版社,2004年,第8页。
③ 贾平凹:《平凹书信》,陕西师范大学出版总社,2018年,第181页。
④ 何丹萌:《见证贾平凹》,安徽文艺出版社,2011年,第17—18页。

看出，贾平凹内心深处有不甘命运的一面，渴望走出这狭窄天地，走向更广大的世界。他从家里走出来，走向社队生活，又从社队中走出来，走向广阔的苗沟生活，他的脚步没有停下。贾平凹是幸运的，在苗沟水库还未完工之时，就因为编撰《工地战报》的出色表现，被推荐上西北大学。

贾平凹在苗沟水库工地上，"买了一个硬皮的日记本，是用每月的两元钱补助买的，开始了记日记。我的日记并不是每日记那些流水账，而是模仿了《白洋淀纪事》的写法，写我身边的人和事。"[①]这本日记直到1990年左右，在同乡友人贾任仕和刘占朝的帮助下才找回。

贾平凹在苗沟阶段，也是他青春最苦闷的阶段。在《我是农民》中，他写他的暗恋情愫，写他到这里是为了能看到他初恋的对象，那也是一个懵懂少年美好感情的呈现。1986年，他把这情感凝练成诗歌《单相思》："世界上最好的爱情／是单相思／没有痛苦／可以绝对勇敢／被别人爱着／你不知别人是谁／爱着别人／你知道你自己／拿一把钥匙／打开我的单元房间"[②]《空白》是贾平凹唯一的一部诗集，这里面有大量的爱情诗，抒发了对爱情的炽热沉醉，也表露出忧郁而自卑的一面，这在后文中会具体阐述。

（二）西大三年，处女作和钢笔画

贾平凹诗书画的萌芽是在苗沟水库阶段，大量练笔是在大学阶段。1972年5月，贾平凹被推荐上西北大学中文系。关于西大的生活，他本人的自述文章有《西大三年》《我的台阶和台阶上的我》等作品。在西安，贾平凹广泛阅览古今中外文学作品，夜以继日写作，迸发了文学创作的热情。他最初从商州山地到西安，内心惶恐自卑："从山沟走到西安，一看见高大的金碧辉煌的钟楼，我几乎要吓昏了。街道这么宽，车子那么密，我不敢过马路。打问路程，竟无人理睬，草绳捆一床印花被

[①] 贾平凹：《贾平凹文集》，陕西人民出版社，2008年，第83页。
[②] 贾平凹：《空白》，陕西师范大学出版社，2013年，第81页。

子，老是往下坠，我沿着墙根走，心里又激动，又恐慌。"[1]这是作者第一次到西安的感受。入校伊始，他就在第一期校刊发表了一首描写入校感想的长诗《相片》，是学生来稿中唯一被采用的，他的内心遂发生变化："我走路还是老低着头，但后腰骨硬硬的。心里说：西安有什么了不起呢？诗这玩意儿挺好弄嘛！当年想当作家、诗人的梦又死灰复燃了。"[2]从前后两次的心理变化中可以看出贾平凹有一种不服输的劲头，而这次的发表，也几乎激发了他文学创作的热情和勇气。"我几乎天天在做诗了"，"我写了十几万字的小说、散文、故事、诗歌，竟没有一个变成铅字"，"我四处求教。但凡在文学上有一字指点，便甘心三生报恩不忘"。[3]退稿的失望和创作的热情交相作用，1973年8月，贾平凹和舍友冯有源合作的《一只袜子》刊于《群众艺术》，1973年10月，散文《深深的脚印》发表于《西安日报》。至此，贾平凹埋头写作，心手一处，认定文学写作目标，并为此笔耕不辍。1977年出版了《兵娃》，收入《荷花塘》《小会计》《小电工》《兵娃》《参观之前》和《深山凤凰》等六篇短篇小说，这是他的第一部作品集，也是一部儿童文学合集，他是以创作儿童文学步入文坛的。1980年出版《山地笔记》，收短篇小说三十七篇，近二十万字，集子中有他获得第一届全国短篇小说奖的作品《满月儿》。《山地笔记》在文坛上给贾平凹带来了声誉，是富有个性特点的作品集。"《山地笔记》中的青年男女身上，差不多都依附了贾平凹的精神和灵魂。《山地笔记》不是以精确的笔墨再现宏观世界为长，而是通过描述青年男女事业追求中的纯真爱情，来抒写作者自我的感情经验。"[4]从这些作品中，可看出他在创作上的潜力。时任陕西人民出版社文艺部主任的陈贤策认为，贾平凹感受生活能力强，作品构思巧妙，语言功底好，这三点也是成为一个好作家所需要的天赋。孙犁在《再谈贾平凹散文》

---

[1] 贾平凹：《关于散文》，生活·读书·新知三联书店，2015年，第41页。
[2] 贾平凹：《关于散文》，生活·读书·新知三联书店，2015年，第42页。
[3] 贾平凹：《关于散文》，生活·读书·新知三联书店，2015年，第42页—43页。
[4] 费秉勋：《贾平凹论》，陕西人民出版社，2018年，第16页。

中和陈贤策有相似的评价："他的特色在于细而不腻，信笔直书，转折自如，不火不瘟。他的艺术感觉很细致，描绘的风土人情也很细致。出于自然，没有造作，注意含蓄，引人入胜。能以低音淡色引人入胜，这自然是一种高超的艺术境界。"①贾平凹后来的创作实践证明，他才气高，擅于性灵写作和抒情文体。

贾平凹自树立文学梦想，并为之勤奋攀登的过程中，书法和绘画也一直伴随着他。他在大学时曾画过一组钢笔画，这些画的素材主要是农村生活小景，以生活事和周围人为速写对象，画意盎然，充满童趣。李星和孙见喜在《贾平凹评传》中对此作了详细的分析和描述，贾平凹文学馆馆长木南保存有三十多张这个阶段的钢笔画刻印件，是贾平凹存世最早的习作画。这也可见，从苗沟水库时期为活跃版面而画插图，到大学时期的钢笔画习作，其在作文习字之时，一直保持着绘画的兴趣。

（三）"干湿浓淡"及其以后

1975年，贾平凹大学毕业后被分配到陕西人民出版社，1980年，他又被调到西安市文联创办的文学月刊《长安》编辑部，这时期，他"接触到一个美术干部，常到他办公室看他写字画画，时间一长，我也学着写字画画，我请教他怎么画画，他教导了我四个字'干湿浓淡'"②。1981年的年终总结，贾平凹这样说："我什么都想写，顺心所欲。开始了学写中篇，开始了进攻散文，诗的兴趣也涨上来了。又爱起了书法、绘画、戏曲。又是没黑没明地干，又是洋洋得意地轻狂。"③在和武艺的对谈中，他较为详细地回顾了学画的过程，以及在绘画和书法中的体悟：

> 我知道了干湿浓淡，就开始在宣纸上胡涂抹。记得第一次把我涂抹的一些东西给西安美院陈云岗先生看，他那时办《西安美术》校刊，思想很先进，他看了我涂抹的东

---

① 孙犁：《孙犁文集·续编二》，百花文艺出版社，2002年，第169页。
② 贾平凹、武艺：《云层之上：贾平凹对话武艺》，广西师范大学出版社，2020年，第34页。
③ 贾平凹：《关于散文》，生活·读书·新知三联书店，2015年，第50页。

西，感兴趣，还让我拿去陕西画院让一些画家看，他还想在校刊上发表一下，后来没有发表成，听说刘文西主编没同意。开始写书法、绘画，尤其绘画并没得到别人认可，但我的兴趣因此被激发了。每个人身上都有字画的天性，也就是像山上都有矿，只是多与少的问题。那时我感觉我身上有绘画的"矿"，而且"矿"还很多，于是那时对绘画就特别热爱，老有冲动，老有想法，只是基本功差，表现不出来。真正学绘画就是从那时开始了。那时候是一九八六年左右。自己能不能画画，能不能画成，首先你有感觉，自己身上绘画的"矿"有多少，你会有感觉，再是你一旦有了感觉，你必然会惊喜、挚爱、疯狂。搞文学和其他艺术，最早是兴趣所致，和谈恋爱一样，你得爱上，然后想象力超强，不能自已。而写作或书法或绘画，从事到一定阶段，才开始有了别的想法，比如目标、责任、担当、野心。而往往到了这个阶段，文章是越写越难了，绘画是越画越难了，甚至是不会写了，不会画了。这到了你得学习，得补充能量，功夫又在写或画之外的阶段。[①]

贾平凹谈及最初有意识作画，也不被认可，但他有不服输的天性，这天性不仅在绘画方面被激发，其实在写作上也同样屡屡试验，别人越说不行，那就越要证明给人看，在80年代初散文创作被一片叫好的时候，贾平凹停下了写散文的笔，转而去花大力气写小说，这才建起了一座由四十七篇（部）小说累积而成的商州文学大厦。

谈及贾平凹绘画的缘起，最初在苗沟水库画插图和在西北大学画钢笔画，都可算作其绘画天分的无意识显露，有意识绘画是了解了"干湿浓淡"技术后的练习。贾平凹在1991年的《平凹作画记》中提及在书法之余，初次作画的经历：

[①] 贾平凹、武艺：《云层之上：贾平凹对话武艺》，广西师范大学出版社，2020年，第34—35页。

初冬到现在画下了三十余幅，也是有生以来三十余幅作品。画一幅，觉得还满意就编号，编了号的画是决意不送人的。不知这兴趣还有多久，也不知还要画出多少幅，我想天要我画多少就画多少，我才不受硬要画的累呢。①

贾平凹作画重在立意，是"异想"天开，立意奇崛，画与文相得益彰。他早期的画，就不受技法的拘囿，全凭神气而作，而他也有意识通过画作表达他意识和情感中的奇崛与鬼魅之处，就像《石鲁》《鬼才李贺》的语画所说："或许石鲁并没有疯，因为他感应自然、体验生命的思维与当时社会不同，众人看他才疯了，疯的其实是认为他疯了的人"，"爱鬼则更希望能得些李贺的鬼气以匡正我的思维定式"。②

兴趣作画，和兴趣作文一样，不受规范拘束，也才能享受画中的乐趣，也才能乐此不疲，画作反而能拓展思维、表现个性。当贾平凹开始有意识作画的时候，陈云岗对其作画时的状态进行了描述："平凹作画多属情急性起之作，如与女人宽衣，铺纸操笔都在一瞬，下笔初起也如尖刀宰羊，拧、搓、抹、擦，笔笔见力，但落笔见墨后，则柔性渐生，小心收拾，遂达于回肠荡气之境。"③

80年代，贾平凹开始在写作之余练习书法，在《自序〈贾平凹书画〉》中，作者说："我的字被书法了是八十年代的中期。那时，我用毛笔在宣纸上写字，有了一种奇异的感觉，从此一发不能收拾。我的烟也是那时吸上瘾的。毛笔和宣纸使我有了自娱的快意，我开始读到了许多碑帖，已经大致能懂得古人的笔意，也大致能感应出古人书写时心绪。"④

在何丹萌的记忆中，1982年前后，贾平凹所到之处就有人要求他留下墨宝，他的好多短文，诸如《游寺耳记》《丰阳塔记》《北宽坪记》就

---

① 王永生编：《贾平凹文集》（第12卷），陕西人民出版社，1998年，第279页。
② 王永生编：《贾平凹文集》（第12卷），陕西人民出版社，1998年，第283—284页。
③ 木南编：《贾平凹书画》，花城出版社，2007年，第59页。
④ 马河声主编：《贾平凹书画艺术论》，陕西旅游出版社，2001年，第167页。

是给人题写毛笔字时草就的,这些文字,少则百十字,多则三百字,因是触景生情之作,反而意趣盎然。贾平凹写字多了起来,索要字画者不绝,书法有价值才有人买,有人买就激发了创作的欲望。其实,书画自古以来就不单纯是怡情悦兴,郑燮当年在扬州卖画,冒辟疆在南通卖字,齐白石、毕加索等书画大家就是以书画养家。任何事物的价值首先来源于有用,贾平凹的书画品质也是在市场的催生下不断成熟的。

在不断的写作过程中,贾平凹认为,不论写字、书法还是绘画,都要先有兴趣,要有慧根。在他看来,他的书法是建立在实用基础上的一种艺术,就是象形的间架结构,把这些结构变得有趣味些,把感情加进去,再用毛笔写出来,就成了书法。

(四)《空白》及其"小说、散文、诗三马并进的写作"

在贾平凹的文艺创作中,诗包括文学写作是基础,书、画是在文学审美基础上的情绪表达。从20世纪70年代末到80年代中期,他有一段诗、小说和散文齐头并进的创作阶段。在1986年之后,他不再发表诗歌,但诗意贯穿在他文学创作的整个过程中,存在于小说和散文的立意中,在他从事书法和绘画创作之后,诗意也成为情感的潜流,表现在书画的线条里。

他最初的文学练笔是从写诗开始,在苗沟水库工地,留存有他的诗作,大学阶段,让他对文学重新萌发兴趣的是诗。从1981到1986年,他连续在《延河》《星星》《诗刊》发表诗歌多首。1986年12月,在诗人邹荻帆的建议下,贾平凹将写于1976年至1986年的三十一首诗歌结集为《空白》出版,这是贾平凹唯一一部诗集。关于诗歌,贾平凹说:"我更多的是写小说和散文,最倾心的却是诗;并不故作多情,我读诗的时候,确实身心极易处于激动。但是,诗如火一样耀眼而令我难以接近,时时虽在写,却不敢公开于世,全是为某位朋友所写,为某宗事所写,为某处山水所写,情得导泄了也便心灵平衡安妥罢了。我只是傻想:中国人感知和把握世界是整体论的意识,诗则贯通其中,是有意而无形的;今生即就是做不了诗人,心中却不能不充盈诗意,活着需要空气,就更需要诗啊！"①

催生文艺想象的是情绪冲动，在《诗经》里，"兴"是情感的兴，"比"更多是微言大义。《文心雕龙》里也说："故比者，附也；兴者，起也。附理者切类以指事，起情者依微以拟议。起情故兴体以立，附理故比例以生。"②文学首先需要情感的发动，才能上升为某种哲思。徐复观认为，凡是由情感催生的想象就是文学想象。从这个角度上讲，任何文艺的产生，都需要情感的冲动和想象参与其中。

《空白》中的诗非单纯的抒情诗，张清华认为，贾平凹的诗歌，抒情和叙事各有特点，非业余玩票，而是认真作诗，诗意丰富，他从文体上把这些诗分为这样几类：

> 数量最多的"赠答诗"——说平凹的诗更像古人，这也是一个原因——约占总数的一半，细读可知其中多数为表达爱情的篇章；第二类是叙事意味很强的诗，如《一个老女人的故事》《二月》《我的父亲》《初恋》等，数量不多但分量很重，且因向度不一而显得尤为丰富；第三是"感怀"之类，亦如古人，或咏物述志，或感慨世道人心，数量少但质量高，且多有或诙谐或幽暗的现代意味。它们表明作者彼时并非仅是出于"玩票"的冲动而写，而是相当专业的状态；最后还有一类，大约只有《致陕北黄土高原》和《致关中平原》两首，此两首分别写于1981和1986年，刚好昭示着从八十年代初的风俗文化自觉，到中期的"文化寻根热"的一个过程。③

从题材来看，书写爱情的比例较高，形式也多样，有赠答类如《天·地——静夜给A》，也有叙事类如《初恋》，还有禅思类如《单相思》《野游》。他的叙事诗时空跨度也很大，《一个老女人的故事》写出了同

---

① 贾平凹：《空白》，陕西师范大学出版社，2013年，第137页。
② 刘勰：《文心雕龙》，王志彬译注，中华书局，2012年，第411—412页。
③ 张清华：《在空白的尽头或背后：贾平凹〈空白〉阅读散记》，载《文艺争鸣》2017年第6期。

辈人和后辈人眼中的女人,还写出了女人生前和死后的情景。《致陕北黄土高原》和《致关中平原》兼文化散文和游踪笔记之间,可见出贾平凹对地理的书写,不仅注重个人的感受,更注重某种地域文化意味的探寻,与此同时,他还写了与此相应的两篇散文《黄土高原》与《关中平原》。贾平凹在最初练笔的十多年间,他随时随地用心用情观察生活,用文字捕捉生活的微妙精深之处,书写个人感受,描绘时代面影。比如,对于同一题材,他用同一文体从不同角度书写,也用不同的文体书写,他在《山石、明月和美中的我》中说:"我开始了小说、散文、诗三马并进的写作;举一反三,三而合一。而诗写得最多,发表得最少,让它成为一种暗流,在我的心身的细胞之内,在我的小说、散文的字句之后。"[①]

若以爱情题材为例,在《空白》的三十一首诗歌中,与爱情有关的有十一首,不仅表现爱情的形式多样,而且从不同角度书写情感,更为可贵的是,他不是单单表现爱情,在表达爱情的同时也传达某种人生感悟和生命哲理。诸如在《天·地——静夜给A》中,作者将爱的情感凝练为美好的意象——水和云:"有多少水/你就有多少柔情/有多少云/我就有多少心绪/水升腾为云/云降落为水/咱们永远不能相会"。水和云的爱在作者笔下是有距离却永恒存在的爱,"爱使我们有了距离/距离使我们爱的永久"。在《啊,亚克利兰》中他借助强烈的意象对比和映衬手法表达炽热的毫无犹疑的情感:"但愿你是颗太阳/天天在雪线上分娩/我就天天来看","你这块红布/我已经是头斗牛/实在忍受不堪"。在这里,爱的情感是交织着矛盾和冲突的强烈情感。《北上》(之一)中的情感则充满柔情,有爱的甜蜜在里面:"北方的夜很冷/月亮是她的眼睛/一只大雁从目前飞过/那是瞳仁中我的身影"。上一首诗是表达单相思的痛苦,此诗是表达爱情的和谐与美好——相思是彼此心意相通。在《北上》(之二)中,诗人传达离开爱人之后,流浪寂寞的情感:"背着一把琴/我不知怎么歌唱/乐谱上没有一个音符了/线条起伏着是无数

[①] 王永生编:《贾平凹文集》(第11卷),陕西人民出版社,1998年,第298页。

的沙梁"。《单相思》中的诗句又富有哲思的意味:"拿一把钥匙／打开我的单元房间",爱是打开心结的钥匙,这又是多么富有意味的想象。《初恋》中,用客观化的描写书写情感:"从少妇到中年再到老年／我永远爱着你直到死去","这种爱或许别人会说是虚妄痛苦／但我的死是爱死的"。此诗的表现手法也耐人寻味,是叙事与抒情的融合,客观化的描写和叙事背后,抒发的是如此强烈而直露的情感。其实在贾平凹的这些情诗中,多意象入诗、哲理入诗、戏剧入诗,很少直抒胸臆,这样的表现特点就容易使诗歌的内涵更为丰富和凝练。

  关于爱情题材,在诗歌之外,贾平凹写小说和散文,诸如《山地笔记》和《商州初录》都涉及青年男女的爱情故事,《山地笔记》中的男女感情纯真质朴,书写爱情的同时也书写人性的单纯和美好。从《小月前本》《鸡窝洼的人家》《商州》《远山野情》《黑氏》《天狗》《火纸》《美穴地》《白朗》《五魁》直到《废都》,贾平凹从多个角度、多个层面书写爱情。这些作品都以爱情为主线,以文化为背景,书写富有时代特点的中国故事。王庆生说:"(贾平凹的商州系列小说)大体不离结撰小说的基本套子:借商州山地一种或数种古老的风俗、当前农村的一项或几项致富门路、旷男怨女间的一场或几场感情纠葛,写人性的善与恶,心灵的美与丑,人情的浓与淡,不避重复地让人们从那些幽怨悱恻的爱情故事中,从人物矛盾百结的情绪心态和较量争斗中,从或兴或衰的传统习俗中,感受到旧有的生活秩序和观念形态正在发生着变化。"[1]贾平凹善于写男女关系,男女关系以及由此关系而升华出的爱情婚姻等被作者充分演绎和表现。比如,《鸡窝洼的人家》中烟峰与禾禾、山山与麦荣等,通过山乡之地的青年男女爱情观念的变化,反映时代的发展和改革的风潮。《天狗》中的天狗与李正、师娘,《黑氏》中的黑氏与木犊、来顺等,多从两性关系出发,表现传统道德与个人情感的矛盾和冲突。《五魁》中新媳妇与五魁、丈夫,《白朗》中女人和白朗、山大王等包含着对人生命

---

[1] 王庆生:《中国当代文学》,华中师范大学出版社,1999年,第250页。

欲望的表现。在《废都》中，庄之蝶冲决性压抑，通过性爱的泛滥，考察的是人性的颓败。

贾平凹善于借助男女的情感发展线索表达深层次的文化和人性内容，诗歌之不足，故写小说、散文，写作甚或成为他的一种生命存在，这种对待生活和生命的态度本就是诗样的情怀，用抒情的态度对待生活，而无更多功利的掺杂。贾平凹说："我太爱着这个世界了，太爱着这个民族了；因为爱得太深，我神经质似的敏感，容不得眼里有一粒沙子，见不得生活里有一点污秽，而变态成炽热的冷静，惊喜的惶恐，迫切的嫉恨，眼睛里充满了泪水和忧郁；正如我生性里不善游逛，不善热闹，不善说笑，行为做事却孤独地观察、思考，作千百万次默默的祝福。"①

贾平凹在总结1979年的创作时说："我大量地读书，尽一切机会到大自然中去，培养着作为一个作家的修养，训练着适应于我思想表达的艺术形式。我不停地试探角度，不断地变换方式……从夏天起，病就常常上身，感冒几乎从没有停止过，迟早的晚上鼻子总是不顺通。我警告着自己：笔不能停下来。当痔疮发炎的时候，我跪在椅子上写，趴在床上写；当妻子坐月子的时候，我坐在烘尿布的炉子边写。每写出一篇，我就大声朗读，狂得这是天下第一好文章。但过不了三天，便叹气了，视稿子如粪土一般塞在柜屉里。"②贾平凹对写作的热爱有着诗人般的狂热，这也与贾平凹的性格相关，他敏感善联想，能致虚极守静笃，80年代初在方新村居住时，就将自己的书房题名为"静虚村"，也正因为这么多年来他能在闹中取静，也才能在忙碌的生活中，坚持开辟写作这一方净土，持续创作不停息。

1986年之后，贾平凹再未公开发表诗歌，诗以其他的方式更大范围地存在于他的文艺创作中。在小说领域，他将以实写虚的创作手法发展到极致，他的小说作品中多层次的意象构思、闲话意味浓厚的笔墨情趣，都是抒情写意的表达。

---

① 王永生编：《贾平凹文集》（第11卷），陕西人民出版社，1998年，第297页。
② 贾平凹：《关于散文》，生活·读书·新知三联书店，2015年，第48—49页。

贾平凹的书法和绘画也是他情趣和精神的表达，在《我的诗书画》中，他说："诗要流露出来，可以用分行的文学符号，当然也可以用不分行的线条的符号，这就是书，就是画。……诗、书、画，是一个整体，但各自有不可替代的功能，它们可以使我将愁闷从身躯中一尽儿排泄而平和安宁，亦可以在我兴奋之时发酵似的使我张狂而饮酒般的大醉。"[1]他是这样认识的，其实也是这样实践的，在他后来的书画作品中，他尤其强调"造境""立意"，具体作画中力求突破"形似"，追求"神似"和"气胜"，方法是以象写意。比如他画《精神之花》，突出莲藕上开放出的莲花，他说，花是人的精神之光。他画《大风》，骤起的风云弥漫被作者作了背景，整幅画是用黑色浓墨画的一只鸡，他是想借鸡在大风下的状态突显大风的凌厉之气，是绘画里的以象写意。2004年，贾平凹为《散文》和《文汇报》专栏而作的文配画结集出版，一幅画配一段文字说明，其实也就是一幅画里一个主题和立意。这些画里，有些是抒情意味浓厚的，如《老屋》。有些包含叙事特征，如《古城人家》《避暑图》，后者画的是高高的竹节一样瘦而长的树，没有旁枝，自然也就没有树荫，树下坐一胖和尚，胖和尚旁边一扇子，立意是"乱可以避而暑却没处可避"，[2]是对日渐恶化的生态环境的反思，其画意可与散文《六棵树》相呼应。还有一些是具有禅思和哲理意味的，如《向鱼问水》《看你》，其立意是一首首寓意丰富的诗。更有一些张扬着作者的想象力，如《鹿树》中画鹿的角密密麻麻如树一样，弥漫天地，这也可与《避暑图》相呼应。还有一些是言志寄意的，如《汗血马》。不论如何分类，其实都在于表达作者提笔一瞬时的立意，画比文字或书法更能直观具体地暴露作者的所思所想。

不论诗歌，还是书法和绘画，贾平凹有自己的审美系统，这审美系统就是前文所说的民间的、现代的和传统的三个向度的兼容并蓄，贾平凹在其后的不断创作中，在各类文艺形式的不断融会贯通中渐成大气。

---

[1] 王永生编：《贾平凹文集》（第12卷），陕西人民出版社，1998年，第106页。
[2] 贾平凹：《贾平凹语画》，山东友谊出版社，2004年，第5页。

二、诗书画一体:"先建立审美系统、价值系统,然后再建立你的技艺系统"

贾平凹曾说:"如果当初先不写文章肯定会从事书画的,你给我个十年二十年,我一定要枝生连理花开并蒂的。"①这样的表述,但见作家很是自信,经过这么多年来的创作实践,贾平凹已经成为当代文人书画领域里的翘楚。但诗书画在其整个创作中,也还是不平衡。文学写作是其主业,书法和绘画则是余事,越往后走,这样的表述越坚定:"书画确实是我的余事。之所以认作是余事,一是几十年来我都是在从事文学写作,文学写作是我的职业也是事业,立身之本,不敢懈怠。二是以我的才质和所下的工夫,自知很难在书画方面取得大成就,也要给自己的浅陋早早寻借口,就完全把书画作为陶冶自己心性之道,更作为以收入养文养家之策,那就只能是余事了。"②

从诗书画成名的先后顺序上来看,先是诗,这个主要是广义上的文学写作,而后是书法,再是绘画。1975年大学毕业后,贾平凹将全部精力用于文学写作上,这期间,主要是创作诗歌、小说和散文。他在书法和绘画意识上的觉醒,其实是在文学创作已经取得了一定的成就之后开始的,如上所述,他的书法和绘画的练习在1980年之后了。也就是说,贾平凹是有了坚固的文学审美基础之后,才开始书法和绘画,因而,才有陈传席的评价:"绘画成功与否,在悟性,而不在基本功;在胸襟之不俗,而不在功力之苦;在天赋,而不在勤修。贾平凹虽然'平生不修善果',但他的画却一超而直入如来境,一跃而到最高境界。"对文人画而言,讲究的不是笔墨之工拙,而是笔墨之情趣和格调。贾平凹的书法,"只是下笔直书,显其本色,但书法家也写不出他那雄浑厚重的气势"。③

关于文学审美和书画技巧的关系问题,特别是在现代艺术越来越被

---

① 贾平凹:《贾平凹语画》,山东友谊出版社,2004年,自序。
② 贾平凹:《天气》,作家出版社,2012年,第221页。
③ 陈传席:《读贾平凹的书画》,载2012年1月31日《陕西日报》。

分化的背景下,贾平凹强调文学和文化是书法和绘画的基础和底气,他在多种场合谈到自己的认识:

>   中国文学讲究整体性,讲究混沌性,包括意象性,分得太细就觉得有些荒唐了。……因为现在社会发展,分工越来越细了,没有那种统一的任务了,但是我还是认为分开以后也必须要以文学或文化为基础。……先建立审美系统、价值系统,然后再建立你的技艺系统。这是目前最缺乏的。[1]

因为对书画的兴趣和爱好,贾平凹结交了很多书画界的朋友,在其周围形成了一个文学艺术圈子,有作家、诗人,更多是书画家、作曲家等。程光炜在《贾平凹与棋琴书画》中谈道:"他(贾平凹)将赠答友人的书札、序跋结集出版的《朋友》一书,详细生动地记载了自己与艺术家圈子的交往。"[2]程光炜认为,与朋友纵酒撒欢,议论比较字画优劣,收集购买石头古罐,或引人前来观赏家中所藏稀罕之古物而怡然自得,这是中国传统文人延续数千年积习难改的艺癖嗜好。贾平凹通过理解、认识和品鉴各类艺术,来提升自己的文艺素养。

沈从文认为,文学艺术说到底是一种抒情,"如把知识分子见于文字、形于语言的一部分表现,当做一种'抒情'看待,问题就简单多了。因为其实本质不过是一种抒情"[3]。从文艺抒情的层面看,发展爱好,讨论交流,其实也是有益于社会人生的工作。在陕西,文学艺术的氛围浓厚,特别是在作家圈子里,传统书法的魅力逐渐恢复,这要归功于贾平凹在这方面的努力。他说:"我成立了一个书画社,我是社长,就专门吸收些作家,后来当然也有书法家进来,但必须是对文学感兴趣那些人。大家都在写字有这个氛围,互相感染。"[4]不论是玩物、品鉴,还是欣赏、评论,更多是受爱好驱使,有游于艺的成分,是玩物适情,也是怡然自

---

[1] 贾平凹、张公者:《嚼馍:贾平凹访谈》,载《中国书画》2009年第8期。
[2] 程光炜:《贾平凹与琴棋书画》,载《当代文坛》2013年第2期。
[3] 沈从文:《抽象的抒情》,江苏教育出版社,2005年,第10页。
[4] 贾平凹、张公者:《嚼馍:贾平凹访谈》,载《中国书画》2009年第8期。

乐。还有人说，阅读别人就是了解自己，贾平凹通过对书画的认识，打通了诗书画的狭隘限制，他往往是在文学艺术的基础上对书画进行评论。下面稍做引用，即可见出，真正懂书画的方家，评论书画，往往功夫在画外：

> 作文不能就事论事，作画亦不能就物论物，否则硬壳不裂，困之小气。古人以人品进入大画境之说，实则也是多与社会接近，多与自然接近，多与哲学接近，通贯人生宇宙之道，那么就有自己的思想，自己的角度。大的艺术家要学技巧，但不是凭技巧成功，而是有他的形而上的意象的世界为体系的。[①]

> 这正如小说、诗、戏剧一样，在都掌握了一定的技法之后，艺术的高低优劣深浅薄厚，全然取决于作者的修养。人道与艺道是一统的，妙微者而精深。[②]

> 作诗作文讲究深度，深度无非是哲学意识，我想作画亦是如此。……以我们的对于宇宙之感应对于生命之意识来观照山水花卉，再以山水花卉将自己的心迹外化。这一切，当然有属于艺术之内的技艺的训练，也更有着笔墨之外的思维、见识和修养。[③]

以上评价，贾平凹大多写于90年代初，这个阶段，他已建造起了文学的大厦，但书法和绘画才刚刚起步。从他的鉴赏评论中，已看出他是在深厚的文艺功底的基础上，形成了艺术审美的观念，这充分证明了贾平凹的书画道路，和一般专门搞书画的人不一样，即先有一套对书法和绘画的审美认知，这个认知和体验，其实就是生命经验和人文素养。从他本人的创作实践看，这是从文学写作逐渐培养起来的，他经历了一条从文学到书画的道路，从价值和审美体系之道的确立再到技艺和手法之

---

① 王永生编：《贾平凹文集》（第12卷），陕西人民出版社，1998年，第378页。
② 王永生编：《贾平凹文集》（第12卷），陕西人民出版社，1998年，第324页。
③ 王永生编：《贾平凹文集》（第12卷），陕西人民出版社，1998年，第328页。

术的训练这样一个过程,是值得被借鉴的文艺创作模式。

在诗书画一路相随的创作过程中,贾平凹有清醒的思路,不论诗还是书画,都是其个人情绪和思想的表达,有个人的立意和心结在其中。在《我的诗书画》中,他认为:"我之所以作诗作书作画,正如去公园里看景,产生于我文学写作的孤独寂寞,产生了就悬于墙上也供于我精神的生活。既是一种私活,我为我而作,其诗其书其画,就不同世人眼中的要求标准,而是我眼中的,心中的。"[①]2001年12月,当贾平凹在书画方面形成了个人风格的时候,面对书画领域提出的"新文人画",他再一次表明观点:

> 在我的体会里,因为我不是画家,自不受任何清规戒律的约束,画里有我的悲欣,我的回忆和追思,我的不可告人的私结。一切物象都出自心源。我的还不能大自在仅在于我的技法的不圆熟。一些职业画家见了我的画,说:画可以这样画呀?!一些文学界的朋友见了我的画,说:这是你小说散文的另一种形式么。他们说的我同意又不同意,依我说,我首先在活人而然后才作文作画,在我的所思所想不能用文字表达时我画画,不能用画画表达时我作文章。[②]

2011年3月,贾平凹在写完《古炉》之后,要整理出版他的书画集,在序言中他写道:"在我的认识里,无论文学、书法、绘画、音乐、舞蹈,除了各有各的不可替代的技外,其艺的最高境界都是一样的。我常常是把文学写作和书画相互补充着去干的,且乐此不疲,而相得益彰。"[③]

在很多个场合,他都说过,诗书画最高的审美境界是一样的:

> 农村有种土语说"会推磨子就会推碾子",反正都是转圈。不管从事任何艺术,最高的境界是一回事情。要想把画画好,实际上也是表达,和文学表达是一样的东西,也是创

[①] 王永生编:《贾平凹文集》(第12卷),陕西人民出版社,2004年,第105页。
[②] 贾平凹:《贾平凹文集》(第18卷),陕西人民出版社,2004年,第138页。
[③] 贾平凹:《天气》,作家出版社,2012年,第221页。

造一种格局。音乐、绘画、舞蹈,最高境界都是一回事情。①

作为当代文人画中具有代表性的人物,贾平凹在书法和绘画实践中,也有意识从文学的角度写书法和绘画,在访谈中,他说:"我觉得书法与文学创作一样,要有故事、有情感、有浑厚感。从审美上来说,二者是相通的。"②这就使他的作品和其他书画家的作品区别开来。

贾平凹是名作家,当他逐渐在书画领域声名鹊起的时候,也具有了一定的使命和责任。面对画坛上千篇一律的画风,在提高技艺的基础上,他倡导在书画领域里要培养现代意识,要在观念领域里建立自己的审美系统,在现代、传统和民间三者的融会贯通中提高书画艺术的审美境界:"任何搞文学艺术的如果没有现代观念,就没啥意思。"但他也认为,既然是做中国艺术,就要有传统性在其中。他特别强调,自己收藏了那么多民间的东西,就是为了给写作和绘画做积累。"吸收民间的东西,传统才有发展,没有民间,传统就是死东西,所以我强调现代、传统与民间三点。我从小就喜欢绘画,绘画不仅仅是技术性的东西,现在很多人画画却不学习,如果绘画仅仅是技巧,那么不会有更大发展。"③

诗书画互有补益,相互影响,这是传统文人全面艺术养成的方式。在当下文艺被专业细化的背景下,贾平凹以自身的实践不断证明,各类文艺在最高境界上的追求都是一样的,人道和文道是一体的,要先养成自己的人格,培养对文艺的审美认知,在此基础上,不断练笔,提高技艺,方是正途。

三、贾平凹的诗:融抒情、叙事、哲理于一体

1985年,贾平凹发表了十篇小说,分别是《山城》《远山野情》《天狗》《冰炭》《蒿子梅》《初人四记》《商州世事》《人极》《黑氏》《西北

---

① 贾平凹:《艺术的困境也是人类的困境》,载2013年4月17日《中国文化周报》。
② 王晓霜、郗运红:《书法与文学一样要有故事和情感》,载2015年2月9日《齐鲁晚报》。
③ 谢勇强:《贾平凹西安开画展,称画画是表达看法不追求技巧》,载2014年1月28日《华商报》。

口》，当代文学史上把这一年也称为"贾平凹年"。1986年，贾平凹发表了《古堡》《火纸》《水意》《龙卷风》《陕西平民志》等小说，并开始构思创作《浮躁》。这几年，是当代文学史上作家们在创作上你追我赶的活跃期，也是贾平凹文学创作势头正旺盛的时期。但在1986年，他出版了诗集《空白》之后，再未公开发表过诗歌，埋头致力于小说创作。

诗集题名"空白"，也可说真得诗歌个中滋味，越是好的诗歌，其诗意越凝练含蓄，若以海明威海面之上八分之一的冰山理论来说明，诗歌作为诗人内心隐晦的情感表达，或有比八分之七还多的内涵需要读者在海面之下、字面之外去领悟。诗歌，是通过最精练的文字传达最隐晦的情感和思想的文体之一，在文字之外有太多空白需要读者去想象和领悟，"空白"或是追求丰富诗意的表征。

贾平凹也确实在他的这些诗歌中留下了太多的意味，他的诗，没有一定的格式，似也不受常见的诗歌规律的束缚，只求"作意好奇"。开首的《问》类于散文诗，《题三中全会以前》只有四句，而抒发情感的《初恋》，全用叙事性的白描来表达，《关于一个老女人的故事》则用诗的形式叙述女人坎坷艰难的人生悲剧。贾平凹作诗，重在立意和抒情，重在从多个角度用多种方式表达他的思想和情感，立意蕴藉丰富，形式反而退避其后，这和他后来的绘画很相似。

一个作家禀赋里所具备的天分，往往在其最初的写作中即得到显露。《空白》最为显见的是他的抒情性，他是一个长于情感表达的作家，如同费秉勋对他的评价，"贾平凹本质上是一个诗人"。他善观察善体悟，总以艺术的眼光感悟生活：能在孩童的问话中感受到生活的趣味，能在人们司空见惯的细节中体会到时代的变化，面对自然内心里萌生出爱的火花，能把对一个老女人的悲悯与感伤寄托在生活化的叙事中。贾平凹在诗歌中抒发友情、亲情，这是诗歌中常有的题材，但如《致黄土高原》《致关中平原》这样的诗歌，能见出他的情愫是"无事不可入"，而《希望》《野游》，则是"无时不可入"。据孙见喜的《贾平凹前传：制造地震》，贾平凹写《希望》是在朋友聚会的饭桌上，在杯酒之间妙笔生花，可见其感觉之敏捷、才情之卓绝非常人可比，这首诗是这样的："把杆杖插在土里／希望开出红花／把石子丢在水里／希望长条尾巴／把纸放在枕头下／希望梦印成图画／把邮票贴在心上／希望寄给远方的她"[①]。

他的情感受灵感催生和思维顿悟的成分居多，因而，诗歌具有鲜明的哲思性。哲理和思想容易开拓出诗的审美境界，也恰是诗歌中叙事的因素和哲思的境界，使贾平凹并未止步于诗歌，而从诗歌出发，走向更开阔的文学领域。比如《鱼化石》，此诗写于1976年，开首两节就显不凡："四十五条鱼在一个石头里游动／它们是自由死的／死了／才保持了上千年的自由"。诗句的想象力在于作者观察角度和抒发的思想令人称奇，两两相对立的意象，形成思想的碰撞，鱼在石头里游动，是诗人看到的景象，把死的静止的景象写活了，并赋予它精神和情感，这情感是思想的升华，并上升为一种普遍性的认知。作者赞美为自由而死的精神，因为为自由而死，也才经得起时间的考验。对于某种神圣的情感，"死亡"也是一种态度，这就体现了贾平凹的个性，在精神追求方面，或比普通人更偏激更热情。比如对自由的追求，贾平凹说："它们是自由死的"；比如对爱情的态度，他说："这种爱或许别人会说是虚妄痛苦／但我的死是爱死的"；在《啊，亚克利兰》中，他说："只要你说：冻死去！／我就做一块冰／死了把透明心敞袒"。通过作品，张扬某种态度和精神，才使其作品不流俗，总是在寻求精神和思想的高度。尤为可贵的是，他的思想和情感常常充满矛盾和对立，碰撞出类似戏剧悖谬性的诗的火花，引人沉思。诸如，在《一个老女人的故事》中是："坐在那一片墓地里／她是死者的墓碑"。在《太白山——劝××君》中是："到太白山上看太阳／太阳能把你冻死"。在《送友人李某某出任周至县》中则是："种麦子去啊／来年收获麦子／当然也收获麦草"。他的《洛阳龙门佛窟杂感》中，两句一节，每节都是诗人的顿悟和禅思，从此诗中，也可

[①] 贾平凹：《空白》，陕西师范大学出版总社，2013年，第119页。

见出诗人思考的范围早已超越了个体和自我，面向的是更广泛的社会。如："烧香者给烧香者拜佛／拜礼者给拜礼者拜礼"，"善恶依附／好坏均匀／为这就是佛界／这就是社会"。在《锁》中，一句"深山里没有铁锁／城市里没有秤锤"就道出了城乡的差别。

《空白》中最具特点的是它的叙事性，曾振南说："这一次，他借着叙一个农村老妇的凄凉的故事，把他的诗感，凝铸在简峭的叙事诗的形式里了。他收获了一种冷峻的诗美。"[1]张清华形容《一个老女人的故事》称得上是一个篇幅很大的"中篇小说的诗歌版"[2]。在这部诗集中，《二月》《初恋》《我的父亲》也都是长篇幅的叙事诗。用诗的形式讲述故事，既有诗的凝练，又具故事的完整性，是这些叙事诗的一大特点。《一个老女人的故事》讲述的是一个现实的悲剧故事，诗人用全知叙述视角，讲述女人在同辈人和后辈人眼中的存在，她是被排挤的，被欺负的，被隔绝的，被对立的。诗人用凝练的意象、首尾呼应的手法强化了她的存在："同辈人全死了／她还活着／坐在那一片墓地里／她是死者的墓碑"，"她的坟年年被堆起来／堆起了年年再被抓平／发财的是村里每一个人／每一个人是她的墓碑"。"墓碑"是与诗的主旨相关的意象，活着的人是死者的墓碑，死者又充当了活着的人的墓碑。如果说墓碑是存在的隐喻，则"老女人"的存在价值不论在生前还是死去，都是诗人的价值世界的承载。所以此诗虽是记叙了老女人悲剧的一生，但也弘扬了她的价值，用她的存在照亮了她周围的生活和人性。诗人将小说般的丰富蕴藉通过凝练的叙事诗表达出来，尤见出他对诗歌的喜爱。诗人在叙事中，充分运用了对比、映衬、伏笔和照应等叙事手法，诸如此诗第一节既是引起句，也是伏笔，后文叙述同辈人为什么死，与首句照应；叙述同辈人、后辈人眼中的老女人，将对比手法表现得淋漓尽致；叙述女人死后的情景，则与生前的情景形成映衬。在这首诗中，不仅有完整的故

---

[1] 曾振南：《冷峻的诗美：〈一个老女人的故事〉读后》，载《诗刊》1986年第3期。
[2] 张清华：《在空白的尽头或背后：贾平凹〈空白〉阅读散记》，载《文艺争鸣》2017年第6期。

事，还注重借助意象达到诗意和主题的升华，诸如用雪和冰的意象映衬人与人之间的冷漠，用花的意象强化她的精神的高贵："后辈人全骂她老糊涂了／没有一个愿意和她说话／门前的花开得灼灼的／她丑陋地坐在里面"。《二月》的意境和老舍的小说《微神》有异曲同工之美，老舍通过梦境的方式引出一个唯美的故事，贾平凹用诗的形式讲述一个现实与梦幻相交织的爱情故事。这首诗表现了诗人描摹自然和现实的细腻功力："我听见了一只蜜蜂薄翼在颤／水塘里破裂了一个水泡／还在一棵小草／叭叭地扭动着纤细的腰"。在《我的父亲》中，则可以看到作者在讲述现实故事时，注意对生活细节的捕捉："开会父亲坐得最低／领导坐得最高／楼房住的最高的是父亲／住在低层的是领导"。其实，开掘叙事诗的叙事因素，是贾平凹的长处，对生活细节的捕捉、对自然的描摹、善用意象升华主题，进而达到写实和写虚的平衡等，在后来的小说叙事中，则得到了极大的发展。

在具体的表达方式上，他善于多角度表现生活和情感，这在早期诗作中表现尤为鲜明，诗意蕴含往往就比一般作家的丰富。如在《鱼化石》中，不仅写了我眼中的鱼化石"是自由死的"，在参观者眼里，"想到了水"，在猫眼里，则"想到了腥味"。不同的视角下，对鱼化石就有了不同的看法。他在后来的小说中，尤其强调多角度写人事，发展成创作观念上的整体性写作视野，很多人认为受文学传统影响至深，其实，从这首诗观之，则有无意识的天分在其中，而传统文学中的多角度书写，恰触动了他的诗性思维。诗性，不仅仅是情景交融的诗意表达，关乎个体生命对自然、社会、文化、生命等多个层面的思考，是融叙事、抒情和说理为一体的表达，贾平凹后来的散文、小说和书画，寓意都很丰富，其实都是诗性思维的延伸。

从纯粹抒情诗或叙事诗的角度评价贾平凹，他的诗歌写作都没有达到一定的高度，但可贵的是，他诗歌创作中显现出的文学元素，诸如抒情性、叙事性、意象性、戏剧性等等，都在他后来的小说、散文、书画等作品中得到延续。王俊虎认为，《空白》具有贾平凹文学创作的艺术母体价值和意义。如果阅读稍细致一点,《空白》中的某些意象和句子,在他后来的小说或书画中得到了更长久的艺术生命的延续。诸如《一个老女人的故事》中,"同辈人全死了/她还活着","她却看得清阳间和阴间",这个老女人是《老生》中的"老生",老女人的"花",就是"老生"所唱的孝歌,是抚慰精神、安妥灵魂的意象。诸如,"门前的花开得灼灼的/她丑陋地坐在里面",这是富有强烈对比和戏剧意味的意象,在《高兴》《带灯》《古炉》等小说中,贾平凹不论是塑造在淤泥中开出莲花的刘高兴,带灯夜行的带灯,还是在纷乱世事里具有敏锐感知力的狗尿苔,都有一种强烈的对比,这也是一种写作态度的表达。要写出残酷里的温柔,冰冷里的温暖,追溯其源头,在《一个老女人的故事》中就已显现。他的抒情气氛浓厚的诗歌,诸如《北上》两首及《高塬上的一只斑鸠告别着一株垂柳》,在小说《带灯》中也得到了呼应,《带灯》中带灯写给元天亮的二十六封短信,每一封都是一首浪漫抒情的诗。仅从字面看,贾平凹的前后文之间有文字间的呼应和致敬,但其实这种呼应更多是某种艺术思维的呼应,在《空白》中,就已显现出贾平凹用艺术之眼体悟生活和感受人生的优长。他后来的诗文和书画中,往往以闲笔的方式书写他的人生感悟和生活智慧,增加了作品的厚度。诗中有故事有戏剧有哲理,是《空白》的特点,在其小说、散文和书画中,则时时贮藏着诗意,布满对生活和人生的感喟,诗书画在他的文艺创作中,是融为一体不可分的。

四、贾平凹的书画

任何文艺形式,说到底都是作者精神、气度以及胸怀的载体。贾平凹是当代文人里面具有全面文学艺术素养的作家,他笃于小说和散文创作,书法和绘画又带给他文字之外的精神受活。书以文传,贾平凹的书画是能传下来的,不仅仅因为他是著名的作家,也因为他在书画方面有自己的理念,形成了自己的艺术特色。我们先谈一谈他在书画艺术上的美学追求。

（一）贾平凹书画的美学追求

1. 借象立意的美学笔法

借象立意强调将情绪、思想透过线条表达出来，重神似胜于重形似，注重情感和精神在作品中的渗透。贾平凹在《我的诗书画》中说："我的诗书画在别人眼里并不是诗书画，我是在造我心中的境，借其境抒我的意。"[①] 书画中所要抒发的情感和小说、诗歌一样，仍是内心郁积着的情感。贾平凹的这种情感抒发方式，较为接近中国传统文人的情绪宣泄方式，是感情的即兴抒发，是抓住某个印象，因物感发，表达深层情感。这在雕塑中是"卧虎"手法，在书画中是白描手法，即"平波水面，狂澜深藏"的审美体验，借助寥寥线条传达厚重的情感，强调的是线条背后的精神和思想，这是中国传统审美艺术的传承。因此，贾平凹说他读帖多于练笔，基本没有进行专门的书法基本功训练，书之技法不足，但是其书法却可以"一超直入如来境"，这也使他在情感和精神世界里能够和古人贯通，能够透过笔法窥到古人的意识世界。

比如他的《此时正驱马》虽非细笔描摹，但在整体上，却是一种俊美、阳刚、健康精神的外现，如一股天外来风，以它的凌厉、奔突之势，冲击我们每一个观者的眼目。《此时正驱马》中红色的天外飞马，是萦绕在他长篇散文《西路上》的整体意象。不仅如此，《西路上》自始至终贯穿着马的意象：西路之行开始即将马画得满屋满墙都是；历史上的汉武帝打通西域与中原的通道也是因为有大宛马（出汗为血，日行千里）的助力；丝绸之路的开拓者张骞的名字里（骞——驱马出塞）也有马之意；作者参观酒泉的魏晋画像砖博物馆，临摹的仍是"彪悍，驯良，勇猛，忠实，漂亮"的马形象；西路上，始终左右作者情思的恋人，是"立如树，坐如佛，卧如马"的精神恋人，或者说，恋人本就是作者幻化出的马的精神形象，和大宛马的形象重叠。马的形象背后，是贾平凹对早期汉民族身上所具有的雄健勃发生命精神的向往和追慕。他在文中这样慨叹：

---

① 王永生编：《贾平凹文集》（第12卷），陕西人民出版社，1998年，第106页。

"一个民族要继承的应是这个民族强盛期的精神和风骨,而不是民族衰败期的架势和习气呢。"[1]这样,文字的马和线条的马以及文化意义上的马,在这里达到了统一。

其实,贾平凹酷爱马,他笔下的马多是写意的,除了《此时正驱马》,还有《白马》《汗血马》《马课》《额上有印记的马》《速写马》等绘画作品,这些马的形象和他在重走丝绸之路时所探寻的汉魏风骨正相呼应。这些说明诗书画在贾平凹这里达到了谐和,也说明,他不论书写还是画画,都强调意会和神似,重精神和情感的表达。陈传席认为:"若以形似墨色求其画者,真乃缘木而求鱼,潜渊而摸月也。"[2]贾平凹书画追求画意,而非笔似,在无技巧中绘出发自生命的感情和思考。

贾平凹读帖,读的也是笔意,是笔法后面的情感和精神,这就说明他在书法的认识上更重视体验和领悟,看重的是从书法绘画后面透出的作者的人格力量和品格性情。他在评李正峰的书法时说:"以一种感应自然的,体验人生的法门,进入到一种精神境界中的人委实不多。先生的字里有他的文学,这不仅所书的内容多是他的一些短小的散文随笔,且一看便感觉到了别有一种东西。先生的字十分沉静,这最使我喜欢,想到他的为人为文,认作是他情操的又一种形式的显现。"[3]贾平凹认为,书法不仅要强调技法,但光有技法,不成大器,书法中要有情操的显现和精神的参与,要先培养社会的、人文的、思想的修养,这其实也说明,线条和文字背后的精神世界是通达一切艺术的基础,大气、雄阔、苍茫的艺术风格源于深厚的学养、丰富的人生体验和宽容博大的心胸以及一颗善感悟的心灵。贾平凹列举下面两类人来解读书法的高低优劣:

> 历史上的书法大家,查查其经历,大致有两种人,一为官做得很大,一为出世的和尚。那些当大官的,他们当然是靠科举上去的,一肚子的学问,除了文学修养外,既是政治

---

[1] 贾平凹:《贾平凹文集》(第16卷),陕西人民出版社,2004年,第235页。
[2] 陈传席:《读贾平凹的书画》,载2012年1月31日《陕西日报》。
[3] 王永生编:《贾平凹文集》(第12卷),陕西人民出版社,1998年,第333—334页。

家，又是经济家或社会活动家，眼界阔，胸襟大，其书法作品便是全部修养的一种表现。而那些和尚呢，则是避开了红尘，站在了一边冷眼看人生的，以深探高，潜心创造。①

在贾平凹的书画观念中，书画创作本质上和个人的性情素养分不开，要想写好书法，需要体验生活和经验人生，如同写文章一样。贾平凹读帖，从古人碑帖中感受古人书法的笔意；贾平凹审视自己，自觉逐去性格中灵秀轻巧的一面，书写"海风山骨"勉励自己，力求作品的大气磅礴。他意识到，无论什么艺术，到了一定的程度，都是人的力量的显示，人的胸襟如何，决定着作品的气象。他经历生活、体验社会，把自己对社会、人生的诸种认识渗透到书法写作中，自觉追求苍茫大气的书写风格。

2. 追求大气清正的艺术精神

当具有了鲜明的艺术自觉性后，文学而外的书画创作，对贾平凹而言，就不仅仅是一种爱好，还是一种观念的表达，甚或是面对现实的积极呼吁。面对当今书法家越来越重视书写技巧的现状，贾平凹认为，书画界和文学界一样，也需要大气清正的艺术精神："当今的书风，怎么说呢，逸气太重，好像从事者已不是生活人而是书法人了，象牙塔里个个以不食烟火的高人自尊，博大与厚重在愈去愈远。"②贾平凹呼唤具有时代精神的书法作品，呼唤贴近生活的书法作品。他认为，在现代背景下，书画创作和文学创作一样，也要转变观念，书法和绘画不仅仅是个人情调的抒发，也要接地气，要有丰富的生活体验，要和现实生活，和时代历史联系起来，要有开阔的视野。他在书法领域中的呼吁和他对"大散文"的呼吁是一样的，呼吁书画创作中要注入大气苍茫的人文精神和现实精神。

至于如何在作品中透出大气苍茫的人文精神，贾平凹谈到了传统美学和现代意识的结合问题。他说："对于现代文化和传统文化的借鉴学

---

① 王永生编：《贾平凹文集》（第14卷），陕西人民出版社，1998年，第458页。
② 贾平凹：《贾平凹文集》（第18卷），陕西人民出版社，2004年，第275—276页。

习,应该的也是重要的。是心态的改变,是有宏放襟怀和雄大的气派,在平和大涵中获得自己的个性,寻找到一个发展和创造的契机。世界的趋向是东西方文化的交流汇合,只能在各自发展中取得理解和激励,接受一切长处。"①在文学观念中贾平凹提出作者要具有现代意识,要有开阔的世界视野,在继承传统和融合新知中进行创作。在书画领域,他一方面潜心研究魏晋书法,在古人的笔意中体会苍茫厚重的艺术精神;另一方面,他认为,任何艺术精神都是相通的,书画创作也要注入现代意识。在书画实践中,他则注重吸收西方绘画理论和技巧,他在《〈古炉〉后记》中谈到他对西方绘画理论和技巧的关注比较多,从西方的绘画作品了解现代艺术的发展,进而指导创作。作为用线条表达情感的书画艺术,因其对读者的冲击力是直接的、具体的,因而尤其需要现代观念和技法的渗透。他在文学创作过程中形成的审美体验,自然成为他书法审美的追求,不论诗书画,艺术的目标都在于"表现他对人间宇宙的感应,发掘最动人的情趣,在存在之上建构他的意象世界"②。贾平凹通过诗书文融会贯通的文艺实践,倡导大气清正的艺术精神。

(二)贾平凹的书画路径

贾平凹是一个充满智慧的艺术家,这个智慧在于对各类文学艺术实践的合理安排。孙见喜在《贾平凹传》里,谈到贾平凹在80年代写作出名后,家里常常高朋满座,他不忍赶朋友离开,就在朋友们聊天时在一旁捉笔写字,就这样越练越喜欢,再未停止,书画是他写作的养神之器。贾平凹的书画之路,并不像有些书画家勤苦练帖,追求技法,但是他的书法拙朴、厚重,在书法领域还是深得人们喜爱。他在书写中特别善体悟,并从各个方面强化他的书法素养,这值得我们学习。

1. 在读帖中体悟

传统文人书文不分,平常写字即是书法。书法是传统文人的日常行为,文字或文章要靠书写行为体现。现代文人的职业、专业细化,加之

---

① 王永生编:《贾平凹文集》(第14卷),陕西人民出版社,1998年,第236—237页。
② 贾平凹:《关于小说》,生活·读书·新知三联书店,2015年,第33页。

书写工具的改变，作家和书法家隶属不同的艺术领域，作家书画作为文人的余事，是作家在作文之余的笔墨游戏和情感表达，因此作家书画被冠以文人书画，以区别于那些专门从事书法艺术的人。贾平凹是当代文人里面具有自己独特书写经验的文人书法家，他并不刻意临帖，书写、写字就是日常的必修功课，不论是毛笔还是钢笔的书写，都灌注了他对中国汉字结构的理解。贾平凹书法艺术的提高源于他的书写经验在一定意义上和传统文人的书写经验是相似的。读帖在他的日常生活中很重要。贾平凹自述：

> 我坦白招来，我没有临习过碑帖，当我用铅笔钢笔写过了数百万字的文章后，对汉字的象形来源有所了解，对汉字的间架结构有所理解，也从万事万物中体会了汉字笔画的趣味。[1]

贾平凹认为读帖比临摹更重要，读帖主要读的是字的间架结构以及在字的线条和笔画间所注入的书写者的审美情趣。读就是一种悟，并通过日常的钢笔写作不自觉地将其体悟注入所写的笔画和线条中，这是贾平凹虽不临摹，但书法技艺不断提高的原因。费秉勋在《贾平凹书前贤书论》中提到，贾平凹曾在1999年书写王羲之《题卫夫人〈笔阵图〉后》部分书论："夫欲书者，先干研墨，凝神静思，预想字形大小偃仰，平直振动，令筋脉相连，意在笔前，然后作字。若平直相似，状如算子，上下方整，前后齐平，此不是书，但得其点画尔。"这则记录，一方面说明书法作为一门艺术，意在笔先，成竹在胸，而后才有佳构；还说明，字的线条和笔画不是死的排列组合，是需要活泼泼的生命意趣注入其中；另外，字的笔画和形状有鲜明的结构分布，"大小偃仰，平直振动，令筋脉相连"是说线条和笔画之间有动静、形神、虚实之间的呼应和映衬关系。

贾平凹所读之帖来源颇广，不仅有历史上的书法大家王羲之、颜真

---

[1] 贾平凹：《贾平凹文集》（第18卷），陕西人民出版社，2004年，第275页。

卿的碑帖，他还从民间搜集碑帖，特别喜欢汉魏碑帖，从碑帖中感受汉魏书画大气磅礴的气度。他对两个人的书法尤为喜欢，一是苏东坡，一是翁同龢。他说："我除了喜欢苏东坡，特别喜欢翁同龢，我在常熟参观时，特为复印了翁的一件手札。翁的侧锋用笔显得很具苍茫气。"[①] 翁同龢是政界中人，学问渊博，经史子集无不精通，对人世沧桑比之寻常之人了解得多，其笔锋苍茫之气应与这种人生阅历是分不开的。

贾平凹搜集的碑帖有民间遗留的，有历史名人的，有政治家的，有高僧的，不同个性、不同艺术气质的书法给予他多元的艺术感受，从读帖中读出他们的精神趣味、生活经历和人格追求。正是基于这种多元文化艺术的给养，从读中悟，在悟中成熟，方才下笔直书，显其本色。他的书法浑厚、苍茫，这种读帖练字方法非常值得我们学习。

2. 在收藏中体悟

2000年之后，贾平凹书法少了灵秀之气，多了苍茫大气，除了通过读帖体悟书者的人格志气外，他在书法学习上，注重从民间搜寻有历史韵味的碑石拓片，感悟苍茫之气。贾平凹一向认为，汉代艺术不事雕琢、自然朴素，真正体现了大气淋漓的时代精神，他进而感叹，中国历史的强盛时代是汉而非唐。西安保存着最完整的汉文化遗迹，就碑石、墓志、石刻造像和画像石等石刻文物以及书法、绘画、碑拓、历代拓本等的收藏整理和研究来说，碑林博物馆是最完整的。贾平凹多次去碑林和霍去病的墓前，感受汉魏碑刻、拓片以及汉代石雕带给他的艺术灵感和想象，对汉魏书风的推崇，也使其刻意收藏那些来之不易的碑刻拓片。较早收藏的是达摩面壁图和郑板桥的"难得糊涂"，他还收藏有明朝书法家张三丰的碑帖，据说是在陕北的绥德搜寻到的，有碑文为证："山环水匝古绥州，一片晴空碧树秋。"他还收藏有相当罕见的八幅魏晋画像砖拓片，这从他的《拓片闲记》中可以了解。

贾平凹收藏碑帖拓片，也是艺术上的揣摩品鉴，使他笔意之间多

---

① 马河声主编：《贾平凹书画艺术论》，陕西旅游出版社，2001年，第15—16页。

了苍茫之气。朱以撒谈道：书风自古以来受地域文化的影响，南派书风委婉细腻，如明月入怀、清风出袖，北朝书风则如金戈铁马、刚劲雄健。魏朝碑帖属北派书风，加之刀刻的痕迹，线条棱角笔笔分明、剑拔弩张。"贾先生行笔自如大胆稳当厚重，对于方笔，不是细致表现，而是一种意笔，按下即运行，没有执意去做的意味。这样，使方笔中略带圆笔成分，刚劲中几分敦厚。同时，为了使浓厚的碑味活泼机动，他又运用了行书的笔变，穿插点染其中。这种调节大大地提高了作品的生动，克服了碑刻的生硬尖锐。……北碑书法中那种笔笔分明，昆刀断玉般的果断，在他的作品中得到了很好的反映。"[1]由此可见，贾平凹在读帖中融入了个人对古典书法的感悟。

贾平凹喜欢北朝碑帖，与其自觉的艺术警醒是分不开的。他早期书画和他早期的散文一样，书作灵秀俊逸，缺乏力度，他意识到北朝碑帖中的刚硬大气可以冲淡来自个性气质中的阴柔俊秀。"我老家也有灵秀的东西，秦岭和中原楚文化交界的地方，这一带人本身骨子里就有灵秀的东西。但我不敢肆意发展灵秀的东西，有意克制灵秀的东西向厚重的方面来发展。"[2]

从传统书法对现代书画的影响来说，和贾平凹同居一地的陕西书画家马河声谈道："无论是他的钢笔字还是毛笔字竟都是唐以前北魏的气象……不卖弄不花哨，横平竖直端正宽博本分守神，跟佛一样静穆端严。"[3]贾平凹久居西安，受长安文化的影响，精神上渴慕汉唐雄风："以我理解的汉唐之风，当是开放、包容、雍容大度，主要在于境界的阔大，想象力的奇雄。"[4]学习汉魏碑帖是与他本性的契合，加之他对粗犷风格的追求，使他的书法愈至遒劲，线条中透着胸怀和学养，笔墨中含着精神和个性。

---

[1] 马河声主编：《贾平凹书画艺术论》，陕西旅游出版社，2001年，第57页。
[2] 贾平凹、张公者：《嚼馍：贾平凹访谈》，载《中国书画》2009年第8期。
[3] 马河声主编：《贾平凹书画艺术论》，陕西旅游出版社，2001年，第79页。
[4] 王永生编：《贾平凹文集》（第13卷），陕西人民出版社，1998年，第210页。

3. 在行走中体悟

贾平凹一直以来认为书法是个性情怀的展现，他意识到性格里天生的灵秀和精巧，自觉追逐苍茫大气的精神，至2000年左右，他的书画风格为之一变，除了自觉学习汉魏碑帖，还得力于他在行走中感受到了祖国山河的壮美，体悟到了自然天地山川万物的混沌与苍茫之气。

20世纪90年代，贾平凹前往江浙体验生活，在扬州、常熟等地参观，对郑板桥、翁同龢的书法激赏不已，后又前往蒋庄公园内的马一浮纪念馆，虎跑公园内的李叔同纪念馆，对两位大师的人生踪迹和书法艺术也是瞻拜品摩。2000年，他游牧新疆，有散文作品《西路上》，对沙漠的浩瀚苍茫、丰富包容以及对生命的终极意义都有了深刻的思索。在行走中瞻摩品拜书法大家的作品，贾平凹感触颇深：

> 我既无凤命，能力又简陋，但我有我的崇尚，便写"海风山骨"四字激励自己，又走了东西两海。东边的海我是到了江浙，看水之海，海阔天空，拜谒了翁同龢和沙孟海的故居与展览馆。西边的海我是到了新疆，看沙之海，野旷高风，莫祀冰山与大漠。我永远也不能忘记在这两个海边的日日夜夜，当我每一次徘徊在碑林博物馆和霍去病墓石雕前，我就感念了两海给我的力量，感念我生活在了西安。[①]

贾平凹在行走和游历中"仰观宇宙之大，俯察品类之盛"，游目骋怀，开阔视野，游历中的所见所闻，不仅为其文学创作提供了鲜活的素材，使其写作始终能面对现实和当下，也为其书法创作注入生命活力。他的江浙一行，在南北不同文化和经济的比较中，开阔了视野，也留下了非常深刻的生命体验。在游历岳王庙时，贾平凹从两位书法家的作品中看到了自己禀赋里的缺陷：

> 岳王庙里有两块匾最有意思，一是沙孟海的，一是叶剑英的。沙是文人，书法刚劲之气张扬外露；叶是元帅，书法内敛绵静。人与字的关系，可能是有缺什么补什么的心理因

---

① 贾平凹：《贾平凹文集》（第18卷），陕西人民出版社，2004年，第276页。

素。我是北方人，可我老家在秦岭南坡，属长江水系，我知道自己秉性中有灵巧，故害怕灵巧坏我艺术的趣味，便一直追求雄浑之气，而雄浑又不愿太外露，就极力要憨朴。①

在游历中，贾平凹也意识到文艺气质的养成是更为重要的一面，毕竟，诗书文说到底在技巧之外，更强调人的气度和胸怀，也正因此，贾平凹的书法作品不仅在文人界，在书法界也是颇受赞誉。马河声评价说："平凹的字从书法技巧上看，他是侧锋使笔，这也是用笔中最直捷的一种，即把毛笔当钢笔使；这也是用笔中最危险的一种，容易把字写得飘薄；然而平凹的字却很凝重，凝重是书法最高的审美特征之一。"②

贾平凹天性中的灵秀，渗透在笔墨之间，易发展成为飘逸洒脱的一面；但其在读帖、收藏和游历行走中，又大长见识，注重生命宽博厚重一面的滋养，表现在书法上，就是在洒脱之外，仍有厚重拙朴的一面。他书法上轻与重、薄与厚以及简与繁的运用，与他在"平波水面"之上追求"狂澜深藏"的文艺审美旨趣是一致的。

（三）贾平凹的书画特点

贾平凹是作家，他写作不用电脑，日日用笔写字，用他的话说，深谙汉字结构和线条之美。他本人又极慕传统文人的写作方式，古代文人书画，从来是不经意为之，作文作到兴酣之处，其字中自然带有洒脱之气。贾平凹常赞苏东坡诗书文并举，苏子流传下来的书法真品，都是情感饱满之作。贾平凹作文历久，习字是作文之外的事余，他的书法走的是传统文人的道路，作文与写字相得益彰。

1. 书文合一

贾平凹好的书画情绪饱满，常常是在作文过程中创造的。如"写作的日子里为了让自己耐烦，总要写些条幅挂在室中，写《山本》时左边挂的是'现代性，传统性，民间性'，右边挂的是'襟怀鄙陋，境界逼

---

① 王永生编：《贾平凹文集》（第13卷），陕西人民出版社，1998年，第344—345页。
② 马河声主编：《贾平凹书画艺术论》，陕西旅游出版社，2001年，第79页。

厌'"①。《废都》出版后，文坛争议很大，贾平凹在书房挂"默雷止谤，转毁为缘"。《秦腔》后记中作者谈及他写作时内心寂寞，而能抚慰精神的就是书画，此时的书画不仅是情景交融的笔墨情趣，也是文与画相得益彰的艺术形式：

> 一日一日这么过着，寂寞是难熬的，休息的方法就是写毛笔字和画画。我画了唐僧玄奘的像，以他当年在城南大雁塔译经的清苦来激励自己。我画了《悲天悯猫图》，一只狗卧在那里，仰面朝天而悲号，一只猫蹑手蹑脚过来看狗。我画《抚琴人》，题写："精神寂寞方抚琴"。又写了条幅："到底毛颖是吞房，沧浪随处可濯缨"。我把这些字画挂在四壁，更有两个大字一直在书桌前："守侯"，让守住灵魂的侯来监视我。②

从他的练字过程来看，他并没有想通过临帖而成为书法家，注重的是个人情绪的表达。文人的情绪一方面可以通过辞章表达，一方面可以通过汉字线条来表达，通过辞章表达的就是作家，通过汉字线条表达的就是书法家。贾平凹是文人，在某一特定情景下，胸有华彩文章，这些美文自然就成为他用汉字抒发情感的对象，其文其字谐和统一，都能表现出个性和情感。比如，"每临大事有静气，心中无私转光明"，"独抱吾家变调琴，至今千载少知音"，"幽室能观室外天，一亭尽览山间趣"，"升上云端是秦腔"。贾平凹自作诗章，其诗其书往往相得益彰，其书的线条节奏和其文的情感表达可以融合统一。

贾平凹还有一个书写经验，那就是借助书法强化他对某种审美观念和手法的体认，或是表达他在某段时期的人生感悟，所以其书房的书法和绘画条幅是不断变换的。据李星和孙见喜的《贾平凹评传》，贾平凹早年在车家巷居住时，门上玻璃间夹着八个字："人道文道，精微深妙"，书桌旁有字："致虚极，守静笃，万物并作，吾以观其复"。他还变换着

---

① 贾平凹：《山本》，作家出版社，2018年，第526页。
② 贾平凹：《秦腔》，作家出版社，2005年，第564页。

挂过以下内容的字:"不可无一,不可有二,""见山是山见水是水见山不是山见水不是水见山还是山见水还是水,此为文之三境矣切记切记","仰观宇宙之大,俯察品类之盛","随物赋形,以形写意,迁想妙得,气盛则言之短长与声之高低者皆宜","青天一鹤见精神","为天地立心为生民立命为往圣继绝学"。贾平凹喜欢收藏土罐,在土罐上书写:"静定思游","圣贤庸行,大人小心","罐者观也,得大罐者,能大观,能大观者,则成大官哉"。近些年,"耸瞻震旦""大翮扶风"是上书房中比较醒目的条幅,还挂过"与天为徒""风起云涌是龙升之时""万法归一为我所用""我有使命不敢怠""远想出宏域,高步超常伦"等条幅,这些书法是不同时段心境的写照。这也说明,贾平凹的书法和文学创作一样,是日常工作必不可少的一部分。这种随心境不断变化的条幅,成为小说《秦腔》中表现夏天智性格的一个细节,夏天智家中堂上的对联就是应时节随心情不断变换的,这是借书法表情绪的一个佐证,也说明书法在写作者那里,更多是情绪的表达。

2. 朴拙大气

贾平凹早期习字,如同他早期的散文,有飘逸之美,缺乏厚重质感。张渝谈到贾平凹书法特点时说:"书法的最高境界必定要由形式表现升华为情感表现。……平凹书法尚未脱出温和、内向、拘谨、独居的书斋沉思状。笔画意势的整体气局上,不免小气与卑微。"[1]贾平凹早期不论作文写字,都带有自商州山水之地而来的灵秀之气,90年代之后,他的文学观念发生变化,"感动我的已不在了文字的表面,而是那作品之外的或者说隐于文字之后的作家的灵魂!"[2]贾平凹意识到,作者本人的精神容量比所谓的作品形式技巧对文学艺术的创作来说,更为重要。精神容量的获得,需要深入生活,需要了解时代精神,需要现代意识。

贾平凹精神世界的充实,与他后来的西安生活是分不开的。自20世纪70年代以来,他一直生活在西安,西安是具有深厚历史文化韵味

---

[1] 张渝:《贾平凹诗画之我见》,载《文学自由谈》2001年第4期。
[2] 贾平凹:《关于小说》,生活·读书·新知三联书店,2015年,第109页。

的古城，这里有连绵高隆的帝王陵墓，有气象雄放的汉代石刻，碑林博物馆的汉魏碑刻，表现着来自民间的朴拙厚重。贾平凹周围，还有一群以发现和表现中国书画艺术魅力为己任的书画家和音乐家，这些文人群体和这充满文化韵味的古城，都或多或少地影响了贾平凹的文学艺术观念和创作。贾平凹作文写字，一反空灵秀丽的风格，刻意追求苍茫厚朴之气。

2000年以后，"古朴""拙朴""厚重"逐渐成为人们评价贾平凹书法的关键词。比如雷抒雁评贾平凹的字："平凹的字，敦实凝重，不张不扬，惯用中锋行笔，字字稳定，笔笔到位，力透纸背。古朴如一汉陶秦俑，清秀又如少妇佳丽。脱胎于魏碑，得神在行楷，规范中求自由，自由中藏变换，使人读之不厌，味之无穷。"[①] 朴拙、厚重作为一种美学风格，考量的是书写者的精神文化气质。贾平凹曾经说过，他能从一个书法作品中看出作者的性格和生存环境，书者风格的形成，与其经验、经历和文化养成是密不可分的。朴拙厚重的贾氏字体中，可见出其人到不惑之后复归于平淡自然的人生追求。

---

① 雷抒雁：《贾氏书法》，载2000年12月23日《文艺报》。

贾平凹与民间音乐

当高山流水的音乐响起，大家就会想到伯牙和钟子期的故事，一个是乐师，一个是樵夫。当伯牙鼓琴，志在高山，钟子期曰："善哉！峨峨兮若泰山！"当伯牙鼓琴，志在流水，钟子期曰："善哉！洋洋兮若江河！"伯牙和钟子期不是靠语言，而是靠音乐心意相通。用音乐表现情感比文字更易进入某种情境中，这就像用绘画表达思想和情绪比文字更具感染力一样。古代文人，如王维、苏轼、姜夔等，大都既通乐理，又擅绘画，还是写诗文的高手。诗书画以及音乐都是情感的诗意表达，是情感艺术化的方式。

音乐的抒情性在中国的诗文中更久远，中国最早的诗歌是合乐而歌。诗言志歌（乐）抒情，音乐比文字更富有情感性。《诗经》就是通过回环往复的重复性起兴手段增强诗歌的抒情性。作为《诗经》最主要的表现手段，"兴"是情感的兴，"比"更多是微言大义。在后来的诗歌发展中，人们通过对仗、押韵等规范强化诗的音乐美。从诗发展到词，词是依照曲牌填词，是能唱的诗。诗歌发展到现代，现代诗的音乐性主要体现在诗的节奏和韵律中，这也是诗与散文不同的地方。近代以来，小说文体得到极大发展，小说作为叙事文体，叙事性加强，抒情性减弱，但还是有很多作家通过叙事手段强化小说的抒情性。

有人说，音乐叙事是新文学受西方文学的影响产生的，若从中西文学的源头来看，也是不足信的。音乐与抒情密不可分，中国文学传统中，"歌"早于"诗"，"乐"早于"文"。若以陈世骧的观点而论，"中国文学传统从整体而言就是一个抒情传统",他的依据在于"歌——或曰:言辞乐章所具备的形式结构,以及在内容或意向上表现出来的主体性和自抒胸臆是定义抒情诗的两大基本要素。《诗经》和《楚辞》,作为中国文学传统的源头,把这两项要素结合起来,只是两要素之主从位置或有差异。自此,中国文学创作的主要航道确定下来了……中国文学注定要以抒情为主导。"①陈世骧认为,言辞乐章中所包含的形式结构,音乐的成分是主要的,《诗经》被定义为"歌之言",《楚辞》被认为是"楚地哀歌",从这个意义上来说,音乐是中国文学传统本源性的内核。音乐本身富有韵味的诗意和节奏,以及自《诗经》以来的诗乐舞一体的抒情境界,再加之其"以乐养心"、陶冶情操的功用,当代作家越来越多地在小说中加入音乐的成分,比如在作品里营造复调式的音乐结构,或是创设情景交融的音乐氛围,或是借助无词的曲调和曲牌造成类于留白的效果,或是通过歌曲唱词抒发主人公的心理和感情,等等。善于在文字的世界里创造音乐情境的作家,是善于充分表达情感的作家。

为了使小说中的声音更和谐,贾平凹从诗歌、戏曲、绘画和音乐中汲取灵感。他说:"为了研究文学语言的节奏,我选了许多乐谱,全是在一张工程绘图纸上标出起伏线来启悟的。"②"陕西有陕北陕南,其民歌在中国都非常著名,结果发现,陕北民歌的节奏和陕北的地理是一样的,陕北民歌平缓,雄浑,苍凉,陕北的地理都是土沟土梁土峁,一个一个不长树的山包连绵不绝。而陕南民歌节奏忽高忽低,音调尖锐高亢,陕南的地理就是一山紧挨一山,忽上忽下。"③通过乐谱研究语言节奏,其实是对语言艺术的自觉追求。从对语言艺术的追求进而上升到对叙事性文体结构的追求,贾平凹孜孜不倦,在《"卧虎"说》中,他这样说:"想生我育我的商州地面,山川水土,拙厚、古朴、旷远,其味与卧虎同

---

① 陈世骧:《中国文学的抒情传统:陈世骧古典文学论集》,张晖编,生活·读书·新知三联书店,2015年,第5—6页。
② 王永生编:《贾平凹文集》(第13卷),陕西人民出版社,1998年,第49页。
③ 贾平凹:《文学与地理——在香港贾平凹文学作品国际研讨会上的发言》,载《东吴学术》2016年第3期。

也。我知道，一个人的文风与性格统一了，才能写得得心应手，一个地方的文风和风尚统一了，才能写得入情入味，从而悟出要作我文，万不可类那种声色俱厉之道，亦不可沦那种轻靡浮艳之华。"① 贾平凹在写作上善于举一反三，不断体悟，从歌曲的节奏起伏到地理的起伏蔓延，再到文体形式的虚实结合，在《山石、明月和美中的我》中，贾平凹不断思考，逐渐形成了他对小说文体的认识："山石是坚实的，山中的云是空虚的，坚实和空虚的结合，使山更加雄壮；山石是庄重的，山中的水是灵活的，庄重和灵活的结合，使山更加丰富。明月照在山巅，山巅去愚顽而生灵气；明月照在山沟，山沟空白而包含了内容。这个时候，我便又想起了我的创作，悟出许许多多不可言传的意会。"② 民歌、戏曲入小说，是他关于小说文体如何虚实相生、如何摇曳多姿的思考和体悟。

在音乐入小说方面，贾平凹比一般作家觉悟得早。在20世纪80年代初的商州系列小说中，他就将民歌、地方小调、花鼓、秦腔曲词等内容穿插到作品里，借音乐或曲词本身有韵的调子营造虚实相生、情景交融的氛围，山歌或曲词的反复插入也使作品在结构上有一种回环往复的音乐环绕，提升了作品的整体意境。具体来看，贾平凹在小说中运用音乐，目的是抒情。他在小说叙事中，插入的音乐形式有陕北民歌、陕南孝歌、花鼓戏词、秦腔曲谱和戏曲，还有各种乐器的调子，诸如笛声、箫音、埙乐、尺八、古琴、哀乐等，他将音乐融入故事和文字中，营造出整体浑然的艺术境界。音乐在这个层面上和诗书画是一体的，都是传达情感、发挥作者创造性想象的媒介。

音乐入小说，也从一定层面上表现了贾平凹对音乐的认识和态度，从在形式上追求姿态横生的叙事文体的效果，到借助音乐达到借象立意的目的，音乐成为小说重要的意象元素，是作品主旨的隐喻。在他的作品里，最初是民歌、戏曲的插入，音乐线索和故事线索相互辉映，形成复调的审美空间。及至《废都》《白夜》《高老庄》《秦腔》《山本》等长篇

---

① 贾平凹：《关于散文》，生活·读书·新知三联书店，2015年，第14页。
② 贾平凹：《关于散文》，生活·读书·新知三联书店，2015年，第21页。

小说，音乐不仅是小说结构和节奏的需要，更成为"有意味的形式"，升华了作品的主题。

贾平凹在作品里广泛运用的音乐形式，大多是民间音乐。贾平凹"喜欢音乐，尤其是民乐"①。民间音乐与严肃音乐相比，类于"国风"与"雅颂"的区别，它不是庙堂的声音，也非精英知识分子的情感表现，它是从民间大地上生发出来的声音，是普通老百姓生命、情感和精神的表征，是世俗世界悲欢离合的集中表现，传达的是民间的文化价值和伦理诉求。贾平凹对民间音乐的倾心，是作者民间本土文化情结的表现。

贾平凹最早在小说作品中插入音乐元素是在《山地笔记》阶段，《石头沟》中出现的山歌有调节小说文体结构的作用，《商州初录》之后，他在作品里大量运用民歌、戏曲曲词等民间音乐形式，恰与其作品中浓厚的地域和民间文化相映照，音乐元素在小说里的作用不仅仅是活泼文体的手段，更有寻根于民间文化的作用。《废都》之后，贾平凹在作品中穿插埙乐、秦腔曲谱、孝歌和尺八音乐，不仅造成了整体象征的意境，而且在审美旨趣上使音乐更深入地融入故事情节中，张扬作者对民间文化的态度。秦腔、孝歌、尺八这些百姓喜欢的民间乐曲，和民间剪纸、石刻等百姓喜欢的民间艺术形式，还有庙宇、戏台等民间的空间活动场所，以及他所塑造的善人、蚕婆、老生、老老爷、陈先生等民间智者形象融为一体，彰显了他对民间道德和民间伦理价值的探求。与陈忠实相比，贾平凹对民间和地域的偏爱，不是从祠堂、乡约和族长等正统的乡村社会文化秩序层面出发，而是从庙宇、戏台、民间智者和民间文艺等层面，传达他对民间社会和历史的反思。陈忠实寻根于祠堂和宗族文化，贾平凹寻根于庙宇与民间文艺，从文化的厚重层面来看，宗族文化和祠堂在民间的影响更鲜明，而庙宇和民间文艺对人们的精神影响更日常化，形成更潜在的影响，两者都具有用现代意识熔铸民间道德和伦理的作用。接下来，从贾平凹和民歌、民间戏曲、民间音乐的情缘，音乐

---

① 王永生编：《贾平凹文集》（第14卷），陕西人民出版社，1998年，第14页。

在贾平凹作品中的表现，音乐入小说的审美意义等方面具体论述贾平凹作品中的音乐元素。

一、贾平凹和民歌

（一）贾平凹和民歌的缘分

1993年，《废都》出版前，贾平凹和从德国来的翻译家魏侃谈及《火纸》《天狗》等的写作，谈到《火纸》中写到的山歌很有意思，陈彦唱了一支《叹四（春）季》，贾平凹则唱了《后院里有棵苦李子树》。在孙见喜听来，陈彦中气饱满，贾平凹"沙沙的音调儿，舒展深情，淡淡的哀伤，唱尽了一个巴山姑娘的相思情"。这两首民歌都被作者运用到长篇小说《商州》中，烘托珍子和刘成的爱情悲剧，表现珍子对情感的坚贞。这首民歌的歌词如下：

　　郎在对面采黄秧，
　　姐在房中打嫁妆。
　　我不要你柜子和钱箱，
　　我到婆家不久长。
　　我前腿进门公公死，
　　后腿进门婆婆亡。
　　小叔子放羊滚坡死，
　　小姑子担水坠长江。
　　他一家大小都死净，
　　我原旧转来配我郎。
　　后院里有棵苦李子树，
　　未曾开花你先尝。
　　后院里有棵苦李子树，
　　小郎哎呀——
　　未曾开花，
　　亲人哪——

你先尝哎，

哥呀喂——①

贾平凹学唱《后院里有棵苦李子树》，是1983年行走商洛六县一区时，何丹萌教贾平凹唱的。其实，贾平凹对民歌的热爱也和这次行走有很大的关系。从商州到白浪街一行中，他们在湘河站下车，经过红鱼渡口，有一次丹江漂流和闯滩的亲身经历。柴排经过梳洗楼和月亮河时，何丹萌放开喉咙唱了当地民歌《这山望见那山高》，歌声在青山碧水间荡漾，引来了对面山上女子对唱《隔河看见哥穿蓝呦》，此情此景，在何丹萌的描述中，极富艺术美感。关于此次撑排经历，在贾平凹本人的记忆中，也是印象深刻：

> 我背上干粮，大声唱着，（此时的唱不是一种消遣，是壮胆，一唱就不敢止。）开始沿河边的一条狼牙刺丛中盘绕的毛毛道跋涉了。日在峡空，满河震响，河中出现了一只木排。撑排人是最孤独的，却在自然中还原了自然，衣服剥脱，竹篙横手，过急流险滩之时，立排头，明双目，手忙脚乱，搏斗是最好的词了。下行平缓之处，山风徐来，水波不兴，仰天平躺，吼一种花鼓。我当时呆了，小知识分子的情调泛上，惊呼其情其景，妙不可言。……排上的生活真是有趣啊！他们给我讲了许许多多水上的生活，得意了就大笑几声，气恼了便粗骂一句。我好不感激这些意外的朋友，沿河停歇，就买酒来喝，竟喝得我酩酊大醉。②

或是对民歌的喜爱，贾平凹在其后的《鸡窝洼的人家》《商州》《天狗》《火纸》《西北口》等作品中，书写男女情缘，总会有民歌辉映和环绕。这些作品中累积出现民歌二十多首，比较集中地在小说中展现了民歌的魅力。

《浮躁》中插入船工号子歌的灵感，就源于此次撑排的经历。他们

---

① 孙见喜：《贾平凹前传：制造地震》，花城出版社，2001年，第420—421页。
② 王永生编：《贾平凹文集》（第5卷），陕西人民出版社，1998年，第400—401页。

一路行走，不仅仅是游山玩水和搜集素材，而且是用艺术的眼光，发现和书写现实生活。在游历中，他完成了《商州初录》《商州又录》等游踪笔记类散文，小说的素材和原型有很多是在这几次行走中获得的。商州的行走和体验，打开了贾平凹创作的视野，他借发现商州既而发现了他的创作根据地。行走后来也成为他体验生活，和现实保持鲜活关系的主要方式。

贾平凹一路行走，一路了解民俗风情，每到一地，都通过记录商州各地的民俗事项来了解地方文化。贾平凹和《文学报》编辑陈泽顺对谈时说："不同的地理环境制约着各自的风情民俗，风情民俗的不同则保持了各地文学的存异。我在商州每到一地，一是翻阅县志，二是观看戏曲演出，三是收集民间歌谣和传说故事，四是寻吃当地小吃，五是找机会参加一些红白喜事活动。这一切都渗透着当地的文化啊！"[①]通过这些亲力亲为的民间调研，他获得了第一手的资料，这些资料成为他的创作素材，成为他故事情节和人物行动的源头活水。

贾平凹说，中国的文化悠久，它的哲学渗透于文化之中，文化培养了民族性格，性格又进一步发展和丰富了这种文化。不论是民间歌谣、传说故事、戏曲曲词、方言俚语，还是山川地理、自然风情，以及老百姓日常生活中的民俗事项，包括日常的饮食习惯、红白喜事、民间信仰、民间禁忌等，都是地域文化的重要组成部分。作家在对地方风物和人情物理的描摹中，彰显了其朴实的民间本土文化立场。贾平凹对民歌、民间戏曲的喜爱，以及对民间智者和庙宇的想象，都可以追溯到民间意识形态的源头，这是从商州系列小说创作阶段就已奠定了的文学审美和伦理诉求。

（二）贾平凹作品中的民歌

早在1977年的《石头沟》中，贾平凹为了开拓小说的叙事空间，便借助山歌营造一线贯穿的抒情线索，宛转有致的山歌反复回旋，歌词的

[①] 王永生编：《贾平凹文集》（第14卷），陕西人民出版社，1998年，第127页。

变化与情节的发展相互映衬。羊倌唱了三次爬山调，"石头沟呦羊也不回／只流石头不流水／石头沟呦羊也不绕／只长石头不长草"①。山歌调子相同，各节文字略有变动，烘托出石头沟的三次变化。此文之后，小说《白莲花》《花儿》中也引用民歌，这些民歌是代主人公抒情，表达对家乡的热爱；《二月杏》中的歌曲，类于现代情歌，借助主人公的嘴巴唱出来，表达对真挚爱情的追求，作者运用歌曲来传情达意，增加抒情性。

80年代以来，贾平凹在小说中多穿插情歌。情歌是人民感情生活中咏唱不衰的主题，主要抒发男女因恋爱而激发出来的悲欢离合的思想感情。钟敬文认为，情歌在整个民歌体系中占比最多，艺术成分也高。《鸡窝洼的人家》中二水唱的情歌——"俺在家里守空房，哥哥夜夜想恓惶"②，以旁观者的声音，营造与故事和主题相互映照的抒情氛围。在《九叶树》中，通过男主石根的情歌《十唱姐》——"一想你来实想你／把你画在眼睛里／黑天白日想起你／眼睛一睁就看你"③，来传达相思之苦。

民歌运用较好的是《天狗》和《火纸》。在小说第一节，在众人唱歌的间隙，和着民歌，作者设置了一个柔美浪漫的情景，先是天狗听到柔美的歌声，等看清唱歌的女人是师娘时，内心受活，应和着师娘的歌声，天狗唱出了自己的心声："天上的月儿一面锣哟／锣里坐了个女嫦娥／天狗心昏才吞月哟／心照明了好受活／天狗他没罪过哟"④。这首《祈月歌》在一开始就映衬出天狗对师娘的隐秘情愫。

在第三节，天狗的姑给天狗说了一个媳妇，可天狗的心却被师娘占着，小说写道："那一张菩萨脸是他心上的月亮，他走到哪里，月亮就一直照着他。"⑤作者通过天狗唱情歌的方式将这种情感表达了出来：

想姐想得不耐烦呐？／四两灯草也难担呐／隔墙听见姐说话吧／我一连能翻九重山呐。

---

① 王永生编：《贾平凹文集》（第1卷），陕西人民出版社，1998年，第330页。
② 王永生编：《贾平凹文集》（第5卷），陕西人民出版社，1998年，第426页。
③ 王永生编：《贾平凹文集》（第6卷），陕西人民出版社，1998年，第134页。
④ 王永生编：《贾平凹文集》（第6卷），陕西人民出版社，1998年，第250—251页。
⑤ 王永生编：《贾平凹文集》（第6卷），陕西人民出版社，1998年，第257页。

郎在对门喊山歌/姐在房中织绫罗/我把你发瘟死的早不死的唱得这样好哟/唱得奴家脚跛腿软腿软脚跛/踩不动云板听山歌。①

在第四节，当师傅李正打井瘫了，师娘招夫养夫，天狗真正成了师娘的丈夫，天狗心中火热的感情却变成了行动上的畏缩，这种冰火交加的矛盾心理是通过花鼓表现出来的：

这天狗/想当初/精刚刚，虎赳赳/一天到晚英武不够/自从人招来/今日羞，明日愁/一下成个泪蜡烛/蔫得抬不起头。

这女人/想当年/话不多，眼不乱/心里好像一条线/自从招来人/今日愁，明日羞/一下成个烂门扇/日夜合不严。②

以上两段歌词是贾平凹根据花鼓曲词改编的，后面师傅李正和师娘的矛盾心理，却是原本就有的花鼓唱段：

树不成材枉占地跛/云不下雨枉占天跛/单扇面磨磨不成面哟/一根筷子吃饭难。

日头落山浇黄瓜哎/墙外有人飘瓦碴/打下我公花不要紧哎/打了母花少结瓜。③

唱词易于表达浓烈的情感，主人公的情感借唱腔表达，这也是中国戏曲艺术的特点，借助唱词使作品充满抒情意味，人物性格和心理也得到鲜明的表达。

《火纸》发表于《上海文学》，故事背景是安康的旬阳和白河，安康属汉水流域，砍竹、竹排、茶社、火纸坊都是当地的特色经营。火纸坊和砍竹生意是两个重要的场景，也是故事哲学架构的基础，阴与阳，男与女，纸与竹，水与火，生与死，开放与愚昧都交织在一起。《火纸》讲述了一个爱情悲剧故事，共六节，前五节每节都有一首关于爱情的民歌，这些情歌反复萦绕在作品中，从整体上营造出富有诗意的抒情

---

① 王永生编：《贾平凹文集》（第6卷），陕西人民出版社，1998年，第266—267页。
② 王永生编：《贾平凹文集》（第6卷），陕西人民出版社，1998年，第278页。
③ 王永生编：《贾平凹文集》（第6卷），陕西人民出版社，1998年，第283页。

氛围。

第一节和第二节都是撑篙的人在歌唱，是背景映衬，说明撑船的年轻人的生活环境，情歌是撑船人单调生活的调料，他们的爱情生活是被情歌开化的。第一节的民歌在结构上也具有拉开序幕、引出故事的作用，并与结尾的号子歌形成首尾呼应。作者写船首上是站着持篙的人，狼一样的嗓子在唱歌：

你拉我的手，

我就要亲你的口。

拉手手，

亲口口，

咱们两个山屹崂里走……①

第二节结尾，持篙人又在自顾自地唱情歌：

对门打伞就是她，

提个冷罐去烧茶。

冷罐烧茶茶不滚，

把我哄到南岭北岭西岭象牙床上鸳鸯

枕上席字面上铺盖底下去探花，

一身白肉当细茶。②

这些情歌感情炽热，富有民间韵味，与小说的爱情故事相辉映。前两节情歌的作用主要是背景映衬。第三节插入的情歌是主角之一孙二娘唱的，有借唱词表达感情的含义，也借此烘托出孙二娘的性格。

总体看来，此小说中共出现四首情歌、一首孝歌和一首船工号子，一是民歌和音乐在整体上起背景映衬和氛围烘托的作用，小说也借助歌曲开拓了超越于故事之上的抒情空间，是小说结构上的复调表达。二是歌词和小说的情节发展相映衬，曲调与故事自然相融，达到写实和写虚的平衡，这在民歌入小说中是有难度的。三是歌唱者不时变化，第一、

---

① 王永生编：《贾平凹文集》（第7卷），陕西人民出版社，1998年，第72页。
② 王永生编：《贾平凹文集》（第7卷），陕西人民出版社，1998年，第78页。

二节主要是背景映衬,第三、四节是代主人公抒情,同时也具有塑造人物性格和心理的特点。四是最后一首汉江号子的曲调,形成情景交融的氛围和意境,比文字表达更具有升华主题的意蕴。《火纸》中音乐的使用,说明贾平凹在情歌的表现上已经具有很高的艺术技巧。

在《废都》中,作者书写男女情爱,也插入情歌,一次是柳月唱的陕北民歌《拉手手》:"你拉了我的手,我就要亲你的口。拉手手,亲口口,咱们两个山屹崂里走。""大红果果剥皮皮,外人都说我和你。其实咱俩没那回事,好人担了个赖名誉。"① 一次是唐宛儿唱的陕南花鼓:"口唇皮皮想你哩,实实难对人说哩。头发梢梢想你哩,红头绳绳难挣哩。眼睛仁仁想你哩,看着别人当你哩。舌头尖尖想你哩,油盐酱醋难尝哩。"② 《废都》中的情歌穿插与之前的商州系列稍有不同,一是从对待男女情爱的态度来看,上文列举都先有背景烘托,后有借歌抒发心理,多是男性对女性的情感表达,比如阿季对丑丑的情感,是通过阿季之口传达,《废都》则颠倒过来,书写女性对男性的爱恋。二是歌词内容大胆直白,柳月的唱词中有撩拨庄之蝶的嫌疑,唐宛儿的唱曲裸露直白。三是这三首情歌在叙事特征上,不是氛围烘托,而直接成为情节的一部分,具有讽喻和情节隐喻的意味,但两首情歌内涵不一样,传达出庄之蝶在两性欲望方面的矛盾态度。柳月唱的《拉手手》在贾平凹的其他作品里也多次出现,《火纸》中船工所唱的就有这首歌,另外《佛关》中表哥为其意中人兑子写的花鼓小曲也是这首《拉手手》,可见作者对民歌的热爱。其后的中长篇小说,涉及男女两性,总有情歌萦绕,如《高兴》中刘高兴唱给孟夷纯的情歌:"三十里山坡四十道水／我跑着来看我妹妹／一个月跑了十五次／把我跑成了罗圈腿"③。

情歌形式自由,情歌比普通文字更具原始本能的情绪感染力,爱情作为人类情感中最为炽热的情感,用情歌表达更具抒情意味。善用情歌

---

① 贾平凹:《废都》,北京出版社,1993年,第147页。
② 贾平凹:《废都》,北京出版社,1993年,第417页。
③ 贾平凹:《高兴》,作家出版社,2007年,第260页。

表达情感,说明贾平凹本质上是一个多情善感的人。《废都》之前的小说,大多写于四十岁前,作者本人的情感也细腻强烈,作品风格多主观强烈的个人感受,情歌的插入强化了这种抒情性的文体风格。从小说的题材来看,早期的商州系列小说,也多通过编织男女两性故事来影射时代变迁和人生命运的变化,情歌在表达两性情感上有发挥的余地,与故事情节也能契合。通过情歌的穿插,也能看出贾平凹对男女两性态度的变化:《废都》之前的作品,书写男女追求理想的爱情,女性对爱情单纯执着,唱情歌更多是局外人的背景烘托和主题隐喻(《鸡窝洼的人家》《火纸》《天狗》),或男主人公的直抒胸臆(《火纸》《九叶树》);《废都》中,则是女性直接唱给男性听,书写女子对男性的爱慕,唱词多性爱的直露和欲望的直接表现,贾平凹笔下的女性也从理想的神龛掉落到现实的泥沼中。

除了在作品中融入情歌,民歌中的其他品类,也被恰当地融入小说叙事中。《浮躁》中穿插的是船工号子和民谣,《浮躁》讲述州河两边的故事,时代精神和人物图像是通过浮躁着的州河来映现的,主人公的撑排经历也是从丹江河上开始的,船工号子和民谣既是民俗的表征,和小说中与民俗相关的山川地理、传说故事、算卦占卜、婚丧嫁娶的仪式等呈现出鲜明的地域文化特点,号子和民谣在作品中也是作者用心营造的抒情氛围。在第十一节,金狗无奈和英英订婚,这一方面是为争取去报社的名额,一方面也有英英和金狗木已成舟的现实,多种巧合凑成的事实拆散了原本情比金坚的金狗和小水,两人都很痛苦,周围关心他们的福运、七老汉、铁匠师傅等都为小水抱不平,州河上就响起了韩文举唱的船工谣:

　　没奈何,走州河
　　手把篙,腿哆嗦
　　三百水路四百滩
　　龙王争来那个阎王夺
　　没奈何,走州河

  纤锯身，石割脚

  厘局、船霸是催命鬼

  凄惶更比那个石头多

  没奈何，走州河

  眼流泪，口唱歌

  水贼绑票抛深潭

  要寻尸首那个鱼腹剥[①]

  在州河上，一方是韩文举的歌谣，一方是金狗、福运和七老汉的对话。船工谣书写了船工是用命在水上行走，还要受船霸、水贼的勒索，是关于船工生活的悲歌。用在这里，是用歌谣映衬人物心理，也是情景交融的氛围烘托。金狗的心情正应了谣歌歌词"没奈何"，面对情感，他和英英、小水的情感纠葛是他自己无法把握的，面对福运等人的抱怨，他也无话可说。歌声的悲凉与主人公内心的悲凉情感如出一辙。之所以说是情景交融，在七老汉和金狗的对话中，水手们对感情的忠贞与金狗和小水说断就断的现实形成对比，现实的悲剧与歌子里的悲剧虚实呼应、情景交融。

  作者在书写小水与金狗的感情时，多穿插民歌。当金狗被抓至监狱，小水去看他，内心煎熬，在监狱外面唱州河行船的号子，船工号子的歌词中暗含着小水对金狗的鼓励："州河水弯又弯／上下都是滩连滩／有名滩，无名滩／本事不高难过关／洪水滩上号子喊／船怕号子马怕鞭"[②]。这也是情景交融的氛围烘托：小水的歌唱行为，表达了其对金狗的感情始终未变；歌词是替小水向金狗表白，人生如同上滩下滩，只有渡尽劫波，才能苦尽甘来，这是借象立意借歌词言心声的手法；从船工号子的总歌到副歌一路唱下去，也是借景抒情，船工号子快节奏、富有气势的调子本身就是情感上的鼓舞。

  贾平凹在《民歌红梅》中表达了对民歌的认识："民歌如田里的庄

[①] 贾平凹：《浮躁》，长江文艺出版社，2003年，第138页。
[②] 贾平凹：《浮躁》，长江文艺出版社，2003年，第402页。

稼，它有着纯净的朴素，更带着土地的灵魂。"①《浮躁》中小水对金狗的感情，如大地一般包容无私，所以，才适合借助民歌张扬这种情感。贾平凹写于90年代以前的商州系列小说中，引用民歌较多，这也与作品的题材和作者想要表达的主题相关。民歌是从民间和乡土文化中生长出来的，是口耳相传的民间口头文艺表达方式，通过文学作品保留民间歌曲，同时传达民歌背后的情感态度和伦理诉求，民间生活和男女爱情等朴素的伦理诉求和生命欲望就被永久保存在文字中。

沈从文曾说："我的文章并无何等哲学，不过是一堆习作，一种'情绪的体操'罢了。……一种使情感'凝聚成为渊潭，平铺成为湖泊'的体操。一种'扭曲文字试验它的韧性，重摔文字试验它的硬性'的体操。"②在民歌、戏曲等抒情元素和小说元素融合的过程中，贾平凹多方试验，接近"扭曲文字试验它的韧性，重摔文字试验它的硬性"地练习，他通过不同的故事，发现和探索民歌在不同作品中的运用：一是在叙事中作为背景和环境烘托的因素，与主人公的情感互为映衬；二是利用民歌直接参与塑造主人公的形象；三是在结构上形成与故事线索并行的复调叙事，一线贯穿，使小说文体摇曳生姿，这在上文中都有详细的论述。在这些作品中，贾平凹试图找寻民歌的整体隐喻作用，但因民歌更适宜与某种具体情境下的情感映衬，在整体象征和隐喻方面，贾平凹始终在探索更好的形式。在其后的《废都》《白夜》《秦腔》中，"埙音""目连戏""秦腔谱曲"在整体性的隐喻和象征方面才愈加熟稔。

（三）贾平凹作品中的孝歌

1983年，贾平凹和何丹萌等人曾结伴行走商洛六县一区：先去商南，到了梳洗楼、月亮河和白浪街；同年秋天，去柞水的鸡窝洼子、凤镇、柞水丝绸厂、石瓮乡的熔岩洞；到镇安，在胡晋生、马健涛、徐小强等文艺界朋友的带领下，访问了植桑养蚕专业户，听马健涛讲了一个换老婆的故事，据此写了《鸡窝洼的人家》，后去镇安白塔公社清泉大队文

---

① 贾平凹：《天气》，作家出版社，2012年，第169页。
② 沈从文：《沈从文全集》（第17卷），北岳文艺出版社，2002年，第216页。

家梁小队,这地方的七里峡上有山寨,《古堡》《美穴地》《五魁》等小说的地理环境就来源于此。此段经历,还有两项非常重要的人生体验,成为他小说中反复出现的意象。一是在镇安住旅馆时,贾平凹和何丹萌都染上了疥疮和虱子,"虱子"成为他写于2010年的长篇小说《古炉》中的重要意象,"疥疮"成为写于2013年的《带灯》中的重要意象。

二是当贾平凹、何丹萌、胡晋生等人行至镇安老街时,遇到一人家办丧事,一圈人围着棺材唱孝歌,歌词给贾平凹留下了深刻印象,歌词是这样的:

> 人生在世有什么好呀?
> 说一声死了就死了,
> 亲戚朋友都不知道,
> 亲戚朋友知道了,
> 亡人已过了奈何桥。
> 阴间不跟阳间的桥一样啊,
> 七寸的宽来万丈的高。
> 两头钉的是铜钉钉,
> 中间抹的是花油椒;
> 大风吹得是摇摇地摆呀,
> 小风吹得是摆摆地摇!
> 有福的亡人桥上过呦,
> 无福的亡人打下了桥。
> 亡者回头把手招哎,
> 隔断了阳间路一条……①

这首孝歌歌词在后来三十多年的时间里,在贾平凹内心引发了持续性的思考:1994年,这歌词被写在散文《说死》中,传达了他对生死的态度;1995年出版的《白夜》中,戏班丑老脚葬礼上所唱的开鬼路的也是这首歌;2000年的《怀念狼》中,这首歌参与到小说的故事场景中,出现

---

① 何丹萌:《见证贾平凹》,安徽文艺出版社,2011年,第90—91页。

了两次;2005年的《秦腔》中,在夏天礼的葬礼上,这首歌以二婶和夏风的对话方式出现过一次;2014年的《老生》中,这首孝歌由叙事者老生唱出来,他是唱孝歌(阴歌)的歌师。

贾平凹不仅仅是偏爱某一首孝歌,在《废都》中,他借庄之蝶之口传达他对哀乐的喜欢。有论者认为,贾平凹之所以偏爱充满哀情的歌曲,是因为作者自身常受疾病的折磨,生活中的磨难和遭遇以及亲人特别是他父亲的去世对他有影响,让他对生死有比他人更多的思考,也和他长期受传统佛道文化的浸润有关。[1]贾平凹对艺术与人生的悲剧性美感有着特殊的审美偏好,《废都》《怀念狼》《秦腔》中都充满着对某种逝去的无可奈何,孝歌不仅仅是祭奠亡灵,其在作品中反复出现,说明他看待孝歌的观念发生了变化,不仅仅把它看作一种仪式,还更强调仪式背后的生命态度和文化寓意。尤其是在《怀念狼》《老生》中,当孝歌作为某种意象被频繁运用时,也自然和作品的主题思想发生联系,拓展了孝歌的审美境界:并不仅仅是对某一个生命所唱的挽歌,还有对某段历史、对传统,特别是对传统和民间文化中逐渐消逝的文化样式的留恋与惋惜。

与情歌在小说中的叙事功能不一样,孝歌在小说叙事中的突破在于,孝歌不仅仅是叙事上的映衬或烘托,孝歌在《怀念狼》中本身就是作品重要的细节和场景,是故事情节的一部分,作者的写作重点也并不仅仅是为了突出孝歌本身的抒情性,重点在传达因孝歌而引出的悲剧故事的价值和意义。

《怀念狼》中的孝歌(《人生在世有什么好》)第一次出现,是在汪老太太的丧礼上,作者书写丧礼,其实也是在介绍风俗,其细笔叙述的情景似在复述在镇安县城看到的葬礼和听到的孝歌:"那孝歌唱得十分凄凉,我竟听着听着心魄摇撼,泪水也潸然而下了。"[2]作者为了强调孝

---

[1] 郝军启、赵锦:《援诗入文,一唱三叹——论贾平凹小说中诗歌的引入与重复》,载《长春大学学报》2008年第4期。
[2] 贾平凹:《怀念狼》,作家出版社,2000年,第73页。

歌对叙事者的印象，还描写了一个细节：叙事者"我"回西京后，和单位同事聚会，哼唱了这首孝歌，使同事们听得长吁短叹。这次丧礼上的孝歌，在小说中是伏笔和铺垫，作者写孝歌目的是引出汪老太太的事迹。汪老太太一生没有生养，却收养了十个儿子，第八个是从狼窝里抱出来的婴儿，当时还不到一岁。汪老太太和狼娃的关系，与后文中红岩寺的老道收养狼子的故事在叙事上形成结构性的"锦屏对峙"的效果。红岩寺老道士的死亡是小说中的重要事件，直指小说的主题——人与狼的关系问题也即人与自然的生态问题。"我"舅舅曾抱着小狼在寻找狼的中途和我们分开，后来得知他将小狼交给了红岩寺的老道士，这是因为老道士和狼之间有一种"亲密"关系，或者说，老道士和商州山里其他人对待狼的态度不一样：老道士和狼之间能和谐相处，他还救过一只生了疮的狼的命。老道士死亡后，"我"和舅舅哼起了在汪老太太丧礼上听到的孝歌，我们越唱越凄凉，泪水就哗哗地流下来，然后就看到了狼群悼念老道士的情景："这只狼就是前几日生过疮的大狼，它蹲在了门口先是呜呜了一阵，紧接着呜呜声很浊，像刮过一阵小风，定睛看时，就在土场边的柏树丛里闪动着五六对绿荧荧的光点：那是一群狼在那里。"[①] 狼群对老道士的悼念是比孝歌更让人悲恸也更具深意的细节，狼对道士的情愫背后是作者书写人与狼关系的重要方面，与小说中书写人杀活牛的细节形成对比，也与小说中父亲将女儿推向车辆碰瓷讹钱的事情形成映衬。小说用略带夸张的细节和场景呼吁人与动物和谐相处，从而传达"怀念狼，就是怀念世界的和平"的主题思想。

人与狼的关系，在贾平凹的作品中并非第一次出现，在80年代的《商州初录》《金洞》等小说中，也写到人狼关系。80年代，人狼争斗但平衡相处，到2000年，狼已成为怀念的对象了，怀念狼也成为一种文化符号，成为对过去历史、文化和记忆的深刻缅怀，这里面有作者对生态文明的反思。

---

① 贾平凹：《怀念狼》，作家出版社，2000年，第202页。

因孝歌而引发的狼对道士的群体悼念，具有强烈的审美意义，是从狼的角度来看生命与死亡，开阔了看问题的视野和态度，这在贾平凹的作品中也不是第一次出现。在《废都》中，极富悲剧审美意义的是刘嫂家的牛快要死了，群牛围在刘嫂家坍塌了的院墙外往里瞅着，杀牛的时候，"院外土场上是一片牛的吼叫，所有的牛疯狂地转圈奔跑，尘土飞扬，遮天盖地。汉子立即叫喊着过去关住了院门，而又拿了一条皮鞭守在坍倒的院墙豁口，皮鞭甩得叭叭响"①。《废都》中牛的死亡引起群牛的悼念其实也不仅仅是在悼念某个牛，还是在悼念愈来愈城市化的现实对自然生态的破坏，悼念曾经拥有却回不去的历史，和《怀念狼》一脉相承。从动物的视角对历史和文化进行悼念，在《秦腔》中，贾平凹塑造了来运这只狗，狗会呼应秦腔的节奏，发出呜咽之音。在夏天智丧礼上，"来运突然地后腿着地将全身立了起来，它立着简直像个人，而且伸长了脖子应着秦腔声在长嚎"②。从《废都》到《怀念狼》《秦腔》，从动物的视角书写悼念，这样的文学想象，是从更大范围和更深层次对生死价值和意义的考量，是在现代意识指导下对传统文艺形式的创造性运用，延展了孝歌本身的价值和意义。

《怀念狼》中的孝歌入小说，从音乐叙事的层面来看，孝歌并没有游离和超越于故事之外，而是作为小说细节和情节的一部分，传达更深层次的文化和时代的挽歌。到了《秦腔》中，秦腔曲谱、秦腔戏曲和清风街的生活已经融为一体，小说通过反复书写死亡的方式，形成更强烈的对传统逝去的无可奈何的悲悯之情。

《老生》讲述了发生在秦岭山区四个时段近百年的历史，每一段历史都由老生的孝歌引出，再由孝歌结尾，四段故事由首尾相接的四组孝歌展开。

小说中第一个阶段是革命战争年代，地点在正阳镇，老生为镇上清风驿的王屋寨子唱的孝歌是《人生在世有什么好》，引出了四凤，又借由

---

① 贾平凹：《废都》，北京出版社，1993年，第489页。
② 贾平凹：《秦腔》，作家出版社，2005年，第548页。

四凤引出了四凤的哥三海，以及李德海和老黑。三海是在哭丧仪式上强行扛走了哭娘四凤，本想让四凤过上好日子，没想到这些人最后都丧了命。老生在山坳里的石头上写了三海、李德胜、老黑和四凤的名字，挖坑埋了，坐在那里唱孝歌，唱着唱着，老生"感觉到了不远处的草丛里来了不吭声的豹子，也来了野猪，蹲在那里不动，还来了长尾巴的狐狸和穿了花衣服的蛇。它们没有伤害我的意思，我也不停唱，没有逃跑。唱完了，我起身要走，它们也起身各自分散"①。这段话，俨然人鬼神兽同处一处的情景，老生作为唱师，用歌声穿越了人鬼神兽的世界。四个人物是革命战争年代的主角，与四个野兽相映照，隐喻在战乱年代人性堕入兽性中；唱师唱《敬五方》《悔恨歌》，是物我同一、众生平等愿望的映现。

第二个阶段的故事发生在土改年代，老生给老城村子里的第八个死人张高桂唱阴歌《天地轮》，引出了土改的故事。"因为这一个乡二十三个村寨里不停地死人"②，老生像走虫一样，行走在为死人安抚神灵的路上，"死了的人都不觉得自己已经死了，我的任务就是告诉他们已经死了，死了是他们的身子，这如同房子，房子坏了，坍了，住不成了，活着时的爱也好，恨也好，穷也好，富也好，连同病毒和疼痛都没了，灵魂该去哪儿就去哪儿吧"③。这是特定背景下的叙事者对大时代中普通人的生命的思考。

第三个阶段是"社教"阶段。老生的孝歌喑哑，新歌曲《大海航行靠舵手》《社会主义好》《唱支山歌给党听》《打靶归来》回荡在过风楼村，老生成为编写秦岭革命斗争史的组长，也住在了过风楼，这就引出了老皮、墓生们的故事。老皮在作品中是具有隐喻意义的人物，其面貌和行为异于一般人，比如双瞳、双排牙，脸上皮肤松弛，怪异的面貌隐喻的是其不正常的畸形存在。但他却精力旺盛，也正因此，作者写老皮

---

① 贾平凹：《老生》，人民文学出版社，2014年，第62页。
② 贾平凹：《老生》，人民文学出版社，2014年，第109页。
③ 贾平凹：《老生》，人民文学出版社，2014年，第137页。

主宰着整个过风楼人的命运,过风楼里的普通老百姓人性发生变异,刘学仁、冯蟹和闫立本诸人成为老皮不同侧面的化身,或狡黠乖戾,或蛮横残暴,他们是老皮的变种。在故事的结尾,老生为死去的墓生唱了孝歌《十请神》:"一请金木水火土,二请日月星三光。三请天上玉皇帝,四请四海老龙王。五请本县城隍爷,六请雷公电娘娘。七请财神和灶公,八请山上八金刚。九请孝家众宗祖,十请阎罗和地藏。各路诸神都请听,引导亡者上天堂。"①老生的客观叙述,恰表明这是无关是非判断和价值倾向的进入事物和人物灵魂的描写。

第四个阶段叙述的是当归村在改革发展年代的故事,老生在为戏生的爹唱孝歌——《人生在世没讲究》:

> 人生在世没讲究呀,好比树木到深秋,风吹叶落光秃秃。人生在世没讲究呀,好比河里水行舟,顺风船儿顺水流。人生在世没讲究呀,好比猴子爬竿头,爬上爬下让人逗。人生在世没讲究,好比公鸡爱争斗,啄得头破血长流。人生在世没讲究呀,庄稼有种就有收,收多收少在气候。人生在世没讲究呀,好比春蚕上了簇,自织蚕茧把己囚。人生在世没讲究呀,说是要走就得走,不分百姓和王侯,妻儿高朋也难留,没人给你讲理由,舍得舍不得都得丢,去得去不得都上路。②

戏生生活的背景是商品经济波及农村后,刺激了人们的拜金欲望,众人在拜金欲望的诱使下,丧失良知,贪欲增大,致使秦岭里发生瘟疫,"当归村成了瘟疫中秦岭里死亡人数最多的村寨"③。贾平凹高明的地方就在还通过寓言探索瘟疫的缘由。拜金的欲望不仅仅是一种被动刺激,即众人的盲从心理,还是人们内心无意识的呼应,贾平凹在戏生的故事中写出了人们心理轨迹的演变。贪欲,尤其是人的算计可以使虚幻变成

---

① 贾平凹:《老生》,人民文学出版社,2014年,第202页。
② 贾平凹:《老生》,人民文学出版社,2014年,第216—217页。
③ 贾平凹:《老生》,人民文学出版社,2014年,第281页。

实有，这是现实人性的演绎。在小说结尾，荞荞让老生为戏生和村子里死去的人唱安魂的孝歌。老生和荞荞从村子里的杜仲树下开始唱，走过了村中的直道，绕着村子唱，"我把三百多首唱词全唱了，加上那些我能唱的新歌和乱弹白话，来回唱，反复唱，直唱了三天三夜"①。

在《老生》中，孝歌入小说，不仅仅是在作品中呈现孝歌，作者通过更为复杂的叙事形式多层次勾连出由孝歌而引出的作者对生死、对百年历史的态度。作者引用孝歌，有他在文学叙事、伦理主题和审美价值上的考量。

首先，叙事者老生的身份是一个唱孝歌的歌师，老生叙述的是秦岭百年的历史和现实。老生视角有如下优点，第一，是他的旁观者视角，"老生的存在超越了时间、种族、阶级、生死。地主死了他也唱，贫农死了他也唱，游击队死了他也唱，都在唱。超越了这些，才能比较真实地看待这段历史"②。这种客观性视角就像作者在后记中写的秦岭山里的智者，"没有私心偏见"，能用更公正客观的态度看待历史。第二，他是百年不死的阴歌歌师，他游走在阴阳之间，既经历着历史和生活又超越于历史和生活，就像小说后记中所叙写的，其眼中的历史是"过江河图"的历史，他既在高高山上行过，又在深深谷底行过的人生经验，使其很自然地站在了历史和生命的高度，容易窥破人间的生死密码。第三，作为阴歌歌师，其行的是唱孝歌的职能，目的却是使众生的神灵安妥。第四，作为旁观者的阴歌歌师，借助唱孝歌的行为自由地游走在历史之中，使孝歌歌词和故事充分融合，起到既安抚生命也批判历史的作用。老生作为叙事者，一遍遍地唱响孝歌，唱到最后一个故事，竟至唱了三天三夜，这里有作者借助老生的视角传达对历史的批判和对生命的悲悯态度。

其次，在小说结构上，贾平凹借助孝歌创造了一种回环往复的叙事结构。这四个故事都是以在死亡的丧礼上唱孝歌始，以在另一个死亡的故事中唱孝歌终。这样的结构形式，实际上是将孝歌嵌入小说的故事

---

① 贾平凹：《老生》，人民文学出版社，2014年，第284页。
② 王佳莹：《小说的最高境界不是是非的问题》，载《北京青年报》2014年10月31日。

中。巴赫金认为:"任何一个体裁都能够镶嵌到小说的结构中去。"[1]民歌入小说,实际上是将音乐元素"镶嵌"到小说叙事中,民歌自有其审美特征和伦理价值,就像诗词入小说一样,处理不当,很容易成为故事的某种装饰,也很难和小说故事所传达的思想和情感价值融为一体。《老生》中的孝歌和《怀念狼》中的孝歌并非超越于故事之外,而是小说故事的一部分。在孝歌与小说的融合方面,《老生》比《怀念狼》更具审美价值,它的叙事者是孝歌歌师,唱孝歌的行为贯穿在他的叙事过程中,四个阶段的故事,每一组故事在首尾上又通过孝歌形成首尾呼应,既具有艺术的美感,又形成一个从死到生再到死的循环往复的过程。四个故事延续下来,就有了一个关于生死轮回的整体结构,作者对生命和死亡就有了一种超越现实历史的态度。

再次,孝歌歌词的引入并非抒情手段,而是老生生死态度的体现。贾平凹在《废都》中借助拾破烂的老头穿插过类似的看透人间苍生百态的谐语段子,如果说《废都》中老头的谐语还有着愤世的感慨,老生的阴歌歌词则表达了作者对生死的了悟。如上文所述,唱师的歌词与故事中人物的悲剧融为一体,《老生》弥漫着死亡的阴影,就像歌词里唱的:"人生在世有什么好呀? 说一声死了就死了"。不论是战争年代,还是土改时期,抑或"文革"时期以及改革开放时代,个人生命面对大的时代是渺小的。唱师的歌声反复出现,他为安抚亡灵歌唱,为宽慰教化众人歌唱,为世间的不幸歌唱,更为人间的太平歌唱,老生的孝歌是作者超越历史与现实的人生态度的表达。

最后,在《老生》中,孝歌贯通全文、孕育内涵,是小说的重要线索,连接了广阔的民间社会的历史和现实,以及民间对生死的态度。与此同时,作者在老生的视角之外,在讲述百年历史的故事中引用了《山海经》的故事。《山海经》故事与20世纪的中国历史并无交叉,《山海经》的引用在叙事节奏上起的是延宕故事的作用。在结构方面,《山海经》

---

[1] 钱中文主编:《巴赫金文集》(第3卷),白春仁、晓河译,河北教育出版社,1998年,第39页。

所呈现的远古历史和现实历史正相呼应,也是叙述上的间隔手段,将具体的历史拉长到遥远的时空领域中,寄寓悲凉的人生感受和荒凉的历史感慨。这样,孝歌及其所接通的民间生活及伦理价值,《山海经》及其所接通的古代传统及思维观念,以及四个历史故事中的现实生活及时代价值等,就形成了一个层次丰富的多维视野。这种多层次地观看历史和现实的视野,是通过视角转换和结构间隔的手段,通过多层次的叙述视角来呈现历史发展的本来面目。

三、贾平凹和民间戏曲

贾平凹热爱戏曲,一方面有本源性的影响,他本人出生在农村,有广泛的戏曲接受基础;另一方面,他也注重戏曲的审美特征,有意识地搜集、整理民间戏曲,从戏曲中吸收文学审美经验,在小说创作中渗透戏曲美学经验。贾平凹喜欢陕南民歌,也喜欢商洛花鼓和道情,还大量搜集整理四川目连戏资料。在《天狗》中,他将花鼓曲词入小说,探索小说写实与写意的平衡;在《白夜》中,他将目连戏小剧场的发展和西京的人事、故事相融合,意在使戏曲和小说故事充分融合,使戏曲的抒情写意与小说叙事相融合,探索富有中国文学经验的小说艺术形式。这在《秦腔》中也得到成熟运用。他对秦腔戏曲的热爱,经过了一个从无意识渗透到有意识喜爱再到充分融合的过程,创作了戏曲和小说高度融合的艺术摹本。关于这点后面有专文论述,此处不再赘述。

四、贾平凹和民间音乐

(一)贾平凹喜爱民间乐器埙、箫、尺八等

从贾平凹的散文《关于埙》《红狐》《听金伟演奏二胡》,以及小说《废都》《高兴》《带灯》《山本》等作品中穿插的音乐来看,贾平凹喜欢富有中国民族审美特征的音乐。在《关于埙》中,他说:

> 我的书房里摆着一架古琴、一支箫、一尊埙,我虽然并不能弹吹它们,但我一个人夜深静坐时抚着它们就有一种奇

妙的感觉。古琴是很雅的乐器，我睡在床上常恍惚里听见它在自鸣，而埙却更有一种魅力，我只能简单地把它吹响……有了古琴，有了箫，有了埙，又有了二三个懂乐谱会乐器的朋友，我们常常夜游西安古城墙头去作乐。我们作乐不是为了良宵美景，也不是要作什么寻根访古，我们觉得发这样的声响宜于身处的这个废都，宜于我们寄养在废都里的心身。[①]

可见贾平凹喜欢古乐，尤喜欢古琴、箫与埙。贾平凹对这些古乐的喜欢，常常转嫁到他作品中的人物身上。在《废都》中，他写周敏吹埙、庄之蝶听埙，连小说中刘嫂牵的那头牛也常常听呆了。埙乐对《废都》而言，可说是灵魂的灌注。关于埙乐与废都的叙事契机问题，后文有专章论述。

在《高兴》中，他塑造了身处淤泥却心有莲花的刘高兴。刘高兴喜欢的乐器是箫，在小说中，作者借刘高兴的声音说："我可以自豪地说，有一根神经是音乐的。"箫是刘高兴从清风街带到西京城的，是张扬他生命精神的意象。在城市里的刘高兴生活困顿，但他的口头禅是："心有乌鸦在叫也要有小鸟在唱呀！"作者这样写："我心情一好就喜欢吹箫。吹箫的时候常常有鸟飞到槐树上，我说这是吹箫引凤"[②]。箫是刘高兴精神的写意。

《高兴》中回荡着主人公充满情感和精神想象的箫音。《山本》中，在群雄争锋的秦岭山地，也常常回响着尺八的音调。吹奏尺八的是地藏菩萨庙里的宽展师父。宽展师父为战争中的每一个人设立往生符和延生符，就是对生命一视同仁的体现，每有杀生，她则会吹尺八为亡者超度。宽展师父的尺八曲和老生的孝歌以及《秦腔》中的秦腔在功能上很相似，都是安魂曲。

《山本》从写实的故事层面来看，是因陆菊人的一亩三分地引起的；从写虚的抒情层面来看，也可以说是从宽展师父的尺八声中引出来的。

[①] 王永生编：《贾平凹文集》（第13卷），陕西人民出版社，1998年，第49—50页。
[②] 贾平凹：《高兴》，作家出版社，2007年，第22页。

在小说叙事中，尺八音乐回荡在作品文字里，和埙一样，是小说的情感节奏。小说故事从陆菊人嫁到涡镇讲起，因陆菊人引出井宗秀、杨钟、杨掌柜、宽展师父、安仁坊等一众涡镇人。井宗秀在战乱中因心思缜密而成为预备旅的领导，从而展开了以预备旅为线索的秦岭各派战乱的历史。与战乱相对的则是涡镇中以陆菊人等为代表的普通人，他们受战争影响，但处在战争的边缘，代表的是世俗的德行。小说开头写陆菊人和杨钟圆房，请来了宽展师父和陈先生，宽展师父是哑巴，尺八就是她的言语："当杨钟和陆菊人在娘的排位前上香祭酒、三磕六拜时，（宽展师父）却从怀里掏出个竹管来吹奏。顷刻间像是风过密林，空灵恬静，一种恍若隔世的忧郁笼罩在心上，弥漫在屋院。"[1]当战争来时，尺八被惊动，其声音惊悚，也会让人听得撕心裂肺。没有战争时，尺八这样的乐器主要因民间风俗如婚丧嫁娶而存在，但当战争来临，尺八的功能主要在安魂。当涡镇成为战争的旋涡，地藏菩萨庙也被匪兵占领，战争造成了大规模的伤亡，宽展师父的尺八声就时时响在涡镇的上空，其"撕心裂肺"的声音与百姓承受战争灾难后家破人亡的痛苦相映衬，尺八成为映射战乱的音乐符号。

不论尺八、埙乐，还是箫音，这些音乐进入小说，体现了贾平凹在创作中追求小说叙事的抒情性特征，这在前文的民歌、戏曲等入小说中都有说明。在贾平凹的小说中，音乐既是起兴的手段，是主要的意象，还是一线贯穿、首尾呼应的结构线索，尤其在《废都》《秦腔》《山本》中，还与小说故事融为一体，实现情景交融和意义象征的作用。

---

[1] 贾平凹：《山本》，作家出版社，2018年，第5页。

分 论

从《山地笔记》看贾平凹对古典小说叙事传统的承继

贾平凹在小说文体上向传统复归的觉悟在《山地笔记》时期就已显露，他在叙事视角、叙事手法、叙事结构等的运用上，都致力于建构艺术整体美的格局。诸如以叙事者为贯穿线索完成对小说结构整体性的把握，借助对话进行戏剧化结构的尝试；通过"锦屏对峙"的结构性设计、对比性人物组的设计等将对比提升到行文的整体构思层面；将民歌等音乐元素作为抒情线索贯穿始终，通过对某一细节的反复书写形成弥漫全篇的抒情氛围；创设意境使散漫的叙事具有笼罩全篇的意象象征；等等。这充分说明，借助传统审美形式建构整体的艺术格局是贾平凹在创作初始就有的艺术自觉，贾平凹文体上的寻根意识在《山地笔记》阶段就已初露"荷尖"。

《山地笔记》的集中写作时间为1977到1978年，是作者早期创作欲望爆发期的作品。此时的贾平凹，也正处于事业的上升期和恋爱的甜蜜中，其小说的主要内容即书写青年人的事业和爱情生活；同时，贾平凹这一时期的创作快感也和他对文艺创作规律的探索分不开。他在1977年说："我要在创作中寻找我自己的路"，"我开始否定了我那些声嘶力竭的诗作，否定了我一向自鸣得意的编故事的才能"。[①] 从这些自叙中可以看出，贾平凹在创作心理上有意摆脱模仿的痕迹，想要寻找契合自己心境的文体形式；在叙事方式上，逐渐摆脱"声嘶力竭"的主观性叙事；在结构上逐渐摒弃以"编故事"为主的情节结构，探索结构的多种方式；

---

① 贾平凹：《关于散文》，生活·读书·新知三联书店，2015年，第47页。

在叙事手法上不断"试探角度""变换方式",体现了贾平凹早期文学创作的特点,诸如以客观叙事见长,在对比模式中彰显叙事的活力,擅长空间叙事结构的营造,叙述语言充满情趣等;从文体实践的层面来看,贾平凹并非如论者所说在模仿,而是在创造,这背后可看到他对传统史传文学和抒情文体的借鉴。

一、客观叙事、限制视角及其"一线串珠"的叙事线索

客观叙事是史传文学的叙事模式。刘知幾在《史通》中将史传的客观叙事归纳为四体:"有直纪其才行者,有唯书其事迹者,有因言语而可知者,有假赞论而自现者"[1],前三体即"描写""记叙"和"对话","是客观叙事的三大要素"[2]。石昌渝认为,客观叙事是指"叙事者尽可能地隐退在叙述的背后,将历史事件的过程戏剧化地呈现在读者面前,就事而理自见"[3]。客观叙事是相对于主观叙事而言,主观叙事的"叙事者毫不掩饰自己在作品中的存在,不但时时中断故事对情节中的人和事进行诠释和评论,而且在叙述时使用感情倾向显露的语言,以表达自己的爱憎"[4]。中国古典白话小说脱胎于勾栏瓦肆的说话,受说书人讲故事方式的影响,传统话本小说和章回体小说主要的叙述模式是主观叙述。《金瓶梅》作为第一部由文人独立撰写的长篇白话章回体小说,其在小说文体上的贡献,就在于从叙事立场上由主观叙事向客观叙事转变。中国古典白话小说在客观叙事方面运用较好的是《金瓶梅》和《红楼梦》。

以往论者评价贾平凹《山地笔记》阶段的创作有学习孙犁的痕迹,而孙犁创作诗意抒情小说文体,得益于他客观实录与诗意抒情并用的叙事手法。孙犁非常推崇鲁迅关于《红楼梦》的评价,"盖叙述皆存本真,闻见悉所亲历,正因写实,转成新鲜"[5]。他认为,要新鲜,就得在描写上

---

[1] 郭绍虞主编:《中国历代文论选》(第2册),上海古籍出版社,2001年,第87页。
[2] 石昌渝:《春秋笔法与〈红楼梦〉的叙事方略》,载《红楼梦学刊》2004年第1期。
[3] 石昌渝:《春秋笔法与〈红楼梦〉的叙事方略》,载《红楼梦学刊》2004年第1期。
[4] 石昌渝:《〈金瓶梅〉小说文体的创新》,载《文学遗产》1990年第4期。
[5] 鲁迅:《中国小说史略》,郭豫适导读,上海古籍出版社,1998年,第168页。

下些认真的功夫,鲁迅小说中的人物是一色的白描,可见孙犁对白描的青睐。贾平凹在叙事上或受孙犁客观实录的影响,但更多是一种艺术的自觉,他运用多种叙事手法,诸如注重描写和对话在作品中的运用,也注重叙事者的设置,力求达到"就事而理自现"的客观叙事目的。

(一)贾平凹尤为看重白描,在每一篇小说中都倾注心力

贾平凹说:"如果看到了获得了生活中那些能表现某人某物某景的形象而细微的东西,这也就是抓住了细节,文学靠的是细节,而所谓素材的积累,说穿了就是细节的积累。"[1]细节把握到位,白描才能形神兼具。优秀的小说作者,往往在其初创期间就彰显出独特的把握具体事物及描摹的能力。诸如贾平凹写背景和环境就运用具体形象来呈现,在《第五十三个……》的开头书写山路曲折,作者这样说:"在沟里走,太阳坐在山尖上,在坡上走,太阳还坐在山尖上"[2]。既写了山地路途遥远,也表露了人物的心理,这是传统比兴思维的体现。比如在描写人物方面,贾平凹往往借助人物自己的语言、动作、神态来描写。在《满月儿》中,作者谈及创作意图时就说:"让月儿和满儿活动,力避'我'来死板介绍,发议论。"[3]于是,在小说中,月儿就是通过一连串的行动和咯咯咯的笑声出场的,直露出活泼率直的性格;满儿则在晚上出场,先描写敲门声,再描写人物的动作,"一挑门帘,她轻轻闪进来,连个声儿也没有,就稳稳地坐在炕沿上不动了"[4]。一动一静两个富含对比性的人物性格就全在各自的语言和行动中了。在场景描写方面,贾平凹突出细节描写的魅力,比如在《雪夜静悄悄》中,作者叙述老门卫来到儿子西韦的窗户前,听见儿子翻书的声音,借助蒙太奇的描写方法,描写老人思绪飞扬的情景。在同一篇文章中,又突出"脚印"的细节:"那脚印套着'8'字,套着套着,向校内伸去了……啊,脚印一直通在儿子的窗下!"[5]

---

[1] 贾平凹:《关于散文》,生活·读书·新知三联书店,2015年,第63页。
[2] 贾平凹:《山地笔记》,上海文艺出版社,1980年,第81页。
[3] 贾平凹:《关于小说》,生活·读书·新知三联书店,2015年,第4页。
[4] 贾平凹:《山地笔记》,上海文艺出版社,1980年,第3页。
[5] 贾平凹:《山地笔记》,上海文艺出版社,1980年,第92页。

脚印就是贾平凹所说的"形象而细微"的东西。贾平凹对细节有敏锐的感觉,诸如《曳断绳》中的"曳绳",《威信》中的"鹅卵石",《结婚》中的"酒葫芦",这些细节都非单纯的客观描写,而是与作品人物或主题相关联,作者在这些细节上寄予情感和思想,成为细节意象,从而具有双重意蕴。

（二）对话叙事贯穿全文

对话也是客观叙事之一种,对话的特点就是通过人物自己的语言、行为和神态表现人物。贾平凹在1977年即尝试着变换叙事手法,增加文体的灵活性,其中,对话是他这一阶段试验最多的叙述手段。在《山地笔记》中,对话成为塑造人物、表现主题、衔接过渡、氛围烘托的重要手段。在《猪场夜话》中,全文几乎都是猪倌刘作义和媳妇的对话,人物性格、作品主题也就全在这对话中了。《清油河上的婚事》也是以记者采访不同的人物为线索,还原胜儿和小秀的恋爱过程。贾平凹在20世纪80年代初的散文写作中,诸如《丑石》《一只贝》《风筝》《一棵小桃树》等,人物的对话也是作品的文眼,作者将他的思想寄予在对话中,对话也就有了双重意蕴,这是贾平凹散文创作的特点。在《满月儿》中,月儿和满儿的性格就是通过对话等表现出来的,对话几乎占了全篇三分之二的篇幅。对话也是文章过渡的手段,比如,如何扩大满儿和月儿的生活环境,"我"和满儿的对话成为衔接前后文的重要手段:"'那我俩去吧,我也可以看看后山是什么地方'……第二天早,我和月儿过了清影河,赶到了后山。"①小说的整体叙事即进入下一个场面,即"我"和月儿为满儿寻找小麦良种阶段。在《泉》中,苇儿和后生的爱情就在面对泉水的对话中表露无遗,这时候的对话是情景交融的氛围描写,泉水也成了两个人心意的见证。

贾平凹非常重视对话的客观性叙事手法,《山地笔记》中多为短篇小说,人物关系单纯且不复杂,对话的功能自然也就单一。在后期的长

---

① 贾平凹:《山地笔记》,上海文艺出版社,1980年,第7页。

篇小说中,贾平凹除了发挥对话的客观叙事功能,通过对话呈现人物的性格和存在处境,还探索如何借助戏剧性对话来结构文体。如在《暂坐》中,小说三分之二的叙事比例都是人物的对话,多角度的对话能立体地展现人物不同侧面的性格;与此同时,借助对话形成类似人像展览式的戏剧结构,使小说能够包容更多的人物和事件,实现小说文体和戏剧文体的融合。

(三)改变叙事视角,尤其是限制视角的运用,也是客观叙事的重要方面

限制视角与全知视角相对,全知视角也称上帝视角,是无所不知的全知叙述者,情节的发展、环境的烘托、细节的描写以及人物的命运等都在叙述者的掌控之下。"这种无所不知表现为两个方面,一是叙述视点的随意转换,二是随意代述角色的隐衷。"[1]全知视角在现代小说中常受到诟病,全知全能的叙事者不断地插入故事中来,破坏了故事的幻觉,"满足读者好奇心的同时也强化了读者的阅读惰性"[2]。限制叙事者来自文本中的人物,从人物的视觉、听觉及感受的角度讲述亲历或转叙见闻,叙事视角相对固定。在古典小说传统中,从话本演化而来的白话小说,因为沿袭说书人的"说话"模式,在叙事方式上采用全知视角的主观叙事,《金瓶梅》《红楼梦》在叙事文体上逐渐向客观叙事转变,其中,设置限制叙事视角是客观叙事的主要手段。

贾平凹在叙事视角的探索上,倾向于向客观叙事靠拢。《山地笔记》第一辑的十七篇短篇小说,有七篇采用第一人称限制视角,其余十篇都采用第三人称客观叙述,从这些文本中,能看出贾平凹从叙事视角的层面对客观叙事的追求。

一方面,从第三人称客观叙事的角度来看,这些篇目虽都是第三人称虚拟作者视角,但叙事视点相对固定,叙事者也未随意代述角色,表现出客观叙事的特征。比如《雪夜静悄悄》,叙事者为第三人称"他",但这个"他"是被作者隐藏起来的,叙事视点几乎固定在老门卫那里,

---

[1] 石昌渝:《春秋笔法与〈红楼梦〉的叙事方略》,载《红楼梦学刊》2004年第1期。
[2] 胡亚敏:《叙事学》,华中师范大学出版社,2004年,第27页。

儿子西韦和女孩子的一言一行全在老门卫的注视下，作者书写年轻人的感情也是借助老门卫对姑娘态度的改变侧面揭示出来的，老门卫甚至做起了儿子和姑娘的牵线人。在这样一个客观视角下，静悄悄的雪夜里，男女青年因对共同事业的执着而产生甜蜜的爱情就倍感真实。在《第一堂课》《回音》《第五十三个……》《果林里》《泉》《报到》《深深的秦岭里》等作品中，虽是第三人称叙述，但在叙事过程中，作者尽可能地将叙事的视点固定在某一人物身上，不论场景、细节还是心理描写，皆从人物角度展开，这样的叙述手法也可称为人物角度法，它的特点在于可随意进行全知与限制视角的转换。叙事者把自己隐藏起来，不站出来对情节中的人和事发表评论，而是通过小说人物自身的言行和心理展开，这样就比时时中断故事和情节，对小说人物进行随意评点和诠释，代替人物角色隐衷的全知视角要客观和真实。《山地笔记》中的这一组小说可以说是贾平凹对第三人称客观叙事进行的叙事试验，彰显出几个特点：一是人称上是第三人称，二是叙事者为隐藏作者的虚拟视角，三是叙事视点相对固定，四是可进行全知和限制视角的自由转换。贾平凹正是借助对叙事视点的调节来达到客观叙事的目的。

另一方面，以《满月儿》《竹子和含羞草》《牧羊人》《南庄回忆》《夏芳儿》《端阳》等为代表的小说表现了作者在第一人称限制视角上的探索。这些作品中，《满月儿》的写作时间最早，在小说艺术的完整性上具有代表性，在叙事视角的选择和应用中也具有自觉性。在《〈满月儿〉创作之外》中，作者说："两个人物要糅起来写，以'我'来串线，不要露出脱节痕迹……写两个姑娘，不要忘了'我'这第一人称；尽量做到分分合合，穿插连贯，虚虚实实，摇曳多姿。"[①] 作者的表述强调以"我"这个旁观者视角来"串线"，比主人公视角更能完整客观地呈现人物的性格和形象，可见作者在创作之时，就有自觉的视角意识。

《满月儿》没有情节严密的逻辑结构，小说由七个不同的场面连缀

[①] 贾平凹：《关于小说》，生活・读书・新知三联书店，2015年，第3—4页。

而成，小说在由"我"主导的叙事线索中，有详有略，虚实呼应，目的是表现两个女孩各自互补的性格。场面一是夏天中午的大杂院里，月儿的活动场景。场面二是当晚的月夜房间里，我和满儿的谈话场面。接下来进入"我"的叙述环节，突出月儿的天真和满儿的上进，贾平凹善于借助对话进行上下文的过渡和衔接，"我"与月儿、满儿各自的对话使文章自然过渡到"我"和月儿为满儿寻找小麦良种的第三个场面，详细叙述了月儿为保护良种与洪水搏斗的场面。作者略去了满儿和月儿因为良种被水冲走而争吵的场面，详写月儿对姐姐的抱怨以及月儿的愧疚心理，自然过渡到小说的第四个场景。这一场景的叙述空间更为动人，在叙述内容上有一石四鸟的写作特点，通过满儿桌上的信件，从写信人的侧面视角袒露了满儿向科学攀登的热情和毅力，更直接具体地表现了满儿在爱情和事业上的追求，也使月儿受到激励，并使月儿由衷地对姐姐产生崇拜，同时埋下了下一个场景的伏笔。作者略写满儿的学习经历，详细叙述月儿刻苦学习的场面，这是小说的第五个场面。小说始终以"我"为叙事线索，在小说结尾，书写月儿送别"我"的场面，突出月儿从自我怀疑到自我肯定的一面；"我"回城后在电车上碰到满儿，满儿在车上学习英语，并用英语表达对研制新的小麦品种充满自信。

陈平原认为："借一人的眼睛来看世界……绝不只是一种叙事人称的多样化或者谋篇布局的小技巧，而是一种观察人物、思考问题、构思情节乃至叙述故事的特殊视角。"[①] 这篇小说充分体现出贾平凹借助视角营造整体统一的叙事结构，具体表现出以下几个特点：一是以"我"的叙事贯穿全文，小说的叙事节奏由"我"掌控，满儿和月儿这两个人物由"我"带出，各自的行为和语言也都在"我"的旁观下得以展现，"我"既是叙事线索，也是人物性格和心理的见证者；二是作者善于进行前后场景的衔接，一方面是通过对话进行衔接，另一方面是全文贯穿着月儿率真的"笑"和满儿"读英文"的情景，这两个细节的多次出现，为小

---

① 陈平原：《中国小说叙事模式的转变》，北京大学出版社，2003年，第71—72页。

说营造了浓厚的抒情调子；三是整篇文章结构上姿态横生，也全得力于"我"在叙事中详略虚实的排兵布阵，以及前有伏笔后有回应的叙事策略，比如前文提到关于"我"的疗养以及后文信件里对"我"的病开出的方剂，还有关于姐姐恋爱信件的伏笔；四是在"我"的叙述中，人物的言行和情感被作者置于生活场景中，叙事者眼中的生活是富有情趣的，比如开始时关于六月六晒日头的民俗以及关于风中荷花和麦浪中的布谷鸟的意象的营造。

莫言曾说，叙事者的选择，关涉到小说的结构，"我"既是叙事者，也是结构线索，这样就保证了叙事过程的整体统一。贾平凹以叙事者作为结构的整体叙事线索，将人物和事件串联起来，是从《满月儿》中的"我"开始的，《满月儿》中人物单纯，线索也相对清晰。越到后来，贾平凹越发对以叙事者为贯穿线索来完成对小说整体性的叙述追求充满兴味，将视角与结构相结合，这在古典美学上就是团块与线条的组合所形成的审美体验。要对此进行论述，则要结合中国传统艺术中的空间美学，这是另外一个话题。

二、结构性的对比和映衬

对比和映衬既是传统小说塑造人物的主要手法，也是贾平凹《山地笔记》的主要叙事手段。对比是贾平凹在这一组作品里的基本叙事模式，但模式里也能彰显活力，这在于每一篇的对比手段和目的大略不同，具体来看，有以下几种：

（一）具体直接的对比

《山地笔记》的小说题材主要有两类，第一辑以青年人的事业和爱情为主要对象，第二辑主要反映农村的社队生活，歌颂普通百姓建设新农村、创造新生活的幸福和喜悦，也书写农村的矛盾冲突，"他所写的矛盾冲突，主要是属于人民内部的，有先进思想和保守思想的斗争，有爱社会主义集体和个人主义自私自利思想的斗争"[①]。但凡写到冲突，对比思维在其小说构思中就很普遍。诸如以写农民的公私冲突为主题的《曳断绳》《乍角牛》《威信》《帮活》《车过黄泥坡》等作品，作者设置正反面人物形象，将人物置于相同和相近的事件和情景中，通过人物言行和心理的对比，凸显各自的性格特点。直接具体的人物对比是这一组小说塑造人物的主要手法，但在具体的写作中，还体现了贾平凹对比艺术上的独特性。比如《曳断绳》是本辑中写作时间最早的小说，写贫农老曳被选为队长后为社队事事尽心，作者在构思上呈现双重对比：一是老曳本人懒言，话语不多，但心思细腻，颇有管理的智慧，突出人的外在言行与内在心灵的对比；二是书写老曳和老六的冲突，老曳为了集体拦坝，老六只为自己赚钱，重点写了老曳的"曳绳"，拉着三四百斤磨石的驴车，硬是在老曳的曳绳下被转了个头，作者细写曳绳，其实正反衬了老曳这个人。《乍角牛》是第二辑中的第一篇，也是书写社员的公私冲突，不过，作者把环境放在了集体的饲养室，主要通过日常生活细节书写德山和德水两个老头在饲养集体牲口问题上的冲突。德山一心为公，肯出力也能出力，爱牛如己；德水事事想着自己，分麦草要带上圆笼好装麦粒，喂饲养室的花犍牛想偷牛槽里的麦豆瓣喂自家的黑猪，饲养集体的牲畜却无心打理牲口棚，只顾用鞋耙子和筐条子给自己干活。在对待集体的事情上，德水的自私和德山的无私形成鲜明的对比，作者通过富有趣味的语言描写，反衬德山的智慧，比如，发现德水将牛饲料藏在腰带里，德山说："腰里系得疙疙瘩瘩了，腰直不起"，此话一语双关。结尾，面对德水撂挑子不干了，德山让德水带走他做私活的鞋耙子和筐条子，并说："就凭这，你走到哪，那儿都有抵你的乍角牛！"[②]此句呼应题目，是文章的文眼，也具有隐喻含义，对待像德水这样专为自己谋私利的人，就应该像乍角牛一样，勇于揭露和反抗。《成荫柳》将老汉和王奎对比着书写，但为了使行文活泼，增加了顾问这一客观视角，使两人的

[①] 贾平凹：《山地笔记》，上海文艺出版社，1980年，序第4页。
[②] 贾平凹：《山地笔记》，上海文艺出版社，1980年，第174页。

言行更加真实客观;《威信》书写欢实和元善两种不同的工作作风,作者设计了"鹅卵石"这一细节意象,无言地讽刺和鞭笞了不干实事、圆滑世故的工作作风。细读贾平凹书写公私对立的小说,其主题有鲜明的歌颂和鞭笞等态度上的对立,但文体相对活泼,构思巧妙,叙事手法灵活多样,初步显现出贾平凹在小说叙事上的天赋。

(二)结构性对比

结构性对比是一种关涉小说结构的对比方法。毛宗岗将这种通过结构的对称安排所实现的对比称为"奇峰对插,锦屏对峙"[1],与直接对比不同的是,结构性对比中的人物"大多不处在同一事件中,而是处于相同或相近的情境中,作者通过结构的安排使之遥遥相对,形成一种不是直接的而是远距离的对比"[2]。如《三国演义》叙述刘备和曹操幼年的故事,都有叔父参与,且隔着数回,如毛宗岗所言"有一卷之中自为对着,有隔数十卷而遥为对着"[3]。贾平凹在《怀念狼》《废都》《秦腔》中使用结构性对比的方法,比如《怀念狼》中汪老太太和狼娃的关系,与后文中红岩寺的老道收养狼子的故事在叙事上形成结构性的"锦屏对峙",《废都》中孟云房暗会慧明与庄之蝶暗会唐宛儿的对称性设计,《秦腔》开头白雪结婚秦腔剧团助兴和结尾夏天智丧礼秦腔剧团为其送行的对比设计,等等。贾平凹在结构上进行"奇峰对插"的艺术设计,在《山地笔记》中也有表现,体现了贾平凹在20世纪70年代末即对传统小说艺术形式的青睐。

《回音》写于贾平凹事业的奋斗阶段和爱情的甜蜜期,他将自己对事业与爱情的态度融入作品中,男女主人公在事业上相互鼓励扶持,两人的爱情也因彼此的心灵相通而更加坚固,与美貌无关。作者设置了相对复杂的情境,首尾形成类似"锦屏对峙"的结构:小说开始时姑娘和小伙的处境是"玫瑰花"追求"呆小子";结尾姑娘被毁容,她形容自己

---

[1] 罗贯中:《毛宗岗批评本·三国演义》,毛宗岗评,岳麓书社,2015年,第9页。
[2] 张稔穰:《中国古代小说艺术教程》,山东教育出版社,1991年,第467页。
[3] 罗贯中:《毛宗岗批评本·三国演义》,毛宗岗评,岳麓书社,2015年,第9页。

变成了"油菜花",小伙和姑娘的恋爱处境也发生了变化,作者书写"呆小子"对"油菜花"的表白。小说的叙事交织在过去与现在、回忆与现实中,虽然姑娘和小伙的处境发生变化,但象征爱情的回音意象被作者反复书写,弥漫在作品中,也从侧面强化了年轻人的爱情。

写于1979年的小说《结婚》,开头书写木匠老汉原本为张老三解板做棺材,但因儿子结婚,所以木板不做棺材做立柜;结尾,木匠老汉去张老三家贺喜,儿子却要求木匠老汉为自己做门板分家。小说借助木匠老汉的视角书写张老三家结婚的喜事和分家的忧愁,首尾遥相对应,类于结构性的对称设计,突出了父贤子不贤的主题。为了强化首尾对比,作者善用敷衍和铺排的细节描写,详写了张老三夫妇为儿子婚事忙碌热闹的情景,结尾的家庭气氛变得沉默安静,这是氛围上的冷热映照。与此同时,作者在叙述过程中设计了酒葫芦这个意象。儿子结婚时,张老三的老婆不让他喝酒,为的是给儿子省钱买花枕巾,结尾面对儿子的分家,却主动要为丈夫买酒喝,对同一酒葫芦前后不同的态度,也是令人回味的对比性意象。

《第一堂课》既写了俊秀和西韦的第一堂课,也写了各自的村支书对年轻教师的鼓励,但小小的篇幅包含如此多的内容,却得益于作者在结构上的对称性设计。小说分为两部分,第一部分重点写老支书对俊秀的支持。小说从俊秀的第一堂课结束写起,详写了老支书在俊秀上第一堂课时,害怕毛驴拉车的声音影响上课,为毛驴"穿鞋捂嘴"。第二部分通过西韦给俊秀的信,详写了西韦上第一堂课时的情景,信中也有细节描写,比如西韦开始面对学生很紧张,但看到坐在后排的老支书鼓励的神情时,心里踏实了,课也顺利了。文章以"谁不是这样呢,光你吗?你呦,你呦……"①作为结构上的过渡句,体现了作者艺术上所追求的对称性结构。与此同时,作者略写或不写俊秀上第一堂课的课堂环节,详写了西韦的第一堂课;关于西韦支教时村支书如何支持西韦的工作,作

---

① 贾平凹:《山地笔记》,上海文艺出版社,1980年,第34页。

者只用一句话带过，却详细写了俊秀支教时村支书对俊秀的支持和帮助。小说只写一个村支书和一堂课，却既反映了山区老百姓对山区教育事业的支持，也表现了年轻教师对教育事业的热情，这得益于结构上的对称设计和手法上的虚实相生。

贾平凹这一组小说都是短篇小说，作者营构的结构性对比也大多呈现出首与尾的遥相对应，但这些充满对称性的美学对比，充分说明贾平凹在试笔阶段就能突破单纯的细节对比和人物对比，而进入情节对比之中，其小说的文体结构摇曳多姿、灵活多样，显示出较强的文体架构能力。

（三）设置对比性人物组

设置对比性人物组是古典小说塑造人物的主要方法，比如刘备与曹操、李逵与宋江、黛玉与宝钗、袭人与晴雯等。设置对比性人物组合，往往是基于小说的整体构思，具有以下几个特点：一是对比性的人物在作品中具有大致相同的重要性；二是同一对比组中的人物，性格上具有相反相成的特点，诸如刘备的忠厚与曹操的奸诈，宋江的稳重与李逵的鲁莽；三是这两个人物相互之间发生关系，甚至形影不离，形成映衬。贾平凹在人物塑造上善用对比思维，并将对比提升到行文的整体构思层面，这在《满月儿》中表现得尤为突出。

首先，月儿和满儿在叙事的比例上相对平衡，结构上相互映照。如前所述，《满月儿》以"我"为叙事视角，并以"我"为结构线索，串联起关于满儿和月儿的七个场景。小说在书写人物方面不厚此薄彼，两个人物都是作者着力刻画的，就如作者所说，在具体写作中，力求做到整体上的平衡与和谐："三个人物，一会单写甲，一会单写乙，一会甲乙合写……写一个，不要忘记了其他"[①]。作者在叙事过程中，避免一味地写实，而是善于侧面描写，虚实相生，使人物彼此互为映衬。

其次，运用多种手法塑造既相互对立又相互补充的人物性格。作

---

① 贾平凹：《关于小说》，生活·读书·新知三联书店，2015年，第3—4页。

者在写作过程中突出月儿的好"动"和满儿的好"静"。作者从多个层面书写月儿的好动：她见生人不羞涩，能自嘲；她坐不住，爱热闹，喜欢说话，很容易就忘记不快，乐观也充满自信；她口无遮拦，率真幽默。作者写一开始见到月儿的情景：

> 这一天，农民都讲究把皮毛丝绸拿出来晒日头，据说这样虫就不蛀。姨家的大杂院前，杨树上拴了一道一道铁丝，晒着皮袄、毛袜、柞绸被子、狗毛毡子，使人眼花缭乱。正欣赏着，就听见有"咯咯咯"的笑声，绕过杨树一看，原来是一个十七八的姑娘和一个老婆婆在拽被面。[1]

但凡写到月儿，作者文笔生风，满嘴余香，一个快乐率真的女子如在眼前，丁帆评价贾平凹笔下的月儿姿韵并举。再看作者书写满儿的"静"：她好学，一坐就是几个钟头，动也不动；她的房子里全是瓶瓶罐罐，床都被挤在了墙角。满儿的温柔宁静与月儿的活泼好动形成鲜明的对比。为了明显区分两个人的性格，作者使用多种艺术手段，反复和映衬是运用较多的手法。比如，作者反复书写月儿的"笑"，"笑"弥漫在全文的字里行间，作者也写了月儿性格的发展，但爱笑是其性格的本质。

除了通过反复和映衬手法突出月儿率真的本性，为了使月儿的个性更为饱满，作者调动更多艺术手段，使月儿内在情绪的波动和率真好动的外向型性格相映成趣。诸如前面月儿的情绪还处于欢乐的高潮，旋即就表现出忧伤痛苦的一面，作者写"我"和月儿去后山为满儿找到良种，月儿高兴撒欢，"我喊她慢点慢点，她跑得更欢了"，但随即她就掉到水里，种子也几乎全丢了："她从河里爬起来，浑身精湿，坐在岸边哭起来了。"[2] 当读者以为月儿会为丢掉良种充满愁绪时，没想到，她很快就释然了，又开始为姐姐寻找螃蟹以弥补良种丢失的缺憾。

作者在创作手记中说："写两个姑娘，性格要明显区分"。与此同时，还要糅起来写。如何能做到既区分又融合，贾平凹通过细节来实

---

[1] 贾平凹：《山地笔记》，上海文艺出版社，1980年，第1页。
[2] 贾平凹：《山地笔记》，上海文艺出版社，1980年，第9页。

现。如上文所述，作者反复书写月儿的"笑"，光是开头书写月儿"笑"的细节就出现了六次，全文共书写月儿的十三次"笑"，以此来突出月儿的单纯乐观。

第三，人物形象暗含辩证统一的哲学思维，分开来是各自的性格，合起来是一个统一的整体。月儿和满儿既是小说的主角，合起来又是小说的题目，是小说主题的隐喻。可以说，月儿和满儿是贾平凹这一阶段女性美好形象的集中代表，月儿的活泼、满儿对事业的追求在他的其他作品里也得到了体现。比如《牧羊人》中的斗羊姑娘之于月儿，"落榜姑娘"之于满儿；《夏诚与巧姐》中的巧姐有月儿率真的一面，《南庄回忆》中夏桑也像满儿一样痴迷科学实验；《回音》中的姑娘兼具了月儿的活泼与满儿的上进。雷达认为："在第一阶段里，他的作品就像一个野气未脱，天真烂漫，拈花微笑，沉湎于美好梦想的商洛深山中的少女。这个象征在《山地笔记》等集子中几乎随处可遇，贾平凹当时的创作就是为'她'而唱的。"[①] 野气未脱、天真烂漫的一面在月儿那里得到集中体现，积极上进、沉湎于追求事业的那个她在满儿那里得到集中体现。

月儿和满儿这两个形象在作品中既互相对立又互为补充，类似其后来小说中的刘高兴、五富和井宗秀、陆菊人，他们的形象既对立又统一，分开来是两个形象，合起来可以成为一个整体，是一体两面性质的人物，也是贾平凹继承古典小说塑造两两相对应的人物的杰出范本。作者一方面突出彼此性格的反差，另一方面，则强调他们性格上的互补，更为重要的是，作者借助叙事形式使两个人物相互发生关系，甚至形影不离，互相映衬。人物之间两两相对、互为补充的背后是传统辩证统一哲学思维在人物设置上的表现，这也说明贾平凹试验期的作品就具有寻根于传统的表现。

---

① 雷达：《模式与活力：贾平凹之谜》，载《读书》1986年第7期。

三、空间叙事结构及其整体性的艺术构思

鲁迅小说作为中国现代小说开端和成熟的代表，打破了传统话本小说的情节结构，通过日常生活场景的空间转换代替以事件逻辑关系营构的情节线索，如《孔乙己》《故乡》《风波》《离婚》《祝福》等。这就像米兰·昆德拉所说的打破故事的专制性，是为了实现更自由的散文化叙事。如何借助文学叙事呈现人与人之间的关系？鲁迅扬弃了传统的线性结构，选择的是如戏剧的空间场景转换。贾平凹在《废都》《秦腔》《暂坐》中也选择空间铺排的结构方式，空间叙事与时间叙事相比，切断了个人命运紧密的时间连线，重在把握人与人之间的关系，其叙事结构的源头是中国的《金瓶梅》和《红楼梦》。

如果往前追溯，贾平凹在创作试验期对借助场面连缀构筑小说情节就比运用线性情节结构小说更感兴趣。场面连缀会缩减小说的整体性，贾平凹探索因果逻辑关系之外的叙事手段，诸如借助限制叙事者达到对场景和事件的串联，借助民歌等音乐元素作为抒情线索贯穿始终，或是通过对某一细节或意象的反复书写形成弥漫全篇的抒情氛围，贾平凹还善于创设意境，使散漫的叙事有一个笼罩全篇的意象象征。这些艺术手段的运用都强化了小说的整体性，也是诗骚传统在其小说中的运用。这些在他后来小说中自觉运用的艺术手段，在《山地笔记》中就已显现，这也充分说明，贾平凹无意识创作中所呈现的某种文体形式往往决定着其后来的文学发展方向。

（一）场面连缀结构小说

《山地笔记》中以《满月儿》为代表的第一人称限制视角的系列作品，"我"既是叙事视角，也是串联人事的结构线索。上文分析《满月儿》的结构是由"我"串联起的月儿和满儿的七个活动场景组成的，每个场景以人物对话和细节描写为主。在《山地笔记》中，借助叙事者串联不同场景以形成整体结构的小说还有《竹子和含羞草》《牧羊人》《夏诚与巧姐》《南庄回忆》《夏芳儿》《端阳》《清油河上的婚事》等。

《清油河上的婚事》构思巧妙,主要反映小秀和胜儿的恋爱故事,两人的恋爱又发生在改河工程的背景下,这个故事就既有背景也有特写镜头和主角人物。小说由六个场面组成,以记者串联起不同的场面和故事,记者即小说的叙事者,每一个场面都有一个主题——记者所提的问题,这些问题自然地呈现了恋爱的发生和发展过程,不同的人物参与回答这些问题的同时,也展示了改河工程的艰难。小说类似电影蒙太奇的组接,在空间转换中始终有一客观镜头,记录一对青年的恋爱,同时也展示出清油河改河工程的远景,既展现年轻人为集体事业敢想敢干的一面,也呈现出某些阻碍和破坏的力量。在这篇小说中,即可看出贾平凹尝试将客观写作的叙事手法和场景转换的结构手法相结合。在后来的《带灯》中,他采用带灯这个客观视角,出入于樱镇不同的村社,不断变换空间场所,在每个场景中也设置一个小标题,作为此场景主要内容的概括。《带灯》这种设置客观叙事者、借助空间场景的转换以及小标题呈现叙事内容的文体设计,与《清油河上的婚事》有艺术上的关联,足见作者对客观叙事和空间结构的钟爱有一个从无意识到有意识的过程。

对于那些没有统一的叙事者串联,小说结构上强调空间场景转换的,贾平凹则在叙事过程中充分发挥伏应、虚实结合等叙事技巧,以实现小说结构的自然连贯。《车过黄泥坡》围绕德茂老汉和来举为牛棚拉木头的事件,反映公私冲突的主题。小说主题明确,事件单纯,出色之处在于构思巧妙。一是借助场景转换结构小说,在车把式来举和德茂从县城拉木头回来的路上,自然形成三个场景,小说虽是第三人称全知视角,但三个场景都固定在德茂老汉的视点上,使叙述内容客观无隐。在黄泥坡前的小镇上,来举试探德茂,想借公家的木头为自家谋活,被老汉顶回,老汉义正词严:"队上的东西,针尖大的咱不沾;别人要沾,咱就是'看财奴'";在黄泥坡上,德茂老汉用木头帮卡车司机解围,此场景详写德茂的热心肠,侧面透露来举见利忘义的心理;在凹崖下,德茂老汉通过机智的对话,引发来举动了心里的私虫。三个空间场景,三场对话,将德茂的公心和来举的自私展现无遗。二是场景转换自然,主要通过人物之间的对话埋下伏笔，比如第一场对话，来举借口有要紧事先走，自然过渡到黄泥坡上两个人和货车司机各自不同的对话，作者以德茂为叙述的视点，详写他和司机的对话以及他助人为乐不图报酬的义举，司机的一句话"说是在前面凹崖下歇着"①，为第三个场景埋下伏笔。总之，在一篇两千字左右的短篇小说中，作者使用多种叙事技巧，比如前有伏笔，后有回应，再比如借助侧面描写即传统小说中背面敷粉的手法刻画人物形象，注重细节描写，详略安排得当，表现出相当丰富的叙事技巧。

（二）抒情线索贯穿始终

借助场面转换结构小说冲淡了小说的故事性特征，却增强了小说散文化抒情的一面，一方面是场景描写消减了事件之间的因果逻辑关系，强化了对日常生活的白描，另一方面则表现出作者要发挥更多的艺术手段增强作品的整体性。除了借助叙事视角、适当的伏应等手法营造整体的结构，这一组小说还表现了作者善于通过抒情手法，诸如贯穿始终的音乐线索、反复的意象描写、关键性的留白等进行超越现实的艺术想象，实现整体性的艺术构思，进而达到小说文体写实与写虚的平衡。

1. 音乐线索贯穿始终

《石头沟》是贾平凹较早通过音乐线索开拓小说叙事空间的作品。小说叙述羊倌刘边放羊边栽树，力求改变石头沟满是石头的现状，羊倌刘的想法和做法受到羊倌李的嘲笑和讥讽，在小说结尾，羊倌刘用自己的劳动和意志换得石头沟天翻地覆的变化，石头沟变成了金窝窝。作者一方面实写石头沟发生的三次变化，一方面借助山歌营造一线贯穿的抒情线索，婉转有致的山歌的反复书写，歌词的变化与情节的发展相互映衬。羊倌唱了三次爬山调，"石头沟呦羊也不回 / 只流石头不流水 / 石头沟呦羊也不绕 / 只长石头不长草"②。三首歌调子相同，各节文字略有变动，烘托出石头沟的三次变化。

---

① 贾平凹：《山地笔记》，上海文艺出版社，1980年，第237页。
② 贾平凹：《山地笔记》，上海文艺出版社，1980年，第186页。

《泉》中穿插两首牧歌，均为牧童所唱，歌声是背景烘托；《岩花——驻队杂记》中的民歌是主人公岩花所唱，借歌声传递主人公的心声，表现岩花为社队集体事业甘于奉献的情感。这些作品中的音乐抒情元素还较为简单，属于单纯的氛围烘托。写于1979年的《笛韵》，作者不仅借笛声的反复烘托气氛，形成一线贯穿的抒情线索，音乐同时也是表达主人公内心微妙变化的载体。笛声出现了五次，与男女主人公的情感发展相应和，笛韵既是抒情线索，也是情感的载体，参与了小说人物情感的塑造过程，还是全文的象征。《笛韵》虽未选入《山地笔记》，但它是贾平凹同时期的作品，充分展现出贾平凹对小说形式的追求。至此之后，尤其在以商州为背景的小说中，贾平凹大量运用民歌、戏曲曲词等民间音乐形式，一方面与其作品中浓厚的地域文化相映照，另一方面，音乐元素在小说里的作用更多是作为活泼文体、增强作品抒情性的手段。

2. 意象的反复和映衬

意象是中国传统文学中非常重要的表现手法。中国古典文学往往借助取"象"来达到立"意"的目的，贾平凹对意象情有独钟，是因为他看到了象在传达意的方面的特点，以及象的抒情性和表现性特点。在当代作家中，贾平凹发展了意象的表现手法，并在此基础上探索意象现实主义小说的创作思路。贾平凹在《山地笔记》中即注意在作品中营构意象，创造了诸多自然意象和细节意象，主要发展了意象的抒情性和表现性，同时也关注到意象在小说结构中的作用，具体表现如下：

一是细节意象的反复书写。在《满月儿》中，他通过"笑"来表现月儿的率真，通过"念英文"来表现满儿的爱学习，这是日常生活细节，细节意象往往从生活场景中获得，从细微处突显丰富的含义。"笑"联系着与月儿有关的叙述，"念英文"联系着与满儿有关的叙述，这两个细节的反复书写也是与两个人物有关的结构线索。《结婚》中的酒葫芦也属于细节意象，酒葫芦出现两次，酒葫芦是结婚的喜悦和分家的忧愁的代言。

二是自然意象映衬人物形象。《满月儿》中，作者创造了两个自然意象强化人物形象，一则风中的荷花与月儿相对应，一则麦田里的布谷鸟与满儿相对应，具体形象的自然意象与人物的性格和事业追求相呼应，增强了作品的表意性特点。在自然意象与人物形象的相互辉映方面，表现比较突出的还有《牧羊人》中的斗羊姑娘与山野里的山茶花，《竹子与含羞草》中石根之于竹子、文草之于含羞草。在具体写作方面，贾平凹借助自然意象反衬人物美好的内心品质，人与自然融为一体。如在《竹子与含羞草》中，竹子和含羞草反复出现，竹子"那样的修长，那样的精神"，它是男主人人品的象征，而含羞草"婷婷而立"，则是女主人公内心的代言。竹子和含羞草在小说中不仅仅是映衬和烘托，还内化为两人身上最重要的品质，面对情感上的阻挠，石根说，竹子是砍不完的，含羞草虽然羞怯，但也"文雅、高洁"，犹如文草。小说结尾书写石根家后院的竹子已经在文草家后院里长出了竹笋，"它是在地下蓄集了力量的啊！"[①]作者一方面实写石根和文草的感情发展过程，虽波折但终因彼此的热爱而坚定地走到一起，另一方面借助自然意象的烘托强化人物的感情世界，实现文体结构上的虚实辉映。

三是情节意象贯穿始终。在《回音》中，"回音"是小说的题目，又是作品中的细节意象，在作品中反复出现，作为结构线索贯穿作品始终，也成为小说主题的象征。小说以第三人称"她"的回忆性叙事为主体，书写姑娘（她）和"呆小子"的爱情故事，以"回音"进行串联。第一次是姑娘如玫瑰一样娇艳，受到众人的追求，姑娘只喜欢言短话少但好学进步的"呆小子"，两人互诉心意时，"对面崖上响起了回音，满山满谷都在喊着玫瑰花了"。这次的"回音"象征爱情的甜蜜。第二次书写姑娘和"呆小子"的爱情在共同的事业追求中不断得到巩固，"呆小子"因科研获得成功，调到了省上的单位，姑娘送别爱人时，"满山满谷的声音：'等着你，祝你成功！'"这次的"回音"象征着爱情经历短暂的

---

① 贾平凹：《山地笔记》，上海文艺出版社，1980年，第27页。

离别和考验。第三次书写姑娘因拒绝了公社副主任的追求，受到打压而脸部毁容，她给"呆小子"写了分手的信件，"呆小子"的回信里要求两人"在菜花盛开的季节结婚吧"，姑娘在山间喊出了"我爱你"的声音，"'我——爱——你'，满山满谷都在喊起来了"①。第三次"回音"象征着两人的爱情经受住了现实的考验。"回音"是两人爱情发展的象征。小说结尾作者创设意境，以幸福鸟飞出山谷表现了作者对理想爱情的向往和憧憬。在《回音》中，作者设置了两个自然意象，一是玫瑰花，一是油菜花，这两个意象都是女主人公形象的外化，代表着女主人公形象的前后变化。在作者的观念里，理想的爱情与外在形貌无关，而是来自两个人心灵的坚守，理想的爱情在对事业的共同热爱中才能放出光芒。

（三）结尾的淡出与回味

贾平凹为了营造诗意抒情的氛围，特别强调"结尾要电影式的'淡出'，淡得耐嚼"②。结尾的淡出，其实就是不要在结尾表达作者的态度，一些作者在故事讲完后，喜欢在结尾将故事升华，达到卒章显志的目的。贾平凹非常注意小说结尾的写作，《废都》中庄之蝶的"出走"，《怀念狼》中"我需要狼"的呐喊，《秦腔》中"无字碑"的营造，《山本》中秦岭山的"俯瞰"，等等，都是富有意味的给读者留下无尽空白的结尾。其实，贾平凹"几乎在每一篇里都给我们留下了余味无穷、蓄满诗意的'凤尾'……凝聚着作者的一片诗心"③。《山地笔记》作为贾平凹早期的试验之作，在其对结尾的自觉营造中，可见出作者对小说抒情境的刻意追求。

对短篇小说而言，结尾往往能出新意，但贾平凹不追求结尾的"奇"，反而追求结尾要"淡得耐嚼"，这就要在故事和情感的自然发展中结出新意。《满月儿》《竹子和含羞草》《回音》《第一堂课》等作品的结尾与开头呼应，而且结尾中出现的意象在作品中反复出现，起到强化主题的意味。比如《满月儿》开头是"咯咯咯"的未见到人先闻到声的月儿

---

① 贾平凹：《山地笔记》，上海文艺出版社，1980年，第57页。
② 贾平凹：《关于小说》，生活·读书·新知三联书店，2015年，第4页。
③ 丁帆：《谈贾平凹作品的描写艺术》，载《文学评论》1980年第4期。

的笑声,结尾是满儿的充满自信的英语回答,"笑声"和"念英文"是小说反复描绘两个人不同性格的细节意象,以此来结尾,既与开头呼应,也强化了人物性格特征,还带给读者美好的憧憬。《竹子和含羞草》的结尾,则通过石根的回答给读者描绘出美好的图画:"等你明年夏天再来,恐怕满山就又是竹子哩。"[1]竹子意象在结尾再次出现,包含双重意蕴,此"竹子"不仅仅指漫山遍野生长的竹子,还包含对情感的忠贞、对爱情的坚定态度和对未来的希望。《回音》的结尾,"回音"第四次出现,作者还以诗的意境传达了对理想爱情的憧憬:"幸福鸟,一对一对地从山头上起飞了,在河谷中旋翻,那翅膀上就驮着出山的日光。"[2]

与《回音》结尾的意境构造方式相似,《第一堂课》《南庄回忆》《雪夜静悄悄》等作品的结尾,类似传统诗歌中的借物言志,作者借助画面感极强的诗的语言,营造一幅诗画交融的意境,表达作者对美好的憧憬和渴望。《第一堂课》中的结尾与开头呼应,开头是"第一堂课下了",结尾是"第二堂课开始了。太阳,跳出了山,雪的丛岭上飞起了五彩的光环"[3],结尾营造了诗的意境,表达了主人公俊秀以及作者对山区教育充满希望。《夏诚与巧姐》《果林里》的结尾是借景抒情,前者的结尾意味着甜蜜爱情的开始:"夏诚望着她;望着那石板路一直通下山去:山下,柳叶村的上空,腾起了一片红云;那红云多象是鲜花盛开的果林啊!"[4]后者的结尾表现了主人公爱情的荡漾:"池水,扩散着可爱的绿色的水纹,一圈儿又一圈儿……"[5]不论是"红云"还是"池水",都表现了作者对甜美爱情的向往。

《泉》的结尾写物的淡,但反衬出人的情感的浓厚,《姚生枝》的结尾是以具体的形象映衬人物,结尾写道:"远远望去,坟墓又象矗起的一座碑子。在泾河岸上,在大路口,在烽火人心中,老汉的纪念碑高高矗

---

[1] 贾平凹:《山地笔记》,上海文艺出版社,1980年,第28页。
[2] 贾平凹:《山地笔记》,上海文艺出版社,1980年,第57页。
[3] 贾平凹:《山地笔记》,上海文艺出版社,1980年,第35页。
[4] 贾平凹:《山地笔记》,上海文艺出版社,1980年,第68页。
[5] 贾平凹:《山地笔记》,上海文艺出版社,1980年,第100页。

立。"①《岩花——驻队杂记》的结尾借助歌声传达出岩花一心为公,想要发展和壮大村社集体经济的决心。总之,《山地笔记》中的结尾各个不同,或以对话结尾,或以歌声结尾,或以书信结尾,或营造抒情意象结尾,没有一个是作者的概括或总结,在"淡得耐嚼"的具体可感的形象中,留下想象的空白,增强了作品的抒情意味。

四、语言富有情趣

作家们都想借助语言的丝线创造艺术的织锦,贾平凹也不例外,在早期关于语言的言论中,他就谈及"语言是作品的眉眼儿"②,作家要充分发挥语言的魅力,写出华美的篇章。贾平凹一向反对学生使用抽象的成语,这主要是因为他更向往具体形象、单纯朴素的语言,他说:"乱用高尚、美丽的成语,会使这些词汇原有深刻、真切的含意贬值"③。抽象和概念掩盖了具体和形象,这也往往是作家写作上的大忌,凡文学作品中给读者留下深刻印象的,往往是具体形象的描绘,如阿城《棋王》中关于王一生吃饭的场景,汪曾祺《大淖记事》中关于挑夫们行走和吃饭的场景,化抽象为具体,变概念为形象,考验的是作家的语言表现能力。贾平凹也深有体会:"单纯、朴素,这实在是一张艺术与概念、激情和口号之间的薄纸,而苦闷了我们几年、十几年地徘徊徊徊,欲进不能。"④

在《山地笔记》中,运用具体形象的语言成为贾平凹自觉的语言追求。在《结婚》中作者借助木匠老汉的眼睛书写张老三走得急,他这样写:"他身上的褂子全湿了,后心上印着白圈,破腰袋上的酒葫芦,一荡一荡的,几乎快要荡遗了。"⑤作者通过具体形象的细节写出了张老三焦急的心理。此处对张老三的描写,与《废都》开头对收破烂老头的描写如出一辙,既具体又有趣味。《牧羊人》中,作者书写第一次见到斗羊姑

---

① 贾平凹:《山地笔记》,上海文艺出版社,1980年,第289页。
② 贾平凹:《关于散文》,生活·读书·新知三联书店,2015年,第1页。
③ 贾平凹:《关于散文》,生活·读书·新知三联书店,2015年,第2页。
④ 贾平凹:《关于散文》,生活·读书·新知三联书店,2015年,第2页。
⑤ 贾平凹:《山地笔记》,上海文艺出版社,1980年,第220页。

娘的情形:"我走出来,太阳很暖和,草坪子里吹过一股水气和青草的甜味。我倚在栅栏边,正要去摸羊头,屋后的梢林里'叭'地一声,立即就有一只鸟儿飞过来,在空中盘旋了一阵,翅膀一斜,垂直地跌下来。我过去捡起来,原来是一只中了弹的野鸡子。这当儿,梢林又响起了人声:'喂——又打中了一只?''它撞到我的枪口上了!''打了几只了?''第五只了。'"[1]作者书写这一个场景,动静交替,人未到声先到,并采用多层次的反衬之法来书写斗羊姑娘,给读者留下很大的悬念。《回音》中书写山路弯曲,作者也是运用形象思维:"山是那样的高,一钩小小的残月就搁在上边;河水七扭八扭地流下来了,却埋不住石头,在那里翻着雪的浪花。"[2]一个动词"搁",就借月的低映衬出了山的高。作者用语具体准确又描写细腻,"翻着雪的浪花"与"七扭八扭"的河水相得益彰。在关于语言的论述中,贾平凹表示,要"多用新鲜准确的动词……生动,生动,活的才能动,动了方能活呢"[3],足见贾平凹对词语锤炼的重视。

当然,语言的运用与文体的选择有关联,《山地笔记》中的小说,客观叙事居多,对话和场景描写居多,具体形象的语言是描写和对话的基本要求。在贾平凹后期作品中,他充分发挥白描语言的特点,在形象的语言中饱含真情,让具体凝练的语言充满意蕴。如同《爱与情:〈满月儿〉创作手记》中所写:"我只想谈谈创作之外的话,谈谈爱和情。"[4]语言是表达情感的符号,贾平凹这一组作品里,表达着作者对山地的热爱,对山乡之地老百姓朴素的真情,也表达了青年贾平凹对爱情的憧憬和对事业的向往。这一组作品里饱蘸着作者质朴而纯真的感情,因而字里行间充满浪漫的情愫和对真善美的追求。比如写到山地的美:"雾色开始退去,太阳照在阳坡上,坡上的青草泛绿,这儿,那儿,游动着一群

---

[1] 贾平凹:《山地笔记》,上海文艺出版社,1980年,第39—40页。
[2] 贾平凹:《山地笔记》,上海文艺出版社,1980年,第47页。
[3] 贾平凹:《关于散文》,生活·读书·新知三联书店,2015年,第4页。
[4] 贾平凹:《关于小说》,生活·读书·新知三联书店,2015年,第2页。

一群的羊,象飘山的云朵,飘着飘着,就驻在山峁上,蓝天立即衬出它们的剪影来,一声鞭响,那云朵便炸开了"①。读者在作者动情的文字描绘下,也像牧羊女一样爱上了这里。写到山里的老百姓,作者在《第一堂课》中写深山大队老支书赶驴车的情景:"她叫了一声,一股风却把话刮跑了;老汉并没有听见,只使劲牵毛驴;毛驴不走,他扬起了鞭子,不抽,只拿鞭杆在驴后腿弯捅捅;驴始终没叫唤,四蹄一阵走马灯似的跑,石板路上的薄雪,便无声地搅着花团。"②此处借俊秀的眼睛书写老支书赶驴的情景,是具体的细节描写,扬了鞭子却不抽打,驴在石板路上飞快地跑却没有声音,与后文为驴子包蹄捂嘴、不扬鞭摘铃铛的事实对照,都是为了不影响俊秀上第一堂课,突出老支书心思的细腻和质朴的性格,也写出了山乡教育离不开这些诚恳质朴的老乡们的支持。比如《满月儿》写月儿的"笑",每次笑场的缘由都不一样,把一个女孩子的率真可爱写得活色生香,这背后是作者对人物的爱与情。情到浓处,语言就有了诗意。

贾平凹善于营造意象,语言在他的笔下往往具有双重意蕴,这在《山地笔记》中也得到了充分展现。诸如在《满月儿》《竹子和含羞草》《乍角牛》《成荫柳》《曳断绳》等作品中,这些作品的题名都是物象,但又不单纯是物象,而包含着丰富的言外之意,它们是作者创造的意象,在每一个客观的象之外,都寄予丰富的情感和思想,充分体现出贾平凹掌握了汉语的表现性特点,发挥其"隐秀"的一面,赋予语言"简而不竭"的意义。诸如"满月儿"是小说中两个人物的组合,分开是两个人物,合起来又是统一的整体;"竹子和含羞草"不仅仅是自然的植物,这两个植物背后是两个人物的映衬,是对美好爱情的憧憬,这是人与物合一;"乍角牛"是以牛的性格隐喻人的性格;"曳断绳"成为人物形象身上最鲜明的性格标记。

《山地笔记》作为贾平凹试验期的代表作,通向的是一个作家后续

---

① 贾平凹:《山地笔记》,上海文艺出版社,1980年,第37—38页。
② 贾平凹:《山地笔记》,上海文艺出版社,1980年,第30页。

的生长空间问题，以《山地笔记》为例分析贾平凹小说的文体特征尤为必要。一个作家的创作风格在其早期作品中更多体现在其对文学形式和文体的追求上，一个在早期创作上即表现出很强文体意识的作家，能运用多种文学手法结构小说、叙事手法多样的作家，他的艺术成长空间往往也较大。分析作家早期作品的文体特点，对于溯源其文艺风格的形成和客观评价作家和作品有很大的帮助。《山地笔记》中的诸多文学手法和形式，在贾平凹后来的小说写作中不断被发扬光大，形成独具特色的贾氏风格。

欲望叙事下的三重想象空间

——《废都》与传统世情小说结构

鲁迅在论及明代人情小说时，曾称《金瓶梅》为"世情书"之最，并称世情小说重在"描摹世态，见其炎凉"[①]。杨义论及明代世情小说近市井人情，远历史传奇。世情小说从写作题材方面关注人情冷暖，"人物命运的盛衰之变以及人情冷暖的与时俱迁便成为小说描写的主要内容"[②]。作为传统文人独立撰写的小说，以《金瓶梅》《红楼梦》等为代表的世情小说，在文体上的创新更有价值和意义，这首先表现在世情小说摒弃了传统话本小说的缀段式结构，发展为单体式结构，从"缀段式"到"单体式"，更强调艺术构思的统一性。其次，将传统单一的线性结构发展成网状结构。石昌渝认为："长篇小说由联缀式转变为单体式，由线性结构转变为网状结构，这是中国小说文体发展的一次飞跃。"[③]再次，作为世情小说的鼎峰之作，《红楼梦》将写实和诗意融合，开拓了小说虚实结合的审美境界。陈文新等人认为，诗意和写实的充分融合，"使《红楼梦》具有双重审美功能：作为生活写实的功能和作为象征文本的功能"[④]。情节结构方面的虚实结合丰富了小说的结构形式。

从描摹世态、书写人情的层面来看，《废都》可称得上最具世情意

---

① 鲁迅：《中国小说史略》，郭豫适导读，上海古籍出版社，1998年，第125页。
② 陈文新、余来明：《〈红楼梦〉对人情小说传统的扬弃与超越》，载《红楼梦学刊》2003年第3期。
③ 石昌渝：《〈金瓶梅〉小说文体的创新》，载《文学遗产》1990年第4期。
④ 陈文新、余来明：《〈红楼梦〉对人情小说传统的扬弃与超越》，载《红楼梦学刊》2003年第3期。

味的小说。《废都》放大了男女两性的欲望书写，借此照见经济转型背景下城中各色人等的生活世界，而夯实这座文艺建筑基础的是男女两性世界。书中男女四五十人，且互相牵连，每一个人都是在和他人的联系与纠葛中被牵引被表现，个人欲望也因这牵引和挟裹被放大。如何在这相互牵连的世界里表现姿态横生的男女关系，小说结构的设置非常重要。《废都》没有采用传统的线性结构，"线性结构是指情节由一对矛盾的冲突过程所构成，矛盾一方的欲望和行动仅止受到矛盾另一方的阻碍，情节表现为线性的因果链条"。《废都》的结构更像网状结构，网状结构中小说情节像一张蜘蛛网，小说中的人事线索关系复杂且相互牵连，没有一个统一的线性的因果链条，"这种结构切近生活的实际情形，是小说结构的高级形态"[①]。在《废都》中，每一个人物都和他人发生关系。站在庄之蝶的视角，讲述与庄之蝶有关的人事，站在牛月清的立场，讲述与牛月清相关的人事。每一个人都可成为作品中的一个透视点，这种散点透视的小说结构，关注的是日常生活中人与人之间关系的呈现，小说的结构线索是复杂立体的。

如果单纯讲述人物关系，在关系中凸显人物，就比较写实。小说作者要在对现实生活的呈现中，传达他对生活形而上的理解。如上所述，作为传统世情小说的代表，诸如《金瓶梅》《红楼梦》等，在扎实的写实中构筑虚幻的情景，通过虚实相生的故事情节表达对生活的想象。建立在想象基础上的文字，比单纯呈现生活的文字更能激发读者的思考和回味，也更接近文学的本质。比如《红楼梦》中跛足道人和空空和尚挟了未得补天的石头下凡以及关于石头的想象是小说想象的第一层面，神瑛侍者和绛珠仙草的神话原型是小说的第二层面，贾宝玉衔玉诞于簪缨望族的贾家并经历人生的起落是写实的层面，在写实与写虚的辉映中，传达丰富多元的人生蕴含。

[①] 石昌渝：《〈金瓶梅〉小说文体的创新》，载《文学遗产》1990年第4期。

一

　　《废都》在男女关系的层面上也是虚实相生，作者在结构设计上至少提供了三重想象空间，这就使作品具有了现实层面之外更丰富的人生蕴含。诸如关于四朵花的人生隐喻，花开四朵又突然湮灭，是构思的奇异之处。但这个奇异的想象并非只表达神秘意味，而属于关涉人物命运的意象象征。中国传统小说强调"字无虚用，事无虚设"[①]，《废都》以花开奇异又离奇死亡、天上出现四个太阳、收破烂老头的叫卖声以及古城墙上的埙音等四个事件揭开了长篇小说的序幕，人物的命运、故事的展开、作品重要的结构线索等都在小说开头有隐喻和伏笔。其中，四朵花和四个太阳是整体立意上的以象写意，比如四朵花象征着故事里最重要的四个女人的命运，天象变异暗示废都城市社会和文化环境的变化，这些奇幻想象是小说的超越视角。收破烂老头的叫卖声和埙音在书中反复出现，是背景和氛围烘托。中国传统诗文中有先言他事以引起所咏之事的比兴手法，经常在诗歌中运用，后来发展成借象立意的手法。诸如"原来姹紫嫣红开遍，似这般都付与断井颓垣""明媚鲜妍能几时，一朝漂泊难寻觅"等，有借花的意象传达对女性悲剧命运的慨叹。《废都》中花开四朵又离奇死亡的故事，作为意象，和作品中人物命运相辉映，在小说开头具有主题预设和结构牵引的作用。

　　首先，四朵花映照四个女人的命运，这是结构上的伏笔。开头两个关系死死的人物，从杨贵妃墓地取土回来，未下花种，即结出四朵花，这两个关系死死的朋友，一是孟云房，一是书中核心人物庄之蝶。庄之蝶无意中将花用开水浇灭，他自己也大病不起。这里出现了一个人物和四朵花的联系，暗示书中庄之蝶与四个女人的关系，这是结构上的隐喻。小说的主要叙述线索也是围绕庄之蝶和牛月清、唐宛儿、阿灿及柳月四个女人展开，孟云房始终作为旁观者，见证了庄之蝶和四个女人的

[①] 浦安迪：《中国叙事学》，北京大学出版社，2018年，第76页。

悲剧结局。小说开头庄之蝶大病一场与结尾他在火车站中风首尾呼应，体现了象征层面与现实层面的对应关系，表现了贾平凹在结构设计上非常重视虚实关系的处理，也是"事无虚设"的表现。

其次，花的离奇死亡隐喻书中四个女性的悲惨命运，这是主题的预设。花开四朵好景不长是智祥大师测字卜算的，恰与书中四个女人的命运相映衬。牛月清、唐宛儿、阿灿和柳月都生得美貌，乃人间尤物，四个女人最后的结局都是悲剧，这里暗含作者对生活和人生的反思。牛月清素性不爱打扮，和庄之蝶离婚后，却去美容院文了眉，整了容，把自己变成曾经最憎恨的模样。唐宛儿本性爱自由爱美容，因为美丽逃脱夫家，结识周敏和庄之蝶，但唐宛儿的结局是被夫家劫回，身体被捆缚，更遑论用美取悦于人。阿灿的美在庄之蝶面前得到了尽情的展现，阿灿认为这样的美也只有面对庄之蝶时才有价值和意义，但阿灿最后却将自己的脸庞划破，将美的价值毁灭，让美只存在于回忆和想象中。柳月也是美丽的，却像物品一样被庄之蝶赠送给市长，美在这里被践踏和利用。

最后，未下种子即长苗开花，这也是关涉小说主题的大关节。作者并非为我们讲述所谓的男女关系，而是借男女关系表达身体和精神上的阳痿现象。"无种"或是主体意识缺乏的隐喻，是主人公身体和精神都无奈沉沦的暗示。牛月清是庄之蝶的妻子，庄之蝶在其妻面前有阳痿的倾向。而其他三个女人，激发了庄之蝶的本能欲望，但也只是昙花一现，庄之蝶最后在身体和精神上沉沦萎缩。如果从写实的层面来看，庄之蝶与这四个女人之间也并无子女。没有种子，喻示其"种"有先天缺陷的因素。贾平凹善于借助人物的结局来进行主题隐喻。比如《秦腔》中夏风和白雪生了一个没有屁眼的小孩，小孩的残缺寓意两个人物背后两种文化在特定时代背景下难以融合。《古炉》中霸槽作为"文革"中争斗的一方被枪毙了，可作者却让他的儿子生了下来，这里面也包含隐喻，这种暴力性因素有遗传的基因，并不会随着父亲的死亡而湮灭。借助人物结局进行隐喻，是传统小说的特色。

贾平凹擅长在小说开头埋下小说后文情节发展的线索。《秦腔》的开头仅一句:"要我说,我最喜欢的人还是白雪。"①这句话,是小说的引子,也预设了后面故事的发展,小说中引生对白雪的痴恋也是小说贯穿始终的线索。《山本》的开头是"三分胭脂地,竟然使涡镇的世事全变了"②。"三分胭脂地"在小说中意味颇深,联系起了陆菊人和井宗秀的关系,开启了两人在后来发展过程中镜鉴般的观照关系。《废都》的开头在结构设计上,和《秦腔》《山本》一样,既预设了小说的主题,又是小说结构线索的隐喻。但恰因超越现实的隐喻,开拓了作品的想象空间,包含更丰富的人生蕴含。

二

作者在写不同女人的过程中,从未单纯书写女性,尤其是写到男女之事,总有一客观之物作为映衬。在小说中,与人物形成密切关联的物象具有象征作用,这也是重要的细节意象。比如写到唐宛儿,会写到鞋与铜镜。写到柳月,会写到唐仕女和铜镜。写到牛月清,会写到鞋子。写到汪希眠的女人,就有一枚铜币。鞋、铜镜和唐仕女意象与不同的人物相互映照,在作品中反复出现,在叙事过程中形成对比、呼应和映衬等叙事结构特征。如上文所说,贾平凹在小说结构虚实关系的处理上,注重"事无虚设","事无虚设"强调的是事与事之间的互涵和对应关系;反复出现的细节意象,也体现了中国传统美学中"互涵和交叠的观念"③,是中国传统美学和哲学观念在小说叙事中的表现。

比如《废都》中的古铜镜。庄之蝶从赵京五家得到两枚镜,都是唐代的,一枚是双鹤衔绶鸳鸯铭带纹铜镜,一枚是千秋天马衔枝鸾凤铭带纹铜镜。庄之蝶第一次和唐宛儿肌肤相亲时,就送了其中一枚鸳鸯镜给唐宛儿,有寓意鸳鸯双宿双飞的含义。在这之后,他们也有过如鸳鸯般

---

① 贾平凹:《秦腔》,作家出版社,2005年,第1页。
② 贾平凹:《山本》,作家出版社,2018年,第1页。
③ 浦安迪:《中国叙事学》,北京大学出版社,2018年,第76页。

的相亲相爱，但唐宛儿最终被其夫劫回潼关，庄之蝶和唐宛儿之间，终是身心灵肉难以两全。庄之蝶说："你我本来应该在一块的，都不得不寄存在别人那里。"① 这也是富有寓意的点拨，庄之蝶企图借助他人寻找生命欲望的结局必然是悲剧的，同时也说明美好愿景和残酷现实就像《红楼梦》中的风月宝鉴，顾此就会失彼，愿景难以两全。送柳月铜镜是在柳月嫁人的前夜。柳月说："你把我、把唐宛儿都创造成了一个新人，使我们产生了新生活的勇气和自信，但你最后却又把我们毁灭了！而你在毁灭我们的过程中，你也毁灭了你，毁灭了你的形象和声誉，毁灭了大姐和这个家！"② 镜子照出了人的欲望和痛苦，或镜子就是欲望的隐喻，镜子后面不同的女人性情各不同，但根底都是欲望的出口。小说中有一情景，庄之蝶向孟云房要了清虚庵左边楼上五层十三号房间的钥匙，邀唐宛儿在房子里过夜。也就在这晚，柳月到牛月清床上睡，夜半如在梦中，都梦呓到男女之事，这三人一晚上以这种方式被联系在一起，是否说明这三人和庄之蝶的联系是被两性欲望连在一起的呢？如果说，欲望是一种生命力，庄之蝶缺乏本能的生命力，庄之蝶求缺的方式就是寻找新的能激发生命欲望的力量，他找到唐宛儿，后来找了柳月和阿灿。他把与唐宛儿幽会的房子命名为求缺屋，把女人，或是把欲望作为破缺的法宝，庄之蝶沉沦在身体欲望中不能自拔，其精神状态也愈加焦灼无奈。小说结尾，不仅一个女人都没有留住，自己也在火车站晕倒，这充分说明，沉沦在身体本能的欲望中，只会使身体进一步衰弱。身体沉沦了，精神又向何处栖居？

　　贾平凹写两性世界，找到了一个很好的参照物。铜镜不是以史为鉴，作者借此牵连起男女两性的世界，是联系男女关系的一个媒介。在《山本》中，井宗秀和陆菊人之间也有一枚铜镜相互映照。小说开始，井宗秀将从一亩三分地里挖出来的铜镜送给陆菊人，陆菊人和这枚铜镜在小说中起的是镜鉴作用，陆菊人和井宗秀就因铜镜而成为一对相互映照

---

① 贾平凹：《废都》，北京出版社，1993年，第428页。
② 贾平凹：《废都》，北京出版社，1993年，第460页。

却具有一体两面性质的人物，是贾平凹继承古典小说塑造两两对应人物的杰出范本。井宗秀与事功的一面，诸如革命战争、英雄逞强等紧密相连，陆菊人则代表有情的面向，与民间的日常生活，与淡泊如菊的人生态度相关联。井宗秀与陆菊人在作品中既是人物之间相互映照的关系，也是结构上的映照，贯穿作品始终。铜镜作为联络两者的媒介，成为作品中重要的贯穿性意象，牵引出事功与有情以及善恶美丑等的面向。

在《废都》中，除了镜子，还有一个映衬的意象，就是庄之蝶书房里的唐仕女，夏捷说这仕女模样像柳月，庄之蝶也说仕女眉眼活泛，如柳月一个样，建议柳月经常来书房坐坐看书。柳月在庄家是保姆，也沾得书香气，但就像书架上摆放的唐仕女一样，命运由不得自己，最后也落得仕女的命运，由庄之蝶摆弄，唐仕女是柳月形象的一个映衬。无论镜子也好，唐仕女也好，贾平凹看重的是物象背后的隐喻含义以及物与人之间互为映衬的互涵关系，他发挥象喻与事实之间的对应关系，将意象和人物关联，强化人物性格或命运的某一方面特征，强调人物的精神属性。

三

作者写庄之蝶与四个女人的关系，目的是突出男女两性的欲望。《废都》最核心的部分也是呈现男女两性的身体欲望，可以算作欲望叙事的典型文本。除了通过以类似《金瓶梅》的笔法来实写两性的交媾，作者还设置"鞋"这一意象，通过他们对鞋的态度，暗示他们的文化身份，表达更深层的生命欲望。

鞋是作品中与人物密切关联的细节象征。在中国文化里，鞋也是男女情爱的隐喻，"鞋者谐也，夫妇在合"。谐，便是夫妻和谐，而一旦不和谐也便自然而然地出现了乱伦、偷情。"鞋作为两性关系的见证和某种意义上的守护神，它所象征的总是婚姻规范之外的某种性关系。"[①]在西方文化的隐喻中，鞋是女性生殖器的象征。弗洛伊德说："一切中

---

① 叶舒宪：《高唐神女与维纳斯》，陕西人民出版社，2005年，第593页。

空的物体在梦中均可作为女性生殖器的象征，小箱子、柜子、橱子、炉代表着女性器官，洞、船、各类容器等也有相同意义。"[1]鞋和脚与性有内在而天然的联系，中国传统女性裹脚，从男权的角度来说，是通过对女性身体的摧残来满足男性主体的欲望，这欲望首先是身体本能的欲望。《金瓶梅》中的潘金莲就是因为脚如金莲而著称，潘金莲也是小说中性欲望最为强烈的人物。在当代作品中，写到女性的小脚，如《红高粱》和《废都》，都有性引诱的成分。《废都》中关于脚的描写牵涉出三个女人，通过牛月清、唐宛儿和柳月的脚的对比，以及因鞋和脚而引发的庄之蝶对她们的态度，充分说明鞋在作品里是一个象征性的媒介，引导着庄之蝶的感情生活，助推了庄之蝶和女人们的故事的进展，而且还暗含由鞋而生的身份认证和观念表达。私情的缔结、身份的标示以及故事的进展等，都是借助鞋意象的不同文化编码来完成的。

小说中最初关于鞋的文字，出现在周敏夫妇宴请庄之蝶之后，庄之蝶受邀去观看阮知非排的一台节目，后回到阮知非家里，阮知非为庄之蝶介绍鞋子。阮知非卧室的壁柜，尽是各式各样大小不一的鞋子。阮知非说："我喜欢鞋子……这每一双鞋子都有一个美丽的故事……这一双是前日西大街商场朱经理送我的，它没编号，没故事的……"[2]阮知非把这双鞋送给庄之蝶。结合后文的叙事，阮知非和鞋的故事，是和女人的私情故事，鞋成为缔结男女私情的媒介。

庄之蝶拿鞋回家给牛月清，牛月清说高跟鞋是刑具，穿上高跟鞋，就什么也不要做，专等着别人来伺候。当庄之蝶把这双鞋又送给唐宛儿时，唐宛儿表现出和牛月清不一样的态度，她"穿了新鞋，一双旧鞋嗖地一声丢在床下去了"[3]。这句暗含隐喻，唐宛儿丢一双旧鞋毫不在乎，所以能丢了丈夫厮跟周敏来西京，也能丢了周敏，一心想着庄之蝶。牛月清说，她只穿北京产的鞋，对鞋的专一与对男人的专一或许在这里可

---

[1] 弗洛伊德：《梦的释义》，张燕云译，辽宁人民出版社，1987年，第332页。
[2] 贾平凹：《废都》，北京出版社，1993年，第34页。
[3] 贾平凹：《废都》，北京出版社，1993年，第53页。

以对等。作者通过这两个女人对待鞋的不同态度，传达了她们对婚姻和爱情的态度，背后是各自价值观念的表达。连接牛月清和唐宛儿的鞋，背后是传统和现代女性的区别。在贾平凹的另一部小说《高兴》中，高跟鞋也是一个重要的意象，联系着孟夷纯和与刘高兴分手的农村女人，代表的是农村女性和城市女性的不同。

庄之蝶和唐宛儿第二次见面，突出写了唐宛儿的脚，和牛月清"脚肉多且宽"形成对比，唐宛儿的脚"小巧玲珑，跗高得几乎和小腿没有过渡，脚心便十分空虚，能放下一枚杏子，而嫩得如一节一节笋尖的趾头"。庄之蝶说他从未见过这么美的脚，"这就活该是你的鞋了"[①]。庄之蝶给唐宛儿送鞋，鞋是确定两人婚姻之外暧昧关系的媒介。关于庄之蝶和唐宛儿的关系，作者一方面通过庄之蝶送鞋来传达，一方面通过叙事上的照应来强调。庄之蝶第一次见唐宛儿，是公开场合，周敏请庄之蝶来家宴。第二次送鞋是私会：庄之蝶和赵京五、农药厂黄厂长一块去街上吃饭，庄之蝶说新结识的朋友在清虚庵附近，此地离清虚庵不远，庄之蝶并未去清虚庵，而去了唐宛儿家。这一节和之前孟云房本去周敏家吃饭，却出门暗会清虚庵的慧明形成"锦屏对峙"的结构映衬，都是在吃饭间隙，都与清虚庵有关，都是暗会情景。

鞋在庄之蝶和唐宛儿的幽会中，起着非常重要的作用。等到庄之蝶第三次见唐宛儿，作者通过庄之蝶的眼睛，细写了唐宛儿的脚："一只腿斜着软软下来，脚尖点着地，鞋就半穿半脱露出半个脚后跟"。妇人说："这鞋子真合脚"[②]。这里写脚，已经包含性诱惑的意味。庄之蝶送鞋，唐宛儿接受鞋，这是两人身份关系的第一层次；经过庄之蝶和唐宛儿的媾和，庄之蝶和唐宛儿各自在彼此的身体里找到了生命价值所在。作者由鞋牵引的欲望关系，背后有没有更深层的思想观念？有论者对比《废都》与《灰姑娘的故事》来说明，灰姑娘版的王子寻找鞋的主人，鞋是确认灰姑娘身份的唯一标识。在《废都》中，庄之蝶也是用鞋来确认鞋主

---

① 贾平凹：《废都》，北京出版社，1993年，第53页。
② 贾平凹：《废都》，北京出版社，1993年，第83页。

的身份：他先让牛月清穿高跟鞋，牛月清觉得是刑具；他又让唐宛儿穿，唐宛儿穿上刚合适。"寻鞋主"一方面是鞋主身份被确认，一方面也是自我身份确认的过程。正是唐宛儿的身体，激发了庄之蝶本能欲望的重生。从后文的发展中我们看到，庄之蝶在这种被激发的生命欲望里无法自拔，他和唐宛儿一次次偷情，享受生命的快感，但也承受精神的压力。他每一次在身体中获得快感，所遭受的精神负担就更沉重；他一次次在身体欲望的释放中使生命得到飞升，又一次次在生命飞升中经历精神沉入谷底的绝望，灵与肉的背离在他这里得到了很好的呈现。丁帆认为，贾平凹将"以快乐原则为核心的性欲快感"转化成"一种苦难的悲剧生命美感"，从对原始的肉欲的爱的追求中，产生出精神的悲苦的爱。[①] 欲望描写是贾平凹借此写出现代知识分子内心焦灼矛盾无以自处的手段。

四

无论是四朵花，还是铜镜与唐仕女，以及象征男女欲望的鞋意象，都是作者的表现手法，多层次立体化地表现了作者对男女关系的认识，以及经由男女关系来传达某种文化和社会现象。如果说以上意象是作者构思上的虚笔，那么，以类似《金瓶梅》的笔法来书写两性的交媾，用大胆裸露的笔墨叙写庄之蝶和唐宛儿、柳月、阿灿等的关系，放大女人或性在作品里的表现，就是作者在性描写上的写实手法，这也是被评论界最为诟病的一面。这表现出贾平凹突破性禁区的大胆的一面，其实也是通过赤裸裸的两性欲望，反映庄之蝶在欲望方面的焦灼与困惑。

周政保认为，如果小说描写仅仅以含蓄的方式点到为止，那庄之蝶的精神衰落与道德颓唐，乃至灵魂的最后沉沦（他的"废"），便难以展示到现在这般令人沉思的地步。《废都》在两性关系上的写实，也是对人物生存真相的刻画，不淋漓尽致地书写，无以透视知识分子身心与灵肉的矛盾。陷入身体中无法自拔是知识分子沉沦堕落的一种表现，作

[①] 丁帆：《萎缩变异文化形态的历史镌刻——〈废都〉的匆匆解读》，载《文艺争鸣》2017年第6期。

者不仅仅是书写一种欲望的麻醉状态,而是逼近灵魂地表达。庄之蝶的矛盾、困惑和焦虑一定意义上是时代在知识分子身上所投射的精神上的困惑和矛盾,作者不是通过拜金欲望呈现的,也不是通过权钱交易表现的,而是通过男女关系来呈现,这是贾平凹在题材选择上的一个特点。贾平凹善于写男女关系,而男女关系以及由此升华出的爱情、婚姻等被作者充分演绎和表现。比如《小月前本》中小月与才才、门门,《鸡洼窝的人家》中烟峰、麦荣与禾禾、山山等,作者借男女在爱情和婚姻关系中的观念变化映射社会时代的变迁。《天狗》中的师娘与天狗、李正,《黑氏》中的黑氏与木犊、来顺等,这些男女之间的爱情悲剧包含了人的文化心理的嬗变。《五魁》中新媳妇与五魁、丈夫,《白朗》中女人和白朗、山大王等,这些男女关系包含着对人的生命欲望的表现。贾平凹借助男女情感线索表达深层次的社会、文化和人性内容,男女两性欲望关系的背后包含着社会、文化、经济以及生命等多层面的内涵,这在《废都》中表现更为突出。

《废都》的男女关系与之前的小说正好相反,不是一女多男的关系,而是一男多女的关系。就像小说里钟唯贤所说:"'好像在一本书上看过,说女人是一架钢琴,好的男人能弹奏出优美的音乐,不好的男人弹出来的只是噪音。'妇人(唐宛儿)说:'这倒是对的。我也看过一本书上说,男人是马,女人是骑马的人,马的瞎好全靠骑马的人来调哩!'"[①]《废都》中关于"弹琴""骑马"的比喻,暗含男女之间有鲜明的主客体关系,一方对另一方有支配的权利。作品里唐宛儿和庄之蝶的对话也可作为例证:"作为一个搞创作的人,喜新厌旧是一种创作欲的表现!……我也会来调整了我来适应你,使你常看常新。适应了你也并不是没有了我,却反倒使我也活得有滋有味。反过来说,就是我为我活得有滋有味了,你也就常看常新不会厌烦。女人的作用是来贡献美的,贡献出来,也便使你更有强烈的力量去发展你的天才"[②]。唐宛儿的女性观念,其实

---

① 贾平凹:《废都》,北京出版社,1993年,第323页。
② 贾平凹:《废都》,北京出版社,1993年,第123—124页。

也是借唐宛儿之口传达作者对女性的态度，女人的美是为了男人的欣赏而存在的。在贾平凹的散文《说女人》中，他也表达了类似的观点。在小说中，作者借庄之蝶的口吻说明，女人可以激发生命力，这也强调了作者的男权意识，女人存在的目的和价值是激发男人的生命欲望。以女性作为客体说明、表现和烘托男主人公，目的正是表现男性比女性更容易传达这个时代来自物质、经济和文化上的困惑和矛盾。

在小说中，庄之蝶在经济文化转型期的文化困惑和身份困惑，通过两性欲望得到了深入表现。身体欲望和拜金欲望是消费主义时代对人性冲击最强烈的方面。在作品里其他三个文人那里，因拜金欲望而导致人格分裂的因素多一些，在庄之蝶这里，两性背后所承载的经济和文化因素更多。现代经济对传统文化的冲击，最先表现在婚姻和男女关系方面。传统的两性文化，正受到现代商业文明的冲击，四大文人中，夫妻关系几乎都名存实亡。周政保认为，《废都》之所以"废"，乃是因为"人废"；而在"人废"的个体传达中，庄之蝶于性关系方面的紊乱、放纵和泛滥，便是相当重要的内容了。庄之蝶的性道德或性规范不可约束或失控，标志一种传统伦理和道德在现代经济社会被不由分说地破坏和瓦解，这是个人的无奈，也是时代发展的必然。在现代商品经济的冲击下，庄之蝶的灵魂向往高邈，身体却无限下坠，灵与肉的分离是庄之蝶存在的绝望，也是非正常的知识分子的存在状态。

要书写经济转型下的欲望关系，向历史回溯，最具代表性的作品是《金瓶梅》，贾平凹确实也因在《废都》中运用了古代白话小说的白描手法和"此处删去多少字"的书写策略而被世人诟病，但也透露出《金瓶梅》和《废都》中的欲望书写与经济转型对人性的深层次影响有关。席卷全球的商业文明具有摧枯拉朽的力量，社会生产方式、经济关系，包括个人的价值观念和消费方式等都发生了变化，贾平凹是敏感的，他没有从人们的衣食住行等外在变化来呼应这场历史上最强烈的变革，而是通过知识分子所感受到的精神焦虑来表现，通过人的灵肉矛盾来呈现，既呼应时代变革，又触及人性深处。由于历史积习的缘故，关于欲望书写而不触及身体欲望本身,或是大多数文人所追求的。贾平凹书写欲望有写实的一面,这表现出他对传统性禁忌的大胆突破,但也是生存真相的展示。与此同时,贾平凹将虚笔——诸如以上分析的花开四朵又突然湮灭的神秘意象——作为小说的开头,具有主题预设和结构牵引的作用;铜镜和唐仕女等细节意象在作品中反复出现,在叙事过程中形成对比、呼应和映衬等叙事特征;象征男女欲望的鞋意象,表达深层的生命欲望,暗示女主人公的文化身份。三重意象的设计赋予了作品多层次的审美内涵,突破了单一的欲望书写,也展示了作者在小说文体创造上的价值。

贾平凹对传统叙事手法的承续

——从《废都》中的慧明说开去

《废都》开头写两个关系死死的朋友，就是孟云房和庄之蝶。但作者却宕开一笔，并未接着介绍这两个人，而是介绍西京城里充满魔幻的神秘事件：没下种子却花开四朵，天上莫名出现了四个太阳，一个收破烂的老头偏唱着能流传全城的谣儿，听着谣儿，孕璜寺的智祥大师看见天空交相射出了七道彩虹，距西京二百里的法门寺，发现了释迦牟尼的舍利子。小说的神秘性开头，犹如传统小说中的"楔子"："为整个情节制造一个观念的框架，阐述作品的主题思想，或者暗示人物命运和情节归宿，在全部情节中，它具有某种总纲的性质。"[1]《废都》的开头，是一个"宏大的结构的最初的启动"[2]，花、太阳和彩虹的意象呼应天之异象，是小说反常的环境背景和文化背景，也喻示人物的命运，同时给作品增加了混沌苍茫的含义。由七道彩虹写到智祥大师，又由智祥大师写到孟云房和收破烂的老头，转入现实的叙事。在小说结构设计上，运用中国古典小说惯用的叙事策略，"以叙事结构呼应'天人之道'"[3]，神秘虚幻的想象与现实的人事形成虚实、天人之间的呼应，智祥大师则是勾连天人、虚实之间的桥梁。

在小说写实的层面，作者叙写因着种种怪异，孕璜寺的智祥大师举办初级练功学习班，孟云房就是其中坚持学习了三期的那一个。孟云房

---

[1] 石昌渝：《中国小说源流论》，生活·读书·新知三联书店，2015年，第27页。
[2] 杨义：《中国叙事学》，商务印书馆，2019年，第62页。
[3] 杨义：《中国叙事学》，商务印书馆，2019年，第60页。

作为小说贯穿始终的人物，其结构性作用功不可没。由他引出了慧明，由慧明引出了周敏，并介绍给孟云房，由周敏引出唐宛儿，周敏请教写作问题，特写庄之蝶，由庄之蝶引出赵京五，赵京五引出柳月，孟云房给周敏介绍废都人物图谱引出四大文人，四大文人之间各有联络。孟云房、慧明、赵京五等属于结构性人物，目的在于扩大小说的人物版图，人物版图的扩大也意味着生活面的扩大。这样，由人物带动生活，形成混沌淋漓的生活叙事。李敬泽在分析《废都》的结构时说："《废都》是一张关系之网……让广义的、日常生活层面的社会结构进入了中国当代小说，这个结构不是狭义的政治性的，但却是一种广义的政治，一种日常生活的政治经济学。"[①]这种由人与人的关系织成的结构之网，是石昌渝所说的网状结构，网状结构更"切近生活的实际情形"[②]，具有如下特征：一是小说中存在多条结构线索，与线性结构中注重因果相连的叙事链条不同，作者将写作的注意力放在了不同线索之间的牵连方面；二是各条线索之间矛盾纠葛如网络状，强调各结构线索之间的转化，线索之间的转化不是靠因果关系推动，更多靠场面连缀和细节推动；三是各条线索之间的力量相互牵制，每个人的意志和行动都同时受到不止一方的牵制，多方交错的力量导致了最后的结局。

《废都》是一部由人与人的关系勾连所编织的网状结构小说，每个人物在整个小说的结构中都具有重要意义。从小说的结构线索来看，慧明属于干枝结构上的人物。慧明把周敏介绍给孟云房，周敏才因此在西京城里立足，结识庄之蝶，惹出一场贯穿小说始终的官司，慧明的无意之举，引发了一场撬动社会各阶层、暴露官场腐败和知识分子糜烂生活的大戏。也因慧明介绍，周敏在孟云房和庄之蝶的人际圈子里游刃有余，庄之蝶进而钟情唐宛儿，最后落得毁了声誉，毁了家庭，这一众结局，起始根源都在慧明牵线周敏。等到庄之蝶和唐宛儿婚外情事发，庄之蝶家庭破裂，其妻牛月清找的还是慧明。可以说，作为结构性人物，

[①] 李敬泽：《庄之蝶论》，载《当代作家评论》2009年第5期。
[②] 石昌渝：《〈金瓶梅〉小说文体的创新》，载《文学遗产》1990年第4期。

慧明间接参与了庄之蝶的生活如何起烽烟，又如何结局。

慧明作为庞大网状结构中的一条支线，作者也对其进行了严密细致的结构编织和笔笔分明的细节叙述，体现了贾平凹高超的叙事技巧。具体表现在以下几个方面：一是贾平凹注重把人物放在人与人以及事与事的牵连中叙述，体现出高明的结构转场技巧；二是作者不仅突出人物在整体结构中的地位，也突出人物本身的特点，在具体的人物叙事上有特写有虚写，虚实相生，有首尾有起落，腾挪跌宕，采用多视角叙事，人物面貌丰富而不单调，将人物放到人物关系中去写，自然形成人物之间的对比和互补；三是慧明这条线索与主要线索形成互为牵制的力量，也起到丰富和完善作品主题的作用。关于慧明的写作技巧，表现了贾平凹在承续和借鉴传统叙事技巧方面的特点。

一、"事隙"叙事与空间转换技巧

关于慧明的事件和细节，文中出现六次。作者深谙叙事之法，不花大力气单纯叙写一人一事。这六次叙写，都非专为慧明作传，而是穿插在其他人物、事件和场面之中，是典型的"事隙"之作。浦安迪认为，西方文学的叙述传统注重故事情节头、身、尾的连贯性，中国的叙事传统习惯于把叙事重点放在"事隙"上，"事隙"是指事与事的交叠处，或是事与事的关系。[①]这是因为中国叙事传统注重叙事的空间转化，一事常常被另一事打断，事与事的空间转化比起按事件的时间发展顺序进行叙述的连续性叙事，更能突显叙事的自由化。空间叙事一方面使叙述节奏跳脱了死板的线性叙述，使行文活泼有趣；另一方面能突出作者谋篇布局和裁剪素材的能力，便于突出写作者的主观感受。

当然，浦安迪认为西方文学叙事重过程而善于讲述故事，中国文学叙事重本体而善画图案，这是因为中西方文学的原型思维不同，西方文学以时间为轴心，中国文学以空间为核心。文学叙事是一个不断发展的

---

① 浦安迪：《中国叙事学》，北京大学出版社，2018年，第56—57页。

过程，叙事节奏的自由以及在叙述过程中获得意义的快感是作家们极力追求的。米兰·昆德拉在论述西方小说的发展时认为，故事情节中紧密的因果链条是故事的"专制"，对故事的消解和罢免，是在长长的因果连接的走廊中"到处打开离题和插叙之窗"[①]。在中国，人们之所以尊《红楼梦》为小说叙述艺术之极致，就是《红楼梦》在离题、插叙等叙述的空间转场方面技艺高超。关于慧明的六次描写，都是将与慧明有关的人和事穿插在别的人物和事件之中，表现了作者在叙述事与事以及事与人的关系转换上，具有自然无痕的转换技巧。

慧明第一次出场运用的是"重作轻抹"的转场叙事。"重作轻抹"是脂砚斋评《红楼梦》的笔法，主要用于场面或事件之间的自然过渡。《红楼梦》在叙事上和《水浒传》《三国演义》不同，没有完整的故事情节，按照生活的自然面貌将多条矛盾线索和众多生活场面纵横交错地组织在一起。在叙事过程中，如何由一个场面过渡到另一个场面，由一个事件过渡到另一个事件，这种人物和事件的自然转换之法，就是"重作轻抹"。在脂砚斋评点《红楼梦》文字中，两次提到"重作轻抹"，一是第二十七回："《石头记》用截法、岔法、突然法、伏线法、由近渐远法、将繁改俭法、重作轻抹法、虚敲实应法，种种诸法，总在人意料之外，且不见一丝牵强。所谓'信手拈来无不是'是也。"[②]这里写了《红楼梦》种种叙述转换之法。在第三十八回，脂砚斋又说："题曰'菊花诗''螃蟹咏'，伪自太君前，阿凤若许诙谐中不失体。鸳鸯、平儿宠婢中多少放肆之迎合取乐，写来似难入题，却轻轻用弄水、戏鱼、看花等游玩事，及王夫人云'这里风大'一句收住入题，并无纤毫牵强。此重作轻抹法也。"[③]

贾平凹深得"重作轻抹"的转换方法，在叙述慧明第一次出场时，特写孟云房和慧明隔墙相会的场面，但两人相会是通过孟云房的妻子夏捷在饭桌上转述的。孟云房在孕璜寺智祥大师举办的练功学习班学

[①] 米兰·昆德拉：《帷幕》，董强译，上海译文出版社，2011年，第14页。
[②] 曹雪芹：《脂砚斋批评本·红楼梦》，脂砚斋评，岳麓书社，2015年，第277—278页。
[③] 曹雪芹：《脂砚斋批评本·红楼梦》，脂砚斋评，岳麓书社，2015年，第366页。

习了三期,自觉身上有气感,熟人聚会,众人说笑,谈到戒色,"夏捷也就笑了说:'我也等着他戒哩!'却拿眼乜斜过来,孟云房就脸红了。夏捷的话,只有夏捷和孟云房知道。原来学功期间,孟云房认识了寺里的小尼慧明。"接着话头,细笔交代了一番孟、慧趴墙头相会的情况,等到把孟、慧交往这一节写完,文章又自然过渡到众人吃饭。"此时,夏捷当着众人面暗示孟云房,孟云房脸红了,却说:'你不要说了吧,这也是作佛事,功德无量的。'众人更是不得其解"①。这一段叙事过渡无痕,从众人聚会的饭桌过渡到孟、慧暗会,再过渡到吃饭场景,孟、慧墙头暗会被细笔描绘之后又被轻轻抹去,就像空间挪移法一样,是典型的"重作轻抹"笔法。

文中第二次写慧明,用的是如脂砚斋所说的"岔法"过渡,是指在叙述一事件中,突然岔入另一件事。周敏在家请孟云房、庄之蝶等吃饭,庄之蝶迟迟未到,作者这样写:

孟云房切好了肉丝,炸毕了丸子,泡了黄花木耳,将鱼过了油锅,鳖也清炖在砂锅里,说:"街巷门牌说得好好的,他总不至于寻不着吧?我去前边路口看看。"就走到街上。路口处行人并不多,站了一会儿,却拐进一条小巷,匆匆往清虚庵里去了。②

然后叙述孟、慧私会的场面。再叙述半个时辰后,孟云房出了清虚庵,小跑往十字路口来,碰见庄之蝶在书摊前买书。两人闲聊后,庄之蝶说:"这儿离清虚庵近,你没去那儿?"③

从行文过渡来看,在叙述孟云房等人等待庄之蝶吃饭间隙,岔入孟、慧私会一节。作者细致叙写孟云房做好了厨房里的一切准备事宜,可见作者的叙述功力,这也是典型的春秋笔法——文约而事丰。作者叙述孟云房将遇大事(不可告知的私会)而不躁,暗示孟、慧暗会,非一日

---

① 贾平凹:《废都》,北京出版社,1993年,第8—9页。
② 贾平凹:《废都》,北京出版社,1993年,第24页。
③ 贾平凹:《废都》,北京出版社,1993年,第25页。

之事，将原本以为的偶然插入变成了有意为之。庄之蝶与孟云房的对话又说明，孟、慧的交往，庄之蝶是知道的，男女暗会在朋友圈子里也不是秘密的事。此节插入部分，与上文慧明第一次出场的情景映照，这次是暗会的深入描写，说明作者叙事非常细致，前有伏笔，后有照应。

从结构上来看，作者写孟、慧私会，与庄之蝶和唐宛儿之间的私会形成结构上的对称，这是"奇峰对插，锦屏对峙"的叙事手法，通过结构的对称安排实现对比。毛宗岗说："其对之法，有正对者，有反对者，有一卷之中自为对者，有隔数十卷而遥为对者。"①庄之蝶和唐宛儿第二次见面，也是庄之蝶暗中去唐宛儿家里，而唐宛儿的住处也在清虚庵附近。两个暗会情景遥遥相对，形成对称性的结构安排，突出作者行文结构的精细，也是反映知识分子群体生存状态的绝妙之笔。庄之蝶生活在这样的人物关系之中，其主体精神的失落也是在所难免。作者对慧明的前两次描写是特写，也是实写，用白描的手法细笔描写其形貌神态以及言语姿态，这在后文会有分析。

第三次和第五次慧明出场借孟云房和柳月之口说出，是虚写。孟云房给庄之蝶送符帖，作者通过孟云房之口说慧明惯会笼络人情，广结人脉，是女中豪杰。这个插入是伏笔，既伏慧明的升监院仪式，又是叙事情节过渡的伏笔。慧明要升监院一事，和庄之蝶、牛月清、唐宛儿三人之间的人情关系本是两条不太相干的叙事线索，如何让庄、唐的线索与慧明升监院的线索出现交集？作者使用了"隔年下种，先时伏着"的伏应法。毛宗岗说："善圃者投种于地，待时而发。善弈者下一闲着于数十着之前，而其应则在数十着之后。文章叙事之法亦犹是已。"②前文中，作者叙写在双仁府的院子里，雷声震响，雨点乍起，牛老太太疑神疑鬼的毛病犯了，逼着牛月清去寺里大和尚那儿讨符帖，孟云房拿来了慧明画的符帖，告诉庄之蝶明日慧明升监院，邀庄去。庄之蝶问孟云房要了清虚庵左边楼上房子的钥匙，又邀了唐宛儿去，这样后文庄之蝶和唐宛

---

① 罗贯中：《毛宗岗批评本·三国演义》，毛宗岗评，岳麓书社，2015年，第9页。
② 罗贯中：《毛宗岗批评本·三国演义》，毛宗岗评，岳麓书社，2015年，第8页。

儿去参加慧明升监院的仪式就顺理成章。

第四次写慧明升清虚庵监院，是慧明人生经历的高潮处，相比前两次近距离写人，这次重点写升监院的仪式和阵仗。升监院仪式属于环境描写，借助环境描写达到映衬和烘托人物形象的目的，属于人物的侧面描写法。

慧明升监院一节，作者首先使用第三人称全知视角叙述清虚庵的来历，慧明如何从一佛学院毕业的小尼挣得监院身份。再转换视角，借助唐宛儿、庄之蝶和孟云房等人之眼说明监院的仪式和阵仗，映照前文孟云房对慧明的评价。监院仪式越是盛大庄严，各界政要愈是光顾助兴，愈烘托和映衬出慧明的人情联络能力。这一节也体现了作家的叙事能力，如果这一节仅以监院之事为要，未免刻板。作者将庄、唐一线与监院一线并列叙述，在叙述清虚庵升座时不断插入庄、唐调情以及庄之蝶与朋友闲话等，这样，升座事件在多人视角下显现，慧明形象和升座事件的叙写也不显单调。

本节在后半部分的过渡上也自然巧妙，类似"偷笔"手法。"偷笔"也称"脱卸法"，卸去前一个情节系列中的人物，换上新的人物为主角，这是古代小说的叙事转换之法。金圣叹在评点《水浒传》第四十三回时说："所谓偷笔，则如此文是也。盖一路都是戴宗作正文，至此，忽趁势偷去戴宗，竟入杨雄、石秀正传。所谓移云接月，用力不多而得便至大。"[①] 这种方法往往是通过前后人物共同参与一个事件，在叙述过程中逐渐隐去前面故事系列中的人物，重点叙述后面故事中的人物。贾平凹在慧明升监院这一节中，通过伏笔将庄之蝶与慧明这两条人物线索交错叙述，在升监院事件中，又通过脱卸法逐渐隐去卸掉与慧明等相关的人物，返回到庄之蝶的叙述场中。作者的衔接也很自然：

升座仪队一进圣母殿，围观者潮水般围在殿门口，庄之蝶他们挤不进去，只听得乐声更响，唱喏不绝……庄之蝶

---

① 施耐庵：《金圣叹批评本·水浒传》，金圣叹评，岳麓书社，2015年，第514页。

说:"算了,进去看了也看不明白。"孟云房说:"那往哪里去?坐也没个坐的。"庄之蝶说:"不如去咱那单元房间坐了吃酒去。"①

他们没有继续看升座仪式,自然脱卸掉了与慧明等的联系,进入五楼十三号房间,也就进入与庄之蝶相关的私密的朋友场中,进入下一个空间和场面的叙述中。

慧明第五次出场和第三次出场一样,属于虚写。第三次是通过孟云房之口,第五次是通过柳月之口,在孟云房眼里,慧明神通广大人脉众多,柳月对慧明却是鄙夷和嫉妒:

> 她和黄秘书坐的一辆小车停在路边。……哼,做了尼姑也是要涂口红吗?我就瞧不起她那个样儿,要美就不要去当尼姑,当了尼姑却认识这个结识那个的,我看她是故意显夸自己……她怎么病了,佛也不保佑了她?②

柳月的话被庄之蝶嘲笑说是"担石灰的见不得卖面的"。仅这一节,空间上就是三个层次,既将慧明与柳月联系起来,借柳月之口从侧面说明慧明做了清虚庵监院之后,仍然四处活动,是个名利心极重的人。又通过庄之蝶的评价,将这两个女性归类,柳月也非善类,懂得人情笼络,不安心做保姆,借助美貌姿容取悦庄之蝶、指使赵京五,市长儿媳的角色也是其在西京城翻云覆雨的幌子,其实和慧明属于一丘之貉。另外,慧明生病这件事与唐宛儿打胎的事放在一节叙述,巧妙地伏下了后面慧明打胎的事实,这是人物之间的映衬。后文慧明告诉牛月清女人应如何生存和自处时,慧明的女性观念与唐宛儿的行为作风有契合之处。作者借助叙事技巧将四个女性联系起来,在人物形象的塑造上起到互补和映衬的作用。

慧明第六次出场是牛月清带出来的,牛月清知道庄之蝶和唐宛儿的私情,回到双仁府母亲家,孟云房、赵京五、汪希眠夫妇等人轮流劝说

---

① 贾平凹:《废都》,北京出版社,1993年,第216页。
② 贾平凹:《废都》,北京出版社,1993年,第397页。

其回家。牛月清日渐消瘦，头发脱落，万念俱灰，遂想起慧明，所以这段关于慧明的转折出于偶然，是脂砚斋所说的"突然转折"插入法，因为头发联系起两个人，恰巧牛月清找慧明时，慧明正在生发。牛月清和慧明的对话，可以说是关于慧明一生经历的回溯。慧明十八岁时，因为头发一夜之间脱落，才想去钟南山做尼姑，这说明慧明是因为头发而出家，并不是看透了世俗想清修。做了尼姑之后，慧明对世俗世界的认识也并没有受佛法影响而改变，通过她对头发的执着，说明她仍有强烈热切的人生欲望："我是要头上生出头发了再削掉头发的。"她对牛月清演说的关于女性立足于世的观念，也恰是其生活和行为的立足点。慧明说："在男人主宰的这个世界上……女人就得不住地调整自己，丰富自己，创造自己，才能取得主动，才能立于不会消失的位置。"[1]慧明和牛月清的对话，从叙事上说，是慧明形象在本书中的完结，同时，又起到女性人物形象之间的互补和映衬作用。这充分说明，贾平凹从不孤立起来写人物，而是将人物放在互涵和映衬中书写，在叙事上形成立体多元的叙述空间。慧明的观点，还是贾平凹借此传达的对女性的态度，成为解读贾平凹女性观念不可缺少的一部分。

通过以上分析，我们可以看出，贾平凹深谙传统小说的叙事技巧，在一个次要人物的叙述过程中都能做到笔笔分明，转换自然。一般来说，观念承继是态度问题，叙事技法的承继最后要落实在字里行间，难度更大，如同曾国藩所说："为文全在气盛，欲气盛全在段落清"。要达到气韵贯通，最后还要落实到具体的行文技巧中。对叙事技法的承继可见出贾平凹对传统审美的钟爱。

二、不设道德预判的客观叙事视角

有人说，在文体结构上，《废都》是对《红楼梦》的承继，甚至有模仿《红楼梦》的嫌疑。比如《废都》开头的神幻想象与《红楼梦》开头的

---

[1] 贾平凹：《废都》，北京出版社，1993年，第483—485页。

神话寓言都是超越视角,《废都》的四大文人对应《红楼梦》的四大家族,《废都》中拾破烂的老头与《红楼梦》中的跛足道人,痴情的红楼公子与多情的庄之蝶的人设设置,等等。贾平凹十六岁就开始读《红楼梦》,从最初的懵懂阅读到后来的有意识研读,贾平凹的文学气质是最接近《红楼梦》的,但任何一个作家,都是在接受中超越,影响的焦虑存在于每一个作家那里,影响越大,反拨的力度或许越大。《废都》是最具贾平凹创作个性的作品,他笔下的慧明、唐宛儿、柳月以及庄之蝶等四大文人,存在于作者所生活的时代背景下,沾染着作者的性情,寄托着作者的心绪。

《红楼梦》中人物众多,作者将人物放在日常生活和具体场景中描绘,通过人物本身的语言行为、神态动作等表现人物,作者不对人物进行道德评判。王国维认为,《红楼梦》是真的文学,就在于曹雪芹写出了人在生活中的必然存在。传统文学中的大团圆结局是因为作者给生活强加了所谓的道德认知,认为生活应该如此,而非生活本来就是如此。妙玉将刘姥姥喝过茶的茶杯弃之不用,这本是妙玉的个性,作者不是为了要写一个作为好榜样的妙玉,而是要写出妙玉的真。正是在这点上,贾平凹继承《红楼梦》不预设任何道德判断的价值视角,他笔下的人物,不是道德君子,因为他把每一个人物真实的一面呈现出来,即使是性,也是有尺度的展露,所以也才会有如《红楼梦》一般"悲凉之雾,遍被华林"的悲剧价值。

为了写出人物的"真",贾平凹选择客观化叙事视角,具体通过以下三种手法实现。

一是运用白描手法,细摹人物的言语、神态和动作,有春秋笔法言约义丰的特点。慧明前两次出场,与孟云房暗会的场面描写类于特写镜头,逼真地刻画了慧明的性格。第一次暗会,作者写到一个"又趴在墙头……趴得久了",这说明慧明搭讪孟云房时日已久。慧明一心想结交孟云房,请孟云房指导文章是幌子("清净地写这份论文,我只觉得愉悦的"),想结交市上领导是真心("我还写了一份状书,要托你送到市长手里")。这种交流借用《西厢记》墙头暗会这个桥段，但此暗会非彼暗会，慧明看似娇弱，实则两人说话控制权在慧明手里，从指导文章的学生角色很自然地过渡到安排指示的角色，且不露痕迹，孟、慧交往在这里是伏笔。慧明第二次出场，是真正的暗会场面，此段的细节描写功底扎实。孟云房进大殿找慧明，细写慧明容貌："衣领未扣，脸色红润，自比平日清俊很多……偎在床上"；慧明叫孟云房过去坐，老尼姑"拉了殿门出去"；等等。笔墨处处引人猜想，这也可以说作者深谙春秋笔法，不下断语，只是实录其迹而褒贬自现，写活了慧明的生活和性情。慧明为人处世，非一般娇怯羞涩的姑娘，深懂男人心思，在男女相处的场面始终占据上风。

二是有详有略，善用侧面透露法。慧明第三次和第五次出场，是通过孟云房和柳月的话语写出，与第一次、第二次相比是略写。这略写的部分如上文所述，慧明做了佛门弟子，却并不安心静养，反而像商场中人物一样，上蹿下跳，左右逢源，为第四次升监院仪式埋下伏笔。作者细笔书写慧明升监院仪式，通过众人的眼睛侧面透露她如何广结人脉，从一个佛学院毕业的小尼升到一个庵里的监院。清虚庵对慧明来说，只是一个招牌，使自己在男性主宰的世界里获得更多的主动权。

三是设置限制叙事视角。作者六次叙写慧明，都是限制视角。第一次写孟、慧交往，场面对话栩栩如生，是通过夏捷的视角写的。第二次和第四次是通过孟云房视角叙述，第五次通过柳月之口叙述，第六次通过牛月清视角叙述，第四次出场，通过观看慧明升监院的多人视角叙述。从不同的叙事人口吻叙述，通过人物之间的互相映衬构成一个复杂的人物关系图谱。其实，不同的叙事人视角也是叙述空间的挪移，这也充分说明，贾平凹在叙事人设置上善于变换角度，不呆板生硬。最重要的是，由在场的人物充当叙事者，叙述场面真实、具体、客观，是纯粹的客观化视角。

三、见微知著的美学追求

如上所述，《废都》是一部由人与人的关系勾连所编织的网状结构小说，每个人物如同棋盘上的棋子一样，强调其在整个结构中的位置以及和其他人物的关系，人物之间相互联系又相互牵制。如果说庄之蝶与四个女人是小说的核心线索，那么与之有联系的其他人物，诸如三大文人、赵京五、慧明、黄德发等，则与庄之蝶这条主要线索之间相互牵制，从不同层面反映庄之蝶的生活背景，各种力量多方交错或间接或直接导致了庄之蝶的悲剧。

除庄之蝶之外的其他三大文人，他们头顶着光亮的名号，在废都城里混沌求生：书法家龚靖元倒卖书法，是监狱里的常客，儿子吸大烟，父子俩都未得善缘；艺术家阮知非借商品经济的东风，成立音乐公司，为了金钱和女人，团伙之间相互倾轧，最后废了眼睛，被装上了一只狗眼；画家汪希眠也是倒画卖画，与妻子貌合神离。与庄之蝶相比，这些文人对金钱和物质贪婪无度，生活作风更为卑下，也是庄之蝶生存背景的体现。在因文物贩子赵京五而勾连的废都人物中，还有卖老鼠药的黄厂长、投机倒把的书商洪江等，这些人物活动在庄之蝶周围，形成西京城的一个商业小气候。黄厂长自掏腰包让庄之蝶写文章给他的工厂做广告，可见文人在这个时代也成了商业的掮客。洪江靠牛月清的钱办书店，却大卖盗版书籍，牟取暴利，用非法所得玩弄女性。赵京五替庄之蝶操办画廊，干的也是如汪希眠一样倒画卖画的勾当。庄之蝶因孟云房而结识市长秘书黄德发，因这条线索而勾连起废都城里充满着权钱交易的政治气候：市长拉拢庄之蝶为其在报纸上吆喝，文人成了政客；为了赢得官司，庄之蝶不惜将柳月送到市长家，为其残废儿子做媳妇，政客利用其权力为其谋私。

中国文学理论强调见微知著，一叶落而知秋。慧明看似与主人公庄之蝶之间并无男女纠葛，是庄之蝶线索中的外线，但其在废都城中的经历莫不是对主线的一种补充。慧明联系着废都城中的寺庙文化，是贾平凹整体性写作视野的一部分。慧明在清虚庵里搅动风云，自身并不安宁。如果我们把《红楼梦》中的妙玉和《废都》中的慧明对比着来看，《红楼梦》中的妙玉是"金玉质"，她无惧世俗，有自己的个性，在男权社会是难能可贵的,而栊翠庵又把她与社会的对立缩减到最低。妙玉后来被盗匪利用迷香劫走,她的悲剧在于被一种无法抗拒的社会外在力量所挟裹,是被迫落入泥淖中的。贾平凹在慧明这里不谈"金玉质",不谈个人的生命本质以及所谓的精神追求,他写与现代社会更贴近的物质欲望和两性欲望。慧明是一个生活在世俗世界里的人,也深知自己在"泥淖中"的存在处境,如何更好地生存是她存在的目的。慧明的形象价值在于突显庄之蝶的生活背景——人心浮躁,废都城里已无一处能使人安宁,金钱浮华晃人眼目,权钱勾当令人不齿,虽有寺庙清虚庵,但无一处能清修。对慧明及其周围环境的描写,从侧面透露了社会的文化氛围,对庄之蝶形象的塑造具有背景烘托的作用。废都世界中人物的沉沦无奈,主要在于心无安妥之地。商业文明的过度发展使人心异化,拜金意识无孔不入,传统的寺院道观也难保清净,这是废都城的现实环境,也是庄之蝶生存的大背景。慧明的形象,强化了贾平凹对现代商业文明的批判。

《废都》、埙乐与贾平凹小说的音乐叙事

在小说中借助音乐元素提升作品的审美境界,这就是学者所说的"跨媒介叙事"①。跨媒介叙事其实是指各类艺术之间相互影响、相互渗透并达到互有补益的叙事效果。小说跨出本位追求音乐的效果,是小说艺术的延伸。巴赫金认为:"任何一个体裁都能够镶嵌到小说的结构中去。"②他强调多种文体形式在小说中的"镶嵌"作用。福斯特则从小说的节奏方面谈论音乐入小说的叙事技巧,他认为,借助音乐本身的"重现加上变化"③,只是实现了小说节奏的简单变化,他更强调作家要施展自己的才华,使音乐元素具有一种能将作品"从内部缝合"的力量。他认为,音乐本身是富有节奏的,"而节奏却可发展",小说中的音乐元素要充分发展并融合到小说情节中,这样才能使作品产生美感,形成艺术统一体。除此之外,他认为音乐叙事的高级形态在于营造小说的"节奏性",小说的节奏性如同交响乐一样,各种音符和乐曲"相互交织汇合成一个整体"④,使小说呈现多声部合奏的叙事节奏。

早在 20 世纪 80 年代初的商州系列小说中,贾平凹就将民歌、地方小调、花鼓曲词等内容穿插到作品里,借助音乐或曲词本身有韵的调子

---

① 龙迪勇:《"出位之思":试论西方小说的音乐叙事》,载《外国文学研究》2018年第6期。
② 钱中文主编:《巴赫金文集》(第3卷),白春仁、晓河译,河北教育出版社,1998年,第39页。
③ 爱·摩·福斯特:《小说面面观》,苏炳文译,花城出版社,1984年,第148页。
④ 爱·摩·福斯特:《小说面面观》,苏炳文译,花城出版社,1984年,第149页。

营造情景交融的氛围,借唱词表达主人公的情绪,山歌或曲词的反复插入也使作品在结构上有一种回环往复的音乐环绕效果。但贾平凹早期作品中的音乐节奏呈现出简单化、单旋律的特征,到了《废都》,他选择富有文化意象的埙乐,实现了音乐元素和小说情节的内在融合。贾平凹选择本身充满魔幻意味的埙乐,与作品主题以及主人公的感情等相得益彰,尝试不仅仅将声音意象作为某种情感的氛围烘托,甚或贯穿全文的结构线索,而是将之变成一种叙述的视角或媒介,勾连起诸多的人事和情境。埙不仅成为缝合小说内部情节的重要因素,贾平凹借此还实现了结构上写实和写虚的平衡;同时,超越现实的叙事与俗谣和哀曲一起,在作品中实现了类似交响乐般的多声部合奏的音乐效果。从文学叙事的角度解析埙与小说的关系,能看到贾平凹如何通过音乐打开了整个小说的叙事契机,延伸了小说叙事的边界。

一、埙与《废都》的创作契机

埙于《废都》而言,可以说是一种灵魂灌注。早在20世纪80年代,贾平凹就借音乐入小说强化作品的抒情特征。但这些作品中的音乐,大多还是情景交融的氛围烘托或是单旋律的音乐线索,只有到了《废都》,他才找到一种既谐于主人公情性,又与整个废都环境融为一体的音乐,那就是埙,埙乐推动着整个作品的情感节奏。也可以说,庄之蝶,以及废都的文化环境、时代背景等,都是在埙乐的引导和推动下不断发展的。徐复观认为:"挟带着情感的想象……由情感所推动的想象,与情感融和在一起的想象,这才值得称为'文学的想象'。"[①]正是因为有了埙,且这埙乐和作者之间有了一种关乎心灵的感应,才有了《废都》这个大部头的创作,产生了庄之蝶这样的人物,也才有了庄之蝶和废都环境的水乳交融。

如何让小说中的人物和废都环境之间有一种密不可分水乳交融的情感维系,推动小说叙事向前发展,埙或是一个切入点。为什么这样认

---

① 徐复观:《中国文学精神》,上海书店出版社,2006年,第82页。

为呢？作者在《关于埙》中如是说："我喜欢埙，喜欢它是泥捏的，发出的是土声，是地气。现代文明产生的种种新式乐器，可以演奏华丽的东西，但绝没有埙这样的虚涵着一种魔与幻。"①从中我们可以得出以下讯息：其一，埙是古乐。古乐简易，且带着远古历史的讯息，能穿透历史，是富有历史文化气息的意象。其二，埙虚涵着魔与幻。"乐由中出"，埙乐中包含着的感情无法用一句话表达，情感的模糊反而能寄托废都城里身心无法安妥的主人公矛盾复杂的心境。其三，埙乐与逐渐衰退走向历史深处的西京城的文化处境相映衬。

孙见喜在《关于埙与〈废都〉的回顾》中也说明了贾平凹在具体创作中与埙的缘分以及埙对其创作的启示，对于研究埙与《废都》的关系具有史料价值，摘录如下：

> 贾平凹从陶埙悲壮沉雄的乐音里，找到了这种古代乐器和西京古城这座废都在精神意象上的同质化感应。……写作期间，平凹先生曾到我家欣赏过一次埙乐磁带，这是中国小雅国乐社出品的《秋风辞》，这首埙曲的怆然之情、幽独之境再次震动了他的心灵，埙作为小说的基调再次在平凹心中确立：大孤独、大悲哀，低沉、悲凉、混沌，难以名状、不可诉说，弥漫的、笼罩的、渗透的。贾平凹说，他喜欢这种简约的、模糊的、整体的感觉，言近旨远，以少论多，这就是埙的深厚与神秘，埙就是《废都》的隐喻。②

这些资料，进一步验证是埙打开了作者创作的思路，埙是解读作者情感和主人公情感以及整个废都氛围的关节点。从埙与废都文化的情感关联开始，贾平凹塑造了那个不知蝶之为我我之为蝶的庄之蝶形象，营造了虚虚实实神秘莫测的废都人文环境，并使庄之蝶和废都的文化环境融为一体。

---

① 王永生编：《贾平凹文集》（第13卷），陕西人民出版社，1998年，第49—50页。
② 孙见喜：《关于埙与〈废都〉的回顾》，贾平凹文化艺术研究院，2018年11月11日，https://www.sohu.com/a/274550241_727188。

二、埙意象及其整体性写作

刘宽忍在古城墙头吹奏的埙乐，带着远古时空的讯息，幽怨悲戚，吹进了贾平凹的心里。埙、吹埙人和古都城墙就都被他带进了他的小说世界。这是一个有意境的氛围。古城墙是历史的遗迹，历史的文物的灵魂已然湮灭，传统的礼乐文化在现代文明的涤荡下消失殆尽，城墙下的人们过着纸醉金迷、欲望泛滥的现代城市生活。古城墙与现代城市不论在时间或是空间上都是对照的、隔离的，也容易在作品里产生一种时空上的观照。

《废都》中周敏所吹的埙，是清虚庵挖土方时从地底淘出来的，埙乐吹响时所发出的沉缓悠长的犹如置身于洪荒之中的声音，能勾起对历史对逝去的臆想和情感。埙乐的简约与现代乐器的繁复正相比对。小说中的四大文人之一阮知非就辞去了秦腔演员，开办了民间歌舞团，歌舞团的火爆也正说明城市休闲需要现代歌舞伴奏。埙乐是简朴古典的音乐，适合修身养性寄予情怀。古人云："乐由中出""大乐必易"。一切音乐都是从心而出，真正能打动人心的音乐必是最能接近人情感本源的音乐，需要澄澈心怀去感受。在《废都》中，也只有周敏、庄之蝶和刘嫂牵的那头牛能真心体会埙乐的情感。作者在小说中借埙将其联系起来，这其实也是贾平凹在叙述方面的特点，那么，作者如何将埙乐这个声音意象和小说故事融为一体呢？

首先，作为推动小说叙事节奏的重要元素，埙具有自身的生命力，它是富有文化蕴涵的意象。在小说中，埙乐在古城墙头吹起，埙乐与古城墙相得益彰，也可说意气相投。"沉缓的幽幽之音便如水一样漫开来"[1]，是时间的追忆，斑驳颓败的古城墙也是历史的风雨侵蚀中的存在。不论是埙，还是古城墙，牵引出的都是对历史和过去的凭吊。古城墙、埙乐与现实的西京城市格调不和，甚至形成一种巨大的矛盾和张力。埙

---

[1] 贾平凹：《废都》，北京出版社，1993年，第111页。

乐的幽缓深沉要让听者沉浸到历史的深处和远古的空间，沉浸到个人的心性里，现代快节奏的城市生活又推着人们融入时代的洪流。在小说里，主人公庄之蝶就生活在这样波谲云诡的城市生活中，被时代的洪流翻滚着、推搡着，逐渐迷失自我。周敏在废都城墙吹奏的埙乐带给他的是灵魂的震颤，是个体在大时代中矛盾焦灼的情感的寄托。

其次，埙作为小说的虚线，也是小说的超越性视角，和现实中主人公的情感发展形成虚实映照的关系。《废都》的开头不可小觑，后文人物的命运、事件的展开、作品重要的结构线索等都在小说开头有隐喻和伏笔。比如四朵花是虚写，象征着故事里最重要的四个女人的命运，天象变异暗示城市社会和文化环境的变化，这些奇幻想象是小说的超越视角。收破烂的老头是世俗社会的一景，在后文中也反复出现，这是作者的批判视角。现实生活中的孟云房、夏捷、慧明等也在开头出场，这是小说叙事的现实层面，后文与庄之蝶有关的所有人物都有赖孟云房牵引出场，是小说叙事的核心线索。埙也出现在小说开头，这说明埙意象的重要性。后文中不同场景、不同视角下的埙乐反复出现，时时映照主人公庄之蝶的现实处境和情感发展，形成虚实相生的文体结构。

第三，埙乐被作者编织在作品的字里行间，作为反复出现的音乐线索，言说着一种复杂的情感，这情感也是一种观照，对吹埙人周敏，对听埙人庄之蝶，对古城墙，对西京城，甚至对刘嫂牵的那头牛来说，都不一样。善于制造音乐情境的作家都是玩味感情的高手，音乐入小说，文字里便氤氲着一种情感的调子。贾平凹善于在作品里制造音乐氛围。《废都》与埙乐、《秦腔》与秦腔曲牌、《山本》与尺八乐，这些音乐被作者反复书写，与人物、场面、事件、环境等融为一体，形成一种复杂丰富的情感张力，或者说隐秘的情感线索和结构线索。从抒情手段上来说，不仅仅是一种烘托和映衬，还让音乐直接参与小说的叙事，就像字里行间刮来的风和漫来的水，是一股强大的情感力量，失掉了这些，作品怕是也失了魂，这些音乐在作品里具有灵魂牵引的力量。贾平凹借助超越性视角和小说结构线索的设置，实现了如福斯特所说的将埙乐和小说内容从内部缝合，使作品回味无穷。

第四，埙本身还与作品中的其他线索相互交汇成一个艺术整体。埙在书中非独立意象，和古城墙、周敏、庄之蝶、牛、收破烂老头的谣儿以及殡葬丧事时吹奏的孝歌哀曲等相互映衬和照应，这是作者写作手法上的巧妙。这里面，牛是自然视角，庄之蝶是听者和悟者，周敏是吹埙人，和收破烂老头的谣儿放到一起写，是对比和映衬。在小说的具体叙述中，埙始终作为超越性的声音意象，与其他意象一起形成多声部合奏的现象。

比如开头第一节作者写道："'破烂喽——！承包破烂——喽！'这肉声每日早晚在街巷吼叫，常也有人在城墙头上吹埙，一个如狼嚎，一个呜咽如鬼，两厢呼应，钟楼鼓楼上的成百上千只鸟类就聒噪一片了。"①这两种声音在废都城里并存，一种讽喻现实，一种暗含凭吊，奏响了这部小说的多声部合鸣。

埙在小说中再次出现，不是写周敏吹埙，也不是写庄之蝶听埙，而是写牛听到埙音：

> 这一日，清早售完奶后，刘嫂牵了牛在城墙根歇凉，正是周敏在城墙头上吹动了埙，声音沉缓悠长，呜呜如夜风临窗，古墓鬼哭，人和牛都听得有些森寒，却又喜欢着听，埙声却住了，仰头看着剪纸一般的吹埙人慢慢移走远去，感觉里要发一些感慨，却没词儿抒出，垂头打盹儿睡着。②

这里实际上已经埋下了关于庄之蝶听埙的伏笔，很多论者论述庄之蝶与牛属于志同形异的一体，后文就写庄之蝶给周敏听他在城墙头上录的埙音，发了一大段抒情的文字，柳月说庄之蝶在赋诗。牛要发的感慨在庄之蝶这里得到了照应，这也是作者叙事技巧上的"画家三染法"。"画家三染法"是脂砚斋评冷子兴演说荣国府时的点评文字，贾府族大人多，曹雪芹写贾府，先借助冷子兴略出其大半，再借林黛玉和薛宝钗

---

① 贾平凹：《废都》，北京出版社，1993年，第5页。
② 贾平凹：《废都》，北京出版社，1993年，第55页。

作二三皴染，然后耀然于心。埙与庄之蝶的联系是小说的关键环节，作者先概写埙音与收破烂老头的声音成废都一景，再写牛听埙音，然后才写庄之蝶听埙音时的感慨：

　　一种沉缓的幽幽之音便如水一样漫开来。……你闭上眼慢慢体会这意境，就会觉得犹如置身于洪荒之中，有一群怨鬼鸣咽，有一点磷火在闪；你步入了黑黝黝的古松林中，听见了一颗露珠沿着枝条慢慢滑动，后来欲掉不掉，突然就坠下去碎了，你感到了一种恐惧，一种神秘，又抑不住地涌动出要探个究竟的热情；你越走越远，越走越深，看到了一疙瘩一疙瘩涌起的瘴气，又看到了阳光透过树枝和瘴气乍长乍短的芒刺，但是，你却怎么也寻不着了返回的路线……①

　　从这段感慨里，我们读到的是埙音将庄之蝶带回到了潜意识中，人类生命最初的地方——自然、神秘的荒原。古老的埙音给庄之蝶的是情感的回溯，回到生命的本源。联想到牛在听完埙音后，也像哲学家一样思考自然的本源与生命的本源，埙是能引发人物进行超越之思的意象，埙也是能寄托主人公精神之思的载体。在"百鬼狰狞"的废都城里，因为埙的存在，也才能映照出庄之蝶的精神痛苦与绝望。

　　在小说中，作者写到庄之蝶与埙乐时，也写到哀乐，他给周敏放哀乐，"你听听味儿更浓哩！"他让牛月清听哀乐，"听进去了你也就喜欢了"。②而他自己也常常是"直听到那埙声终了……又将那盘哀乐磁带装进录放机里低声开动，就拉灭了灯，身心静静地浸淫于连自己也说不清的境界中去了"③。庄之蝶和埙乐之间有一种隐秘的精神联系，是超越于废都城里的世俗生活的。

　　作者总是在不经意之间叙写周敏又到城墙吹埙，庄之蝶"又兀自听

---

① 贾平凹：《废都》，北京出版社，1993年，第111页。
② 贾平凹：《废都》，北京出版社，1993年，第112页。
③ 贾平凹：《废都》，北京出版社，1993年，第115页。

了一会周敏在城墙头上吹动的埙音"①。在官司胶着的时候,庄之蝶给井雪荫写信,诉说感情,听的也是哀乐,庄之蝶说:"只有这音乐能安妥人的心"②。庄之蝶精神苦恼,想要找寻写作的静地,竟也找不到,他跑到城墙上,希望能碰到周敏,他相信自己也能吹出一只埙曲的,耳朵里传来的却是老头讽喻现实的谣儿:"喝上酒了一瓶两瓶不醉。打着麻将三天四天不困。跳起舞来五步六步都会。搞起女人七个八个敢睡。"③作者不断叙写的音乐背后,是主人公内心苦闷和压抑情绪的不断强化,与庄之蝶的现实处境相映衬。

小说正面写到吹埙人周敏吹埙时,已到行文的后半部分,作者详写周敏为什么会吹埙:

> 我走遍东西,寻访了所有的人。我寻遍了每一个地方,可是到处不能安顿我的灵魂。我得到了一个新的女人,女人却是曾和别人结过婚。虽然栖居在崭新的房子里,房子里仍然是旧家什。从一个破烂的县城迁到了繁华的都市,我遇到的全是些老头们,听到的全是在讲"老古今"。母亲,你新生了我这个儿子,你儿子的头脑里什么时候生出新的思维?④

这一段话在小说中也可作为解开人物内心矛盾和困惑的钥匙。周敏吹埙呼应庄之蝶听埙,吹者和听者在这里达到了感情上的应和。在周敏这里,到处不能安妥内心,才借吹埙解闷。如果联系小说的情节发展,此时的庄之蝶想要写作,内心却无法安静,他将精神的烦闷和痛苦通过身体的欲望发泄,但当他沉沦在身体中不能自拔的时候,也是他内心痛苦无以解脱的时候。作者在这里借周敏的心声传递庄之蝶的苦闷,写作手法上是典型的"烘云托月法",虽写周敏,实写庄之蝶灵魂无处安顿,暗示庄之蝶越来越矛盾和焦灼的内心世界。

---

① 贾平凹:《废都》,北京出版社,1993年,第177页。
② 贾平凹:《废都》,北京出版社,1993年,第258页。
③ 贾平凹:《废都》,北京出版社,1993年,第265页。
④ 贾平凹:《废都》,北京出版社,1993年,第320页。

埙乐、哀乐、冷嘲热讽的谣儿，与主人公越来越不安的内心融会在一起，强化了作品的情感力量。在小说的结尾，牛死亡，牛皮制成了牛皮鼓，庄之蝶精神崩溃，废都城里也只剩下了嘲讽世事的谣儿。可见，作者在书写复杂的情感时，既注重以象写意，又注重多角度书写，用饱蘸着情感的笔墨写出了在特定历史和古老城市背景下个人的无尽忧伤与痛苦，而将这个时代、文化与个人联系起来的媒介，则是埙乐。

埙乐、哀乐及谣儿和庄之蝶的内心世界是勾连着的，这是作者叙事上的虚线。小说一方面实写庄之蝶在废都城里的生活，是通过孟云房、周敏以及庄之蝶和四个女人的线索呈现的，一方面写庄之蝶的情感和精神世界，是以埙乐来传递的。废都城里世俗道德人心日渐败坏，呜咽的埙音和哀歌常常伴随在主人公耳旁，作为一种隐约的情绪线索，越来越强烈。埙乐作为沉缓幽怨情绪的载体在作品里反复出现，是个体情绪的表征，作者借此传达庄之蝶的内心和情感世界的压抑与苦闷。

三、埙、废都与挽歌

从《废都》到《怀念狼》再到《秦腔》，这里有一线贯穿的情感，那就是对必然逝去和无法挽回的无可奈何。这情感与其说是个人的无奈感受，毋宁说是一种穿透现实的悲凉。张爱玲曾对"悲壮"和"悲凉"两种审美形式做过对比：悲壮的美学意味包含两种力量的矛盾，诸如现实的必然要求和这个要求不可能实现之间的冲突，在抗争中突显飞扬的精神悲壮力量；悲凉是对某种生存本质的发现，对某种真实的存在处境感到无奈和苍凉，比如《红楼梦》中对"流水落花春去也"的红楼女儿们悲剧的揭示，对"好就是了了就是好"的必然人生结局的呈现。贾平凹在《关于〈废都〉》中也说："正是关注现实，关注生命，我注重笔下的人物参差而不是人物的对比，注重其悲，悲中尤重其凉，注重其美，美中尤重其凄。在无为中去求为，在不适应中寻适应。"[①]作者在《怀念狼》中对

---

① 王永生编：《贾平凹文集》（第14卷），陕西人民出版社，1998年，第320页。

狼的追寻与怀念,《秦腔》中对秦腔的眷恋与怀念,《废都》中对埙、老西安的追忆与想象,都包含着一种对必然逝去的无可奈何的苍凉和悲怆的感慨。

对逝去的无奈感怀其实也是中国文人面对历史本质的终极情感。孔子看水流东去无奈感慨"逝者如斯夫",陈子昂怅然吟哦"前不见古人,后不见来者。念天地之悠悠,独怆然而涕下",林黛玉偶听了《西厢记》中一句戏词心生感叹:"明媚鲜妍能几时,一朝漂泊难寻觅。"贾平凹对必将逝去的无奈与追怀,对曾经美好而今如覆水难收的现实生存感慨尤深,这里面有自身的经历和感受,也有时代的共鸣和普遍情绪,好的小说往往将个人感受和情绪融入时代的普遍情绪之中。

在《废都》中,作者写赵京五邀请庄之蝶去看他家的四合院。赵京五是清末名重朝野的刑部侍郎赵舒翘的后代,曾拥有一条街的房产,如今也沦落得只剩三间房子,而且这一地段也很快就会被拆迁。贾平凹非常善于编织小说结构,通过赵京五、牛月清的双仁府街道(与牛才子有关)等线索将西京城曾经的历史呈现出来。关于西京城的历史遗迹,贾平凹在《老西安》中有更详细的叙述,他讲述老西安的历史遗迹、民间习俗和历史人物,认为这是一座有品位、气度和韵味的老城。《废都》中西安老城的遗迹、文物、建筑和文化,已在商业经济时代车轮的碾压下几近消失。老城已改换成新城,修建了仿唐街、仿宋街。赵京五家的四合院建筑就要拆迁,牛老太太居住的双仁府老街道,在小说结尾已被拆迁。作者借助庄之蝶和赵京五的对话说明,如今的西京城已然成为历史的废墟:"世事沧桑,当年的豪华庄院如今成了这个样子,而且很快就一切都没有了!我老家潼关,历史上是关中的第一大关,演动了多少壮烈故事,十年前县城迁了地方,那旧城沦成废墟。"[①]

老城消逝是历史的必然,这是这部小说的时代背景和环境背景。贾平凹不仅仅要写一个老城的消逝,他还要在老城消逝的背景下,写

[①] 贾平凹:《废都》,北京出版社,1993年,第45页。

出在这废墟上生存的人精神和文化心理的嬗变,这在上文已着意分析过。历史的转折、人的精神世界的嬗变、古城文化生态的变化,包含着作者更深层次的情感态度:有留恋眷念,有矛盾焦灼,还有无奈与悲凉。这一切,都包含在那城墙头上吹动的埙音里。就像李敬泽所说的,只有个人经验和记忆变成直觉和梦幻的时候,才会有文学想象。埙是贾平凹在《废都》中最富有意味的文学想象,他在《〈埙演奏法〉序》中这样写道:

> 我第一次听到埙声也就是认识刘宽忍的时候,那是上个世纪的一九九二年。整整的一个秋天,我的苦闷无法排泄,在一个深夜里,同一位朋友在城南的一片荒地边溜达,朋友并不是个好的倾听者,我才要返回家去,突然听到了一阵很幽怨的曲子,当下脚步便站住了,听过一段就泪流满面。……埙声又在远处响起,如泣如怨,摄魂夺魄,我说:我一定会和他交上朋友的,因为这埙乐象硫酸一样能灼蚀我![1]

这段话里贾平凹真实地记叙了他和埙乐的心灵感应,如泣如诉的埙乐对他有摄魂夺魄的作用。这种摄魂夺魄或就在这样的记忆和情境中被放大,并成为一种直觉体验,被作者写到作品里。

在《废都》中,作者将古老的城墙、苦闷的心理、幽怨的埙音以及他记忆中第一次听到埙音的情景放到了作品里。城墙是历史的遗迹,已然成为历史的废墟,在这废墟中的主人公内心焦灼烦闷,而幽怨的埙音或给了他慰藉。就像作者所说:"埙乐象硫酸一样能灼蚀我!"或有这种具有灼烧感和止心慌的音乐,才使作家将埙在作品中的功能放大。在此篇文章的后半部分,作者写道:"可以说,在整个的小说写作中,埙乐一直萦绕在心头,也贯穿于行文的节奏里。"[2] 埙乐是作者情感的虚化。废都曾经辉煌的文化存在于建筑、街巷和寺庙中,但如今灵魂

---

[1] 贾平凹:《朋友——贾平凹写人散文选》,重庆出版社,2005年,第316页。
[2] 贾平凹:《朋友——贾平凹写人散文选》,重庆出版社,2005年,第316页。

已逝，皮毛无存，历史逝去中包含着的无可奈何与这埙乐里本就有的悲凉和哀怨融为一体。贾平凹将他对历史无可奈何的心理通过埙音表现出来，并通过塑造周敏吹埙的情景将刘宽忍在古城墙吹埙的情景具体化形象化，并使周敏和庄之蝶发生联系，而庄之蝶对埙乐的感受和贾平凹对埙乐的感受又如出一辙。这都是因为只有埙乐才能承载起废墟之上主人公相关的情感。

历史越深厚，文化越深沉，当其剥离之时也便越痛苦。从远古的历史复活的埙乐，在废都的城墙吹响，乐曲是深沉与悲凉的，联系着广袤的时间与空间，埙勾出了作者内心深处的眷恋与不舍。作者的不舍，通过庄之蝶对埙乐的感情体现出来。埙乐在废都城的上空一遍遍响起，其实也是以音乐的方式不断强化着悲凉与无奈。

四、小结

埙乐作为声音意象和超越性视角，强化了作者对终将逝去之物情感上的凭吊与追怀。不仅如此，作为贯穿始终的情感线索，埙乐与小说中的其他叙事线索，诸如牛、收破烂的老头的俗谣、哀乐等连在一起进行叙写，强化了主人公的悲剧命运。埙乐作为意象，反衬了主人公的情感世界，而多角度书写，又能参与到叙事和情节的发展过程中，反映了作品复杂的主题。从这个层面来说，贾平凹借助埙意象的虚笔叙述，实现了作品的整体象征。仅从叙事的角度来看，埙乐在小说中的价值大焉，不仅作为小说叙事的契机，而且成为主人公情感世界的关节点以及联系废都城的文化命脉。也可以说，正是经过《废都》中音乐叙事的试验，才有了秦腔曲谱在小说《秦腔》中天衣无缝的表现。在贾平凹诸多以声音意象作为贯穿性叙事结构的作品中，埙音及其《废都》都是一个不可跨越的文本。他通过复杂的叙事形式多层次勾连出由埙音而引发的对主人公情感、对时代文化以及对废都城的态度，将音乐入小说提升到小说整体叙事的层面，拓展了小说叙事的边界。

一曲秦腔，八面来风

——贾平凹小说与戏曲的水乳交融

秦腔是农耕文化背景下的产物，小说《秦腔》是在散文《秦腔》的乡土文化背景下书写的。从乡土文化发展变迁的层面来看，贾平凹找到了富有意味的文化意象"秦腔"。对贾平凹而言，秦腔声中有某种与生命相似相通的东西，因而成为贾平凹感知社会文化变迁、摹写世态人心的一个重要凭借物。在小说中，贾平凹一方面通过秦腔来透视社会文化的发展流变，在日益衰微的秦腔声里，蕴含着民族的文化性格和时代社会变革中心理结构的巨大变化；另一方面，他也充分发挥秦腔曲谱和戏词以象写意的特征，将戏曲元素的抒情写意和小说的叙事内容充分融合。从这个意义上说，小说《秦腔》是将民间戏曲的审美元素和文化价值与叙事文体小说水乳交融的成功示范。

一、兼具文化和叙事的意象

将戏曲元素融入文学创作，贾平凹做了多方尝试。在早期的小说作品中，以秦腔曲词入小说的有《西北口》，书写小四、安儿和冉宗先的爱情纠葛，以一首情歌拉开小说序幕，中间贯穿四段秦腔戏曲，包括《张良卖布》《三十里铺》等。秦腔戏曲入小说，和此阶段民歌入小说的叙事手法相似，属于巴赫金形容的"镶嵌体裁"，在故事层面融入戏曲元素，目的在于借助曲词表现人物心理，营造抒情氛围，实现情景交融的意境。

戏曲作为镶嵌体裁能否成为小说重要的结构成分，这是贾平凹借民族戏剧文学进行的重要审美实践。贾平凹认为："中国画和中国戏曲就明显地看出是表现的艺术。在它的画面上和舞台上，出现的并不是生活的原型，但通过构图和表演，引起了生活的幻觉，使读者和观众的喜怒哀乐，不仅将生活艺术化，而且把人物内心世界视像化，特写化，叙述化。"① 水墨的抒情写意通过线条来传达，戏曲以歌舞为载体来传达情感和故事，都是中国古典美学意象化的重要方式。意象是最具中国文学艺术特点的形象思维方式，意象的本质特点是借象立意，不论是借歌舞形象演故事的戏曲也好，还是借线条来抒情写意的书法绘画也好，都是在虚实结合、以象写意方面体现了中国文学表现性艺术的特征。贾平凹意识到戏曲艺术的审美特征，在《天狗》中，他将花鼓曲词入小说，探索小说写实与写意的平衡，在《白夜》中，他将目连戏小剧场的发展和西京的人事、故事相融合，意在使戏曲文体的抒情写意与小说的叙事文体相融合，探索富有中国文学经验的小说艺术形式。从这些创作实践中也可以看出，贾平凹善于吸收一切艺术的长处为小说服务，注重小说叙事技术的探索，因而其小说文体摇曳多姿。

在民间戏曲中，贾平凹尤爱秦腔，那是浸透在血液和生命里的情感。他的故乡棣花街，有并排的两座庙宇，一是二郎庙，一是老爷庙（关公庙），庙宇的对面就是戏台。在民间，唱戏也是酬神，贾平凹在其多种版本的回忆录和散文里，都记叙了小时候听戏、演戏、扮戏中人物的情景。儿时的经历对作者的影响是无意识的，在莫言看来，"一个小说家的风格，他写什么，他怎么写，他用什么样的语言写，他用什么样的态度写，基本上是由他开始写作之前的生活决定的。他开始写作之后，尤其是他成名成家之后的努力，只能对他的创作产生浅表性的影响，不太可能产生深层的影响"②。不论是戏台还是庙宇，都与老百姓的精神生活相关联，一个是民间的娱乐和狂欢，一个是民间的宗教信仰。在贾平凹的文学创作中，要说最具有民间文化的两个意象，就是

---

① 贾平凹：《关于散文》，生活·读书·新知三联书店，2015年，第28页。
② 莫言：《用耳朵阅读》，作家出版社，2012年，第7页。

庙宇和秦腔。在《古炉》《带灯》《老生》《山本》中，都有贯穿始终的庙宇线索，庙宇在他的作品里成为人精神的寄居所。贾平凹的秦腔戏曲情结在文学中的表现，就是写了散文《秦腔》和小说《秦腔》，这是在两个不同文体上开出的艺术奇葩。对于散文《秦腔》，陈彦曾评价："秦腔不灭，《秦腔》不忘。"[1]秦腔有丰富的文化寓意，贾平凹不仅仅是从文学技艺和形式的层面书写秦腔，他更看重秦腔背后的文化寓意和生命精神。

二、秦腔的意蕴及其整体象征

"秦腔"是一个富有象征意味的题目。对于小说《秦腔》的题名设计，与作者的叙事艺术有关，一方面关乎秦腔这个民间戏曲所包含的文化寓意，一方面关乎作者对故乡和秦腔的情感。

要说明秦腔所蕴含的文化含义，要从散文《秦腔》中来看，在文章中作者有如下叙述：

> 八百里秦川大地，原来竟是：一抹黄褐的平原；辽阔的地平线上，一处一处用木椽夹打成一尺多宽墙的土屋，粗笨而庄重；冲天而起的白杨、苦楝、紫槐，枝杆粗壮如桶，叶却小似铜钱，迎风正反翻覆。你立即就会明白了：这里的地理构造竟与秦腔的旋律惟妙惟肖的一统！再去接触一下秦人吧，活脱脱地一群秦始皇兵马俑的复出：高个，浓眉，眼和眼间隔略远，手和脚一样粗大，上身又稍稍见长于下身。当他们背着沉重的三角形状的犁铧，赶着山包一样团块组合式的秦川公牛，端着脑袋般大小的耀州瓷碗，蹲在立的卧的石碌子碌碡上吃着牛肉泡馍，你不禁又要改变起世界观了：啊，这是块多么空旷而实在的土地，在这块土地挖爬滚打的人群是多么"二愣"的民众！那晚霞烧起的黄昏里，落日在地平线上欲去不去的痛苦的妊娠，五里一村，十里一镇，高

---

[1] 陈彦：《说秦腔》，上海文艺出版社，2017年，第21页。

音喇叭里传播的秦腔互相交织、冲撞。这秦腔原来是秦川的天籁、地籁、人籁的共鸣啊！①

在贾平凹眼里，秦腔是秦人生命的交响，是秦人精神意志的直抒。作为西北最具代表性的地方剧种，秦音铿锵有力，声尤嘶吼，犹如这西北之人的性格，豪迈粗犷。产生于这块土地上的秦腔，也最能寄托这里老百姓朴素的情感。秦腔是西北地方民众传统的娱乐方式，之所以是承载西北人民生命和情感的声音，正因为它是黄土高原农耕文化的产物。与其他地方戏剧相比，秦腔是土秦腔，它的演员来自这块土地上的本土民众，它的听众也是这块土地上摸爬滚打的农民。在各地方戏剧中，只有秦腔最能代表在黄土中摸爬滚打的老百姓的感情和性格。与此同时，秦腔还是民间文化和传统文化的传承方式。传统秦腔剧目上千种，多以流传千古的历史故事和民间故事为主，传统仁义礼智和忠孝节义的文化观念和道德规范通过秦腔剧目，以熏陶而非强制的形式深入老百姓的内心。剧场和生活所形成的紧密互动构成文化和礼仪在民间的独特呈现。秦腔就这样传达着特定地域的礼乐文化，自觉不自觉地承载着民间对忠孝节义观念的理解。无怪乎，陈彦说："(散文《秦腔》)异常真实地记录了秦腔在秦地的生命不息，繁衍不止，那种对秦腔生命力的通透阐释与肌理把握，要叫我说，代表着这个人散文的最高成就。"②

正因为贾平凹对民间戏曲秦腔的喜爱，对秦人腔调所蕴含的生命精神和文化内涵的认同，也才有因秦腔衰亡而产生的情感上和精神上的阵痛。贾平凹对秦腔的衰微异常敏感，在小说《秦腔》中，他通过秦腔的变迁折射出特定时代下社会文化和人们精神世界的流变。从这个意义上说，理解小说《秦腔》要从理解散文《秦腔》开始，只有深深了解了秦腔剧种内含着的精神和文化意蕴，才能体会到作者为什么要用"秦腔"为其题名，也才能理解作者为什么要在作品中引用如此多的秦腔曲谱，这里面传达了作者借象立意的叙事特点。

---

① 王永生编：《贾平凹文集》（第11卷），陕西人民出版社，1998年，第317页。
② 陈彦：《说秦腔》，上海文艺出版社，2017年，第20—21页。

在《怀念狼》中，作者通过孝歌传达对人狼不平衡的自然生态的忧患，但孝歌与小说故事以及作品主题还未达成融洽自然、整体统一的艺术效果，其原因除了孝歌所包孕的文化意义还不够鲜明，主要还在于其情感的推动力不充足。在小说《秦腔》中，贾平凹谈及要为故乡树一座碑。贾平凹的写作本来就是从故乡，以及从故乡延伸出来的广阔的商州地域出发，建造起了自己的文学大厦。他的作品以商州为基地，映射了中国农村近三十年的历史和现实，他对农村和农民充满着爱和忧患。在《秦腔》中，他将写作的背景进一步缩小，以故乡棣花以及故乡的亲戚、家族为背景，书写农村和农民在现代化商品经济发展中的变迁，这里有他本人体验更深、更为沉痛的情感和记忆。就像后记里所说，他本人也是农民，对故乡从出生直至当下的生活都有丰富的生活细节的积累。任何文学作品的写作都需要机缘，这机缘最主要靠情感推动。贾平凹对农民和农村的发展充满着爱和忧患，在后记中，他回顾了二十世纪五六十年代以来农村的贫穷，老百姓到死想吃糊汤都吃不起，塞在棺材里的仍是熟红苕。改革开放后，家庭联产承包使农民和农村遇到了最好的发展时代，他写到月夜里还有农民在劳作。但90年代以来，农民单纯依靠土地很难继续维持生存，他们纷纷从农村出走。传统农村在溃败，不仅传统的生产方式和经济方式在溃败，传统的伦理和文化也逐渐失落，农村何去何从，农民的出路在哪里，贾平凹不仅饱含忧患，他也有思考，他以棣花为突破口，以小说的形式审视农村的发展以及传统农村的失落，这是《秦腔》立意的基础。

　　用文学叙写故乡乡土文化的发展和变迁，有什么比与乡土文化有密切联系、曾经强盛如今衰微的秦音，更能折射乡土文化和农民精神世界的流变呢？至此，贾平凹以秦腔为文化象征的叙事目的得以实现，他要借为秦腔悼挽从而为整个即将逝去的清风街的历史悼挽；清风街也只是一个文学形象上的窗口，他真正要为中国农村社会的某一段历史树碑立传。这段历史也是秦腔强盛期的历史，也曾经热闹，而今却逐渐衰亡。秦音的消失和乡土的流变是不可分割的，秦腔与清风街人事是一种相互包含相互映衬的关系，作者要从秦腔声里写出时代、社会、文化的兴衰与流变，"借陕西地方戏曲秦腔的没落，写出当代中国乡土文化的瓦解，以及民间伦理、经济关系的剧变"①。这是小说的立意，也是取名"秦腔"的意义之所在，其支撑作者叙述的是秦腔以及故乡人事背后那无可挽回的弥漫着的悲音。

三、秦音弥漫与虚实相映

作为声音的秦腔弥漫在整部小说中，也深意大存。贾平凹不仅借题名凝练作品的整体象征，他还选择了大量秦腔剧目和曲谱，作为整部小说的伴奏，小说中就弥漫了秦音。这个文化样式曾经有多么高亢奋进，在走向衰亡的过程中就有多悲悯，秦腔曲谱作为伴奏，强化了其悲剧审美价值和意义。

王德威从小说叙事的延续性层面，将秦腔和埙、目连戏联系起来，说明贾平凹作品中声音意象的独特作用："声音作为'象'的一种，在《废都》里有埙声所引出的古远而悲凉的气息，成为全书的安魂曲。在《白夜》里则有目连戏的种种曲牌开目串聊阴阳，演义前世今生。在这一脉络下，《秦腔》里的秦腔就应该被视为一种触动通感、应和物我的音韵体系，也是三秦大地生生世世的话语、知识体系。"②秦腔作为小说中最重要的象，也是小说结构上的虚线。小说开篇即写："音乐一起，满院子都是刮来的风和漫来的水。"③小说中书写的秦腔曲牌不下百十种，尤为可贵的是，作者不是单纯罗列曲牌名，而是有意将曲牌和作品情节、人物命运、事件、场景甚至细节融为一体，整个小说就不仅仅是清风街的人事演绎。作者将人事演绎和秦腔的节奏、曲调巧妙地融为一体，人事演绎是实写，秦腔曲牌和音乐是虚写，这些曲牌和音乐就像"刮来的风和漫来的水"，氤氲浸淫在字里行间，是小说故事的伴奏，也是一股强

---

① 韩鲁华主编：《〈高兴〉大评》，陕西人民出版社，2008年，第706页。
② 韩鲁华主编：《〈高兴〉大评》，陕西人民出版社，2008年，第722页。
③ 贾平凹：《秦腔》，作家出版社，2005年，第9页。

大的情感力量，或者是隐约的情感线索。失掉了这些，《秦腔》这个作品怕是也失了魂，这些音乐在作品里具有灵魂牵引的力量。

　　从作者对秦腔音乐的感情来说，是痴恋、热爱，也是凭吊、叹惋。作者将这种感情具象化为引生痴恋白雪的情节想象。从这个层面上来看，秦音弥漫是虚，引生痴恋白雪是实——这在小说里是通过开头的句子"要我说，我最喜欢的人还是白雪"引出的。这句话，是小说的引子，也预设了后面故事的发展。写虚的线索和写实的线索在小说中相互映衬，体现的是中国传统中互涵和交叠的美学观念。

　　一般来说，两性爱恋能表现人类感情中的激情或热情状态，当两性爱恋发展到一定程度才能升华成一种强烈无我的奉献牺牲的情感。引生痴恋白雪是一种巨大的精神和情感力量，一方面，作者将这种情感书写成男女两性的爱恋，另一方面，作者还将这种情感魔幻化特异化，犹如神灵附体，引生每每想到或遇到白雪，情感便不能自控，想象异常强烈，反常和夸张的行为也强化了情感的隐喻。

　　引生为什么在痴恋白雪这一情节线索中表现出与常人不一样的反常举动？这或许是作者艺术设计的高妙所在。如若将引生痴恋白雪仅仅看成是男女爱恋，引生不啻为疯子。引生不仅爱白雪，更是爱屋及乌，他爱白雪所挚爱的秦腔，以及与秦腔已经融为一体的农耕文化，只不过，这些爱的隐秘之处不能被清风街人所理解罢了。所以引生夸张、疯癫的行为，比如自断尘根的细节，在很大程度上是因为他所爱恋的是他不可能实现的，也是必然走向悲剧的，比如白雪，更意味着必然在漫长的历史发展中走向消亡的，比如秦腔。

四、秦腔曲调融入清风街的生活

　　王德威认为，当代中国小说至少有三部作品以声腔作为主题，并据之以发展出叙事策略。莫言的《檀香刑》运用流行于胶东半岛的小戏猫腔（茂腔）重新讲述庚子事变故事，阎连科的《坚硬如水》则让他的人物和叙事完全渲染在"文革"话语中，贾平凹的《秦腔》则强调他的秦腔要融入生活的各个层面，犹如衣食住行般自然。上文论述秦腔音乐在作品中既是小说的虚线，与清风街的人事互映，这样的叙事效果不是贾平凹最终追求的，他要让秦腔和清风街的生活紧密地融为一体，这也是他在《废都》《老生》中所孜孜追求的。为了实现这个目的，贾平凹在叙事策略上有以下特点：

（一）在叙述清风街的人事故事中，穿插秦腔剧团的发展始末

这条线索由象征秦腔风神的白雪牵引而出，自然与清风街的故事产生关系。秦腔剧团在小说中也是首尾呼应，从白雪婚礼始至夏天智丧礼终，一则为喜事，一则为丧事，本身就包含隐喻含义，意味着秦腔所依附的剧场环境离散的事实。白雪婚礼引出秦腔剧团，继而牵引出几条贯穿全书的线索：一是夏天智在高音喇叭中放秦腔和画秦腔脸谱；二是秦腔剧团"中兴"的闹剧；三是秦腔与流行歌曲的对比和映衬；四是演了一辈子《拾玉镯》的王老师想要出一盘光碟，但因没钱而束手无策。这些与秦腔有关的事件，如网般交织在清风街的故事中，小说书写秦腔剧团在下乡演出后更快地走向分崩离析：夏天智离世，白雪与夏风婚姻破灭，剧团演员和流行歌曲在霸槽酒楼的较量中败下阵来，等等。这些是引生和白雪痴恋情结的背景因素，也是秦腔没落的现实处境，这个中国最古老的民间戏曲秦腔，最后必然走向衰亡。

（二）将人物的悲剧命运和秦腔文化的没落糅合在一起

秦腔作为与农业文明相联系的农民情感的载体，秦腔的命运成为传统农耕文化命运的象征。对其衰亡命运的揭示，作者主要通过主人公的悲剧命运来强化。

在小说中，作者塑造了一个美丽动人的秦腔演员白雪。同贾平凹90年代后期的其他小说一样，作者不突出表现人物的性格和命运，人物更多是文化的载体。白雪是作为秦腔艺术的精髓和秦腔文化的守护者而出现的。白雪的美丽风采喻示着秦腔的风神，引生对白雪的痴迷，一定意义上是对世纪末逐渐走向消失的农耕文化的怀念和痴迷。秦腔剧团解散，秦腔演员走村串户为红白喜丧搭班唱戏，这个民间的地方戏剧逐

渐走向它的末路。白雪坚持秦腔表演,并为坚守秦腔而与夏风离婚,她对秦腔的坚守在现代农村无疑是无望的、徒然的。白雪的悲剧命运,隐喻着秦腔必然衰亡的历史命运。白雪与夏风的婚姻代表了传统文化与现代文明之间的巨大分歧,两人结合的产物——没有屁眼的女儿,更是残酷地说明了两种文化的结合是畸形的。

夏天智热爱秦腔,他说:"不懂秦腔你还算秦人!秦人没了秦腔,那就是羊肉不膻,鱼肉不腥!"①他听秦腔、唱秦腔,酷爱画秦腔脸谱,但正是这秦腔脸谱,象征着民间戏剧已"物化"为民间艺术形式。在小说的结尾,夏天智去世时,出现了大段的秦腔曲谱,这是在为热爱秦腔的老人送葬,同时也是在为秦腔送葬。作者在叙述中,字里行间充满着对行将失去的无奈叹惋以及悲悯。

(三)秦腔曲目起着隐喻主题、连缀情节、表现人物、烘托气氛的作用

秦腔曲目在小说中有比较集中的三次介绍。第一次是在夏天智给夏中星谈论振兴秦腔计划时,提到了八种秦腔曲目,分别是:《赵氏孤儿》《夺锦楼》《滚楼》《清风亭》《淤泥河》《拿王通》《将相和》和《洗衾记》。第二次是夏天智把二十四本戏串成民歌说给夏风听。第三次是夏天智葬礼上戏班演唱的十八种曲目。除了上述曲目之外,小说还提到秦腔其他戏文曲目不下三十九种,其中,既有引用戏文的曲目,也有引用曲谱的曲目。引用到戏文的曲目有《拿王通》《双婚记》《石榴娃烧火》《周仁回府》《背娃进府》《祭灯》《滚豌豆》《韩单童》《盗虎符》《藏舟》《哭祖庙》《滚楼》《金沙滩》《若耶溪》《白玉钱》和《辕门斩子》等十六种,仅引用曲谱的曲目有《钻烟洞》《纺线曲》《十三铰子》《巧相逢》和《甘州歌》等五种,另外,还有一些省略曲名的曲谱、秦腔曲牌等十八种。②

在《秦腔》中,高音喇叭在夏天智家里,所以围绕夏天智和高音喇

---

① 贾平凹:《秦腔》,作家出版社,2005年,第327页。
② 李仲凡、陈娜娜:《〈檀香刑〉与〈秦腔〉的戏曲元素比较》,载《陕西理工学院学报》(社会科学版)2014年第2期。

叭放秦腔的线索，与围绕白雪和秦腔剧团逐渐衰亡的线索一样，都与秦腔有关，这是秦腔融入清风街生活的表现。高音喇叭放秦腔曲目与《废都》中周敏城墙吹埙曲一样，既是主题的隐喻和氛围的烘托，强化作品的抒情效果，又是情感节奏和抒情线索，使作品中弥漫着音乐的调子。

秦腔以及与秦腔有关的线索，是在白雪结婚的宴席上被引出的。在白雪结婚的宴席上，一是夏天智画的脸谱出场，脸谱被众人抢光了，夏天智反而很高兴；二是夏天智从卧房里拿了收音机，正巧播放的是秦腔曲牌，满院子都是刮来的风和漫来的雨，此后的故事中，高音喇叭里就不时地播放着秦腔曲牌；三是与秦腔有关的人物纷纷出场，比如夏天智、上善、引生、夏风，还有那只叫来运的狗，这些角色唱的秦腔曲词与其性格是相符的，比如上善善于敷衍的性格，比如引生常常在关键时语出惊人，引生唱的是："眼看着你起高楼，眼看着你酬宾宴，眼看着楼塌了……"[1]戏词与结尾的悲剧暗合，也表现了引生看似疯癫实则清醒的形象特征。比如，写到夏风时，夏风说，我就烦秦腔，这就埋下了白雪婚姻的悲剧线索。当然，在叙述夏家的宴席时引入了社队事，在叙述社队事时又常常插入家庭事，表现了作者在叙事上的巧妙之处，这是后话。作者在叙述这一富有主题隐喻的唱秦腔的场景时，非常细致，"哑巴牵着的那只狗，叫来运的，却坐在院门口伸长了脖子呜叫起来，它的呜叫和着音乐高低急缓，十分搭调，院子里的人都呆了，没想到狗竟会唱秦腔"[2]。这是一只富有灵性的狗，小说后文写到来运和一只叫赛虎的狗恋爱，赛虎死了，引生唱了秦腔曲牌为赛虎安魂。作者写狗的悲剧，也与秦腔相联系，可见秦腔是被密密地贯穿在小说字里行间的。当然，狗是超越于现实生活的视角，狗本身的悲剧结局以及狗类于上帝的视角强化了秦腔的悲剧意蕴。

首尾呼应的叙述策略往往能强化主题隐喻的效果，小说结尾夏天

---
[1] 贾平凹：《秦腔》，作家出版社，2005年，第9页。
[2] 贾平凹：《秦腔》，作家出版社，2005年，第9页。

智的丧葬仪式与开头白雪结婚仪式形成呼应。一是作者细笔描绘了秦腔丧葬的全套仪式，是对夏天智的哀悼，也是对秦腔的悼挽。夏天智的丧葬仪式是秦腔仪式，与作品中其他人的死亡仪式不一样。死亡在小说中出现了四次（夏天礼、中星爹、夏天智和夏天义的死亡），死亡的重复出现，本身就是借助叙事强调悲凉的情感，也表现了作者在重复叙事上犯而能避的叙事技巧。仪式由乐班德高望重的乐人主持，来的十二个乐人是白雪结婚时来的那些人，但时过境迁，从前是剧团中人，现在沦为乐班乐人。男女乐人行大礼仪程庄严肃穆："便见邱老师踏着锣鼓点儿套着步子到了灵堂前整冠、振衣、上香、奠酒，单腿跪了下拜，然后立于一旁，满脸庄严，开始指挥乐人都行大礼。"[1]在仪式上，秦腔哭腔踏板哀乐逐一放送之后是秦腔乐人唱秦腔。作者不吝其烦，将所唱的秦腔曲目剧目一一列举，既完整呈现了丧礼的仪式规程，其实也呈现了一场秦腔会，在肃穆严整的乐曲中，给予死者最大的尊重，也是给予秦腔的尊重。二是丧葬的高潮是白雪的一曲《藏舟》："耳听得樵楼上二更点，小舟内难坏我胡女凤莲，哭了声老爹爹儿难得见，要相逢除非是南柯梦间。"[2]白雪的唱腔悲凉伤感，情景交融的场景和唱词传达出比怀念和悼亡更深的意味，她不仅是悼亡公公，也是表达对未来命运未知的伤感，更包含着对秦腔衰亡状态的无奈。三是诸多的细节描写，也与开头呼应。诸如秦腔脸谱在白雪结婚仪式上出场，在夏天智葬礼上，将六本《秦腔脸谱集》枕在了夏天智的头下，将秦腔马勺脸谱盖在了脸上，魂魄才安宁。在丧葬仪式上，作者重点写了邱先生唱曲时的神态面貌，"他唱得最投入……眼亮得像点了漆"[3]，但如此投入也阻止不了清风街的人去东街牌楼那儿听陈星弹吉他唱歌，这是映衬。夏天智入殓时，高音喇叭响起，"立即天地间都是秦腔声。秦腔声中哭喊浮起，夏天智入殓了"[4]。棺木入

---

[1] 贾平凹：《秦腔》，作家出版社，2005年，第540页。
[2] 贾平凹：《秦腔》，作家出版社，2005年，第546—547页。
[3] 贾平凹：《秦腔》，作家出版社，2005年，第543页。
[4] 贾平凹：《秦腔》，作家出版社，2005年，第548页。

墓室时，乐班的锣鼓弦索唢呐再一次奏响；棺木入墓后砌墓门时，是高音喇叭在播放《祭沙》，是祭奠夏天智，这个生前给他人播放秦腔，死后伴着秦腔声入殓，秦音送走了这或是最后一个秦腔的爱好者。在这重点书写秦腔的场景中，作者突出写了引生和来运。"来运突然地后腿着地将全身立了起来，它立着简直像个人，而且伸长了脖子应着秦腔声在长嚎。"①书写来运，与开头呼应。秦腔曲牌和音乐在丧礼上不断重复，是氛围烘托，不仅仅是在祭奠死者，也是通过这种反复回增的叙事方式强化悼亡的情感。不论是乐人唱秦腔，还是《藏舟》曲词中包含的寓意，还是一遍遍的高音喇叭的播放，甚或是来运的呜咽，这些都强化着悼亡的悲凉情感。贾平凹善用烘云托月法，作者与其说是在悼夏天智，不如说是在悼秦腔，贾平凹在这里展现了非常精湛的叙事艺术。

  作者表现老一辈人的兄弟情感时，秦腔也是联系和纽带。在清风街，夏家家族里老一辈也都喜欢秦腔，小说围绕夏天义这一条线索从村社和家族两个方面展开叙事。老支书对土地有着质朴而执着的感情，反对新支书夏君亭开辟农贸市场；当农贸市场开辟后，夏天义活得不顺畅，来到刘新生的果园，刘新生敲《秦王十八鼓乐》，鼓乐在这里是氛围烘托，目的是释放压抑多日的烦恼。夏天义的价值观以土地为中心，他坚信农民离开了土地就不成其为农民。也正因此，他才要租种进城打工的俊德家抛荒的土地，才要坚决反对君亭建农贸市场，反对用鱼塘换七里沟的计划，才要一个人到七里沟去像当代愚公一样独自翻地。但是他要住七里沟淤地的计划被儿子们阻挡了，正是活得不展拓的时候，夏天智用手巾包了生姜来看望二哥，他没有直接进屋，而是在池塘边的柳树下放了秦腔戏《韩单童》："我单童秦不道为人之短，这件事处在了无其奈间。徐三哥不得时大街游转，在大街占八卦计算流年。弟见你文字好八卦灵验，命人役搬你在二贤庄前。你言说二贤庄难以立站，修一座三进府只把身安。"②两兄弟坐在石头上，听收音机里的"苦音双锤代板"。

---

① 贾平凹：《秦腔》，作家出版社，2005年，第548页。
② 贾平凹：《秦腔》，作家出版社，2005年，第275页。

这是非常感人的情景交融，夏天义的处境恰如戏曲里唱的"无其奈间"，商品经济的车轮滚滚而来，人们纷纷离开土地，明知淤地事业必然失败，他却将淤地作为实现自己人生价值的最后一根救命稻草。但这能安身的淤地事业眼看着成泡影，收音机里的秦腔曲调悲凉，映衬着主人公的心理，也强化了悲凉的抒情氛围。

小说里多处写到秦腔曲词与清风街人事的情景交融场景。狗剩因违背了"退耕还林"的政策，用农药结束了自己的生命，夏天智在高音喇叭里播放《纺线曲》为狗剩送行，悲惋的曲子既是狗剩贫贱可怜一生的写照，也是一首安魂曲。夏天智得知儿子夏风与白雪离婚的消息之后，毅然决定与其断绝父子关系，并且用高音喇叭大放《辕门斩子》，用秦腔把自己与儿子断情的痛苦表现得淋漓尽致。引生、哑巴和刘新生在七里沟帮夏天义搭棚淤地，荒芜的七里沟生了热闹有了人气，引生回村拿吃喝，弄猪头肉和酒来犒劳自己和夏天义，他在雨中兴奋地奔跑，嘴里唱着："海水岂用升斗量，我比雪山高万丈，太阳一照化长江。"[①] 此处是《滚豌豆》选段，戏中的王子英刚刚斩杀敌阵将领高龙、高虎，意气风发，斗志昂扬，这戏词也就正合乎引生此时的心情。这些情景交融的秦腔曲词能强化人物的心理，从而达到塑造人物的目的。夏中星当了剧团团长的消息传到引生的耳朵之后，引生因为白雪就此决定不去省城而高兴，高唱《周仁回府》唱段，这节欢快轻松的曲调烘托出引生当时欢乐的心情。夏天智去世之后，白雪声泪俱下地清唱《藏舟》，"要相逢除非是南柯梦间"，反映了白雪悲痛的心情。

当然，书中还有很多秦腔曲谱和唱段，秦腔与清风街的人事自然地交织在一起，秦腔的旋律和内容暗合了清风街百姓的喜怒哀乐，与人们的生活、情绪紧密联系在一起，既渲染了作品的气氛，也在作品文字之间注满了一种音乐的节奏，如同故事的伴奏，悠长，苍凉。无怪乎，王鸿生说："面对这部作品，我的感觉是平常所用的理论大多都派不上用

---

① 贾平凹：《秦腔》，作家出版社，2005年，第269页。

场。我只能像听音乐一样去听它。它是慢板流水。所有的音乐都是很难解读的,你想知道音乐的味道就只有一遍一遍地去听。所以,《秦腔》给我的第一个感觉是,它的表现方式本身就是音乐性的。"①

至此,一曲秦腔,八面来风,贾平凹借助秦腔展示了他复杂而高妙的叙事手段。贾平凹本就钟情于音乐叙事,诸如埙音之于《废都》、孝歌之于《老生》,尺八之于《山本》,但秦腔之于小说《秦腔》,实现了声音意象与小说叙事的完整融合。音乐不仅作为小说的音乐伴奏,即小说中最主要的声音线索贯穿作品始终,作为重要的文化意象参与情节的发展,实现以象写意的目的,即在秦腔声里知晓乡土文明的发展变迁;音乐本身也作为小说中的细节,起着情景交融、氛围映衬和塑造人物的作用。在多种手法的交错运用中,贾平凹的音乐叙事真正实现了音乐不仅是手段和手法,其本身还是叙述目的的艺术效果。贾平凹通过秦腔探索小说叙事文体中抒情写意和实录写实充分融合的思路,在叙事文体的探索和实践中具有积极的价值和意义。

---

① 陈思和、杨剑龙等:《秦腔:一曲挽歌,一段情深——上海〈秦腔〉研讨会发言摘要》,载《当代作家评论》2005年第5期。

《山本》的整体性文学视野及其叙事手法

阅读贾平凹的长篇小说，不可不读其后记。小说文本是虚构，后记则是写实，两相呼应，阐释者往往能从后记中窥见其小说创作的密码。贾平凹在《山本》后记中写道："河在千山万山之下流过是自然的河，河在千山万山之上流过是我感觉的河，这两条河是怎样的意义呢？突然省开了老子是天人合一的，天人合一是哲学，庄子是天我合一的，天我合一是文学。"[1]贾平凹在面对芜杂的秦岭战争史料时，或是因了秦岭的点拨，才有了用"天我合一"的文学手法表达"天人合一"的思想认识，于是成就了这部《山本》。《山本》从文学写作视野的层面，将秦岭战争历史置于古老文化传统的源头进行多重观照；从叙事手法层面，用抒情笔法写作并不抒情的题材，在残酷污血的战争面前，进行有情观照。《山本》在叙事上呈现了一种既不同于革命历史主义小说，也不同于新历史主义小说的全息现实主义叙事模式，具有独特的叙事魅力。

一、整体文学视野下的多重观照

小说结尾是这样一个画面：秦岭屹然巍峨，且草木青青，秦岭山下，无数的炮弹砸向涡镇，涡镇这个小说故事的发生地顷刻灰飞烟灭，在炮火边缘，站着陈先生、陆菊人和剩剩。这是一个富有意味的画面，秦岭在小说的"题记"里被这样表述："一条龙脉，横亘在那里，提携了黄河

---

[1] 贾平凹：《山本》，作家出版社，2018年，第524—525页。

长江，统领着北方南方。这就是秦岭，中国最伟大的山。"秦岭在小说里，是一个远远延伸于故事的发生地涡镇之外，又无时无刻不参与着涡镇历史的高远视角。故事以涡镇作为小说的叙事背景，故事的讲述地和主要人事的发生地是在涡镇，以预备旅为主线联系起秦岭大大小小有关红十五军团、逛山、刀客和土匪的故事。除了这些有形的战争和人事之外，还有无形的对具有事件粘连和人事象征作用的秦岭草木和动物的记录。在秦岭的俯视下，涡镇的历史，其实是战争或者说是"事功"的历史湮灭了，遗留下来的是那些处于历史边缘用有情之眼目观照历史的人。

当然，在贾平凹的小说构思中，大秦岭视野下的涡镇历史是通过相对复杂的视角勾连来演述的。作者在接受《华商报》记者访谈时强调："这不是一本写战争的书，而是试图从天、地、人的角度来写出那段动荡岁月中的历史和错综复杂的人性，挖掘人与人、人与万物之间的感情，张扬苦难之中的真正大爱。"[①] 天、地、人的整体视角，其出发点是从自然的角度来言说人事。在中国先哲的书里，讲立德立道是从道法自然说起的，如老子所言："人法地，地法天，天法道，道法自然"。中国先贤的智慧中包含着人与天地一物也的整体思维观念。在早前的小说中，贾平凹更多接通的是民间文化，在《山本》中，他探源到中国传统文化的源头，以秦岭作为故事的大环境，以动植物映照战争历史和人事纠葛，秦岭山里的草木和动物世界是有灵的，和涡镇的人事世界相辉映。如果将《山本》中的草木世界和之前《老生》中的《山海经》相比较，会发现它们都是超越现实的想象。但《山海经》只是以部分章节讲解的形式插入作品中，并未进入具体的故事情景，而《山本》中的草木散落在小说故事的讲述中，附着在人物的形象里，并通过有形的人物和无形的形象（秦岭作为其大的存在背景）和故事紧紧相融在一起。比如，作品中的主要人物都有其对应的动植物意象，如井宗秀之于虎，陆菊人之于金蟾。在故事的叙述过程中，人物命运的命定因素也是在万物有灵的观照下呈现

---

① 贾平凹：《作家要始终真诚地面对生活》，载2018年4月11日《华商报》。

的，万物有灵也是天人之间的感应，比如：井宗丞死时，有冥花的预兆；井宗秀被杀之前，老鼠猖獗；井宗秀在每次参加战事之前，会咨询周一山，周一山借梦通灵，类于巫者。特别是作品中设置了麻县长这个角色，麻县长虽身处战争的旋涡，却不忘用有情之眼记录草木，体现了仁者以万物于一体的态度。将人事纳入自然即大秦岭的视角下，不仅从人的视角看物，而且从草木、物的视角看人，在凡人的活动场所里都有草木动物的眼睛在周围，形成人与物一体的氛围，放大了看问题的视界和眼界。这和现代性视野不同，既接通了传统的天人合一的哲学观念，也是多年生命经验的体现，非仅从社会历史的维度讲述历史，而有了自然之眼的关注，也便拓展了历史表现的维度。

  《山本》中自然与人事互映在形而上的层面是以山水互为对应，在小说的文本层面，山是横跨南北的秦岭，水是在涡镇形成漩涡的白河黑河，山与水之间的动静互映是小说的隐形结构。小说中井宗秀梦见涡潭"把来的人、牛、驴、断枝落叶和梁柱砖瓦都吸进去了。可以说，不是吸进去的，是所有的东西都自动跑进去的，他就听到了它们在涡潭里被搅拌着，发出叭叭的响，一切全成了碎屑泡沫"[①]，所有的人事变迁、善恶美丑都逃不出历史的旋涡。具体到作品中，小说写战争中人的生命如草芥，砍头就像砍萝卜，即使如战争中的英雄人物井宗秀，也终被战争吞噬。小说结尾，涡镇在战争炮火中湮灭，远处的秦岭依然峰峦叠嶂。山岿然不动，见证着历史的发展和变迁，这也是老子变与不变朴素辩证思想的表现。万物都是变动不居的，但决定万物变动的法则却是不变的，自然的恒常与人事的变化相反相成，以山水线索贯穿始终。作品中黑河白河的名称，是美丑善恶的黑白辩证；故事的主要线索围绕陆菊人和井宗秀各自的性情发展和两人之间的情感发展展开，作者设计陆菊人的"白面"与井宗秀的"黑面"互为映照；在空间设置上，预备队所住的城隍院，隐喻魑魅魍魉所居之地，宽展师父、陈先生等所居之地安仁坊和

[①] 贾平凹：《山本》，作家出版社，2018年，第195页。

地藏菩萨庙，则是自然人情的寄居地。山水、黑白、动静、男女等在小说的表层是视角的互映，在隐喻层面则是阴阳共生动静相形的思维观念的体现，这样，历史与战争题材的小说因山水视角互映开拓了其哲学表现的空间。

在贾平凹的文学世界里，人事的世界也是"阴阳共生，魔道一起"，但作者总能在"百鬼狰狞"中凸显"上帝无言"的力量，这里面就体现出贾平凹对待历史的态度。《废都》中的庄之蝶等在"百鬼狰狞"的废都城里的沉沦是通过牛这个无言的天眼呈现的，《古炉》中古炉村人的争斗和暴力是在善人这个说病者的视野下呈现的，《老生》里四个时代的乱世故事是在老生的视野下呈现的，《极花》中圪梁村的衰败现实也是在老老爷的观照中存在的。小说里的世界，不论是混乱的"文革"现实，还是欲望泛滥的都市、人心恐慌的乡村，都如贾平凹所描述的那样——"阴阳共生，魔道一起"。如何理解这个混沌的世界？牛是现代理性思想力量的介入，善人是民间宗教力量的显现，老生是达观的历史的智者，老老爷身上具有民间巫者的印记。贾平凹从传统、现代和民间探寻救赎的力量，在《山本》中，这一切都得到了集中体现。面对魑魅魍魉横行的战乱世界，道的力量或德的精神在故事中通过多层次的观照而存在。首先，麻县长作为现代知识分子，他对战争的认识是清醒的，作者借麻县长和杜鲁成的对话说明涡镇的故事背景正是蒋介石和冯玉祥部队混战时期，在麻县长眼里，战争是强权和武力的较量，在大处是军阀混战，在小处是利益纷争，是强者对弱者的暴力征服和掳掠。麻县长虽有"为天地立心，为生民立命"的宏愿，却被群蜂雄起的军事团体缚住了手脚，只能借草木立言，以草木之德行映照战争的无情。其次，作者通过设置陆菊人视角来观照井宗秀等的战事冲突。小说开始，井宗秀将从一亩三分地里挖出来的铜镜送给陆菊人，陆菊人和这枚铜镜在小说中起的是镜鉴作用，陆菊人和井宗秀就因铜镜而成为一对相互映照却具有一体两面性质的人物。井宗秀与事功的一面，诸如革命战争、英雄逞强等紧密相连，陆菊人则代表有情的面向，与民间的日常生活，与淡泊如菊的人生态度相关联。井宗秀与陆菊人在作品中既是人物之间相互映照的关系，也是结构上的映照，贯穿作品始终。铜镜作为联络两者的媒介，成为作品中重要的贯穿性意象，牵引出事功与有情以及善恶美丑等的面向。最后，作品塑造了地藏菩萨庙的宽展师父和安仁坊的陈先生，宽展师父是尼姑，在战乱中具有宗教救赎的力量，陈先生起着医治人身体和人心的力量。陆菊人及其背后的宗教和世俗救治与战争强权形成大的冲突，这冲突是善与恶、美与丑的冲突，在一时一地，恶的成分成为主要力量。当井宗秀在战争中力量不断强大，自私、贪欲和占有的人性恶的方面也逐渐凸显，尤其在对待三猫剥皮蒙鼓这件事的态度上以及这件事之后，井宗秀俨然涡镇的城隍君，无视县长身份、无限制占有女人，微弱的人情成分荡然无存。但在小说最后，井宗秀连同涡镇都在炮火的攻击下覆灭，这是物壮则老的思想体现。

秦岭动植物视角下的战争和人事，山水互映的结构隐喻，以及世俗世界里的善恶观照，这在作品里是多重观照与多维视野的体现，也是贾平凹作品中表现出来的整体性文学视野。整体性文学视野体现的是作者如何在一部作品中呈现自己对自然、社会、历史和人性的综合性思考，这里面有作者多年来关于传统、现代和民间的价值思考，是谢有顺所评价的把文学从单维度向多维度推进，使之具有丰富的精神向度和意义空间。其实，多维视野也是如胡河清所说的全息现实主义，是在中国文化传统和古典哲学思想观照下的现实主义，联系的是中国传统文学如《红楼梦》等的文体结构和形式。中国传统文学强调整体圆融的艺术境界，这是天人合一哲学思想在文学上的表现。在《山本》中，不论是民间和革命，还是自然和人事，以及日常和战争，都被作者纳入秦岭这个高远视角下，演绎什么是山的本来，什么是人的本来面目。在小说中，既有人与自然的思考，也有天人感应的表达，还有世俗世界中的文化救赎，作者借助多维视野将其统一起来。《山本》用传统艺术形式表达天人合一的哲学思想，是贾平凹多年艺术经验的综合。

二、有情之笔书写历史

天人合一的多维视野不仅使作品具有丰富的维度，还带来了叙事手法上的变化。贾平凹在《山本》中一方面以井宗秀为叙述核心呈现秦岭战争，展现预备团、保安队、游击队、土匪、逛山、刀客等的战争冲突，秦岭战争史是争夺地盘和枪炮的历史，枪炮在秦岭就是最大的强权。另一方面用大量笔墨书写涡镇普通人，特别是麻县长、陆菊人、陈先生等的日常生活。贾平凹的本意不是单纯从战争的层面放大其血腥和残酷，如何叙述战争不仅仅是艺术手法的表达，也是历史态度和人生态度的呈现。

如上文所说，作者没有将陆菊人和井宗秀设置成矛盾对立的两面，就像其在后记中表述的，"我需要书中那个铜镜，需要那个瞎了眼的郎中陈先生，需要那个庙里的地藏菩萨"[1]，不论是铜镜，还是地藏菩萨或者陈先生，都是具体的艺术形象。王德威认为："现实人生的残酷我们都明白，甚或有切身的体验。但是，如何从这样一个残酷的经验里去凝聚、去抽离，然后形之于一种美学的形式，这是另一种挑战。"[2]历史书写注重事功的一面，事功在《山本》中是不同的战争、冲突以及因战争引发的人事变动，如何观照事功的历史，是作者对历史的态度，与作者的个性和书写经验有很大关系。沈从文说，"事功为可学，有情则难学"，有情中有"作者对于人、对于事、对于问题、对于社会，所抱有态度……这种态度的形成，却本于这个人一生从各方面得来的教育总量"[3]。《山本》中的铜镜，在《高兴》中是一双高跟鞋，地藏菩萨庙在《带灯》中是那个从汉朝一直延续到现在的松云寺，我们能在陈先生身上找到《古炉》中善人的影子。贾平凹在早前的小说中，不论是对待现实还是历

---

[1] 贾平凹：《山本》，作家出版社，2018年，第526页。
[2] 王德威：《抒情传统和中国现代性：在北大的八堂课》，生活·读书·新知三联书店，2010年，第109页。
[3] 沈从文：《抽象的抒情》，江苏教育出版社，2005年，第13—14页。

史,都有意开天窗,"天窗"在后记的表述中是说他到秦岭人家,看到各家各户都有天窗,主人的解释是"人死时,神鬼要进来,灵魂要出去"①。现实的俗世需要神鬼灵魂的保佑,在贾平凹"负阴抱阳"的叙事中,也需要有情冲淡残酷。作者开天窗的用意是要在小说中表明对所描绘的历史事件的态度和认识,是沈从文所说的用有情之笔看待历史。这个有情之笔在王德威的解释里就是用抒情的态度面对残酷的历史,抒情不再只是个人内向自省的倾诉,也是个人与历史情境互动的有感而发。

在贾平凹以往的小说中,有情书写历史和现实,已成为他创作个性的体现。王德威在评价贾平凹《古炉》时认为:"贾平凹的抒情写作就像《古炉》里擅剪纸花的狗尿苔婆一样。在革命最恐怖黑暗的时刻,婆却每每灵光一现,有了'铰花花'的欲望。她的剪纸不只是个人寄托,也成为随缘施法、安抚众生的标记。"②《山本》中的有情叙事,比之前作品涵盖的面更广,如同后记中所说:"我是一腾出手来就要开这样的天窗"③。不仅小说中的铜镜、地藏菩萨和陈先生被赋予了战争叙事的有情观照,而且秦岭的动植物也被作者赋予有情的观照,它们都是作者在叙事中渗入主观情感,形成类似于草木有情、人间有爱思想的表达。

对历史的有情态度,需要作者从生命深处生发出忧患悲悯的情感。在《山本》中,作者随处记写眼目所及的草木世界,它们有生命的灵性和生长的权利。作者以草木的德行也即万物的本性来比照战争无情。麻县长收集秦岭草木,了解草木的情性,比如构树有男女株,自己授粉,花柱草的花蕊能从花里伸长打击飞来的风蝶,扶桑与人相扶而生,羚羊会哭,毛拉虫钻进土里蛰伏一冬后会长出美丽的植物。作者对它们的书写既是对残酷战争的观照,也是一种人生态度的表达。

陆菊人作为井宗秀的"镜鉴",如同铜镜背面的文字,是光明对黑

---

① 贾平凹:《山本》,作家出版社,2018年,第526页。
② 王德威:《暴力叙事与抒情风格:贾平凹的〈古炉〉及其他》,载《南方文坛》2011年第4期。
③ 贾平凹:《山本》,作家出版社,2018年,第526页。

暗的镜鉴。当井宗秀在战争中奔突、发展,权力益愈壮大,人性的贪欲和自私愈加鲜明时,陆菊人表现出的是人情人性常态和美好的一面。她美丽大方、性本良善,在战争暴力的边缘感受生活和人性的美好,认真过好每一天,有情对待每一个人,她善良美好的品性被麻县长称为"美德"。麻县长为陆菊人制作的黑茶题名"美德裕",其实就是美德充裕的含义,这是对陆菊人品性的概括,即使在战争状态下,也要涵养品性,美德充裕。作者在书写陆菊人的日常生活中,更多从地方风物、乡间民俗、日常生活感受等方面书写她人性美好的一面。作品详细记叙了她包饺子一节,从洗地软、和面到包饺子,把日常生活仪式化,李泽厚认为,形式化的礼仪背后有对生活畏、敬、忠、诚的情感。陆菊人常常借助人生感受来表明她的人生态度,在燃放铁礼花一节中,她感慨道:"那么黑硬的铁,做犁做铧的,竟然就能变得这般灿烂的火花飞舞。"[①]这就是刚柔相济的人生表现,也是陆菊人性情的投射。陆菊人在小说中心思细腻却性情疏阔,称得上是女中豪杰,她引导井宗秀走向开阔人生,经营茶作坊后,茶作坊很快成为预备旅的经济后盾,她一方面促使井宗秀发展壮大,一方面照见其人性的促狭和贪欲。对预备旅的几次劝解,也能说明她与井宗秀性情方面的不同。比如,当得知井宗秀要将十七个阮氏族人杀害时,她及时搬出麻县长阻止了屠杀行为。在对三猫剥皮蒙鼓事件上,她已无能为力,也说明战争对人性的侵蚀。陆菊人的性情品性和人生态度澄亮光明,像那面铜镜,照出了井宗秀性情的发展变化,也照见了战争的残酷和黑暗。

　　安仁坊的陈先生主要是治病救人,职业身份使他善待并尊重每一个生命,同时和善人一般,他在小说中更多是把自己经年的人生感受表达出来,表现出智者的一面。陈先生思想中充满道家的辩证观念,比如他说:"你去庙里了,不要给神哭诉你的事情有多麻烦,你要给事情说你的神有多厉害。"[②]要成就某件事情,要把自己放在成就事情的对立面。老

[①] 贾平凹:《山本》,作家出版社,2018年,第137页。
[②] 贾平凹:《山本》,作家出版社,2018年,第51页。

子说，知常若明，常就是左右事物变化的法则，若逾矩超越一定的限度，则会物极必反。宽展师父为战争中的每一个人设立往生符和延生符，就是对生命一视同仁的体现，每有杀生，则会吹尺八为亡者超度。陈先生以常理排解生者的烦闷，宽展师父用尺八为亡者超度，他们和陆菊人一起，作为战争的边缘人物，见证了战争从生长到覆灭的过程，悲悯着或结实或脆弱的人间生命。历史和战争如烟云湮灭，存有的是普通人的伦常生活以及在这伦常生活中应有的爱恨情仇。

有情书写冲淡战争的残酷，其实就是"负阴而抱阳，充气以为和"的天人合一观念在叙事上的体现，叙事的后面是作者思想价值观念的表达。对于残酷的战争，宽泛来说，在世事凋敝、道德沦丧的时代背景下，如何救治人心？如何充气为和？除了通过井宗秀等的故事说明"强梁者不得其死"而外，作者其心很大，借助陆菊人等说明，要在日常俗世中修德养善，修养内心，在混沌的世界里，张扬道的力量，在自然的维度中，俯瞰人事变化，在天地一体的视野下，弘扬善的力量，实现美德充裕的人间理想。

三、史话与闲笔交相辉映

如同上节所述，贾平凹一方面叙写历史，一方面用抒情笔墨观照历史。在具体的表达方面，则充分发挥了史话与闲笔两种叙述方式的作用，书写历史是史话的方式，有情观照则是闲笔随处拈来，贾平凹在这两种笔墨间游刃有余，转换自如。

古典文学中的史话是从说书人传统而来，杂糅史传和传奇的叙事特点，强调作者的结构编织能力，作者要对粗陈梗概的史的故事"施之藻绘，扩其波澜"，情节上的波澜考验作者结构营造上的想象力，藻饰要有感情，考验的是作者对人情人性的体验以及对生活的观察能力。在《山本》中，史是骨骼也是线索，这个线索是从十三年前陆菊人陪嫁的三分胭脂地开始叙事。三分胭脂地在小说中意味颇深，联系起了陆菊人和井宗秀的关系，开启了两人在后来发展过程中镜鉴般的观照关系；也是从三分胭脂地开始，井宗秀逐渐成长为秦岭战争史上的一代枭雄，搅动涡镇历史变迁。三分胭脂地是小说的结构性架构，一线贯穿。这胭脂地原是龙脉，井宗秀的爹偶然被殓葬在这块地，陆菊人暗示这龙脉能成就英雄，井宗秀在剔除土匪五雷、王魁时因智谋出众被任命为预备团团长，在屡次的防卫和开拓战事上智力超群，逐渐成长为一方军事上的霸主，最后因杀戮过重被人暗杀，涡镇也在战火中覆灭。关于赶龙脉人对胭脂美穴的测定，是神秘性叙事，在陈忠实的《白鹿原》中也有类似情节。龙脉与人物命运间微妙的联系，一方面强化了其命定性，另一方面，从艺术手法上是为了增加故事讲述的传奇性和神秘性。作品中这个神秘化故事的引子，既说明井宗秀之所以能成大事是命定的，同时小说中的神秘化叙事与小说结尾结合起来，也可以表明作者对历史的态度。涡镇中的很多人包括杨钟、周一山、阮天保等并不明白战争在大的意义上是为什么，如同《古炉》中作者叙写那一场场争斗一样，人们只是为了吃饱饭，或是私人的恩怨、利己意识等，就拿起枪杆子残酷掠杀生命，尤其是阮天保对待井宗丞就纯粹是私人恩怨。这些参与战争的人对战争的源头和战争的结局是无知的，但战争过程是残酷的，这样的形式设定也说明，只有超越战争，从旁观者的角度思考战争和历史的意义，才是有价值的历史叙事，这是从小说情节的演述上进一步强化作者对历史和战争的态度。

  《山本》从头至尾没有标题，看似散脱，当作者在讲述传奇战争故事时，却非常注重情节结构上的衔接，有伏笔铺垫，有前后照应，也有结局预设，等等。在叙述战事发展过程中，小至预备团穿什么衣服挂什么旗帜，大至团里重要人物的性格命运和发展结局都是前有伏笔和预设，后有征兆和结局的完整脉络，这些都增强了传奇史话的神秘性特点。在叙述预备团穿什么颜色的衣服时，先是银杏树下掉下黑蛇，再是夜线子来投奔，还有井宗秀骑马时黑云密布，再是陈先生在黑风中的谶语"能刮黑风是上天赐予的大吉之兆么"①，而当井宗秀确定以黑为主色时，黑风倏忽停止，这一过程充满神秘性。"黑"不仅仅是一个颜色问题，它与战争及战争中增长的人性恶等呈对应关系，而与陆菊人等呈对比关系，所以作者进行了神秘性和命定性的细致叙述。在叙述冉双全这个人物时，作者通过对话说明此人头脑简单，想法粗暴，为后来他失手杀死莫师傅，未能救治杨钟儿子的瘸腿埋下伏笔。陆菊人在杨钟死时都未落泪，看着冉双全跛着腿出去，眼泪却唰唰地流，这既是此情此景的表达，也是预言和伏笔。剩剩的腿最终也没治好，就像井宗秀不可能有后代，都有杀伐过重的缘故。以井宗秀及其预备团为线索的史的一面，作者巧构故事，叙述线索完整，叙述过程也是草蛇灰线，绵密细致，继承了中国话本小说的讲故事方式。

《山本》从题材上来看属于民间历史演义。历史演义本是写史，但在贾平凹的叙述中，"史"是线索，是环境背景，因史衍生的人情风物比重更大，贾平凹试图呈现抒情的战争叙述样态。在叙述话语上，时时从战争的记叙中转移到对四时风景、地方风物、民间工艺、传统信仰等情景的细笔描绘，对面花、地软饺子、燃放铁礼花，以及触目所及的秦岭草木等进行详细描述，这是用抒情笔法发掘战争状态下有情的一面。用抒情手法打破史的情节，是写作手法上的闲笔。闲笔在小说记叙中以旁逸斜出的方式出现，其好处在于容易形成文章姿态横生、叙事自由的特点。闲笔是中国小说的一种抒情方式，强调自我情感的注入。沈从文说："照我思索，能理解'我'。照我思索，可认识'人'。"②这里的"我"，即是将自我的态度注入所叙情景中，强调"我"的情感表达。贾平凹也说："天我合一是文学"。在小说故事中，如何抒发"我"的情感，将"我"的思索和小说故事融为一体，是小说如何抒情的表现，也是小说个性化的表现。

贾平凹将闲笔纳入小说中，是自《废都》以来的创作经验，既是对

---
① 贾平凹：《山本》，作家出版社，2018年，第174页。
② 沈从文：《抽象的抒情》，江苏教育出版社，2005年，第1页。

《红楼梦》等世情小说文学传统的有益借鉴，也成就了其小说叙事手法方面的特点。贾平凹一方面写实，一方面抒情，总能将写实和抒情融为一体，其在写实和抒情的表现方法上因素材和主题的不同而不同。比如《老生》中的《山海经》是闲笔，闲笔的插入，是结构的连接，也是视野上的观照。《山本》中史的线索是写实，缘史产生的关于草木、四时风景和地方习俗的记录和描写是闲笔。王德威认为，抒情的"情"带出古典和现代文学对主体的特殊观照，而"抒"有编织和合成的意思。闲笔抒情作为一种历史眼光，同时也是一种组织形构，如何和小说的情节内容严丝合缝，贾平凹在《山本》中探索写实和抒情的表现手法，呈现多层次的叙事技巧。

在《山本》中，小说叙事节奏更为舒缓，叙事笔致更为细腻。舒缓的节奏得益于作者旁逸斜出的闲笔插入。作者在战事间隙，抒发人生感悟、观察记录草木，这些都非单纯的知识录入，而是和战争中的人事有牵连，草木动物有时就是人物和事件的形象化隐喻和象征。比如麻县长将县政府迁到涡镇后，井宗秀不仅独揽了一应政务，而且为县长提供丰盛的饮食，作者细笔描写麻县长在办公室逗弄老鼠，看到院子里的蚂蚁搬迁，感慨自己活着如蚁后，但不如蚁后有事可做，将麻县长在涡镇有情却"无能"的一面表现得非常逼真。再比如井宗丞带领十几个人在战争前埋伏的时候，细笔描绘他和元小四的对话，对话中提及鹅掌楸和细辛，激烈的战事结束后，元小四死了，其衣服的前襟挂在了鹅掌楸上，井宗丞在地上画了个圈，放了两碗肉，他觉得筷子在动。在这一情景中，战争、人事与动植物的描写被作者巧妙地糅合在一起，在写法上是天地人相关联的整体性写作，在寓意上则说明，一场战事消耗了的生命如同一场风吹走了草木，人与万物，生死起灭孰贵孰贱，都合于自然的法则。作者叙写杨掌柜之死一节也非常细致，小时候井宗秀、阮天保、杨钟在粪堆上玩占山头，长大后却以牺牲那么多人的性命占山头，杨掌柜感慨："是能行了才当了预备旅的头儿和红军的头儿，还是当了预备旅的头儿和红军的头儿才折腾这么大的动静？真个是要看什么神就看这神住的什么庙啊！"①这是关乎小说主旨的思考，杨掌柜的感慨里面有对涡镇历史演变的回顾与反思，在叙事线索上和开头呼应，体现伏笔千里的特点。作者记写杨掌柜在风雨中被中空的柏树压死，体现了神秘化叙事的特点，也是将自然、战争与人事融为一体的写作，中空的柏树和自杀的皂角树一样都是拟人化的象征，意味着战争淘洗和异化了人的良心。杨掌柜之死也是自然对战争的反拨，这棵树成了杨掌柜的棺木，说明任何物事都逃不了自然法则的同时，自然也包容一切、宽恕一切。

作者在闲笔写作中，叙事更有耐心，往往造成具有诗意化的情境，作者的笔致越细腻，其形成的抒情感受越浓厚。比如作者在叙述涡镇设灵堂祭祀战死的五十一个亡灵，说到还有三个人没有头，用葫芦头代替，不仅人头与葫芦头的互文凸显战争的残酷，更是将人物的心理、神态、语言、动作等打成一片，画面感极强，也说明贾平凹在叙写人物心理时已达到很高的程度。富有画面感的情境在小说中比比皆是，不仅是抒情方式，更包含对事件的评价，还能造成颇有余味的留白效果。比如"皂角树上人皮鼓挂得高，谁都不曾敲过，但每当起了风雨，便有了噗噗的声音，似乎鼓在自鸣"②。此段闲话是情节的隐喻，至此之后，井宗秀在涡镇的权力达至顶峰。皂荚原是幸运物，但如今已被漠视，既与前文呼应，也是后文皂角树死亡的预示，这是战争对涡镇的创伤性象征，尤其是最后两句，留有余味的留白中含有物极必反的思想在里面。

---

① 贾平凹：《山本》，作家出版社，2018年，第370页。
② 贾平凹：《山本》，作家出版社，2018年，第404页。

形式的难度：《暂坐》的整体性艺术架构

2000年之后，贾平凹几乎在每一部长篇小说的后记中，都谈到小说写作的难度，这难度主要还是为内容寻找契合的形式的难度。在写作《怀念狼》时，作者是写了再废，废了又写，"《怀念狼》彻底不是了我以前写熟了的题材，写法上也有了改变"①。在《〈秦腔〉后记》中，作者说："我唯一表现我的，是我在哪儿不经意地进入，如何地变换角色和控制节奏。"②写作《高兴》时，作者五易其稿，"这一次主要是叙述人的彻底改变，许多情节和许多议论文字都删掉了，我尽一切能力去抑制那种似乎谈起来痛快的极其夸张变形的虚空高蹈的叙述"③。到了《老生》，令作者为难的仍是小说的结构和手法："写起了《老生》，我只说一切都会得心应手，没料到却异常滞涩，曾三次中断了，难以为继。苦恼的仍是历史如何归于文学，叙述又如何在文字间布满空隙"④。贾平凹重视小说形式，试图为每一部小说寻找不同的文字和结构。

贾平凹在写作过程中所纠结的形式，是体现作者文学想象的技艺。形式主义学派的什克洛夫斯基把"手法"作为衡量文学的标准。雅各布森认为："文学科学的对象并非文学，而是'文学性'，即使一部既定作品成为文学作品的特性。"⑤文学性强调文学的审美属性和诗性在文学作

---

① 贾平凹：《关于小说》，生活·读书·新知三联书店，2015年，第115页。
② 贾平凹：《关于小说》，生活·读书·新知三联书店，2015年，第157页。
③ 贾平凹：《关于小说》，生活·读书·新知三联书店，2015年，第181页。
④ 贾平凹：《关于小说》，生活·读书·新知三联书店，2015年，第251页。
⑤ 胡涛：《雅各布森与"文学性"概念》，载《外国文学研究》2014年第3期。

品中的主导性，文学的审美属性存在于文学的手法和形式中。巴尔加斯·略萨在给青年小说家的信里，也强调文学形式的重要性："是具体化的形式使得一个故事变得独特或平庸、深刻或肤浅、复杂或简单。"①在小说形式中，结构具有主导性的地位，小说中发生的一切，"是根据小说内部结构的运行而不是外部某个意志的强加命令发生的"②，是结构使作品具有说服力，也是结构将语言、人物、叙述时间和空间组成一个统一的不可分割的整体。

当写作对象发生变化，贾平凹苦恼的仍是小说的形式和结构。《暂坐》作为贾平凹时隔二十多年再次书写的城市题材小说，他说："这比以往的任何一部书都写得慢，以往的书稿多是写两遍，它写了四遍。"③"一直在纠结着怎么写，那么多的人物，没有什么大情节，没有什么传奇故事，怎么个视点，从哪里切入，如何结构"④。如同作者所说，《暂坐》的主角是平分秋色的群体人物，他又想通过消解故事从而追求他一贯的审美，如何能最大程度地发挥他的创作个性又能在叙事架构上比之前的小说有突破，贾平凹面对新题材要进行新的艺术构想。贾平凹在《暂坐》中仍然以艺术架构的整体性作为创作追求的目的，只不过这次他没有如《废都》《秦腔》一样跨出小说文体的界限和音乐融合，他借鉴了戏剧文体的空间转场和类于舞台表演的人像展览结构，融合小说的叙事视角和其擅长的意象思维，创作戏剧和小说文体的跨媒介叙事，比之前的小说文体有了新的突破。具体而言，表现在以下几个方面：一是融合了戏剧文体和小说文体的优长，发挥了对话体叙事的特点，形成类于人像展览的戏剧结构，使小说能够包容更多的人物和更琐细的事件。二是借助意象思维，设置多重意象线索，增强作品的蕴含和容量。三是充分发挥戏

---

① 马里奥·巴尔加斯·略萨：《给青年小说家的信》，赵德明译，上海文艺出版社，2016年，第25页。
② 马里奥·巴尔加斯·略萨：《给青年小说家的信》，赵德明译，上海文艺出版社，2016年，第31页。
③ 贾平凹：《暂坐》，载《当代》2020年第3期。
④ 王雪瑛：《面对生活存机警之心，从事创作生饥饿之感》，载2020年6月17日《文汇报》。

剧化视角的特点，外聚焦和内聚焦视角的灵活运用，加强人物之间的映衬、矛盾和对话关系，强化小说的整体结构。贾平凹每一部作品的艺术格局都因题材和素材的不同而有变化，总能在惯常的写作中焕发活力，这是小说创作文学性价值的体现。

一

《暂坐》关注一群城市女性的生存现状，这群女性几乎都离了婚，在城市有一定的物质基础，与《废都》相比，作者并不想把重点放在物质欲望与身体欲望对人性的冲击和影响方面。《废都》以主人公庄之蝶为主体，与其有关的女性因庄之蝶而存在。《暂坐》中聚集在海若周围的数个女性是作品的主要写作对象，男主人公弈光像一抹反光，主要是为了照亮这些女性的存在而存在，男女关系更多是理性而冷静的观照关系。如果我们把写作看作富有历史延续性的创作的话，《暂坐》或是有意识对《废都》的反拨，主要表现作者对当下城市生存的思考。

从《废都》到《暂坐》，时光过去三十年，个体观念发生了变化，人们纠结和矛盾的重点不在个人文化身份的确认，抑或身体的压抑以及因此所带来的灵与肉的冲突。个体和现代文明的深度融合，使得个人无法脱离时代社会而生存，每个人都是时代里的一粒灰，个人存在于各种社会关系中，既需要维持物质的生存，也需要精神的依托。而物质上的困境，尤其需要精神的疗治，就像作者在对话中谈及的：

> 城市越是现代，生活在城市里的人越是艰难，其惶然命运的无望，失去信仰的撑持，远离存在的意义，彼此相交集，各自成障碍，表面常来往，实际不兼容，每个人都自我中心，每个人又身处边缘，不见外表的冲突，却在群体中大感不适，既虚弱又脆弱，既无力又无奈，既有所萦怀又无动于衷，情感的损伤无法疗治，精神的苍白难于慰藉。[1]

---

[1] 柏桦：《第二部城市小说的文化态度和对女性心灵的审视》，载2020年6月9日《陕西日报》。

与《废都》写人性恶不同，贾平凹在《暂坐》中关注的是群体之间所焕发出的人性之光。他在后记中谈及楼下的茶庄，茶庄的主人就是小说《暂坐》的原型。贾平凹在这些女性身上发现了人性的温暖和善良，其实也找到了小说创作的突破口，女人相比男性，容易相互取暖，也更容易敞开心扉，这些都是作者着重表现的。一般的小说是在群体里突出个体，突出个人命运与时代之间的纠葛，贾平凹没有把重点放到一个个单独的个体命运的纠葛上，他写女性群体的生存样貌和生命状态。《暂坐》的主角是暂坐茶庄的老板海若和她的闺蜜，被弈光取名"西京十块玉"，"玉"的隐喻含义里有个人灵性和独特性的一面。在这部作品里，他的立意重点是写十块玉扭结成群体后的生命闪光点。这些女性各有风采，有自己的事业，因缘巧合而成为闺蜜，却谁也不是谁的附庸和背景，她们单独来看虽非完人，但十个人扭结在一起，却能突出不一样的生命亮色。在文明越来越发达，个体越来越孤独，物质文化碾压精神生存的背景下，贾平凹要寻找人与人之间的那抹温暖，他要为逼仄的城市生存发现精神的亮光。在现代社会，群体的存在状态或许比单个人物的命运发展更能窥见时代和社会的变化，更能展示特定社会背景下人性的变化，也更能突出现代社会中独立个体的生存价值和意义。

二

好的作品是一幅织锦，好的读者要能看出线条如何编织，运用了什么样的编织技巧。贾平凹要在作品里呈现一群独特的女性在城市的生存现状。如何表现个人生存与时代社会之间无以言说的矛盾？他把写作重点放在了人与人的关系中，让更多的人和事发生关系和关联，这背后有哲学的思考。福柯说："我们不是生活在一个流光溢彩的真空内部，我们生活在一个关系集合的内部"[①]。在现代社会，人与人之间互相牵连，如杂生的蔓草，每一个个体都是在和他人的联系与纠葛中存在，个人的

---

① M.福柯：《另类空间》，王喆译，载《世界哲学》2006年第6期。

欲望和时代的面貌也因这牵引和裹挟被放大。如何借助文学叙事呈现人与人之间的关系？在《暂坐》中，作者选择空间铺排的结构方式，以海若的暂坐茶庄为主要空间场所，联络起十多个人物，以人物以及人物活动的空间场所的变化为叙述线索，随着人物的变化，空间随之发生变化。空间叙事与时间叙事相比，切断了个人命运紧密的时间连线，重在把握人与人之间的关系，与之前的小说相比，这部作品在结构上有突破。

一是主要人物无主次区分。作品的写作对象是西京十块玉，对应作品中的十个女性，作者对每块玉都有着色，不厚此薄彼。要写出无主次区分的十多个主角，结构难度相当大。传统现实主义的线性结构小说，往往是以一两个人物为主线，其他人物为副线；现代主义的复调小说，以米兰·昆德拉的小说为例，主角数量多则四五人。《暂坐》借鉴戏剧类文体的结构特点，类于人像展览结构，又发挥了小说文体的长处，不断变换空间场域，采用"人名加地名"的小标题，西京十块玉每个人都出现在小标题上，小节与小节之间的衔接随上文的情节发展自然过渡，十个人物交叉错落铺排，有事则多，无事则少。如以海若为标题六次，希立水、虞本温、司一楠、向其语、严念初、夏自花和冯迎为标题各出现一次。其次，人名后面的地名主要显示标题人物活动的场域，人物空间活动场域的转移强调的是人与人、人与社会之间的关系，这其实也是叙事文学的革命，爱德华·W.苏贾说："我们对世界的体验是，对在时间过程中成长起来的漫长的生命经验比不上对联系各个点并与其自身的线索交叉在一起的网络的经验。"① 空间场域的转移强调人在各种关系网格中的处境。比如以海若为标题六次，她的主要活动空间为茶庄和筒子楼，她是茶庄的老板，筒子楼是夏自花母亲和儿子的居所，经营茶庄和联系姐妹照顾夏自花一家是海若生活的两个面向，这两个面向也反映了海若们在现代城市生存的矛盾和纠结，作者将她们比喻为蜂，蜂有毒，

---

① 爱德华·W.苏贾：《后现代地理学——重申批判社会理论中的空间》，王文斌译，商务印书馆，2004年，第15页。

但通过酿蜜也是一种排毒，通过在世俗生活中寻找生命的价值来转化生活的痛苦。第三，标题上出现了伊娃和辛起这两个人物，以伊娃为标题六次，以辛起为标题四次，她们非弈光所说的十块玉，是作者站在更开阔的视野上来看待城市女性的生存。她们是城市的外来者，一个从俄罗斯来，一个从农村来。从辛起的活动轨迹来看：她在城中村的出租屋几乎赤贫；在家属院搬家时将所有的盆盆罐罐搬到车上拉走，连小唐也瞧不上；她和希立水聊天时想通过怀孕来报复曾包养她的老板，最后在茶庄得到海若等的劝解，和海若们成了朋友；等等。作者取名辛起是否说明这是新起的更物质的一代？但仅仅追求物质，而无精神的寄托，是否会走向人生的毁灭？小说最后写辛起的老公到茶庄泄愤就是辛起行为的果报。伊娃的主要活动轨迹在茶庄和拾云堂，她更注重情感体验和精神诉求。辛起和伊娃作为相互映衬的角色，作者写她们从孤独个体向群体靠拢的过程中，表达了对城市女性生存的思考：精神安慰和心灵沟通或比物质的获得更重要。这也从一个层面说明小说的主题"暂坐即修行"的价值和意义。

二是描写人物充分发挥对话体的特点。小说几乎三分之二的叙事比例都是人物的对话，通过对话来呈现人物性格和存在处境。特定情境下的对话，是更直观具体的人物在场的表现。在现代话剧和小说中，对话是人物性格心理的直接表现，是客观叙事的方式，客观叙事就是为了呈现叙事对象和内容的真实。贾平凹早期作品比如《山地笔记》里的描写和对话就很有特点，他一直在小说中探索如何使叙述更客观真实，从《秦腔》开始，在长篇小说中设置限制叙事视角的目的也是强化叙述的客观化，但不论是《秦腔》中的引生、《古炉》中的狗尿苔，还是《老生》中的老生，都有某种超越常人的奇幻性，叙事者本身即带有强烈的主观意图。在《暂坐》中，作者还原现场，读者类似观剧者，暂坐于茶馆中，眼见耳听剧中各色人等行走对话，最大限度地隐藏了叙事者和作者的主观态度，是更真实具体的叙事试验，《暂坐》从结构的设置上也是最接近话剧文体的试验。

三是作品的结构线索有明线暗线，类于戏剧艺术的前台和背景的结构设置，在故事前台的是西京十块玉以及与此有关联的文人弈光，为了使故事紧凑，作者穿插了夏自花这条明线。夏自花从住院到离世的这条明线，联系起十个女人以及弈光的生活，使原本各自为政的生活有了一个共同的目的。当然，夏自花的存在，本身就是验证十块玉价值的存在。"玉"在作品里是欲望的隐喻，每个人都有自己的欲望。为了获得广告牌，陆以可不惜给对方送名人字画；为了卖医疗器械，严念初甚至把朋友应丽后当诱饵。但"玉"又是联系人与人关系的纽带，闺蜜们合力帮夏自花治病，抱团取暖，她们之间的理解和帮助让读者看到了人性的闪光之处。故事背景主要是十块玉所在的西京城的政治、经济和文化环境，主要围绕市侩文人范伯生这条线索展开。范伯生属于俯仰无节的市侩人物，作者借此得以窥见政界和文化界的某些暗礁。范伯生以及周围政商界的环境背景与作品里的雾霾意象形成虚实之间的对应，这是十块玉的生存空间，暴露的是社会的阴暗面。

在作品中，夏自花是弈光与十块玉联系的纽带。弈光将范伯生介绍给十块玉，建立起了范伯生与十块玉之间的关系。夏自花和范伯生在故事的前台和背景属于线索人物，夏自花的背后彰显的是人性的光辉，范伯生的背后则暗示的是生存的泥潭，表现了人性暗黑的一面。弈光在作品里类于多面人，他和十块玉之间的交往可见出其达观美好的一面，但在范伯生的视角下，弈光也存在丑陋市侩的一面，这两个人物其实就是弈光人性的反光镜。夏自花、弈光和范伯生，这三个人物在作品结构上的线索层次清晰，叙述层次感的背后，是作者对人性意味的多重表现。

四是暂坐意象的统摄。在小说中，暂坐既是人物活动的主要场所，也是作品主题的统摄。小说共三十五章，以暂坐"茶庄"为题的有七章，以"拾云堂"为题的有五章，这说明小说中人物的主要活动场所在这两个地方。茶庄和拾云堂将小说中的各色人物聚集起来又辐射开去，茶庄是人物展示的平台，每个人物不同的社会处境叠加在一起，又在一定意义上开阔了小说的社会面向，再加之茶庄一楼作为开放性场域，也有利于拓展小说的时空背景。之所以说《暂坐》的小说结构类于人像展览式的戏剧结构，主要原因在于人像展览式结构主要以刻画和展示人物为主，人物之间没有主次关系，也没有贯穿始终联系整个事件的情节链条，其目的在于借助人像展览展示社会风貌，呈现人物性格，寄托作者的人生态度和思想感情。如前所述，小说的立意在于通过西京十块玉的群体描写来呈现城市人的生存面貌与精神样态，而非突出叙述某人的命运纠葛，人像展览结构更有利于各色人物关系的展开和呈现，也有利于侧面透露时代和社会背景。暂坐二楼开辟有相对私密的禅室，禅室的设置、等待活佛的线索等，又都指向城市生存中精神修行的重要性。《暂坐》在整体意象的统摄上，和之前的《秦腔》《古炉》《带灯》等相似，小说题名既是小说的主要叙事线索，也是小说主题的隐喻。

在《暂坐》中，贾平凹吸收了戏剧艺术的特点，既注重空间场所的设置，又注重通过具体客观的对话描写表现人物。与此同时，他还注重设计贯穿始终的结构线索，这是贾平凹在小说叙事上的强项，这也说明，当作者不太顾忌各类文体的限制时，反而能够在创作上扬不同文体之长，这在下文中会具体说明。

三

贾平凹非常注意作品的混沌性和整体性，他不设置单一的线索，在《暂坐》中，除了夏自花和范伯生这两条明线之外，作品中还设置了反复出现的意象或情景，如氤氲在城市上空的雾霾、等待活佛、有关冯迎的事件以及关于陆以可的再生人父亲等意象。这是作者形而上的构思，也是小说叙事结构的一部分，富有隐喻和象征意义，表现了作者在写作上一贯的思维特点：不从一个角度记录生活，而是从多角度多线索表现对生活的理解，是叙事结构上的整体性写作。多角度多线索呈现人物和事件，比单一视角涵盖更宽泛的文化内涵。贾平凹本人对多视角写作很青睐，在1992年和韩鲁华的访谈中，就谈到他有意识地从佛的角度、道的角度、兽的角度、鬼神的角度等来看现实生活，从一般人的各个层面来看现实生活，这是文学审美的需求。在《废都》《秦腔》《山本》《老生》中，处处可以看到贾平凹借助多角度写作使天、地、神、人融为一体，包含了他对自然、文化、社会、生命内涵的多层面理解和认识，这是整体性写作的笔法。

在具体的写作中，贾平凹通过编织虚实线索将佛、道、玄幻等意象融入具体的人事中，发挥传统意象思维的特点，借助意象达到主题隐喻、背景烘托等作用。《暂坐》中的雾霾、活佛等意象是作品中的虚线，和作品中的人事发展相互映照，具有主题象征和氛围烘托的作用，表现了作者高超的编织技艺。

作者笔下的雾霾，如若当成单纯的自然氛围的烘托，艺术着色就过于单一，贾平凹运用多种笔调暗示雾霾浮于城市上空，愈来愈难以化开。作者不用写实的笔调写西京城的政治与人文环境和背景，却用笔墨多次重复写城市上空的雾霾，这是典型的意象思维。比如小说开始用类似表现主义的绘画手法描摹雾霾景象："空气里多是烟色，还有些乳色和褐色，初若溟蒙，渐而充塞，远近不知了深浅，好像有妖魅藏着"[1]。这里的雾霾，意义是含混而复杂的，与小说结尾的雾霾意象形成呼应。结尾写道："雾霾弥漫在四周……在浸泡了这个城，淹没了这个城。烦躁，憋闷，昏沉，无处逃遁，只有受，只有挨，慌乱在里边，恐惧在里边，挣扎在里边。黑暗很快就下来了。"[2] 从开始时的城市被雾霾"充塞"到结尾的被"浸泡""淹没"，在生存环境日益逼仄的现实环境下，海若等西京十块玉身上所体现的精神亮色就显得尤为可贵。

雾霾非单一的自然风水的表现，作者写了风水与雾霾的关系："风是最好的东西。……大风一来雾霾就没了。"[3]"这么大的城市竟然没留出风通道，风不顺畅，雾霾能不弥漫吗？"[4] 作者通过路人对话说明，破

---

[1] 贾平凹：《暂坐》，载《当代》2020年第3期。
[2] 贾平凹：《暂坐》，载《当代》2020年第3期。
[3] 贾平凹：《暂坐》，载《当代》2020年第3期。
[4] 贾平凹：《暂坐》，载《当代》2020年第3期。

坏城市风水是人为行为，城市大搞建设，堵住了原本的出风口，使雾霾无法消散，这是城市自然生态恶化的表现。雾霾也是城市风气的表现："城市繁荣呀，物质越丰富垃圾越多么。……人也在褪色啊，美丽容颜一日不复一日，对新鲜事物不再惊奇，对丑恶的东西不再憎恶。……是什么让我们褪色呢，是贪婪？是嫉妒？是对财富和权力的获取与追求？"[1]当作者将霾与风连在一块书写的时候，风不仅是自然的风，也是时代的风，还是风气的风，这风气一方面是由人心欲望造成的，一方面又影响和支配着人，人被风气所裹挟而显得无奈。作者写道："风是踉踉跄跄来的，迷失了方向。"[2]"谁更能在社会关系中寻准自己的身份和位置，谁又是被无形的东西支配着成为奴隶和玩物？"[3]贾平凹写雾霾与风相互制约，就写出了雾霾的多重意蕴，也将雾霾这样的自然现象和时代社会以及人心欲望等联系起来。雾霾的隐喻是多层次的，它一方面说明城市自然生态的恶化，雾霾的背后暗示着政治的贪腐，政治贪腐的背后是人心褪色，世风日下。政治贪腐和人心褪色是实，雾霾是虚，虚实辉映在《暂坐》中得到淋漓尽致的发挥。联系上文，艺术技巧上的虚实辉映，又是整体结构上的对比和映衬。

小说第二节就布下活佛的引子，等待活佛的线索在作品里反复出现，活佛是作品的意象线索，联系和暗示着主人公们的精神生活，是作品主题的隐喻。作品第二节借伊娃的眼睛以类于工笔画的手法描摹了暂坐茶庄二楼为迎接活佛布置的禅室，禅室的壁画仿佛把人带入了超越世界，暗示二层空间是超越于世俗生活的清修所在。作者在第六节叙写十块玉和弈光等来到禅室，海若对禅室做了说明："我们不能去寺庙里修行，打坐，念经，我们却可以在日常生活中做禅修，去烦恼。"[4]作者借助弈光的视角，说明凡夫众生的存在便是生老病死怨憎会爱别离求不得

---

[1] 贾平凹：《暂坐》，载《当代》2020年第3期。
[2] 贾平凹：《暂坐》，载《当代》2020年第3期。
[3] 贾平凹：《暂坐》，载《当代》2020年第3期。
[4] 贾平凹：《暂坐》，载《当代》2020年第3期。

的周而复始的苦恼,而活佛是人间的智者。在写作中,作者将活佛形而上的超越性存在与海若们在现实生活中的苦闷和烦恼交替书写,等待活佛的意象就是强调日常修行的意义。海若和她的闺蜜们对夏自花的帮助就是修行,她们之间的情谊也是修行的表现。这样,暂坐茶庄、海若们的生活和活佛等就被自然地联系起来,暂坐茶庄的对联——"南来北往,有多少人忙忙;爬高走低,何不停下坐坐"[①],是整部小说的文眼。暂坐即修行,修行就是在日常生活中寻找精神的安静,活佛来与不来,都要修行。暂坐即等待活佛,是作品的核心意象,隐喻生存中精神涵养和日常修行的重要性。

冯迎和陆以可的再生人父亲在小说的叙述中首尾呼应,这是小说编织技巧的表现,也是超越现实的想象。冯迎是十块玉中未出现的一块,她的这条线索,联系着现代生存中未知的一面,也是现代人类生存渺小的暗示,正因此,冯迎夹在《妙法莲华经》中的日常感悟才更可贵:"没有欲望就是神,是天使。欲望使自己活得独特,活成各色花"。"遭受挫败的欲望就是痛苦?你需要有爱,有了爱就不会障碍,就可以交流,认识到你的欲望,而慢慢终结你的欲望。"[②]冯迎的感悟是世俗中的修行。这样,冯迎的这条线索也就很自然地与作品主题发生了关系。陆以可父亲的意象是奇幻意象,暗示人的来世与今生有着冥冥之中不可知的因素,是将生命放置到无限循环的场域中。小说中的玉、蜂、风筝等意象反复出现,这些意象如同作者所说,是大意象中的小意象,综合起来就形成一个整体。这些意象也如浦安迪所说,是小说结构编织中的纹理因素,通过映照、呼应等手法烘托作品的主题意蕴。

四

任何一部小说,视角的选择往往都出于结构的需要。贾平凹总能在惯常的写作中焕发活力,他每一部作品的结构和形式都因题材和素材的

---

① 贾平凹:《暂坐》,载《当代》2020年第3期。
② 贾平凹:《暂坐》,载《当代》2020年第3期。

不同而有变化,这恰是作品文学性价值的体现。《暂坐》在叙事视角上和之前的小说不同,叙事者是隐于文字背后的,如他自己所说,是燕处超然的全聚焦视角,这样就有利于叙事视点的转移。如前所述,《暂坐》的结构类于戏剧的人像展览结构,每一个人物都在和不同的人物的关系和对话中呈现出性格的侧面,这就是叙事者戏剧化的体现。如何将叙事者戏剧化?作品中的每一个人物都可成为观察他人行动表现他人性格的内聚焦叙事者,而这个叙述者并不完全代表作者的观点,所以作品对某个重要人物和事件的叙述,常常不是一次完成的。比如对弈光的叙述,最初是借助范伯生的视角展开,范领人买弈光的书画,弈光对价格毫不相让,这里的弈光有市侩气息;海若视角下的弈光是智慧达观的;希立水夜班给弈光打电话诉说苦恼,弈光是善解人意的;在和海若的闺蜜们聚会时,弈光又是博学而多智的;在俄罗斯来的伊娃眼中,弈光又表现出肉欲的一面。弈光这个人物形象综合小说中不同人物之所见,就成为一个综合立体的形象。

戏剧化视角由于叙述者的在场性,将每一个人物在他人眼里的形象具体客观地呈现出来,形成人物之间映衬、矛盾和对话的关系,无疑会加强作品表现人物和主题的力度,也能呈现出不同人物多元立体的生存处境。比如,在十姊妹眼中,海若组织姐妹们照顾生病的夏自花,开解应丽后和严念初之间的矛盾,修建茶庄二楼的禅室作为姐妹们日常交流的处所,是大气善良的大姐大。在暂坐茶庄的小唐和高文来等店员眼里,她有品位会经营,富有爱心和责任感;在儿子眼里,她是源源不断的印钞机;但她为了茶庄的事业也会和政府秘书长交好,后因高层的贪腐案而牵涉其中。作品中的严念初,在海若眼里,她帮助夏自花有善念;在应丽后眼里,她却没有道德底线,为了推广医疗产品,构陷自己卷进贷款纠纷中;在向其语那里,严念初甚至具有骗婚的嫌疑。这些女人们,就像贾平凹所说:"她们在美丽着奋进着,同时在凋零着困顿着。"①借助戏剧化视角客观呈现人物生活的不同层面是作品结构的需要,比起线性叙事对个体典型命运的呈现,这样立体化横断面式呈现社会和人生的一面,是贾平凹艺术形式的创新。正如贾平凹在后记中所说:"在写这些说话的时候,你怎么说,我怎么说,你一句,我一句,平铺直叙地下来,确实是有些笨了……处理这些说话,一尽地平稳,笨着,憨着,涩着,拿捏得住,我觉得更显得肯定和有力量"②。这也表现出贾平凹对自己客观写实的对话体叙事的自信。当每一个人物的生存处境和行为心理都被作者客观地呈现出来,就是韩愈所说的:"据事迹实录,善恶自现"。

如何能更贴近西京十块玉的生活?作者在全知视角之外,灵活运用从俄罗斯来的伊娃这个内聚焦视角。其实,在《废都》中作者就采用周敏这个外乡人视角叙述庄之蝶的生活,庄之蝶的出场和最后的悲剧命运都是在周敏视角下得到呈现的。《暂坐》中西京十块玉的故事,也是从伊娃开始,又从伊娃结束。伊娃与西京城有特殊的缘分,她在西京留学五年,梦里都是这座城的面貌与味道,所以,当伊娃再次来到西京的时候,更多是寻求者的身份,为身体寻求灵魂的寄托。这样,以伊娃开始又以伊娃结束的暂坐茶庄的故事,就有了"离去——归来——再离去"这样一个回环结构的特点。二十年前的《废都》中,周敏这个外来叙述者也是从潼关来到西京寻求寄宿和理想,但最终无果后又离去,是否可以说这是作者在艺术结构上对上一部作品的致敬?

如同作者所说:"伊娃的角色是小说结构的需要。……采用'外来者'或'跳出来'的视角,这样更容易表现作者的一些企图:小说并不是仅仅写写故事,也不是只有批判的元素,还应有生活的智和慧。"③因为伊娃与西京城的情感因缘,所以伊娃视角就很自然地成为有情之眼,这

---

① 柏桦:《第二部城市小说的文化态度和对女性心灵的审视》,载2020年6月9日《陕西日报》。
② 贾平凹:《〈暂坐〉·后记》,载《当代》2020年第3期。
③ 柏桦:《第二部城市小说的文化态度和对女性心灵的审视》,载2020年6月9日《陕西日报》。

也就决定了这部作品的城市风景、自然现象、民俗风情、人情关系等都带上了女性的细腻和微妙的感触。这也凸显了作者白描的功力，有时候是以工笔着墨，如关于茶庄二楼禅房和弈光家里书房的书写就是工笔细描的笔法；有时候又是印象画，如小说首尾关于雾霾的书写；还有时候是表现主义的画面，如关于西京街道车流等的叙述。伊娃视角下的文字充满古城韵味和烟火味道，西京的人事、民俗、典故、风景等如笔记杂说一般被收拢在作品中，透着独特的地方风味。

作为内聚焦的限制视角，伊娃在某种程度上充当了作者在场的眼睛，不仅观察这群女性的生存，也观察弈光这个形象，观察弈光和女性群体的交往。作品整体上是全聚焦视角，全书共三十五章，其中三分之一的章节涉及伊娃的视角，有四章涉及弈光，这说明，由全聚焦视角转移到内聚焦的伊娃视角是作者选材和立场的需要。伊娃作为海若的闺蜜，能体会和感受到女性生存的不易，但作者并未将重点放到伊娃对每个女性的透视，伊娃在女性群体中，是有选择的在场。写与不写，如何去写，都有一个笔与削的问题，就是我们所说的"因文生事"，全在于作者的立场和态度。对读者而言，阅读的重点不是已写的内容，而是透过已写的内容去思考和揣摩那些未写的部分，这也是小说写作上的春秋笔法。比如关于男女关系的问题，作者略去了十块玉各自的婚姻关系，但写了弈光和十个女人的关系；作者同时略写或侧面描写了十个女性和弈光的具体交往情况，重点写了伊娃和弈光的关系。弈光第一次见伊娃是在第六章闺蜜们聚会，弈光盯着伊娃，笑说伊娃也是一块玉，在弈光眼里，有态的女人是美丽的，在这里，女人的态如玉。二次见面在第十五章，高文来和伊娃给弈光送豆瓣酱，"伊娃冷不防被吻住"[①]。在第二十一章海若她们去放生时，弈光约伊娃去拾云堂，弈光画了伊娃美丽的胴体，两人产生了身体触摸的欲望，这也是作品里唯一写到两性欲望的文字。第二十七章，伊娃去拾云堂取为夏自花撰写的挽联，看到了弈

---

① 贾平凹：《暂坐》，载《当代》2020年第3期。

光收集女人头发的小瓶,"玻璃柜门后有着长长一排各种形状和颜色的小瓷罐。伊娃说:啊,那她们的头发你都有?弈光说:都有"[1]。作者实写伊娃与弈光的关系,其实也侧面反映了弈光与其他女性的关系。在《暂坐》中,作者对所谓男女关系的理解和二十年前的《废都》全然不同,他写作的内容更收敛了,这或是年龄和阅历的原因,就像书中所说,爱情确是一种病,找对象就是找有药的人。弈光的病,伊娃并不能医治。生病或烦恼,可以有不止一种药,重点在于,自己需要哪一种药。比起《废都》,作者在两性欲望和感情方面态度更清醒,对待欲望更疏淡达观了,这或也是更精致的聪明,是作者对当下城市两性生存较为犀利的判断。

---

[1] 贾平凹:《暂坐》,载《当代》2020年第3期。

《古炉》：寓意创作及其有意味的时空架构

寓意，顾名思义，是将意义或思想寓于某种形式中，形式是内容的具体化表现，也即克莱夫·贝尔所说的"有意味的形式"。李泽厚认为："所谓的'有意味的形式'，正在于它是积淀了社会内容的自然形式。所以，美在形式而不即是形式。"李泽厚从陶器纹饰演化来说明，看似"是纯形式的几何线条，实际是从写实的形象演化而来，其内容（意义）已积淀（溶化）在其中"[1]。文学形式和内容的关系也一样，文学形式中蕴含着作家特定的审美情感和想象。浦安迪在论及小说的寓意时特别强调："作者通过叙事故意经营某种思想内容才算是寓意创作。如果在现实的描述中简单地呈露某种生活的真实，我们只能说这部书有思想内容……如果作者确实有意对人物和行为进行安排，从而为预先铸就的思想模式提供基础，我们就有理由说，他已经进入寓意创作的领域了。"[2]浦安迪通过对《红楼梦》的分析，说明小说的主题被作者寄予在"故意经营"的结构形式中，《红楼梦》中悲欢离合的内容与"二元补衬"结构互为对应，结构本身就富含意义。对小说作家而言，结构在文学形式中具有至关重要的位置，很多作家都是从结构的角度去选择叙述视角、手法和语言。莫言在《生死疲劳》的写作中谈及作品的素材准备了多年，苦于找不到合适的结构，久久无法成文。一次在出行中看到"六道轮回"的佛雕石像，如有灵光闪动，回到家里即以"六道轮回"为小说的结构框架，

---

[1] 李泽厚：《美的历程》，天津社会科学院出版社，2001年，第37页。
[2] 浦安迪：《中国叙事学》，北京大学出版社，1996年，第202页。

以主人公西门闹经历驴、牛、猪、狗、猴、蓝千岁等人畜六道轮变,勾连起共和国半个世纪的历史,遂成就了一部想象奇特的经典之作。结构的奇妙是作品成功的关键。

优秀的作家都非常注重小说结构的设计。如同杨义所说:"一篇叙事作品的结构,由于它以复杂的形态组合着多种叙事部分或叙事单元,因而它往往是这篇作品最大的隐义之所在。"①《古炉》在形式上有连续的时间和稳定的空间架构,是该作品极具特色的结构。古炉村的人们按照四时顺序有条不紊地继续着自己的生活,而古炉村的生活一定意义上又有稳定的空间架构。贾平凹按照"冬——春——夏——秋——冬——春"的季节线索,书写了一个小村子在"文革"发生时所经历的变化。如果说"结构就是哲学",结构背后"蕴藏着作者对于世界、人生、文化以及艺术的理解"②,那么,分析小说中按四时顺序发展的时间线索和稳固的空间架构背后的思想和文化寓意,其实就是寻找结构背后丰富的隐喻含义,寻找隐藏在文学形式后面的寓意,这也就成为分析作品主题非常重要的面向。

一、时序交替及其"细节的洪流"

杨义认为:"以叙事结构呼应'天人之道',乃是中国古典小说惯用的叙事谋略。"③从整体的时间框架上来看,贾平凹按照时间线索将《古炉》文本分成六大部分,借助季节时序的交替,隐含着恒常的自然与现实的人事的映衬。贾平凹对古典叙事手法尤为钟情,"运用季节循环来做小说布局的基点"④,以天时轮回为回目,季节的更迭和变迁成为自然流动的时间架构,"文革"在古炉村的发生、发展以至高潮就被镶嵌在这恒常的时间长河中,随着季节的变换,人间热闹与凄凉的情景也随之发

---

① 杨义:《中国叙事学》,商务印书馆,2019年,第59页。
② 杨义:《中国叙事学》,商务印书馆,2019年,第59页。
③ 杨义:《中国叙事学》,商务印书馆,2019年,第60页。
④ 浦安迪:《中国叙事学》,北京大学出版社,2018年,第106页。

生相应的更迭。

小说的序幕叙事节奏缓慢，即使是社教、批斗这样的历史事件，也是通过人们日常的对话和调侃的方式展开，比如戴帽子细节，狗尿苔"最忌讳谁说帽子"[1]，因为在社教中他婆和守灯被划成了阶级斗争的对象，在批斗中要戴帽子，戴帽子者也变成了斗争的对象，这一细节既是调侃，也交代了小说的时代背景，还通过村人的调笑和对话，让各色人等纷纷上场，每个人物因其不同的话语也就给人们留下了非常深刻的印象。冬部虽写的是古炉村封闭而宁静的乡土生活，但宁静中潜藏危机，尤其是不安生的霸槽和村长满盆的女儿杏开私会，对支书分救济粮的事也充满怨恨，为后文埋下伏笔。春部书写古炉村人日常的矛盾和冲突，如同婆和支书说的"水里是啥都会有的……村里怎么能没事呢？""古炉村的事儿咋成了水池子里的葫芦，压下去一个又起来一个！"[2]诸如霸槽因善人的一句话，在村公房的牛圈里挖出了太岁，支书借此将善人作为批斗对象；麻子黑和磨子争队长，毒死了磨子叔欢喜，霸槽和狗尿苔去洛镇，看到了洛镇的红卫兵游行，见识了"文化大革命"这个词语。在春部的结尾，"文革"以词语的方式进入古炉村。"文革"真正在古炉村展开，打破了古炉村平静的生活，并在古炉村展开一场又一场运动，是在夏、秋和冬部。夏部的主要活动是"破四旧"以及成立红色榔头队；秋部是成立红大刀队与榔头队针锋相对，并通过象征革命的"疥疮"将革命的激情传播到每一个队员中。到冬部，榔头队与红大刀队展开大规模的武斗，死伤人数众多，古炉村的风水树白皮松被炸毁，善人也自焚死亡，革命发展至高潮。

当一场大革命与一个小村庄"相互遭遇"时，使叙事节奏或时间变慢的是小说里所描述的乡村的日常生活。南帆认为，《古炉》中充满"细节的洪流"[3]，细节遍布在日常生活叙事中，实际上，也是这些细节使小

---

[1] 贾平凹：《古炉》，人民文学出版社，2010年，第5页。
[2] 贾平凹：《古炉》，人民文学出版社，2010年，第155页。
[3] 南帆：《剩余的细节》，载《当代作家评论》2011年第5期。

说叙事变得迟滞。我们以小说夏部中主要的"文革"事件破四旧为例，说明作者在叙写革命的过程中，日常生活细节是如何延缓了小说的叙事节奏。

一是在叙述革命事件时，不间断地转移叙述视点，叙写古炉村的生活事件。此三节的革命事件与霸槽和黄生生相关，在每一节的开头都叙写革命事件，但随着叙事视点的转移，由革命事件就转到古炉村的生活事件。第三十节写霸槽和黄生生成莫逆之交，霸槽被黄生生鼓动，村子里的人也都认识了黄生生，等支书确认黄生生就是来煽风点火的，叙事便从黄生生转移到支书身上：马勺看到支书的儿子回来了，马勺和长宽两人敲支书家的门却不开；支书因听说了镇上的"文革"，就将古炉村修地塄和选队长的事情搁下了，并借故生病不出门。叙事又转移到跟后家，详写了狗尿被撞干大的事件，中间插入善人说病的细节。第三十一节叙写霸槽、黄生生、开石、麻子黑等人到洛镇观看庆祝集会，写到黄生生领霸槽到洛镇参观烧四旧，为下节在古炉村烧四旧埋下伏笔，同时也是略笔叙写村、镇、省和北京之间的消息互通。后半部分，叙事视点就转移到麻子黑喝醉酒被俘和守灯趁满盆生病报复和嘲笑满盆的事件。这两件事都胜在细节，比如，在听到麻子黑的醉话后，王所长随后的举动可谓非常细密，此与小说主要情节无大的关碍，但这样的细节却使人物形象显豁。"王所长立即到了派出所大门口，让门卫关了大门，还挂上锁，又让三个民警分头守在东西院墙上，就给县公安局领导打电话，汇报投毒杀人案破了，罪犯就在洛镇派出所……末了，他请求调动"①。

二是注重书写村子里的民俗事件。第三十节插入跟后的女儿瞎女撞干大的事。撞干大是陕南民俗，在贾平凹的作品里写得比较多。《古炉》把撞干大和招燕子放到一起。瞎女撞上狗尿苔，婆说："你给人家娃带灾呀?!"②但同时，狗尿苔也迎来了久违未回的燕子，这是写作手法上的映衬。在后文中，狗尿苔、瞎女和燕子也反复出现，富有灵性的狗

---

① 贾平凹：《古炉》，人民文学出版社，2010年，第210页。
② 贾平凹：《古炉》，人民文学出版社，2010年，第207页。

尿苔也不止一次保护了瞎女，作者在这里把民俗事件与政治事件连在一起，别有意趣。

三是采用结构上的映衬和伏笔，不单独写一个事件，从整体叙事的角度使得事件之间有映衬和照应。此三节，在每一节的结尾都布下下一节叙事的伏笔。在春部的结尾第二十九节布下了霸槽抢黄生生的军帽，在夏部开头第三十节就叙述黄生生来霸槽的小木屋宣传"文革"。第三十节结尾写狗尿苔因撞干大事件没和霸槽去洛镇，第三十一节就叙写霸槽他们去洛镇的情形。第三十一节结尾伏下霸槽让守灯交四旧的事，第三十二节叙写古炉村的破四旧事件。第三十二节开头，借婆的话透出霸槽打砸村口的石狮子，这是略写，但细笔描绘的却是迷糊在蚕婆家里收四旧的行为，作者在这里的写作技法是"花开两朵"，一边通过婆的眼睛细写迷糊狗仗人势，一边通过狗尿苔的眼睛正面书写霸槽和黄生生把收缴来的四旧在山门前的大树底下燃烧，此情景与第三十一节洛镇烧四旧的情景类似，这是"锦屏对峙"的结构呼应。

南帆认为，《古炉》中"细节的洪流"的意义在于，"乡村仍然是一个顽强的文化空间，隐含了自身的习俗、传统、价值观念以及行为逻辑"[①]。革命、乡土生活，包括乡土背后的政治、经济、伦理道德以及人情、人性，都在这日常生活的细节中被和盘托出。"'文化大革命'代表的激进政治无法顺利地格式化乡村，那么，历史是不是必须重估这个文化空间的意义？这是《古炉》提出的问题。"[②]这也或是作者的历史观，不从宏大历史叙事的层面叙述"文革"历史，而是把大历史落到乡土生活中，落到作者最熟悉的乡土叙事中，将革命、乡村政治和民间的伦理道德糅在一起，不对历史进行政治意义上的评价，只作文学以及伦理意义上的解说。或正是因为这样的历史观念和态度，才有这样的时空线索，就像汪政所说，革命终将过去，日常生活还将继续，这也许是贾平凹以春夏秋冬来结构小说并将其作为小说结尾的意义。

---

① 南帆：《剩余的细节》，载《当代作家评论》2011年第5期。
② 南帆：《剩余的细节》，载《当代作家评论》2011年第5期。

时间框架是一个总体的流动的趋向,填补在时间里的日常生活,也是时间河道里非常重要的一面。小说里的时间流动,因为有了作者的想象也便有了节奏上的快慢,而节奏上的快慢一定意义上又是作者思维和认识的表现。小说的时间节奏或如一长曲,最初是在缓慢单一的曲调中慢慢吟唱,随着春夏秋冬的季节演变,革命的因素从日渐渗透到全面发展,乐曲节奏日益加快,如同加入了不同的声响和变调,打破了曾经的单一和朴素发展成为交响乐曲。革命高潮到来,乐曲戛然而止,大千世界的荣枯盛衰、悲欢离合、交错流转因时间的流逝而生生不息。这种对"生生不息"的阐释还表现在小说结尾,古炉村武斗的发动者等被正法了,"村支书还在,那个女的就是杏开还在,那个女的生的娃还在,狗尿苔还在。这就在说,一切并没有结束,霸槽虽然死了,霸槽的儿子留下了,娃是爸的复制品,娃在呢,支书打倒了还在,还在弄这个事情。社会还随着这个情况继续往前走着呢"[①]。在作者虚构的时间链条中,书写恒常中的变动,而特定时代的变动之后又归于恒常,这是作者站在历史后来者的立场上对历史的态度,这场曾经激荡和汹涌的时代的洪流,只是漫长历史发展过程中的一曲变奏,之所以记录和书写,是为这段人们忘不掉的历史增加文学的注解。

二、空间想象及其文化寓意

从空间层面上来看,古炉村是一个相对封闭的村子。小说借助买瓷货人的眼睛,叙述这个在空间布局上富有特色的小村庄:"这个州河上的小盆地:河南边的都是石山,北边的却是土岭起起伏伏地拢了过来,像一个簸箕。簸箕里突兀地隆起一座山,村子就在山根围了半圈。"[②]这座山是中山,山上有山神庙,还有一棵百年不老的白皮松,白皮松旁有镇河塔。古炉村从远古开始就烧瓷货,县志上载:"山自麓至巅,皆为

[①] 贾平凹、韩鲁华:《穿过云层都是阳光:贾平凹文学对话录》,北京联合出版公司,2016年,第92页。
[②] 贾平凹:《古炉》,人民文学出版社,2010年,第16页。

窑炉，村人燃火炼器，弥野皆明，每使春夜，远远眺之，荧荧然一鳌山也。"①至故事时间，也即1965年冬，村子里只剩一座窑厂，是村里的主要财政收入来源，旁有窑神庙。村西头有石磨，村东头有碾盘，村南头立一石狮子。东西南北是按照左青龙右白虎南朱雀北玄武的方位设置。从这个封闭的空间来看，百多年来，古炉村人延续着乡土文化的遗风。这遗风，一是传统文化的仁厚之风，朱姓先人曾用仁厚宅心经管村子；二是渗透着民间文化的天人合一思想，如同人人面前有神明，州河发水时有镇河塔，烧窑时要敬神，古炉村人各个心里都装着风水树；三是仁厚的遗风和敬畏的心理又通过"物"的方式表达出来，小说里有关于石狮子的传说，石狮子是族长为保卫村子免遭魔怪入侵而石化的英雄，是村里的"风脉"。

南帆认为："对于作家说来，地理学、经济学或者社会学意义上的乡村必须转换为某种文化结构，某种社会关系，继而转换为一套生活经验，这时，文学的乡村才可能诞生……文学关注的是这个文化空间如何决定人们的命运、性格以及体验生命的特征。"②古炉村作为承载乡村历史和文化的空间，曾经稳固的空间架构随着"文革"的到来也发生了变化。贾平凹善于通过空间设置将传统、现代以及民间文化等的内涵寄予其中，比如在《山本》的空间设置上，预备队所住的城隍院，隐喻魑魅魍魉所居之地，陈先生和宽展师父等所居的安仁坊和地藏菩萨庙，则是自然人情的寄居地。上文所说的古炉村是一个相对封闭的村庄，有乡土文化的遗风，州河一年一次大水，是自然的循环。山神庙、窑神庙，包括镇河塔和风水树等，是民间文化心理的寄居之地。村公部是村民集体开会的地方，是维持既定社会秩序所在的地方。但是，随着"文革"的发生，这些相对稳定的空间秩序发生了变化，背后是文化和政治权力的变化和更迭，这是作者构造的空间意象。

随着洛镇和古炉村公路的开通，霸槽在公路旁建造了小木屋，他

---

① 贾平凹：《古炉》，人民文学出版社，2010年，第17页。
② 南帆：《启蒙与大地崇拜：文学的乡村》，载《文学评论》2005年第1期。

最初在小木屋中补胎，疏离于村政府的管理，其实是不安分的霸槽从空间寓意上对村支书的反抗；小木屋更大的意义在于，从政治上沟通着古炉村与外面的世界，尤其是与"文革"的联系。霸槽后来破四旧、成立红色榔头队等都是从小木屋这个地方开始的。小木屋在文化上的隐喻意义还在于，它从空间距离上是疏离于古炉村的，也自然与乡土文化疏离，随着武斗结束后霸槽等人被正法，古炉村的生活还在继续，小木屋的价值已无所依附。

在土改中逐渐掌握村中权力的支书朱大柜上台后，命人根据传说刻了一个石狮子立在村头，在支书的观念里，石狮子是村里的风脉，但同时也是权力的象征。石狮子在春夏秋冬的延续里，被狗尿苔几次叙述，当"文革"在古炉村外如火如荼地进行时，霸槽用狐狸血将石狮子的眼睛抹红了、糊住了。破四旧时，霸槽带人率先砸掉了石狮子嘴里的"药丸"，其实也是砸掉村中既定当权者的威信。当霸槽成立了红色榔头队，支书让婆又给他剪了一个石狮子，强调这个石狮子一定要保留嘴里那颗"药丸"，在"文革"如火如荼之时，支书仍然要将这威权的象征装在自己的口袋里。狮子是作品中的重要意象，代表着权力和威严，从其树立、被砸，可见出乡村的权力在时代洪流中的更迭。

庙宇在古炉村也有重要的位置，古炉村有两座庙宇，一是窑神庙，一是山神庙，都与善人有关。小说中书写庙宇在历届革命运动中被破坏，善人所居之地越来越偏僻，也有他的构想。贾平凹一向对庙宇赋予意义，庙宇是道德教化的场所，是灌输传统民间道理的场所。乡土社会之所以存在庙宇，与乡土文化的传播以及人们对文化的接受方式有关。费孝通认为："乡土社会是'礼治'的社会"，"维持礼俗的力量不在身外的权力，而是在身内的良心"。[①]对仁义礼智信等传统道德的认同成为一种在社会更替中延续礼教的方式，从而将道德安置于每个人的内心。《古炉》中，善人形象或有观念化的倾向，但善人在作品里是以持续不断

---

① 费孝通：《乡土中国》，北京出版社，2005年，第79页。

的说病者形象出现的,说病的方式其实就是传统伦理和道德的教化方式。"作者设置善人这个人物,依然是为了'寻根',这个'根'既是中国文化之根,也是伦理社会之根。"①

善人,包括其居住地庙宇,在文本中带着传统伦理或宗教思想的文化取向。在《古炉》中,作者借摆子的一句话"谁要当村干部,都砸窑神庙"②,其实正想说明,革命或运动对传统的伦理秩序和民间文化冲击最大,在具体的表现方面,就是庙宇被侵占,或是以庙宇为寄居地的人迁居或落得悲剧的命运。《山本》中的地藏菩萨院后来被土匪占有,《古炉》中的善人原本在洛镇的广仁寺里当和尚,社教时僧人们被强制还俗,善人被分配到古炉村的窑神庙,后来,队部从村公部迁到窑神庙,善人又被迁至山神庙。窑神庙是烧窑敬神的地方,土改时,支书带人砸了窑神庙里的雕像,破四旧时,霸槽带人砸了"八字式博缝砖雕";在小说的秋部,榔头队将"正烧着的窑封了火"③;在冬部,红大刀队成员凑钱烧窑,和榔头队发生武斗,善人自焚而死,窑厂被砸。善人及其所代表的传统文化价值观念和民间伦理秩序之寄居地逐渐缩小及至被摧毁,寓意革命对传统文化的冲击。

小说的结尾,古炉村稳固的空间结构也连续遭到破坏,村子里的风水树白皮松被炸药炸掉,原本一年发一次大水的州河,在武斗前突然涨水。"涨水"在小说中被作者作为重要的意象而突出描写,且在文本中具有首尾呼应的结构象征作用。小说结尾涨水时,狗尿苔恍惚看见:"河水还在吼着流,吼声淹没了往日的野鹤声和昂嗤鱼声,连树上的蝉叫也听不到了。……塔就在很短的时间里像是风旋起的无数的砖块形成的塔形,蓦地形解了,风散了,扑沓下一堆碎砖头。"④这是作者借狗尿苔的梦呓书写涨水冲击了镇河塔,它的命运和白皮松的命运如出一辙,预示古炉村将在革命的高潮中被摧毁。其实,在小说的序幕"文革"即将开

---

① 王贵禄:《"说病":"末法时代"的文化救赎——贾平凹〈古炉〉论》,载《创作与评论》2011年第5期。
② 贾平凹:《古炉》,人民文学出版社,2010年,第306页。
③ 贾平凹:《古炉》,人民文学出版社,2010年,第308页。
④ 贾平凹:《古炉》,人民文学出版社,2010年,第431页。

始时，狗尿苔也有同样的梦呓："麦地中间却有了旋涡，旋涡移动着，以至于整个麦地都在摇曳"①。这两部分互为照应，"涨水"可看作"文革"的暗喻，喻示历史的旋涡，所有人以及飞禽走兽都不免被这时代的浪潮裹挟。重要的历史事件与自然的"涨水"形成文学想象上的借象立意，凸显"文革"历史在小乡村造成的影响，这也是小说的主题命脉所在。

三、古炉的寓意

李敬泽认为，"古炉"是一个大炉子，不仅仅是因为古炉村自古以来就是烧制瓷货的，贾平凹把"文革"这个大历史落在古炉村这个封闭的空间，让"文革"成为政治文化和乡土文化的大熔炉。当强大的政治文化冲击日渐衰微的乡土文化之时，我们在作品中看到的是两个不同的世界：一个是由霸槽、麻子黑、朱大柜、磨子、开石、灶火、黄生生等人组成的真实的"文革"记忆，一个充满暴力和血腥的"文革"故事；一个是由狗尿苔、蚕婆、善人、面鱼儿和欢喜老婆等人构成的作者想象的情感世界。古炉村的两个世界，传达出的是从村子内部生发出来的乡土文化面对汹涌澎湃的政治浪潮时，所表现出来的文化和审美的不同态度。南帆认为："贾平凹并未完整地考察'文化大革命'的来龙去脉，他更多地分析一个独特的主题：哪些文化性格狂热地卷入这一场政治运动，继而把某种政治构思改造为一个巨大的动乱漩涡；另一方面，还有哪些文化性格兢兢业业地守护这一片土地的悠久传统，这种传统有助于阻止人们迷失在毫无节制的疯狂之中？古炉村是贾平凹选择的一个标本。"②从这个意义上来说，古炉作为政治和文化相碰撞的熔炉，它的寓意在于发现特定时代的政治历史如何影响恒常的乡土文化价值，人类如何面对突如其来的政治暴力，借此体现作者的文化态度。

贾平凹一方面通过狗尿苔和蚕婆等形象对天人合一的生存理想寄予美好的想象，一方面又通过善人说病治病回望传统文化，希冀从此寻

---

① 贾平凹：《古炉》，人民文学出版社，2010年，第170页。
② 南帆：《剩余的细节》，载《当代作家评论》2011年第5期。

求治病救人的良剂。善人是民间道德的殉道者，他主要负责给众人说病，但他治的是人心，他为古炉村人讲道理，他的"道"里包含家国一体的仁孝观念，这也是传统儒家文化的根基。诸如，他给护院媳妇说："社会就凭一个孝道作基本哩"。又说："伦常中人，互爱互敬，各尽其道"。还说："父母尽慈，子女尽孝，兄弟姐妹尽悌，全是属于自动的，才叫尽道。"①钱穆认为："中国的家庭，有家训，有家教，有家风，不只是一个血统相传。父慈子孝，这里面有人文精华。"人生既要吸收天地精华之美，即外在的自然美，也要修"内在美，这就是我们的人伦道义，如孝、友、睦、姻、任、恤"。②善人身上所具有的传统文化的力量和民间的生活智慧融为一体，就成为乱世中持平守常的精神力量。善人在古炉村的言行和实践，表明了贾平凹对人性向善的期待。

贾平凹在作品中突出蚕婆、狗尿苔等生命和精神清逸高扬的一面，并与现实的沉重生活形成巨大的张力。他们身上具有朴素的生命因子，因而在乱世中能摆脱俗务，翱翔天外，获得有情的生存。用有情抵制和治愈现实的困顿和焦虑，也是贾平凹在这一阶段的文学态度："我们所处的这个时代，精神是丰富甚至混沌的，这需要我们的目光必须健全，要有自己的信念，坚信有爱、有温暖、有光明，而不要笔写偏锋，只写黑暗的、丑恶的。要写出冷漠中的温暖，坚硬中的柔软，毁灭中的希望，身处污泥盼有莲花，心在地狱向往天堂。人不单在物质中活着，更需要活在精神中。精神永远在天空中星云中江河中大地中，照耀着我们，人类才生生不息。"③有情的生存和自然保持契合，获得人性的素朴和平和，可摆脱争斗和欲望的纷争，这是狗尿苔和蚕婆的人性力量。在现代背景下，人面对强大的外界力量的冲击，越来越渺小卑微，仅有人格的道德教化是不够的，贾平凹在《古炉》中希望借助生命的神性力量，使世人能从沉重的肉身中飞升出来，获得生命的美丽，这也是《古炉》的寓意所在。

---

① 贾平凹：《古炉》，人民文学出版社，2010年，第51页。
② 钱穆：《中国文化精神》，九州出版社，2011年，第196页。
③ 贾平凹：《访谈》，生活·读书·新知三联书店，2015年，第336页。

《古炉》：个人经验与历史叙事

普实克在《中国文学中的现实和艺术》中强调："文人要想避免使写实变成对一大堆灰色的、无联系、无组织的生活事件的描写，要想对这些事实做艺术加工，使之成为一个崭新的、有序的、生动的整体，要想把理性分析过程中被肢解的世界重新组合成一个新的、具有艺术统一性的形象，唯一的方法就是注入个人的姿态、个人的经验、个人的体会。"[1]普实克通过对《红楼梦》的分析，说明个人经验为文学创作开辟了一条广阔的道路。这里的个人经验包括作者本人的经历、情感和想象等，一旦成为创作的素材和结构的动力，会为小说文体注入生机和活力。中国古典白话小说承自说书人传统，注重对历史演义、英雄传奇以及志异志怪等素材进行演述，个人的经历、情感和想象融入小说中，会带来小说话语方式的改变，这就是普实克所说的《红楼梦》写作中的个人经验对中国文学的重大意义："个人经验与说书传统的结合催生了前文学革命时期最伟大的作品《红楼梦》，这个事实之于中国文学具有极其重大的意义。"[2]陈平原通过对"五四"小说叙事模式的分析也说明，"五四"时代强烈的个人独立意识以及作家们极力在作品中发挥个性、张扬自我的态度，使中国现代小说在叙事视角和结构上都有了质的变化，这也说明个人经验之于文学写作的重要性。

贾平凹的长篇小说《废都》《秦腔》《古炉》和作者本人的生活经历

---

[1] 普实克：《抒情与史诗》，李欧梵编，郭建玲译，上海三联书店，2010年，第97—98页。
[2] 普实克：《抒情与史诗》，李欧梵编，郭建玲译，上海三联书店，2010年，第99页。

和经验贴近,是饱蘸着个人情感和记忆的文学写作,《废都》《秦腔》是写现实的,《古炉》则是书写历史的。如前所述,《古炉》呈现了两个不同的世界,一个是真实历史的呈现,一个是对历史的想象、阐释和评价。如何书写现实和对现实进行艺术表现,如何做到写实与虚构的平衡,这是文学创作的基础问题。以《古炉》为范本,通过分析贾平凹在构思层面整合个人记忆,发挥个人想象,用文学手段完成对历史的想象,可窥见贾平凹写作观念和手法等问题,也涉及其对历史的评判问题。

一、个人经验参与历史叙事

从梳理写作《古炉》的时间点出发,可了解作者从生活记忆中提炼素材,既还原历史现场又发挥个人想象,到完成《古炉》的整个创作动机。

《古炉》的故事时间是从1965年冬天到1967年春天,历史上"文革"发生的时间是1966年5月,贾平凹本人目睹并见证了其在小山村发展、壮大的整个过程。作为一部记叙"文革"历史的小说,故事时间和小说时间重叠,从小说创作的目的上就说明作者要借助小说还原历史的本来面目。贾平凹在《古炉》后记中说:"我觉得我应该有使命,或许也正是宿命,经历过的人多半已死去和将要死去,活着的人要么不写作,要么能写的又多怨愤,而我呢,我那时十三岁……我的旁观,毕竟,是故乡的小山村的'文革',它或许无法反映全部的'文革',但我可以自信,我观察到了'文革'怎样在一个乡间的小村子里发生的。"[1] 站在亲历者的角度叙述历史,贾平凹认为,这是他无法摆脱的写作使命,也是在抢救一段他自己身在其中的逐渐远去的历史。

在和李星的访谈中,贾平凹说:"在写《秦腔》前就想写,但还未寻到好角度,在写《高兴》前我回商洛采访了许多当事人,又花了三天在档案馆翻阅'文革'中商洛武斗的史料。当然,更多的材料还是来自自己的记忆,以我老家的村子发生的事来构思的。"[2] 贾平凹或是在2000年

---

[1] 贾平凹:《古炉》,人民文学出版社,2010年,第603—604页。
[2] 贾平凹:《访谈》,生活·读书·新知三联书店,2015年,第304页。

左右想写一部关于"文革"的小说,"如何写还琢磨不透",于是先完成了一部个人回忆录,这个回忆录就是2000年出版的《我是农民》,这一年,贾平凹四十七岁。《我是农民》是一部十五万字的长篇自传体散文,类于沈从文的《从文自传》,作者回忆了1972年去西安上学前在农村生活的全部经历。这部作品有很强的史料价值,贾平凹儿时和青少年时期的生活在这部作品里有相对全面的记录,作者本人的农民意识,其对农村和农民的情感,从这个作品可窥见一斑。这个作品在贾平凹个人文学创作史上的价值更大,作为一个具有巨大潜力的库藏资源,唤醒了作者和出生地、和青少年时期生活的情感联系,《秦腔》书写的是作者和出生地的隐秘渊源,《古炉》则是回到了作者记忆中的青少年时期。这两部小说作品中的大多数人物原型和主要事件都可以在《我是农民》中找到。李遇春认为:"小说《古炉》源于作者的回忆录《我是农民》,前者是在后者的基础上虚构而成的,后者是前者的史料来源。"[1]

2007年5月,《高兴》定稿,贾平凹五十四岁,他开始动笔写《古炉》。在和韩鲁华对谈时,贾平凹说:"从创作时间上来说,这一本书(《古炉》)实际上是《高兴》一写完就开始了。"[2] 从动念以"文革"记忆为素材写作小说,到记录个人的"文革"回忆录,再到准备素材构思写作,中间有七年的时间,这七年也是"文革"记忆在他内心和情感中不断沉淀的过程。"文革"刚刚过去的伤痕、反思文学阶段,作家们的创伤记忆太过强烈。一段历史也需要沉淀,才能更客观地认识历史以及理解自我在历史中的位置。作者在后记中这样说:"四十多年了,泥沙沉底,拨去漂浮的草末树叶,能看到水的清亮。"[3] 这里包含作者对历史的态度。这其中,时间是最好的老师,时间能消除隔膜,也能化解矛盾,就像作者在后记中所叙写的两个老人,原本是武斗的对立面,最后却在时间的

---

[1] 李遇春:《作为历史修辞的"文革"叙事——〈古炉〉论》,载《文学评论》2011年第3期。
[2] 贾平凹:《访谈》,生活·读书·新知三联书店,2015年,第315页。
[3] 贾平凹:《古炉》,人民文学出版社,2010年,第603页。

延续中形成一个温暖动人的画面:"这是两个老汉,头发全白了,腿细得像木棍儿,水流冲得他们站不稳,为了防止跌倒,就手拉扯了手,趔趔趄趄,趔趔趄趄地走了过来。那场面很能感人"[①]。正是这一情景直接触动了他创作的灵感。如何用文学的手法表现"水的清亮",这涉及作者的构思和立意,涉及叙事视角和叙事内容,写作者从容冷静地看待历史是非常重要的,这就有了后来小说中狗尿苔旁观者视角下的古炉村的故事。

《古炉》从2000年开始构思,2007年动笔,2011年完成,在这期间,贾平凹出版了《秦腔》《高兴》两个大部头小说,这两部都是关注现实题材的小说,而作者于2013年出版的《带灯》,又回到现实。从现实到历史,又返归现实,历史是现实观照下的历史,现实是历史发展中的现实,这也是我们了解《古炉》,包括了解他的长篇小说创作的一个出发点。《古炉》中的历史,是作者个人记忆中的历史,他并不是要纯粹复原过去的历史,而是站在后来者的立场上对历史的反思和想象,是写实和写虚的统一。如果说,这个"实"是现实的历史,在《秦腔》中是传统乡村的破败,是精壮劳力纷纷到城市打工的空心村的现实,是商品经济大潮下传统的仁义礼智的式微;在《古炉》中则是一个偏僻落后的小乡村,在"文革"冲击下传统的乡村秩序和宗法秩序被打乱,人性中恶魔的一面被显现。但我们也能看到,《古炉》中还有作者想象的善人、蚕婆和狗尿苔,他们是民间伦理秩序和传统文化的代表,是混乱社会得以重生的希望。在后来的《极花》《老生》《山本》中,善人和蚕婆等人以老老爷、老生、陆菊人、陈先生等面目出现,他们在历史、现实和战乱中的救赎人心的力量,是作者在写实中张扬的文化和精神力量。

所以说,关于贾平凹2000年后长篇小说的写作,历史与现实题材并不是截然分开的,回望历史,历史中既有血腥残酷的一面,也有救赎现实的一面,这在《古炉》刚刚出版后的评论中也有涉及。杨剑龙等从中国乡村发展的进程中,将《古炉》看作是《秦腔》的"前传"。金理也认为,

---

① 贾平凹:《古炉》,人民文学出版社,2010年,第603页。

《古炉》"不只是一次回忆之旅，某种程度上也是贾平凹'对治'《秦腔》中惶惑难安的当下生活的产物"[1]。赵冬梅认为，贾平凹"试图通过对历史、记忆的重温，来探索重建当下多元而有序的民间世界的可能性"[2]。

历史与现实的关系，在本雅明看来，历史的天使在面朝过去，准备修补世界、收拾历史残骸的时候，却无可抗拒地让天堂的风暴刮向背对着历史的未来。"背对着历史的未来"与"面对着历史的未来"是两种不同的历史观，是站在现实的角度顺应历史发展的潮流，还是在面向未来时回望历史反思历史，这是两种不同的态度。在写完《秦腔》后，贾平凹意识到传统的破败，他并没有只从商业经济快速发展的现实出发去反思现实，而是回到过去，书写历史题材，从历史中找寻答案，这或是"背对着历史的未来"的历史观。很多时候，现实发展太快，历史还来不及收拾残骸就被挟裹着走向未来，我们每一个人都身处历史中，如同贾平凹说，在历史灾难来临时，每一个人都是有罪的。现实踩踏着历史的荣光和灾难走向未来，历史在很大程度上规定了我们的未来。历史伴随时间的更替向前发展，历史价值和历史意义甚或包孕在历史事件中的文化价值常常需要回头看，这存在于史学家和文学家的作品中，正视历史才能更好地走向未来。

二、个人写作传统与情感记忆的原动力

贾平凹想通过书写个人的"文革"记忆来完成关于这段历史的写作。从文学写作的动机来看，除了使命意识，还有一个情感参与的因素。在访谈中，作者这样说："中国的这一段历史，以后人写就没有感情这些东西了。"[3]如上所述，《秦腔》联系的是作者与出生地的情感，贾平凹在《秦腔》后记中说，要给即将过往的故乡立一块碑，"是为了忘却的

---

[1] 金理：《历史深处的花开，余香犹在？——〈古炉〉读札》，载《当代作家评论》2011年第5期。
[2] 赵冬梅：《重回或重建乡土叙事与民间世界——贾平凹〈古炉〉读后》，载《扬子江评论》2012年第1期。
[3] 贾平凹：《访谈》，生活·读书·新知三联书店，2015年，第317页。

回忆",当然,他有这样的视野和魄力,首先来自贮存的情感记忆。就像他本人所说,他是农民,对农村和农民充满爱和忧患,对故乡从出生以来直至当下的生活都有丰富的生活经验的积累,这积累中包含着深厚的情感。任何文学作品的写作都需要机缘,这机缘最主要靠情感推动。

《古炉》联系的正是作者和青少年时代的记忆和情感:"我的少年正是上个世纪六十年代的中后期,那时中国正发生着史无前例的'文化大革命'。……记忆越忆越是远,越远越是那么清晰。……我产生了把我记忆写出来的欲望。"①贾平凹写作《秦腔》和《古炉》,一个是"为了忘却的回忆",一个是"把我记忆写出来",记忆是支撑作者写作的强大动力。个人的记忆与听来的故事不一样,更多开掘的是个人的生活经历。夏志清认为,《红楼梦》是第一部大规模地利用个人生活经历的中国小说。②或正是由于深入地开掘个人生活经历,《红楼梦》比由街谈巷尾的闲谈、逸事编织成的小说更贴近人心。或者也可以这样说,通过逸事和趣闻,或通过志怪和传奇寄予内心的某些志向和情感总归比不上通过个人经历、通过个人生活中的人事故事来传达情感来得强烈。如果从个人传统角度看贾平凹的创作,《废都》《秦腔》《古炉》是最具个人化的小说。一是在深入开掘个人生活经历方面,都有个人情感和生活的真实记忆。《废都》中更多个人内心的矛盾和惶恐,《秦腔》和《古炉》中则更多是来自故乡、家族和儿时的生活记忆。贾平凹在央视纪录片《文学的故乡》中说:"村子、家族、父母和自己隐秘的东西、熟悉的东西,是直接与生命有联系的东西。"小说中的事实和细节来自生活记忆,有生活原型。二是基于个人生活经历基础上的想象,有深厚的情感潜能在里面。

在这里不重点叙述贾平凹小说的个人传统,只是为了说明《秦腔》《古炉》中的个人记忆,如同曹雪芹叙述四大家族的故事,饱蘸着复杂的体验和血泪的情感,可以纳入个人的生命体验中。从个人记忆出发,有深厚的情感潜能,个人记忆的历史和时代发展的历史在小说中就有了不

---

① 贾平凹:《古炉》,人民文学出版社,2010年,第602—603页。
② 夏志清:《中国古典小说导论》,胡益民等译,安徽文艺出版社,1988年,第278页。

一样的叙事。记忆中包含的情感和思考，对文学写作来说，是比时间、历史和文化更为根基性的东西。徐复观认为："由情感所推动的想象，与情感融和在一起的想象，这才值得称为'文学的想象'。"[①]正是因为有了如人的毛细血管一样贴近情感的记忆，我们才在《秦腔》《古炉》中看到了那些如南帆先生所说的"细节的洪流"，在这样密集的毛茸茸的细节中，生活才以它本来的面貌发生着天翻地覆的变化。贾平凹不是靠"集束强光式的写作"——"为了集中光照、提高强度，不惜图解、观念化，而将更多自然状态的细节推到光圈之外的黑暗中"，他的叙述是"法自然"的现实主义，"悬置意识形态和倾向性很强的主观判断"[②]，写生活，写生活中人事的牵连，注重场景的空间转化，靠细节和对话来充实场景，"从细枝末节、鸡毛蒜皮的日常事入手的描写，细流蔓延，汇流成海，浑然天成，直达本质的真实"。

从文体叙事来看，《古炉》延续了《秦腔》的写作手法，是密实的生活流式的写作，前有《废都》《秦腔》，后有《古炉》《山本》，是作者在文学形式上的延续。在《秦腔》中，贾平凹叙述的是故乡清风街的历史，活动在小说前台的是以夏家三代人所联络起的清风街的人人事事。这些人事是来自故乡的生活记忆，也是小说叙事中的"个人记忆"，但"个人记忆"是一个透视口，观照的是"大历史"。在《秦腔》中，贾平凹以清风街为窗口，透视的是整个农村和农民问题，审视的是整个农村的发展和传统农村的失落。《古炉》的写作目的，在这个层面上和《秦腔》一致。作者不止一次说道："我观察到了'文革'怎样在一个乡间的小村子里发生的……我的观察，来自于我自以为的很深的生活中，构成了我的记忆。这是一个人的记忆，也是一个国家的记忆吧。"[③]

作者多次强调他写的是他看到的和经历过的故事，这在《我是农

---

① 徐复观：《中国文学精神》，上海书店出版社，2006年，第82页。
② 金理：《历史深处的花开，余香犹在？——〈古炉〉读札》，载《当代作家评论》2011年第5期。
③ 贾平凹：《古炉》，人民文学出版社，2010年，第604页。

民》中也可找到佐证。《我是农民》中距离作者家一百米左右的312国道上曾设有拦车和检查过往行人的关卡,在《古炉》中被想象为主角霸槽的小木屋;那个矗立在村头的古槐树在"文革"中因没有柴烧而被炸掉的事实也被写在了小说中。小说中欢喜的原型是生活中的关印,因贪吃而被侄子的仇人下毒害死。贾平凹自己本人参加过红卫兵串联,小说中写到红卫兵在街上游行以及串联的情节因有真实的经历而触手可摸。小说中狗尿苔提着瓦罐去看关在学习班里的支书,现实是他的父亲被打成"反革命",他提着瓦罐看他父亲的记忆令作者难忘。这些亲身经历为作者在细部书写历史的物质生活提供了素材。蒋勋评价《红楼梦》前八十回和后四十回的作者非同一人,很大程度上是因为在关于生活器具、物质生活的细部描写方面,前八十回更细致。《古炉》的写作以细节描写而著称,细节真实需要扎实的生活经验,没有经历过"文革"的人,很难书写出历史的精微细致处。

在小说《古炉》中,作者也确实通过狗尿苔的视角写出了古炉村在"文革"前平静的日常生活,用大量笔墨书写人们在日常生活中的恩怨、纠葛、幻想和冲突。小说有六大部分,在小说的第二部分春部才写到引发《古炉》村"文革"的导火索——黄生生,武斗和宗派间的冲突集中在第四部秋部和第五部冬部。《古炉》中的生活流比《秦腔》更为迟滞,金理在文章中引用周作人评价废名的小说节奏来评价《古炉》的行文特征:"好像是一道流水,大约总是向东去朝宗于海,它流过的地方,凡有什么汊港湾曲,总得灌注潆洄一番,有什么岩石水草,总要披拂抚弄一下子才再往前去,这都不是他的行程的主脑,但除去了这些也就别无行程了。"[①] 作者为什么要在叙事中投入大量的细节和情感写古炉村人们在"文革"中的生活?其在接受访谈时说:"必须要有生活,平平庸庸、普普通通、很琐碎的这种生活里埋藏了各种种子。就像世界上有各种颜色,红黄青绿紫,实际上各种颜色都在土壤里面……'文化大革命'各

---

① 周作人:《苦雨斋序跋文》,止庵校订,河北教育出版社,2002年,第111—112页。

种因素也都在这日常生活里面。遇上土壤、时间就给成熟了，就长出了红花或者黑色的草，道理就是这样的。"[1]这些记忆和细节里暗藏着时代巨变的信息。这一点，《古炉》和《秦腔》一样，将个人的日常生活和特定的时代生活融会贯通，文本虽书写各色人等的日常生活，搅动的却是一段历史。

贾平凹在后记中说："各人在水里扑腾，却会使水波动，而波动大了，浪头就起"[2]。是说个人记忆的小史与时代的大历史的关系。他在《古炉》中还原了两个层面的真实：一是如上所述的个人记忆和情感的真实；二是生活和历史的真实，他将"文革"叙事纳入最基层的农村，书写一个偏僻封闭的农村老百姓在"文革"中的日常生活，通过人们面对暴力事件的行为和态度，传达每一个人的微妙变化，让历史事件和人性演变在抽丝剥茧的叙述中一点点地呈现。这样，他写出的就是古炉村的生活的历史，生活的历史远比"文革"的历史所包孕的含义更大，"文革"只是这巨大的生活的一部分。于是，他的历史写作也就超越了特定的历史和现实接通，他的历史叙事和现实叙事就有了更为开阔的视野和维度。

三、想象的冲动与文学精神的灌注

夏志清在《〈红楼梦〉论》中从曹雪芹和脂砚斋的关系入手，说明脂砚斋内心深处实际上是需要一个往事的忠实记录者，而曹雪芹则怀着勇气和激情将自己的过往诉诸笔端，一个要求忠于往事的实录，一个要求忠于想象的冲动。夏志清其实借助对《红楼梦》的分析说明了两点：一是小说是基于想象的冲动对往事的改写，想象的冲动就是设幻，设幻是文学写作的前提，忠实纪录不是小说；二是曹雪芹写作的情感力量不是来自外部的逸闻和传说，而是来自自身的生活经历。夏志清的说法基本符合曹雪芹本人的写作目的，曹雪芹也有"满纸荒唐言，一把辛酸泪"

---

[1] 贾平凹：《访谈》，生活·读书·新知三联书店，2015年，第321页。
[2] 贾平凹：《古炉》，人民文学出版社，2010年，第604页。

之说。曹雪芹将亲身经历人世的跌宕起伏后发出的人生感慨寄予到"荒唐言"中,这里的"荒唐言"不是三言两语的语言,而是包含着文学设幻和想象的叙事架构。

同样,贾平凹不厌其烦地说,他写作《古炉》来自他自己的生活经历:"我产生要写这段历史生活的想法,就是一个过去生活的记忆,从记忆和观察角度来完成的一件事情,一个工作。"①但同时他也说:"我明白我要完成的并不是回忆录,也不是写自传的工作。它是小说。小说有小说的基本写作规律。"②这个基本规律就如夏志清所说的,想象的冲动是小说设幻的前提。这里不从写作手法,诸如从以实写虚这个角度来说明《古炉》写作中作者如何发挥了"想象的冲动",而从作者构思的层面,基于他在后记和访谈中的资料,说明他在真实记忆的基础上,更侧重对"文革"事件的感受与想象,他作品中的哪些素材来自他对真实记忆的想象和改动,这些想象的内容与他小说的题旨有什么关系。

在《我是农民》中,关于"文革"的纪实,除了作为旁观者看到两大派别的武斗场面,还记录了与作者本人切身相关的经历。作者的父亲被打为"反革命",作者本人沦为"可教子女",家庭因此事愈加贫穷和受人冷眼的情景,都令作者刻骨铭心。如果我们把《我是农民》和《秦腔》《古炉》对读,《秦腔》中夏家老一辈身上能看到作者父辈四兄弟的影子:夏天礼的儿子雷庆在运输公司开车,而贾平凹有一个堂哥也曾在运输公司开车;夏风身上有作者的身影,尤其是小说结尾,夏天智葬礼上夏风没有及时赶回,文中用诸多细节书写夏风回家路上被牵绊的情景,一定意义上是作者借此来进行自我谴责,因为在现实生活中,其父亲过世时,作者正在外地,未来得及见父亲最后一面。因此,我们可以看到,《秦腔》中书写了作者与其家族包括他自身感情上的沉痛记忆,《古炉》的写作内容也来自作者的记忆,但并未写切身相关的精神创伤,我们可结合后记中作者对小说中人物形象的说明来找寻缘由。"整个的写作过

---

① 贾平凹:《访谈》,生活·读书·新知三联书店,2015年,第316页。
② 贾平凹:《古炉》,人民文学出版社,2010年,第606页。

程中,《王凤仪言行录》和周苹英的剪纸图册以及郭庆丰的介评周苹英的文章,是我读过而参考借鉴最多的作品"①。那么,作者为什么会对这两个作品专门提及呢?

当我在书中写到狗尿苔的婆,原本我是要写我母亲的灵秀和善良,写到一半,得知陕北又发现一个能铰花花的老太太周苹英,她目不识丁,剪出的作品却有一种圣的境界。因为路远,我还未去寻访,竟意外地得到了一本她的剪纸图册,其中还有郭庆丰的一篇介评她的文章,文章写得真好,帮助我从周苹英的剪纸中看懂了许多灵魂的图像。于是,狗尿苔婆的身上同时也就有了周苹英的影子。②

这个善人是有原型的,先是我们村里的一个老者,后来我在一个寺庙里看到了桌子上摆放了许多佛教方面的书,这些书是信男信女编印的,非正式出版,可以免费,谁喜欢谁可以拿走,我就拿走了一本《王凤仪言行录》。王凤仪是清同治人,书中介绍了他的一生和他一生给人说病的事迹。我读了数遍,觉得非常好,就让他同村中的老者合二为一做了善人。善人是宗教的,哲学的,他又不是宗教家和哲学家,他的学识和生存环境只能算是乡间智者,在人性爆发了恶的年代,他注定要失败的,但他毕竟疗救了一些村人,在进行着他力所能及的恢复、修补,维持着人伦道德,企图着社会的和谐和安稳。③

作者花费了大量笔墨来说明他为什么会在作品里加入周苹英的剪纸和王凤仪言行,归结起来主要有以下几点:一是他看重周苹英作品中"圣的境界";二是他看重善人的说病环节,说病也是为了彰显传统人伦和道德力量;三是这两个形象都是"文革"中的边缘者形象,与作

---

① 贾平凹:《古炉》,人民文学出版社,2010年,第606页。
② 贾平凹:《古炉》,人民文学出版社,2010年,第606页。
③ 贾平凹:《古炉》,人民文学出版社,2010年,第605页。

品中的血腥暴力和争斗者形象形成对比,表现的是作者对美好与善良的期望。

郭庆丰在《生灵我意——人民艺术家周苹英个案调查》一书中,展示了周苹英具有代表性的剪纸和晚年的绘画作品,同时,用文字说明了剪纸和绘画背后的文化和审美内涵。如果将《古炉》与《生灵我意——人民艺术家周苹英个案调查》放到一起看,贾平凹不仅仅是喜爱周苹英的绘画和剪纸,使他深受启发的是与一方水土和文化紧密相融的艺术作品背后的审美价值,是"生活就是艺术"的广阔的人生内容与文学艺术的关系,是在窄小的艺术世界中却能通达天上人间的天人合一的艺术魅力。

在《古炉》中,婆和周苹英一样,有能和草木、动物对话的本领,且能把它们剪下来:"在古炉村,牛铃老是稀罕着狗尿苔能听得懂动物和草木的言语,但牛铃哪里知道婆是最能懂得动物和草木的,婆只是从来不说,也不让他说。村里人以为婆是手巧,看着什么了就能逮住样子,他们压根没注意到,平日婆在村里,那些馋嘴的猫,卷着尾巴或拖着尾巴的狗,生产队那些牛,开合家那只爱干净的奶羊,甚至河里的红花鱼,昂嗤鱼,湿地上的蜗牛和蚯蚓,蝴蝶、蜻蜓以及瓢虫,就上下飞翻着前后簇拥着她。这些动物草木之所以亲近着婆,全是要让婆逮住它们的样子,再把它们剪下来的。"[1]

《古炉》是叙述"文革"故事的,《古炉》中也包含作者对人生命精神的张扬。贾平凹在周苹英以及她的剪纸中,看到了饱经沧桑的民间艺术家对生活的态度,以及她作品里天人合一的生命意趣,这也是他在小说中极力张扬的,其所张扬的民间传统道德和富有灵性的生命意象,与作品中的血腥暴力形成对比。回过头来看,作者为什么没有如实书写自己家庭在"文革"中的创伤,而强化了蚕婆、善人和狗尿苔形象?这与作者的写作观有关系。在《沈从文的文学》中,作者谈到好小说都是有神

---

[1] 贾平凹:《古炉》,人民文学出版社,2010年,第37页。

性的，也就是有精神的，作品要讲究维度，要提升精神层面的内容。"当人境逼仄的时候，精神一定要浩淼无涯，与天地往来。"①也正是因为有这样的认识，在《古炉》后记中，作者谈及他塑造狗尿苔等形象的原委：

> 因人境逼仄，所以导致想象无涯，与动物植物交流，构成了童话一般的世界。狗尿苔和他的童话乐园，这正是古炉村山光水色的美丽中的美丽。②

当然，除了文学观的因素，写作的过程也体现着作者情感转化的过程。在《废都》《秦腔》《怀念狼》等作品中，读到结尾悲风弥漫，可见作者情感的沉痛。《高兴》在悲凉的人生底色上张扬生命"高兴"的亮色，《带灯》中带灯"泪流向下"却"火焰向上"，《古炉》也一样，对记忆的改写是作者想象的冲动，而这冲动与他思想深处对社会和人生的理解相关联，目的是在血雨腥风中张扬善良、高贵的精神内核。

四、从历史到文学的一种叙事模式

贾平凹本人在"文革"中的经历，以及他对文学的认识，使他的"文革"叙事在真实历史事件的基础上更侧重对"文革"记忆的感受与想象。化历史事件为文学事件，关键在于作者对"文革"素材的处理，其重点不是对"文革"真实事件的还原，而是突出作者的个人经验和个人想象。杨庆祥认为："在最基本的层面，一部长篇历史叙事作品至少应该包括两个部分：第一是它应该有一种历史的经验陈述，这一经验由事实、材料、客观叙述甚至是个人记忆所组成；第二是它应该有一种历史观，这种历史观由叙述者的道德臧否、价值取向和审美喜好所构成，也就是说，它应该有一种不仅仅是基于个人经验的历史判断。"③本雅明认为："历史唯物主义者不能没有这个'当下'的概念。这个当下不是一个过

---

① 贾平凹：《关于小说》，生活·读书·新知三联书店，2015年，第142页。
② 贾平凹：《古炉》，人民文学出版社，2010年，第606页。
③ 杨庆祥：《历史重建及历史叙事的困境——基于〈天香〉〈古炉〉〈四书〉的观察》，载《文艺研究》2013年第8期。

渡阶段……这个当下界定了他书写历史的现实环境。历史主义给予过去一个'永恒'的意象；而历史唯物主义则为这个过去提供了独特的体验。"①如果说当下是界定作者书写历史的现实语境，贾平凹在写完《秦腔》后写《古炉》，《古炉》之后又写《带灯》《山本》，那么，看待贾平凹的小说尤其是历史题材的小说，要在现实和历史的交替叙述中去理解。从当下现实的破败中返归历史和民间，寻找治愈和疗救现实的药方，贾平凹在蚕婆、善人、老老爷、陆菊人和陈先生那里，看到了传统道德和民间精神的魅力。

具体在《古炉》中，如果说霸槽、灶火、天布等人物都有现实原型，是来自作者记忆深处的事实和材料的真实还原，作者书写他们的主要目的是还原曾经充满暴力和争斗的"文革"，那么，善人、蚕婆还有狗尿苔等人物就是作者想象中的文学形象，他们传达着作者的价值观念和精神意旨，这些价值观念是作者多年来思想深处"转化的力量"的结果。和其后期的《老生》《极花》《山本》结合起来看，《古炉》也包含一种个人对待大历史的态度，在快速发展的现实面前，历史价值和历史意义甚或包孕在历史事件中的文化价值常常需要回头看。

《古炉》是贾平凹第一次叙述历史生活的长篇小说。在这个作品中，历史与想象交叉叙述，作者重视"文革"作为文学事件的价值和作用，"'文革'对于国家对于时代是一个大的事件，对于文学，却是一团混沌的令人迷惘又迷醉的东西……我只能依量而为，力所能及地从我的生活中去体验去写作，看能否与之接近一点"②。也因此，在具体的叙事过程中，文本中的人物，包括人情人性的演变都需要作者记忆中的"文革"事件去推动。"文革"作为文本的大事件，作者主要记叙它是如何在一个普通的小山村发生，又怎样牵连起众多人，人们平实普通的性格在这个事件中怎样一点点地生发出恶的因素。有人比喻古炉村在"文革"的推

---

① 阿伦特编：《启迪——本雅明文选》，张旭东、王斑译，生活·读书·新知三联书店，2008年，第274页。
② 贾平凹：《古炉》，人民文学出版社，2010年，第604页。

动下变成一个"大熔炉",所有的人都在炉中煎熬,"炉"成为一种隐喻,有的人在煎熬中无法自抑,有的人在烈焰炙烤下自性膨胀,更多的人在煎熬中寻找出路,"炉"就是熔炼百味人生的炉。这样,作者在"文革"境遇中对历史的书写和人性的表达就进入一个制高点,有了超越历史本身的反思意蕴。

《带灯》：实录写真的现实精神

贾平凹写完《古炉》后，一个意外的机会收到河南卢氏县一名乡镇女干部发的短信，倾诉她在工作生活中的烦恼和内心向往，短信多了，贾平凹就有了将这个素材写成文学作品的想法。他在《带灯》后记中说：

> 她是个乡政府干部，具体在综治办工作。如果草木是大山灵性的外泄，她就该是崖头的一株灵芝……那个在大深山里的乡政府干部，我们已经是朋友了，每天都给我发信，每次信都是几百字或上千字，说她的工作和生活，说她的追求和向往，她似乎什么都不避讳……她竟然定期给我寄东西，比如五味子果，鲜茵陈，核桃，蜂蜜，还有一包又一包乡政府下发给村寨的文件，通知，报表，工作规划，上访材料，救灾手册，领导讲稿，有一次可能是疏忽了吧，文件里还夹了一份她因工作失误而所写的检查草稿。当我在看电视里的西安天气预报时，不知不觉地也关心了那个深山地区的天气预报，就是从那时，我冲动了写《带灯》。①

这个乡镇女干部，是引发《带灯》写作的契机，是带灯的原型人物，她也成了小说的叙事视角和切入点，打开了作者的叙事视野。其实，不仅《带灯》有原型，《秦腔》《高兴》《古炉》《极花》《暂坐》等作品的原型人物，都是从现实生活中来。贾平凹重视实地采风，以此获得对时代和生活的鲜活体验，与此同时，贾平凹也重视对现实生活进行观察和积

---

① 贾平凹：《带灯》，人民文学出版社，2013年，第356—357页。

累,以获得对生活本质的反映。这一切,都表现出贾平凹对史传文学传统中实录写真的现实精神的承继。

中国叙事文学的源头是史传。史传叙事的基本品格是实录,这从班固和刘勰对司马迁《史记》的评价中即可看出。班固评价司马迁《史记》:"善序事理,辨而不华,质而不俚,其文直,其事核,不虚美,不隐恶,故谓之实录"[1],刘勰也认为司马迁撰史"实录无隐"。以《史记》为代表的史传文学,是助推小说发展的重要动力,实录因此成为叙事文学所遵循的创作原则。不仅如此,自古以来,古代文学理论家品评鉴赏文学作品也以实录为标准。实录最主要的特点是书写真实,诸如曹雪芹说《红楼梦》只是"追踪蹑迹,不敢稍加穿凿",鲁迅认为《红楼梦》"正因写实,反成新鲜"。由此可见,实录最主要的文学品格即是追求源于生活真实的艺术求真精神。

重视生活体验是实录写实精神的基本要求,司马迁写《史记》经历了行万里路而成一家言的过程,曹雪芹的《红楼梦》是作者半世的"亲闻目睹",鲁迅强调小说创作最好是经历过。在当代作家中,"身之所历,目之所见"虽非作家创作的灵丹妙药,但也是激发作家写作灵感、获得真实体验的重要方面。方锡德通过对现代作家鲁迅、叶圣陶、茅盾、沙汀等创作的分析,论述作家要写出世间的真实人生,创作真的文艺作品要重视亲身体验,尽量做到有生活原型和本事,并进而总结出作家获得真实体验的三种主要方式:亲身经历、观察搜集和长期积累。贾平凹在他多部作品的后记中强调亲历的重要性,如上所述,他的小说选材重视在原型基础上的发挥和想象,他也在长期的观察生活和体验生活中形成一套书写中国故事的经验。接下来,以《带灯》的写作体验为例,分析其实录写真的现实精神的具体表现。

---

[1] 郭绍虞:《中国历代文论选》(第1册),上海古籍出版社,2001年,第84页。

一、在行走采风中获得鲜活的生活体验

贾平凹长期关注农村和农民生活,对中国农村的发展有深刻的认识,这与他的创作态度有关。贾平凹说:"我主张脚踏在地上,写出生活的鲜活状态。"[①]这么多年,他始终用真诚拥抱生活,这些作品累积起来,就是一部鲜活的乡村社会发展史。

与时代保持鲜活的关系,是贾平凹孜孜以求的。1983年,为其带来声誉的《商州初录》即是作者实地行走的实录,被孙见喜、李星认为是"在当事人的热炕上直接体验他们的悲欢离合"[②]的作品。行走至此成为贾平凹深入体验生活的方式,他商州系列小说的素材和原型有很多是在行走中获得的。《废都》是贾平凹文学创作的分水岭,是作者积数十年城市生活经验完成的,在此之前他写了《西安这座城》,这是小说空间场域和文化背景的介绍。为了写作《高兴》,作者深入西安南郊的农民工群体中,了解他们的生活,《我与高兴》即是作者如社会科学家一般的实地探访的记录;《秦腔》《古炉》的写作,作者动用了故乡和少年生活的记忆,在此之前的《我是农民》中可见到这两部小说的原始素材;为写作《古炉》,作者在家乡的档案馆查询历史资料,寻访当时历史事件的见证者,以了解历史事实。多年来,贾平凹秉承现实生活是作家创作的源泉,在实地行走和体验生活中"扣其两端而竭焉":

> 我十多年来是每年都去北京、上海、广州几次,有时是开个会,有时仅仅是随便走走,这些地方代表着中国的先进、繁华和时尚,在那里常会听到盛世的说法,而我又大量时间去西北偏僻的乡村,在那里茫无目标地走动,饥了进饭馆或农民家里去吃,晚上回县城酒店或乡镇旅馆去睡,在那里又常会听到危机的说法。盛世和危机是截然不同的,站在哪一方都不可能准确看待中国,从两头来把握,你才可能看

[①] 贾平凹:《天气》,作家出版社,2012年,第225页。
[②] 李星、孙见喜:《贾平凹评传》,郑州大学出版社,2004年,第35页。

到表象，也看到本质。[1]

在《带灯》的写作中，如果说乡村女干部的短信和有关乡政府下发给村寨的文件、上访材料、救灾手册等为其创作提供了新的写作素材，那么，作者在乡村采风和行走的经历，使他更具体直观地了解了当下农村社会的基本面貌和农民生活现状，这也是小说写作的时代和文化背景。《古炉》定稿后，在2010年下半年，作者有意识行走陕西、甘肃、河南、四川等地，他在《带灯》后记中说："就在前年（2010），我去陕西南部，走了七八个县城和十几个村镇，又去关中平原北部一带，再去了一趟甘肃的定西。"[2] 行走期间，写成的散文作品有《从棣花到西安》《一块土地》《走了几个城镇》《松云寺》《定西笔记》等，这些作品后被收入散文集《天气》。这些关于行走和游历的作品，是特定时代下社会经济、文化发展的掠影，从这些作品中也能窥见作者小说写作的某些隐秘："《天气》里的文章都是长篇《秦腔》《高兴》《古炉》完成之后的间隙中写的，内容可能驳杂，写法也不尽一致，但若细心了，便能读出我写完每一部长篇小说后的所行所思和当时的心境的。小说可能藏拙，散文却会暴露一切，包括作者的世界观、文学观、思维定式和文字的综合修养。"[3]

贾平凹对时代和历史的敏感源于他的行走体验，他对新的社会现象也较为敏感，快速发展的高速公路和铁路成为小说《秦腔》《高兴》《古炉》的时代背景。在《带灯》中，高速路已成为重要的文化意象，是开发的年代的隐喻。小说里这样说："高速路没有修进秦岭，秦岭混沌着，云遮雾罩。高速路修进秦岭了，华阳坪那个小金窑就迅速地长，长成大矿区。……这年代人都发了疯似的要富裕，这年代是开发的年代。"[4] 更加富有深意的是，小说中的元老海曾经阻止高速路经过樱镇，但他终究阻止不了樱镇开发的浪潮，他的后辈人为争夺开发资源进行群体械斗，这

---

[1] 贾平凹：《转型期社会的写作：在常熟理工学院"东吴讲堂"上的讲演》，载《东吴学术》2014年第1期。
[2] 贾平凹：《带灯》，人民文学出版社，2013年，第356页。
[3] 贾平凹：《天气》，作家出版社，2012年，第1页。
[4] 贾平凹：《带灯》，人民文学出版社，2013年，第3页。

是比经济开发更值得深思的现象。乡土内部所发生的裂变不仅仅是高速公路及其背后强大的城市文化对乡土文化的侵蚀,还有更为细微而复杂的变化,诸如自然生态、乡风民情、乡村文化、人的精神面貌等的变化始终是贾平凹乡土小说创作的重要方面。

散文《天气》《松云寺》《不能让狗说人话》等也可与《带灯》相映照,天气是小说中的重要意象,关于天气的论述,作者借带灯之口传达了比散文《天气》更丰富的内涵,就像他在《废都》中对埙的认识远比他的散文《关于埙》开阔深邃得多。在小说中,"天意就是天气",与松云寺、白毛狗一样,是贯穿小说始终的意象,传达着作者对诸多乡镇社会问题的认识和理解,有个人的思考在其中,包含着作者的价值取向。

贾平凹行走和采风中的所见所思,是他与时代和社会的亲密接触,也是他从生活汲取源泉进行小说创作的宝贵经验:

> 你对社会一直特别关注,有一种新鲜感,有一种敏感度的时候,你对整个社会发展的趋势就拥有一定的把握,能把握住这个社会发展的趋势,你的作品就有了一定的前瞻性,你的作品中就有张力,作品与现实社会有一种紧张感,这样的作品就不会差到哪里去。[①]

二、在素材选取方面重视时代和文化背景

贾平凹以商州为据点,关注乡村社会的现实问题,从80年代改革之风初入乡村开始书写,到改革发展进入新阶段,一直未停下创作的脚步。从1983年的商州系列小说到2013年的《带灯》,社会发展更替三十年,这三十年也是城乡文化深入融合的三十年,贾平凹始终关注乡土社会的发展与变革。雷达认为,贾平凹的一系列乡土作品——《高老庄》《怀念狼》《秦腔》《高兴》《古炉》,直到《带灯》,包容了处于现代转型背景下中国乡村政治、经济、文化冲突的方方面面,它有一股百科全书式的博

---

① 贾平凹在华中科技大学"春秋讲学"活动上的讲话。

物馆气息。[1]

贾平凹在《面对当下社会的文学》中说:"我们身处的社会就是大水走泥,这样的年代,混沌而伟大。它为文学提供了丰富的素材和想象的空间。"[2]与《秦腔》《古炉》不同,他在《带灯》中不是通过村民的视角反映当下农村的社会生态问题,而是通过基层政府工作者的视角,将农村、农民命运的写作延伸到与基层政府的联系中,但他并非要去批判政府,而是借助基层工作者的视角,发现和暴露城镇化发展过程中的政治、经济和文化生态问题。从镇政府的视角看农村问题,相比从社员的视角来观察,在写作视野上更开阔。在接受记者黎峰的采访时,贾平凹说:

> 我在写作选取素材时有两个考虑,一方面,我所用的材料必须都是真实地从生活中长出来的,而不是在房间里面道听途说或编造的东西;另一方面,这些材料一定要有中国文化的特点,呈现的国情、民情,一定要以一种文化为背景。[3]

如何让写作具有中国文化的品格,这也是贾平凹在创作过程中不断突破的内在动力。"文化是千层饼",包蕴丰富,内涵广大。越是变革和冲突复杂的地方,越适合文学去发现和表现。贾平凹通过小说记录改革开放过程中偏僻农村人的生活方式、爱情婚姻观念和价值观念的变化,映射时代改革的发展,这些作品就是以《商州初录》《鸡窝洼的人家》《浮躁》等为代表的商州系列小说。贾平凹的商州系列小说,地方文化风味浓厚,尤其以对地方历史掌故、乡土风俗、民间禁忌和国民心理的生动描绘为特色,形成贾平凹早期创作上的高潮。也正因为其作品中浓厚的地域文化因素,贾平凹和汪曾祺一道被称为风俗小说的代表作家。商州也成了极具特色的文学意义上的商州,文化视野是其在创作中始终着力追求的。韩少功在《文学的"根"》中谈及贾平凹的商州系列

---

[1] 雷达:《读〈带灯〉的一些感想》,载2013年11月22日《文艺报》。
[2] 贾平凹:《天气》,作家出版社,2012年,第236页。
[3] 贾平凹、黎峰:《写作实在是我的宿命》,载《青年作家》2017年第4期。

小说时说："带上了浓郁的秦汉文化色彩，体现了他对商州地理、历史及民性的考察，自成格局，拓展新境……他们都在寻'根'，都开始找到了'根'。这大概不是出于一种廉价的恋旧情绪和地方观念，不是对方言歇后语之类浅薄的爱好，而是一种对民族的重新认识、一种审美意识中潜在历史因素的苏醒。"[1]

文化背景始终是贾平凹小说立意和构思的着眼点。在《带灯》中，作者以综治办的日常工作为线索，"综治办就是国家法制建设中的一个缓冲带"[2]，是富有中国文化特点的基层政府行政机构，是传统乡村宗法制度和礼治逐渐消亡而法治观念和法制体系没有完全建立的一个暂时的机构。随着城市化进程的加快，商品经济强化了人们的利己意识，而落后地方的贫困现实又容易让人使强用狠，再加之个别地方干部作风霸道，中饱私囊，民间积怨深厚没有及时调节，上访事件增多，综治办也就成了问题集中地。小说以带灯为叙述视角，以"维稳""上访"为主要叙述内容，上访问题的背后牵引出诸多的乡镇问题，这里有基层体制的不完善，但更多是文化和社会问题。在小说中，作者借带灯之口说出了上访背后的文化渊源和文化冲突。中国传统上是乡土社会、礼治社会，现代社会是法治社会，法治和礼治的不同在于"礼治就是对传统规则的服膺"[3]，法律规范是一种公共约束力，要靠国家政治权力来约束人的行为。在快速发展的年代，社会需要法治，需要强有力的外在社会规范约束人的思想和行为，现代法治可以催生更加平等和民主的现代社会环境。在樱镇快速发展的进程中，礼治遭到破坏，法治未得健全，综治办作为政府的行政机构，用礼治的调节手段协调上访者的纠纷，却没有强硬的法律保证，因此，上访事件频增，政府公信力下降。樱镇出现的这种礼治和法治不平衡现象在全国具有一定的典型性。传统礼治文化破败，现代法治文化未健全，表面上虽是政治问题，其背后却潜隐着文

---

[1] 韩少功：《文学的"根"》，载《作家》1985年第6期。
[2] 贾平凹：《带灯》，人民文学出版社，2013年，第39页。
[3] 费孝通：《乡土中国》，北京出版社，2005年，第79页。

化观念的问题。社会的问题,包括体制的问题,需要更加和谐的文化建设。文化生态的平衡,在贾平凹这里,不仅仅是建设科学的生态文化,还要从中国当代的各种社会问题中追根溯源,从文化寻根中为现代文化的发展注入新的活力。

在小说中,带灯不仅是小说的主要叙事视角,是贯穿始终的小说线索,还是作者着力表现的核心人物形象。关于如何将主要人物形象与时代背景和文化背景相结合,贾平凹有自己的经验:

> 你在写一个人的故事的时候,这个人的命运发展与社会发展在某一点交叉,个人的命运和社会的时代的命运在某一点契合交集了,你把这一点写出来,那么你写的虽然是个人的故事,而你也就写出了社会的时代的故事,这个故事就是一个伟大的故事。[①]

依此来看,在具体选材的过程中,他非常注重寻找个人命运和时代发展的契合点,实际上就是寻找个人情绪和时代情绪的交集。《浮躁》中的金狗、《废都》中的庄之蝶、《秦腔》中的夏天义,包括《带灯》中的带灯,都是作者将个人情绪与时代普遍情绪相统一的典范,他们是普遍的"这一个",只不过,贾平凹作品中的"这一个"除了个人身上所担负着的时代特征外,更集中表现为民族文化的某种共性,使作品具有了民族文化的底蕴,实现了文学寻根的写作目的。

三、在写作经验方面重视事实和现场感受

在当代作家里面,贾平凹是一个对现实生活异常敏感的作家,把他的创作摆成长长的一列,就是一幅反映社会世相与心相的形象画卷。因为他始终和时代、社会保持着鲜活的关系,他的很多作品总能在反映现实的同时,又能预见时代的某些本质性特征,这样的创作,很多时候就成为时代和社会的寓言。李遇春认为:"《浮躁》是1980年代中国的寓

[①] 贾平凹在华中科技大学"春秋讲学"活动上的讲话。

言,《废都》是1990年代中国(知识界)的寓言,《秦腔》是新世纪中国(乡村)的寓言,而《古炉》往小的看是'文革'寓言,往大的看则是整个中国的寓言。"[1]寓言是对时代精神和文化特征具有前瞻性的文学性表达。除了20世纪80年代末90年代初的系列山匪小说、书写"文革"历史的《古炉》,书写秦岭山区百年历史的《老生》,以及为秦岭立志的《山本》等作品涉及历史题材,贾平凹的小说大多与当下生活贴近,与时代接轨,贾平凹在现实题材上揣摩愈深,愈感现实写作的难度,他说:"人和人之间、故事背后,它有最重要的'生活气息'在里面。你如果纯粹只写一个事件,但不到现场去具体了解,你获得不了它背后的气息。"[2]

贾平凹重视生活中的事实层面,他的小说诸如《秦腔》《古炉》《带灯》等,又包含对现实生活的改造和加工,不是生活的实录。他有独特的写作经验,是把生活作为一个整体来书写,如他的以实写虚就是透过生活流的实存之象来传达他对生活的思考。当他把生活作为实存之象来书写的时候,他要把握的生活气息就是那些隐蔽在外在生活之中的内在生活,爱·摩·福斯特说:"小说家的作用在于揭示内在生活的源泉"[3]。这些包含着内在生活的生活气息具体在贾平凹的作品中,不是靠情节和故事来推动的,而是靠细节、场面和对话来传达的。在以故事取胜的作家如莫言那里,故事是小说的基本面,在贾平凹这里,"现场感""事实和事件"是他小说的基本面,他说:

> 我写作品必须要有原型,这是一种写作习惯。像盖楼房一样,必须有几个大的深坑来灌柱子,上面才能盖楼房。这几个柱子在我脑子里就是那些原型,有原型后我在写作时、构想大楼时,整栋大楼都可能是虚构的,但它跑不到这几个柱子之外,这些原型能把你撑住。[4]

---

[1] 李遇春:《作为历史修辞的"文革"叙事——〈古炉〉论》,载《文学评论》2011年第3期。
[2] 贾平凹、黎峰:《写作实在是我的宿命》,载《青年作家》2017年第4期。
[3] 爱·摩·福斯特:《小说面面观》,苏炳文译,花城出版社,1984年,第40页。
[4] 贾平凹、黎峰:《写作实在是我的宿命》,载《青年作家》2017年第4期。

在爱·摩·福斯特看来，小说不是纯粹地记录故事或事实，"小说的基础则是事实加X或减X……这个未知数又经常对事实具有修饰的作用，有时甚至可以把事实完全改变过来"①。这个未知就是作家要超越现实生活和发挥想象力的部分，是体现作品价值的部分。

原型如果是小说的事实部分，对原型的加工就是在事实基础上的想象。诸如在《带灯》中，带灯这个人物原型和作者老家发生的群体斗殴事件就是小说的事实部分，但萤火虫和虱子等意象就是作者在事实基础上的想象。《高兴》中刘高兴的原型是作者儿时的好友刘书桢，但高跟鞋、锁骨菩萨等意象就是作者的想象。《秦腔》中几乎所有的人物都有原型，叙事者引生的原型是一个因恋爱受刺激而自断尘根的人，在现实生活中也近乎疯傻。贾平凹的小说在艺术上强调作品的整体象征，但这个整体意象建立在充分的写实基础之上。在他的作品中，很自然地出现写实的形而下与想象的形而上两部分内容，形而下的芸芸众生是在原型基础上充实发展的事实内容，而形而上的意象统摄则传达作者的价值取向。若以《带灯》为例，乡镇女干部的日常工作是小说写作的基本面，这个基本面几乎全部来自原型本人的生活，但作者在原型日常生活的基础上，加入短信内容，加入小意象，诸如塌、萤火虫、指甲花、佛前灯、人面蜘蛛、雾霾、松云寺等，"把作品升腾开了"②。借助意象和细节，使写实的生活内容布满情感氛围，是小说中的"事实加未知"部分，在现实和故事层面之外传达作者的价值取向。当然，这些意象如从整体构思的层面来看，表现的是贾平凹对中国传统文脉的承续。

贾平凹发挥传统意象思维的特点，借助意象达到主题隐喻、背景烘托等作用。《带灯》中带灯主题意象下的塌、萤火虫、人面蜘蛛等，《极花》中的极花、血葱等，《古炉》中的古炉、白皮松、窑神庙、石狮子、太岁水等，这些组合着的意象是作者形而上的构思，也是小说叙事结构的

---

① 爱·摩·福斯特：《小说面面观》，苏炳文译，花城出版社，1984年，第39页。
② 贾平凹、韩鲁华：《穿过云层都是阳光：贾平凹文学对话录》，北京联合出版公司，2016年，第111页。

一部分，富有隐喻和象征意义，表现了作者在写作上一贯的思维特点：不从一个角度记录生活，而从多角度多线索表现对生活的理解。多角度多线索呈现人物和事件，比单一视角涵盖更宽泛的文化内涵。

当然，在贾平凹的作品中，形而上与形而下、事实与意象并非两张皮机械地组织在一起，正是因为多年来对农村现状的持续关注，对农民生活的宏观认识，原型如一道闪光照亮了这些认识。他作品中那些统摄主题的意象就是在原型和事实基础上的凝练和升华，形象地传达着他的认识和态度。

四、在叙事视角与结构设计上倾向于客观叙事

《带灯》与之前的《秦腔》《古炉》在叙事视角上都以客观实录的限制视角为主，透过带灯，围绕樱镇政府，深入辐射到不同的村子里。随着空间场所的扩大，乡镇生活的波及面也在扩大，生活面又是靠细节和场景来呈现，这和传统现实主义小说不同。传统现实主义通过营造典型情节塑造典型人物，实现对现实生活本质的认识和理解。贾平凹则通过密实的流年式的叙述，"用文学来再现无限丰富的日常生活细节，同时通过这些细节来揭示当代社会生活的主要特征及其趋向"[1]。

《带灯》既要原生态地呈现乡镇政府的工作状态和老百姓的日常生活，还要呈现带灯这个典型人物。作者一方面借带灯之眼，呈现其忙碌于基层政府的各种日常工作中，辗转于所管辖的各个村社，和真实的现实生活迎面撞击。另一方面，又以带灯为主要的叙事线索，通过细节和场景直观体现带灯在面对村里老伙计的死亡、乡里人贫苦的现状，以及村中强势力量与弱势群体的冲突等复杂而矛盾的状态时的言语、行为、心理等，还通过短信的方式直接触摸主人公的内心，从外而内塑造一个典型的基层政府工作人员。在《秦腔》《古炉》中，作者将叙事元素和意象思维结合起来，《带灯》延续了作者的意象思维；在小说叙事艺术的

---

[1] 陈思和：《论〈秦腔〉的现实主义》，载《中国现代文学论丛》2006年第1期。

探索上，前者采取的是灵异视角，《带灯》则非灵异视角，而是将视角和结构融合起来，带灯是亲临现场的客观叙事视角，又是最主要的叙事线索，还是作者集中精力表现的核心人物。这样的叙事视角和结构的搭配，才能既原生态地呈现生活，又能多角度地塑造人物。

莫言曾经说过，选择视角就是选择结构，贾平凹也认为，视角的选择很大程度上是结构的需要。带灯作为综治办主任，以带灯这个视角人物串联故事，随着带灯的迁移，就像扛着摄像头穿梭于基层政府与各村社，生活以一种客观实录的角度呈现，一节一节的生活就是一帧一帧的镜头。这样的视角和叙事线索有利于呈现基层政府、乡村、老百姓等乡镇生活的全貌，类似于传统的纪传体，以人物为主要观察点和核心叙事线索，尽可能容纳更多的人事。诸如叙述基层政府的日常工作，村干部选举、维稳、抗旱、防洪、应付市委书记检查、传达烟叶收购工作等，也叙述基层干部和村社干部的贪污腐败工作，还呈现出底层群众的日常生活状况。如若拿《带灯》和《暂坐》比较，《暂坐》的时代和文化背景更多通过略写或意象来呈现，诸如范伯生以及周围政商界的环境背景与作品里的雾霾意象构成西京十块玉生活的社会和文化背景。《带灯》的环境背景和时代背景都是实录的，作者不惜运用大量笔墨书写综治办的日常工作，以实录的方式引入地方公文、干部日志以及领导讲话等，将历史背景与特定事件、人物融合，将基层政府与村社、社员的关系与冲突原生态地呈现出来，在"法自然"上走得更远。

在叙事过程中，作者把带灯视角下的场景分成一个个小节，每小节提炼一个小标题，小标题又是小节内容的概括。《暂坐》中的小标题是地方和人物名称，空间结构更鲜明，其设计思路要追溯到《带灯》，更久远则要上溯到贾平凹对《山海经》叙事模式的推崇。贾平凹一向对完整的故事情节比较排斥，《带灯》相比之前的《秦腔》《古炉》，一个个小节拆解了完整的情节，但又彰显了细节，在拆解故事中走得更彻底。有论者认为，贾平凹通过类似于短信连缀的叙事方式"碎片化地呈现历史"。陈思和认为："他的故事就是随着他一句一句的，每一句一个场景，在发展变化,这个发展变化就把整个艺术的事件完整地呈现在我们的眼前。什么叫本质?什么叫表象?都不存在。"①

短信是小说重要的结构线索。在小说中,带灯既是叙事视角,也是叙述的主要对象。在叙述带灯作为基层综治办主任的日常工作时,也叙述带灯的心理和情感发展,这主要通过带灯写给元天亮的二十六封短信来体现。如若小说有完整的情节链条,这些表现主人公内心世界的短信很难被穿插到作品中,正是小说整体结构上的小节连缀方式,短信反而能很自然地融入其中而不显突兀,成为小说的结构线索。短信既是重要的结构线索,也是表现主人公内心世界有力的支撑。短信是优美的抒情文体,在这些文字中可找到贾平凹早年文体的某些特征——"清新,灵动,疏淡,幽默,有韵致",而记叙带灯的日常工作则近乎实录,接近史传文体——"它沉而不糜,厚而简约,用意直白,下笔肯定,以真准震撼,以尖锐敲击"②。主观抒情与客观实录在作品中自由转换,甚或界限分明,在文体上形成虚实与形神之间的统一。在《带灯》中,文体上的互补和映衬关系成为贾平凹小说中的潜在结构,传达主人公主观理想与客观现实的矛盾,理想与现实的张力就如同海风与山骨的映衬,这种张力关系在作品中是逐渐得到强化的,小说结尾主人公得了夜游症,将理想与现实的冲突表现到极致。

竹子角色在结构设置上与带灯这个叙事视角形成结构上的辉映。带灯从心理和情感上依赖元天亮,元天亮犹如带灯的梦中情人,但在日常工作中,带灯也有一个志同道合者,那就是竹子。竹子在小说中的存在表现了作者在人物塑造上的特点。贾平凹继承古典小说塑造人物的方法,设置对比性或互补性人物,一方面突出人物性格的反差,另一方面,这两个人物之间又互相映衬。《带灯》中的带灯与竹子形影不离,互相映衬。除此之外,带灯、竹子和元天亮三者之间也有互补关系:元天

---

① 贾平凹、丁帆、陈思和等:《贾平凹长篇小说〈带灯〉学术研讨会发言摘要》,载《扬子江评论》2013年第4期。
② 贾平凹:《带灯》,人民文学出版社,2013年,第361页。

亮和竹子，一个是带灯幻想世界的理想存在，一个是现实工作中的同病相怜。贾平凹在这三个人物身上寄予了更多的理想和认识，这也是小说中非常重要的结构线索。作者如此设置，主要是为彰显主人公带灯的形象。

总之，在《带灯》中，作者注重将客观历史呈现出来，将其对历史的态度融入文学写作中，通过设置客观叙事视角、拆解故事使原生态的生活显现等艺术手法，加大史传叙事的比例，从而具体地呈现乡镇社会的整体生态面貌。

《高兴》：从"以文运事"到"因文生事"

金圣叹在论述小说和史传文的不同时，提到"以文运事"和"因文生事"的区别，他认为："《史记》是以文运事，《水浒》是因文生事。以文运事，是先有事生成如此如此，却要算计出一篇文字来。虽是史公高才，也毕竟是吃苦事。因文生事即不然，只是顺着笔性去，削高补低都由我。"①"以文运事"是史家笔法，强调对已有事实的熔裁；"因文生事"是小说家笔法，是向壁虚构，是指小说家在创造故事时，需要依据创作意图对材料进行取舍和熔裁，这是两套不同的笔法。小说作者则需要设幻、虚构，通过富有意味的文学形式，传达他对生活和人事的见解和态度。

《高兴》写完后，贾平凹写了《我与高兴》这篇文章作为小说的后记，真实记叙了作者从取材到构思再到写作的整个过程。《我与高兴》是纪实文字，《高兴》是小说，两个对看，可看出贾平凹如何从生活原型出发塑造文学形象，又如何在生活中搜集素材，摘词布景，翻空造微，完成文学叙事的整个过程。如果说《我与高兴》是作者书写自己实地考察、修改小说的整个过程，那么《高兴》则是在这个实录基础上的艺术创造，从实录其事到文艺想象可见出作者创作的难度。如果我们借用金圣叹关于史实与小说的关系来看，实录是"以文运事"，贾平凹与刘高兴的交往激发了他的创作欲望，他也如社会学家一般详细考察了相关的

---

① 施耐庵：《金圣叹批评本·水浒传》，金圣叹评，岳麓书社，2015年，第1页。

社会群体，查阅了大量的资料，分析这一城市底层群体的命运，这在这篇实录文字中都有说明，"是先有事生成如此如此"。若以《我与高兴》这篇实录为镜子，小说《高兴》则是"因文生事"，是在实有其事基础上的敷衍和铺排，是对生活事实的缀合与书写，强调写作者的文学虚构能力，而虚构和想象是小说艺术的专利。

一、"以文运事"：社会学家的实录

《高兴》中的人物，包括《高兴》中人物的具体生活，都有现实的底子，这在《我与高兴》中有近乎实录的说明。贾平凹说："现在的刘高兴使我萌生了写作的欲望。"[①] 他决定写拾荒人的故事，主要是受刘高兴的启发。他一方面从刘高兴那里获得故乡人在城市的拾荒经历。商州是贫穷闭塞的地方，商州乡里人来到城里后，一没资金，二没技术，三没有人提携，干的都是最苦最累的活儿。"但凡一个人干了什么，干得还可以，必是一个撺掇一个，先是本家亲戚一伙，再是同村同乡一帮，就都相继出来了，逐渐也形成以商州人为主的送煤群体和拾破烂群体。"[②] 在小说中，池头村的韩大宝就是清风街里第一个在西安城里收破烂的，已经是池头村的破烂王了。在作者笔下，"韩大宝就是一块酵子，把清风镇的面团给发了"[③]。小说中刘高兴和五富是经韩大宝介绍干上了拾破烂的活。韩大宝作为早一步到城里的农民工，其剥削的对象并不是城里人，而是伙同城里人剥削那些从农村来的最底层的打工者，这也是小说的一个线索。现实生活中的刘书祯来到城市后，干的就是拾破烂的工作，他对收破烂生活的讲述，包括故乡商州人在城市生活的处境，牵动了贾平凹的情感，这种情感和《秦腔》中的情感是一脉相承的，比起对精英群体生活的关注，贾平凹对靠体力谋生活的人投注着更多的感情。

在这篇实录文字中，贾平凹书写了他是如何深入这群打工人的现实

[①] 贾平凹：《高兴》，作家出版社，2016年，第440页。
[②] 贾平凹：《高兴》，作家出版社，2016年，第439页。
[③] 贾平凹：《高兴》，作家出版社，2016年，第9页。

生活中实地体验，亲身感受他们的生活，获得写作的实感经验，他写道："我仅仅了解刘高兴而并不了解拾破烂的整个群体，纯是萝卜难以做出一桌菜的，我得稳住，我得先到那些拾破烂的群体中去。"[①] 通过文友兼老乡孙见喜帮忙，贾平凹了解到孙见喜老家村人有三分之一在西安城里收破烂，他实地采访他们，以老乡的身份和他们聊天，到他们住的地方，"没想在西安南郊城乡接合部的村子是那么多，这个村子和那个村子又没特别的标志，我们竟进入了另一个村子，这村子又有几十条巷道"[②]。这是现实中的城中村。随着城市的扩张，老城周边的村庄被纳入城市的发展规划中，形成富有特色的城中村。城中村成为小说中刘高兴们生活和拾破烂的空间场所："兴隆街的辖区是一条大街和大街东西各十道长巷。我负责北边的东西五条巷。五富负责南边的东西五条巷。"[③] 小说的主要空间环境是兴隆街和池头村，一个是收破烂的巷子，一个是住的地方，紧凑的空间环境有现实的底子。空间生活环境是表现底层民众基本生存面貌的重要方面，这一方面说明作者所叙述的对象与城市主流文明相隔绝，另一方面，与作者的写作经验相关，不论地理环境还是人物，贾平凹的写作都是建立在原型基础上的想象。贾平凹喜欢以真实的人物和地理为原型，他说："运用真实的地理的好处是写作时作家不至于游离，故事如孤魂野鬼它得有个依附处，写出来的作品，能给人一种真实感，更容易让读者相信，而进入它的故事中。"[④]

贾平凹的实地采访使他对收破烂群体的生活世界有了更深入的认识。贾平凹在实地考察中认识了一个收了十多年破烂的"破烂种"白殿睿，他没有老婆，吃发霉的馍片。如果我们仔细看小说的话，小说中五富和黄八常常在下雨天或是来不及做饭的时候吃发霉的馍片顶饥，这些小说中的生活细节都有真实的生活依据。《高兴》中刘高兴们的收破烂

---

① 贾平凹：《高兴》，作家出版社，2016年，第441页。
② 贾平凹：《高兴》，作家出版社，2016年，第441—442页。
③ 贾平凹：《高兴》，作家出版社，2016年，第23页。
④ 贾平凹：《文学与地理——在香港贾平凹文学作品国际研讨会上的发言》，载《东吴学术》2016年第3期。

生活，是靠他们的日常生活细节来呈现的，这种生活细节若没有实地体验，是没办法贴近人物的。白描化的生活细节是《高兴》叙述的突出特征，而要写出这些细节，实感经验是非常重要的一个环节。贾平凹说到一个让他记忆尤深的细节："饭做熟了，是熬了一大锅的包谷糁稀饭，给我盛了一大海碗，没有菜，没醋没辣子，说有盐哩，放些盐吧，给我面前堆上了一纸袋盐面。筷子是他老婆给我的，两根筷子粘连在一起，我知道是没洗净，但我不能说再洗一下，也不能用纸去擦，他们能用，我也就用，便扒拉着饭吸吸溜溜吃起来。×××一直是看着我吃"[1]。这个细节其实说明了作者愿意融入老百姓的生活中。对写作者来说，写作者和被写作对象的关系非常重要，是作为居高临下的启蒙者，或是旁观的同情者，还是融为一体的感同身受者？用莫言的话说，是作为老百姓的写作，还是为老百姓写作？写作者态度和视角的设置一定意义上决定着整个作品的叙事基调。视角的设置从根本上来说，就是如何处理作者和叙述对象的关系。小说出版后，关于底层视角的设置，就得到了很多论者的关注。

在《我与高兴》这篇文章中，贾平凹说他选择拾荒者作为写作对象有清晰的立意，目的是借助书写农民工的生存问题和精神状态来关注农民工的命运，考量城市底层打工者何去何从的问题，"拾破烂不是纯粹写拾破烂，而是在处处暗示整个社会的问题"[2]。拾荒和拆旧屋、挖地沟、开路面、疏通城河、拉沙搬砖、和泥贴墙、饭馆里洗碗、伺候病人这些活一样，都属于肮脏笨重的活，贾平凹通过对他们具体生存现状的书写，既要写出他们物质生存的贫穷，还要写出他们内心世界的变化，写出城市对待这些人的态度。这样，作者呈现的城与人的关系就不仅仅是一两个人对待城市的感受和体验，而是一个群体与城市的关系问题，群体的基本生存面貌，其身份和心理的、物质和精神的面貌，城市对待这个群体的态度，城市文化能不能接纳和融合农民工等，都被呈现了出来，是

---

[1] 贾平凹：《高兴》，作家出版社，2016年，第444页。
[2] 贾平凹：《访谈》，生活·读书·新知三联书店，2015年，第269页。

作者所谓的从关注农民工的基本生存状态到关注整个社会问题。

在《我与高兴》中，贾平凹还书写了如何借助拾荒者群体传达特定时期的农民工出路问题。他的本意不是突出农民工与城市的对立和冲突，如他所说，不是就事论事地反映个体事件的冲突，诸如讨薪难、医疗难、孩子上学难等问题，他要呈现的是社会最底层打工者的基本生活现状和精神世界，是他们与城市格格不入的文化性格。文学写作者的问题意识不仅在于发现问题，更重要的在于追根溯源。《高兴》的深刻之处或在于作者将笔触更多地深入人物的内心，通过对他们生活态度、性格特征、文化心理的描写，表现这样一个社会群体有与城市文化不同的乡村文化的因袭，从性格文化根源的角度揭示他们物质贫困、精神贫穷的深层原因。对人的文化性格和精神心理的呈现比冲突性事件更能内在地反映一个群体的生存困境。从呈现农民工基本生存面貌，到反思其文化心理和性格，再到突出其精神世界，将群体的现实与历史、文化与人性融合，更能达到对人的生存本质的反映。农民工的生存本质说到底还是农民的身份和文化心理问题，这样，从呈现农民工的问题就自然过渡到呈现整个农民问题和社会问题。

新闻中的事件成为小说素材也是直面现实和"以文运事"的表现。贾平凹也坦言《高兴》中背尸返乡和孟夷纯出卖肉体以寄钱返乡等素材是从报纸和电视新闻中获得的。已有的新闻素材可称为现代逸闻，将逸闻故事化，使逸闻成为小说情节的有机组成部分，在传统小说中被广泛运用。当代小说引用社会逸闻，传达的是作者对社会问题的敏感。

二、"因文生事"：转换叙事结构和叙事视角

"因文生事"需要作家张开想象和虚构的翅膀，以详尽之笔点缀斡旋，敷衍铺排，这与20世纪初形式主义学派提出的文学性相似。文学性往往通过文学手法、结构、语言等文学形式表现出来，贾平凹非常注重作品的文学性特征，每一部作品因其素材和表现思想的不同文学形式也会不同。如果阅读他诸多长篇小说的后记会发现，每一个作品在创作

过程中都是一次"妊娠"或"阵痛"的过程,也都不是一次完稿的,难度主要还在于为主题和内容寻找恰当的形式。作为读者,从形式和结构方面理解作品是较为客观地抵达文学作品立意和主题的一种方法。

在《高兴》的结尾,作者实录了他的写作过程:初稿写毕于2005年10月4日下午,二稿写毕于2006年4月11日晚,三稿写毕于2007年1月17日晚,四稿写毕于2007年3月20日早,五稿写毕于2007年5月24日上午。这其中,有两次彻底修改,关涉小说的叙事结构和叙事视角,这也是直接具体地了解小说形式的重要环节,也可帮助读者更好地理解作品主题。

(一)第一次修改,转换叙事结构

叙事结构的改变解决的是写作的主题问题,结构包含着小说最大的隐义。先摘引作者在《我与高兴》中的表述:"我重新写作。原来的书稿名字是《城市生活》,现在改成了《高兴》。原来是沿袭着《秦腔》的那种写法,写一个城市和一群人,现在只写刘高兴和他的两三个同伴。原来的结构如《秦腔》那样,是陕北一面山坡上一个挨一个层层叠叠的窑洞,或是一个山洼里成千上万的野菊铺成的花阵,现在是只盖一座小塔只栽一朵月季,让砖头按顺序垒上去让花瓣层层绽开。我很快写完了书稿"[①]。

《秦腔》是什么写作手法?用作者自己的话说,"清风街的故事从来没有茄子一行豇豆一行,它老是黏糊到一起"[②]。也就是说,贾平凹在叙事中从不刀割水洗般单独为某个人立传,人与人因事牵连,家庭与家庭因人牵连,村社事和个人事相互牵连。清风街无大事,但清风街又无小事,事事放在每个人头上都是大事,人在事中,事因人起,小说的叙事节奏就在这种人事牵连中不断推进,这是一种密实的流年式写作手法。

如果按照《秦腔》的叙事手法,写一个城和一群人,城和人都被推到文本的前台,城的发展和人的日常都要被呈现出来,这样叙事的难度

---

① 贾平凹:《高兴》,作家出版社,2016年,第450页。
② 贾平凹:《秦腔》,作家出版社,2005年,第90页。

在于，要把城市化进程的背景和城市化进程中的打工者放到同等重要的位置，将其文学化、具体化和日常化。但是这种写作手法在《高兴》中难以为继。他曾在一稿写了十万字之后终止写作，再次思考城与乡的问题："城市与乡村是逐渐一体化呢还是更加拉大了人群的贫富差距？我不是政府决策人，不懂得治国之道，也不是经济学家有指导社会之术，但作为一个作家，虽也明白写作不能滞止于就事论事，可我无法摆脱一种生来俱有的忧患，使作品写得苦涩沉重。……我越写越写不下去了，到底是将十万字毁之一炬。"[1]

解决叙事中出现的问题，其实就是解决作者对城与人关系的认识问题。《城市生活》将城与人都当作了重点写作对象，《高兴》只是将来到城市打工的农民工作为重点写作对象，城市的发展和城市化进程做了打工人的背景。一个观念和角度的变化，就有了后面小说结构上的变化。一般来说，作者总是习惯于被原有的叙事框架所束缚，《高兴》开始沿用《秦腔》的叙事模式，也是囿于一种叙事习惯。而好的作家就在于不拘泥于既有的、熟悉的叙事套路，在文学创作中不断探索与创作主题相契合的叙事形式。在文本中，关于城市的发展，关于农民工来城市打工的大的时代和社会背景，被作者穿插到人物对话中，成为小说的背景内容；而在前台表演的，则是以刘高兴为主体的城市打工者，这样的设置其实也是突出写作的主体——农民工，突出他们的具体生活、性格和心理。突出了写作主体，才能把这群人写得饱满、真实，也才能写出他们的生存本质。贾平凹在一篇与韩鲁华的对谈中认为：

> 我觉得，把这些生存状态下人本质的东西写出来……不管是哪一类型人，把他写得很饱满，很有活力，我觉得就写深刻了。……这里面如果不写到他的精神层面，不写到他对这个城市的认识层面，就事论事地写，这种写法的作品多得很，那就不叫小说了，小说就没有精神了。[2]

---

[1] 贾平凹：《高兴》，作家出版社，2016年，第446页。
[2] 贾平凹：《访谈》，生活·读书·新知三联书店，2015年，第270页。

他在这里说明了三方面的立意，可见其在写作思路上是清晰的：一是要呈现底层农民工的具体生活面貌；二是要呈现出他们的精神和心理；三是要呈现出生活、性格和心理背后乡土文化的特点，这是农民本身的文化基因问题。农民工要融入城市文化中，农耕文化与城市文化的矛盾就是很鲜明的冲突，这就涉及农民问题和社会问题的层面。从这个层面来看，贾平凹关于《高兴》的写作也就可以说是乡土文学和底层文学的碰撞。至于具体用什么样的叙事角度叙述，这涉及叙事视角和叙事方法问题，这主要通过贾平凹的第二次修改实现。

（二）第二次修改，改变叙事视角

在每一部长篇小说写完后，贾平凹总会回顾这部小说的写作背景、遇到的困难及如何应对、具体运用的手法等，这些文字往往以后记的方式出现，帮助读者了解小说内容。《高兴》的后记是《我和高兴》，是他所有后记中篇幅最长的。他这样说："从坟地出来，脑子里挥之不去的仍是父亲坟地里死亡和鲜花的气息，考虑起书稿中虽然在那么多拾破烂人的苦难的底色上写着刘高兴在城市里的快活，可写得并不到位，是哪儿出了问题，是叙述角度不对？我当然还没有想得更明白，但已严重地认为小改动是不行的，要换角度，要变叙述人就得再一次书写。"[①]这一段内容透漏出作者在具体写作上的讯息：

1. 叙述角度的改变，源于作者对农民工群体认识上的变化

当作者全身心地投入《高兴》写作中的时候，脑子中回旋的是农民工与城市的融合问题，而死亡与鲜花的融合打通了他的思绪，或是打通了他对农民工的认识。

作者一边修改小说，一边和收破烂的群体继续交往，一年左右的时间，他认识的那些收破烂的人，有的"还在拾破烂，状况并无多大改变"，有的"患上了严重的哮喘病，已不能再拾破烂又回到老家去"，"也有死在西安的。死了三个，一个是被车撞死的，一个是肝硬化病死，一

---

① 贾平凹：《高兴》，作家出版社，2016年，第450页。

个是被同伴谋财致死"。①刘高兴依然高兴着,"得不到高兴而仍高兴着",这些人和事,后来都被他写到作品里。他们做最苦最累的活,为城市的发展排污排垢,为建设新城市付出血汗,但城市人却看不到他们的付出,他们在城市没有尊严,找不到认同感,甚至被城里人隔绝。作者在小说中写道:"拾破烂却是世上最难受的工作……好像你走过街巷就是街巷风刮过来的一片树叶一片纸,你蹲在路边就是路边的一块石墩一根木桩"②。农民工的现实处境是卑微的,他们在城市的存在是渺小的,但他们精神清洁,品性善良,有人性高贵的一面。作者在小说里时时处处将这种高贵呈现于读者眼前,他们翻检完垃圾,"又把倒出来的垃圾收拾到桶里","五富长得丑丑的,心好","我刘高兴要高兴着,并不是我没有烦恼,可你心有乌鸦在叫也要有小鸟在唱呀",这些或是作者想要表现的污泥里长出的荷花。

作者笔下的农民工群体,生活逼仄,身份低微,但不乏精神昂扬者。要写出两者的融合,既不夸大他们的乐观,也不贬抑他们的存在,要写出他们生存中本来的样貌。生活本就是这样,是一条交织着忧伤与温暖的河流,贾平凹把他对生活的认识和感悟在《高兴》中通过刘高兴们的生活传达出来。在小说《带灯》中,他写带灯"泪流向下","火焰向上",在阴暗卑微处,仍时时处处能看到希望的灯火。这是一种悲喜剧并存的写作态度。

2. 从第三人称全知视角到第一人称限制视角

作者认识上的改变要通过叙事者来呈现。贾平凹先是以第三人称写,后来变成第一人称,变成第一人称可以自由得多,能更好写出刘高兴的精神状态。《高兴》中呈现出来的第一人称限制视角叙事,就是论者所说的刘高兴视角。

这里有必要对叙述视角做一点补充说明。如何叙事,采用什么样的视角叙事,与所叙述的情景有关,也与作品的主题表达和艺术设计有

---

① 贾平凹:《高兴》,作家出版社,2016年,第448—449页。
② 贾平凹:《高兴》,作家出版社,2016年,第83页。

关。叙事者就是由谁来讲述故事。很多人认为叙述者和作者一样,其实,叙述者也是作者虚构出来的角色,与叙述者讲述出来的其他人物是一样的,只不过,作品中的其他人物都是在叙述者的视角下由叙事者传达。叙事视角是指叙述者的聚焦视域。我们一般认为的全知视角是全聚焦,也称上帝视角,情节的发展、环境的烘托、细节的描写以及人物命运等都在叙述者的掌控之下,全知视角视野开阔,适合表现时空延展度大、矛盾复杂、人物众多的题材。限制视角与全知视角相对,一般由书中的人物充当叙事者。从叙事者也即书中人物的视觉、听觉及感受的角度讲述亲历或转叙见闻,其话语的可信性、亲切性超过全知视角叙事。贾平凹比较青睐限制视角,早期作品诸如《满月儿》《天狗》等小说,故事是在限制视角下呈现的。后期的长篇小说《秦腔》《古炉》《老生》等,由作品中的次要人物充当叙事者,在这些小说中,不论是引生、狗尿苔还是老生,都有疯癫或某种超越常人的奇幻性,使叙述轨迹常常能脱离现实,使作品超越现实充满想象力。

修改后的《高兴》使用的是第一人称限制视角,由书中的主人公刘高兴充当叙事者。这样,刘高兴所叙事件和人物都是他眼见和亲历,增强了作品的真实性。余华曾经说过:"在中国,对于生活在社会底层的人来说,生活和幸存就是一枚分币的两面,它们之间轻微的分界在于方向的不同。对《活着》而言,生活是一个人对自己经历的感受,而幸存往往是旁观者对别人经历的看法。《活着》中的福贵虽然历经苦难,但是他是在讲述自己的故事。我用的是第一人称的叙述,福贵的讲述里不需要别人的看法,只需要他自己的感受,所以他讲述的是生活。如果用第三人称来叙述,如果有了旁人的看法,那么福贵在读者的眼中就会是一个苦难中的幸存者。"[1]依此来看,视角的选择面向的是生活和幸存两个主题向度。第一人称的在场叙述,叙述的是生存的艰难和生活的幸福并存的世界。第三人称的旁观者叙述,或只能强化生存的苦难。从这个角

---

[1] 余华:《活着》,作家出版社,2012年,第7页。

度来看,《高兴》采用刘高兴第一人称叙述自己和打工群体的生活,生活中的喜怒哀乐就是生活本身,生活的本质是欢乐与忧伤、痛苦和希望交织着的,比通过第三人称的全知叙事强化了生活的多面性。可以说,是视角的选择拓展了作品的意蕴。

3. 限制视角与细节化的生活

限制视角强调眼见为实,突出所叙事件、场景和细节等的客观性和真实性。《高兴》在叙事结构上要把农民工拾破烂的生活纳入内聚焦的刘高兴视角下,就意味着要把城市化进程这个大背景、农民工和城市的冲突、农民工具体的生活现状等都纳入刘高兴的生活世界。它的结构特点不在于通过戏剧性事件突出城乡的冲突,也不在于要在时间的长河中叙写人物的悲剧命运,而在于表现刘高兴视角下具体的生活,生活场景中的细节,细节中人物的性格和心理。

比如作者叙写黄八看到一民工跳楼事件,这个事件如用旁观者视角去书写,会突出跳楼者为什么跳楼,从而彰显农民工与城市的冲突。但在小说中,这一事件通过刘高兴视角传达,作者在这一节的开头写刘高兴和五富看到某个背影很像黄八的人,但他怎么会穿一件样子时尚的夹层休闲上装呢?先伏下一笔关于衣服的描写。刘高兴和五富回到池头村居住地,和杏胡聊天,杏胡说黄八舍不得寄钱,但舍得给自己买好衣服,第二次出现黄八的衣服。接着写黄八回来,骂着和老婆的电话没打成,大家围上去把那件衣服给扒了,第三次写衣服。吃过晚饭,聊天的时候,黄八几次想说衣服,大家都岔开,第四次写衣服。等到关于衣服的铺垫做足了,大家才听黄八讲衣服的故事,这件衣服原来是跳楼的民工的衣服。听完故事,大家说这衣服晦气,刘高兴脑海里却是疑问,"这跳楼的是个民工,城里人对一个民工的死就像是看耍猴吗?我不愿意再提说这件事了"[1]。

这个事件的叙事包含文学笔法。通过五次重复写衣服,将民工与

---

[1] 贾平凹:《高兴》,作家出版社,2016年,第239页。

老板的对立性冲突转换成一个生活中的故事,而且有细节有感情。这样的写法就是作者说的:"使故事更生活化,细节化,变得柔软和温暖"[1]。作者往往将重要的社会性事件、时代背景等都纳入刘高兴视角下,使之具体化、生活化。诸如小说第二十一节叙述刘高兴舍命为被小车司机撞倒的小孩讨公道,事迹上了报纸,但他却没宣扬。第二十二节叙述刘高兴在五富的带领下收购医疗垃圾,然后将医疗垃圾送往郊区的违法收购站,遇警察突击检查,他们侥幸逃脱。等他们将医疗垃圾拉到瘦猴的废品站,瘦猴手上的报纸正是登载刘高兴英雄事迹的报纸。小说这样写道:

  瘦猴笑笑的,看他的报纸。突然换了个姿势,说:刘高兴,这是你?他看的正是刊登了我照片的那份报纸。他把报纸拿过来也让我看,说这照片是不是你,我说是我,他就叫起来,一字一句把那篇报道念了一遍。
  五富说:这是啥时候的事?
  我说:前天的事。
  ……
  五富恨恨地说:刘高兴死了我把他往回背,我要死了刘高兴往回背,让我在城里火化我还不愿意哩!
  数个月后,每当回想起这一番对话,我心里就怦怦地跳。这是不是一种命运的先兆呢?[2]

这两节中出现的汽车撞人扬长而去、医疗垃圾违法加工的事件都是城市发展中的阴暗面,对于这样具有新闻敏感度的事件,作者处理的方式仍然是使之具体化、生活化。一是借助刘高兴视角,具体地呈现了事件的过程,反映了城市化过程中的诸多问题。二是表现了不同的人对同一事件的态度,对于刘高兴的英雄行为,刘高兴是不宣扬,五富关心的是刘高兴的生命,瘦猴关心的是有无实际利益,三人性格在不同的事

---

[1] 贾平凹:《高兴》,作家出版社,2016年,第450页。
[2] 贾平凹:《高兴》,作家出版社,2016年,第146—147页。

件中也得到彰显。三是个人视角下的叙事也考验作者对细节的把握,细节背后是作者的情感态度。关于死亡,刘高兴要火化和五富要土葬的对比,不仅仅是两人对死亡的态度,还是刘高兴和五富文化心理的更深层对比。当然,这一节在整个小说的结构上也非常重要,为后面刘高兴背尸还乡埋下伏笔。

贾平凹作为小说叙事的大家,其在《秦腔》《高兴》中几乎是如《红楼梦》一般客观化叙事,叙述者作为在场者,客观呈现对话、场面和细节,直书其事,是非立见。本雅明曾在《讲故事的人》中也谈道:"事实上,讲故事艺术有一半的秘诀就在于,当一个人复述故事时,无须解释。……读者尽可以按自己的理解对事情作出解释,这样,叙事作品就获得了新闻报道所缺少的丰富性。"[①]这个讲故事的人就是小说中的叙事者,本雅明也强调叙事者无须对事件和故事进行阐发和议论,把事件和故事呈现出来就好。事件与故事比态度和观点更具有生命力,更能经受住时间的考验。

限制视角将故事纳入个人的经历和感受中,也有利于从叙事者的角度深入描写人物的心理和精神世界,这在《高兴》中尤为突出。《高兴》中非常重要的一面,是张扬刘高兴在逼仄的现实处境中的乐观心态。另一方面,书写刘高兴个人的情感世界,情感世界中的心理描写和梦境等,都比旁观者视角更能逼真地呈现人物的精神世界。这就涉及作者对刘高兴这个人物的塑造艺术以及高兴意象统摄全篇的问题。

三、题名的修改及高兴意象的统摄

在《我与高兴》中,贾平凹提到这个小说最初的题名是《城市生活》,经过两番改头换面的彻底修改,最终定名《高兴》。题名关涉到小说的整体性构思,与小说的主题相关。从《满月儿》到《山本》的创作过程中,贾平凹小说题名本身就是作品所要完成的整体意象,贾平凹借助

[①] 汪正龙等编:《文学理论研究导引》,南京大学出版社,2006年,第135页。

整体意象达到对作品主题和内容的统摄已经成为他的创作特色,《高兴》也不例外。另外,关于小说的意象问题,贾平凹作为当代意象主义小说的代表作家,几乎所有的小说中都有一个意象群落,这些组合着的意象是作者形而上的构思,也是小说叙事结构的一部分,富有隐喻和象征意义,表现了作者在叙事结构上的整体性写作特点。在《高兴》中,贾平凹借助艺术想象呈现了城市化进程中人与城的矛盾和冲突,这些冲突具体是通过意象来传达的。小说中有统摄全文的象征性意象,如高兴,有贯穿性的结构线索,如肾、锁骨菩萨、高跟鞋等。

在小说的修改和构思层面,贾平凹因为发现了刘高兴而对作品主题有了更深的体会。在《高兴》后记中,有这样一段对话:

我就说了一句:咋迟早见你都是挺高兴的?

他停了一下,说:我叫刘高兴呀,咋能不高兴?!

得不到高兴而仍高兴着,这是什么人呢?但就这一句话,我突然地觉得我的思维该怎么改变了,我的小说该怎么去写了。本来是以刘高兴的事萌生了要写一部拾破烂人的书,而我深入了解了那么多拾破烂人却使我的写作陷入了困境。刘高兴的这句话其实什么也没有说,真是奇怪,一张窗纸就砰地捅破了,一直只冒黑烟的柴火忽地就起了焰了。这部小说就只写刘高兴,可以说他是拾破烂人中的另类,而他也正是拾破烂人中的典型,他之所以是现在的他,他越是活得沉重,也就越懂得着轻松,越是活得苦难他才越要享受着快乐。[①]

如同作者所说,正是因为刘高兴,他的思维发生了大的变化。在"城市生活"的主题主导下,作者对农民工的城市生活是困惑的,是放大他们在城市的困难,还是突出他们与城市的对立?是刘高兴让他在漫无边际的拾破烂的苦难生活中看到了希望之光,他要写出他们"越是活得沉重,也就越懂得轻松,越是活得苦难他才越要享受着快乐"。主题就

[①] 贾平凹:《高兴》,作家出版社,2016年,第449页。

由书写拾破烂人的城市生活转向书写刘高兴这个另类的城市打工人，由单纯书写城市生活的苦难到企图从这苦难中生发出精神的想象，写出悲苦生活的一抹亮色。

如何借助文学形象表达思想主题，需要从两个方面考虑，一是写作的大背景问题，一是如何叙事的问题。从写作背景来看，小说《高兴》关注的是城市化背景下，城乡文化的冲突和融合问题以及中国农民的出路问题。贾平凹书写的是一群城市的"隐形人"，他们从农村来，没有知识，也没有技术，在城市干着最苦最累的活，却被城市隔绝。在作者笔下，农民工与城市的冲突最主要表现在城乡文化的冲突方面。个人理想和现实的冲突、生存和生命的冲突等，都是在城乡冲突的大背景下产生的。理解小说《高兴》，就要了解城乡冲突的背景。

从如何叙事的层面，贾平凹发挥小说作者建构的想象力，突出和强化了叙事者的功能，赋予刘高兴双重角色。一方面讲述底层的悲剧人生，这在叙事者的选择方面已分析过，刘高兴既是底层生活的叙述者，又是底层生活的见证者，作为叙述者的刘高兴与被叙述的底层生活世界不是居高的俯视或旁观的赏玩，而是真实的底层生活在演示。从叙述者与被叙述者的态度关系而言，刘高兴具有的双重角色和身份，自身所具有的底层生活经验，使叙述者的灵魂能够更贴近底层人的内心世界，感受弱小群体所受到的歧视和伤害。尤为重要的是，通过刘高兴的底层视角，可以避开广阔纷纭的各类政治、经济事件的干扰，以刘高兴为中心，联络起与刘高兴有关的各色人等和各种事件，虽然限制了叙述空间，但却延展了叙事的信息含量，使作品便于表现更开阔的生活世界和更本真的生活细节。另一方面，强化作为人物角色的内在气质，这种精神气质更多是一种想象性的存在，是逼仄现实世界的精神想象，也是作者沟通城与乡矛盾和冲突的艺术想象。也就是说，贾平凹选择底层视角刘高兴，并使他充当第一人称限制视角，既能真实地呈现底层的苦难生活，又能在这苦难中张扬主角刘高兴的精神气质。

贾平凹在小说中着力塑造刘高兴形象，刘高兴既是小说叙事者，也是城市生活的表现者和承担者。刘高兴从农村到城市，他认为他的半个肾在城里人身上，所以他认同城市文化，要在城里谈一场恋爱。但他们的城市生活是在垃圾里挣口食，他原以为是城里的老板韦达移植了他的肾，但韦达移植的是肝不是肾，这是必然的结局，他和妓女孟夷纯的爱情也因孟被拘留而以悲剧收场。对底层打工者来说，不被城市接纳，理想处处受挫，生命虽高昂却时时受到生存困苦的打击，城市的苦难对他们而言是漫无边际的，刘高兴的精神和灵魂里的一抹亮色是照亮苦难的光，也是贾平凹为打工农民在城市生存保留的一点希望之光。小说是悲剧，作品中悲喜交集的冲突是多层次的，作者主要通过意象来表达。

比如城乡冲突的层面，贾平凹借助肾意象作媒介。"肾在西安呼唤我"[①]，肾使刘高兴臆想他的身体与城市有关联，乡与城的纽带关系就像一个人的两个肾，肾联系起了城与乡之间必然的甚至是割舍不断的血缘关系，这个纽带也恰恰是用文学手法来想象农民工进城去的历史必然性。在小说中，肾是一个贯穿性意象，作者借助刘高兴的肾连接起城与乡的冲突与融合。在刘高兴这里，正是因为臆想着肾在城市的存在，他与别的打工者不同，对城市的认同大于冲突，这也是作者塑造刘高兴另类气质的环境背景。在现实中，刘高兴努力寻找肾，寻找城市的认同，但找到的却是肝，他始终都是城市里的异乡人。

比如高跟鞋意象。如果说肾联系的是人与城的关系，旨在说明人与客观的外部生活环境的矛盾与冲突，那么，高跟鞋则暗示人与自身的情感关系，指向的是人的美好的情感世界。小说强化了刘高兴对孟夷纯的感情，书写刘高兴如寻找肾一样在西安城寻找高跟鞋的主人，寻找爱情。《废都》中牛月清和唐宛儿因鞋而显现出传统和现代女性的区别，《高兴》中和刘高兴分手的农村女人和孟夷纯，则代表的是农村和城市女性的对立。

为了强化刘高兴对孟夷纯的执着，或者说，为了强化作者对城市的

[①] 贾平凹：《高兴》，作家出版社，2016年，第9页。

认同，作者不惜借助锁骨菩萨与孟夷纯联系起来。锁骨菩萨是圣洁和污秽的结合。刘高兴在听到孟夷纯卖身为兄破案的事情后，更肯定她如锁骨菩萨一样，虽从事贱业，但品性高贵。为了帮孟夷纯交钱，刘高兴把自己收破烂所得送给孟夷纯。刘高兴对爱情的执着和追求，是人类自身情感所迸发出来的高贵的一面，这种执着于内心，不受外界和现实困扰的情感世界的呈现，也是作者塑造底层城市打工者完美品格、建构理想精神世界的一种期望。

小说以刘高兴和同伴们拾破烂为核心线索，刘高兴把自身的尊严看得比困苦的生存更重要。作者书写刘高兴的拾破烂生活，但着力突出的却是他乐观昂扬的精神世界。诸如与石热闹放弃自尊的乞讨不同，刘高兴的灵魂是充实的；与五富用力气谋生不同，刘高兴是用脑子生活的。刘高兴除了满足物质生存而外，还需要城市边缘人最起码的精神权利。刘高兴生活在剩楼的闭塞空间，但刘高兴会说："环境越逼仄你越要想象"①。对于拾破烂生活，刘高兴对五富说："城是咱的米面缸哩。"②刘高兴还说："我刘高兴要高兴着，并不是我没有烦恼，可你心有乌鸦在叫也要有小鸟在唱呀！"③刘高兴在城市流血流汗，但对待城市的心态，更像一个在城市生活了很久与城市握手言和的老友。我很认同雷达的观点："刘高兴和五富是同一个人"。一个倾向于从生存层面上突出物质的、贫穷的、困苦的一面，一个倾向于从精神世界张扬乐观的、善良的、高尚的一面。这两个面向充满了冲突和不调和，但这两个人却也形影不离、绳不离襻。在这样的矛盾体里，生存的苦难和生命的高昂，物质的贫穷和精神的富贵得到了最大化的表现。贾平凹对刘高兴说："你是泥塘里长出的一只莲！"他也确实把刘高兴放到城乡冲突的现实中，写他在污秽中仍然圣洁着。

不论是肾意象，还是高跟鞋、锁骨菩萨意象，都从不同层面突出了

---

① 贾平凹：《高兴》，作家出版社，2016年，第32页。
② 贾平凹：《高兴》，作家出版社，2016年，第66页。
③ 贾平凹：《高兴》，作家出版社，2016年，第79页。

刘高兴的另类特征，是作者对底层打工人的精神想象和建构。但他们也是一群普通的底层打工者，他们拾破烂却常常被城里人视同"破烂"，刘高兴视角下的五富、黄八、杏胡和种猪，各有各的悲剧，是现实苦难生活的真实呈现。在小说叙事中，悲剧是主调，是基础，高兴是悲苦底色上的生命亮色，是从现实的物质生存的冲突、痛苦中孕育了生命精神的高昂。现实与精神经过痛苦抉择后，贾平凹选择了将痛苦转化，让淤泥中开出灿烂的莲，这是作者对高兴意象的文学想象。

从人生觉悟来看，高兴还包含着对生命成熟的理解。生命不断经过痛苦锤炼，才能成佛。佛就是转化，从这个意义上说，高兴和带灯在思想认识上一脉相承，这个阶段，贾平凹对现实社会和人生感受有了更成熟的认识，在广阔的历史和现实面前，对苦难、挫折也有了更豁达的体会。佛的境界，一定是在痛苦中衍生的，只有千锤百炼，才能化为绕指柔。锁骨菩萨与其说是与孟夷纯映衬的意象，不如说是对刘高兴们这群农民工整体生存现实的隐喻，是对一种人生境遇的隐喻。菩萨，并不是高高在上供人膜拜，那种来到凡间历练人生痛苦的菩萨，其实是在完成一种更切实具体的人生转换。当然，也可以说这是作者把自己对人生的体悟在小说中通过意象传达出来。

参考文献

[1] 王永生. 贾平凹文集：第14卷［M］. 西安：陕西人民出版社，1998.

[2] 贾平凹. 贾平凹文集：第18卷［M］. 西安：陕西人民出版社，2004.

[3] 贾平凹. 山地笔记［M］. 上海：上海文艺出版社，1980.

[4] 贾平凹. 废都［M］. 北京：北京出版社，1993.

[5] 贾平凹. 浮躁［M］. 武汉：长江文艺出版社，2003.

[6] 贾平凹. 怀念狼［M］. 北京：作家出版社，2000.

[7] 贾平凹. 秦腔［M］. 北京：作家出版社，2005.

[8] 贾平凹. 高兴［M］. 北京：作家出版社，2007.

[9] 贾平凹. 古炉［M］. 北京：人民文学出版社，2010.

[10] 贾平凹. 带灯［M］. 北京：人民文学出版社，2013.

[11] 贾平凹. 老生［M］. 北京：人民文学出版社，2014.

[12] 贾平凹. 山本［M］. 北京：作家出版社，2018.

[13] 贾平凹. 暂坐［M］. 北京：作家出版社，2020.

[14] 贾平凹. 空白［M］. 西安：陕西师范大学出版总社，2013.

[15] 贾平凹. 关于散文［M］. 北京：生活·读书·新知三联书店，2015.

[16] 贾平凹. 访谈［M］. 北京：生活·读书·新知三联书店，2015.

[17] 贾平凹. 关于小说［M］. 北京：生活·读书·新知三联书店，2015.

[18] 贾平凹. 天气［M］. 北京：作家出版社，2012.

[19] 贾平凹. 贾平凹语画［M］. 济南：山东友谊出版社，2004.

[20] 贾平凹，武艺. 云层之上：贾平凹对话武艺［M］. 桂林：广西师

范大学出版社，2020.

[21] 贾平凹. 朋友：贾平凹写人散文选［M］. 重庆：重庆出版社，2005.

[22] 贾平凹. 平凹书信［M］. 西安：陕西师范大学出版总社，2018.

[23] 贾平凹，韩鲁华. 穿过云层都是阳光：贾平凹文学对话录［M］. 北京：北京联合出版公司，2016.

[24] 贾平凹，谢有顺. 贾平凹谢有顺对话录［M］. 苏州：苏州大学出版社，2003.

[25] 贾平凹，穆涛. 平凹之路［M］. 西宁：青海人民出版社，1994.

[26] 老子. 道德经［M］. 汤漳平，王朝华，译注. 北京：中华书局，2014.

[27] 庄子. 庄子［M］. 方勇，译注. 北京：中华书局，2015.

[28] 刘勰. 文心雕龙［M］. 王志彬，译注. 北京：中华书局，2012.

[29] 苏轼. 东坡画论［M］. 王其和，校注. 济南：山东画报出版社，2012.

[30] 韩愈. 韩愈散文精选［M］. 蒋凡，雷恩海，选注. 上海：东方出版中心，1998.

[31] 冯友兰. 中国哲学简史［M］. 北京：世界图书出版公司，2013.

[32] 钱穆. 中国文化精神［M］. 北京：九州出版社，2011.

[33] 葛兆光. 古代中国文化讲义［M］. 北京：人民文学出版社，2020.

[34] 李泽厚. 美的历程［M］. 天津：天津社会科学院出版社，2001.

[35] 李泽厚. 华夏美学［M］. 天津：天津社会科学院出版社，2001.

[36] 李泽厚. 中国现代思想史论［M］. 北京：生活·读书·新知三联书店，2008.

[37] 鲁迅. 中国小说史略［M］. 郭豫适，导读. 上海：上海古籍出版社，1998.

[38] 叶朗. 中国美学史大纲［M］. 上海：上海人民出版社，1985.

［39］张少康.中国古代文学创作论［M］.北京：北京大学出版社，1983.

［40］徐复观.中国文学精神［M］.上海：上海书店出版社，2006.

［41］石昌渝.中国小说源流论［M］.北京：生活·读书·新知三联书店，2015.

［42］杨义.中国叙事学［M］.北京：商务印书馆，2019.

［43］杨义.中国古典小说史论［M］.北京：人民出版社，1998.

［44］郭绍虞.中国历代文论选：第1—4册［M］.上海：上海古籍出版社，2001.

［45］夏志清.中国古典小说导论［M］.胡益民，等，译.合肥：安徽文艺出版社，1988.

［46］陈平原.中国小说叙事模式的转变［M］.北京：北京大学出版社，2003.

［47］朱良志.中国艺术的生命精神［M］.合肥：安徽教育出版社，2006.

［48］张稔穰.中国古代小说艺术教程［M］.济南：山东教育出版社，1991.

［49］罗贯中.毛宗岗批评本：三国演义［M］.毛宗岗，评点.长沙：岳麓书社，2015.

［50］曹雪芹.脂砚斋批评本：红楼梦［M］.脂砚斋，评点.长沙：岳麓书社，2015.

［51］施耐庵.金圣叹批评本：水浒传［M］.金圣叹，评点.长沙：岳麓书社，2015.

［52］刘若愚.中国文学理论［M］.杜国清，译.南京：江苏教育出版社，2005.

［53］浦安迪.中国叙事学［M］.北京：北京大学出版社，2018.

［54］普实克.抒情与史诗［M］.李欧梵，编.郭建玲，译.上海：上海三联书店，2010.

［55］方锡德.中国现代小说与文学传统［M］.北京：北京大学出版社，1992.

［56］陈世骧.中国文学的抒情传统：陈世骧古典文学论集［M］.张晖，编.北京：生活·读书·新知三联书店，2015.

［57］王德威.抒情传统和中国现代性：在北大的八堂课［M］.北京：生活·读书·新知三联书店，2010.

［58］爱·摩·福斯特.小说面面观［M］.苏炳文，译.广州：花城出版社，1984.

［59］钱中文.巴赫金文集：第3卷［M］.白春仁，晓河，译.石家庄：河北教育出版社，1998.

［60］马里奥·巴尔加斯·略萨.给青年小说家的信［M］.赵德明，译.上海：上海文艺出版社，2016.

［61］阿伦特.启迪：本雅明文选［M］.张旭东，王斑，译.北京：生活·读书·新知三联书店，2008.

［62］米兰·昆德拉.帷幕［M］.董强，译.上海：上海译文出版社，2011.

［63］米兰·昆德拉.小说的艺术［M］.董强，译.上海：上海译文出版社，2003.

［64］胡亚敏.叙事学［M］.武汉：华中师范大学出版社，2004.

［65］海登·怀特.形式的内容：叙事话语与历史再现［M］.董立河，译.北京：文津出版社，2005.

［66］勒内·韦勒克，奥斯丁·沃伦.文学理论［M］.刘象愚，邢培明，陈圣生，等，译.南京：江苏教育出版社，2005.

［67］哈罗德·布鲁姆.影响的焦虑［M］.徐文博，译.南京：江苏教育出版社，2005.

［68］莱辛.拉奥孔［M］.朱光潜，译.北京：人民文学出版社，2000.

［69］M.H.艾布拉姆斯.镜与灯：浪漫主义文论及批评传统［M］.郦稚牛，张照进，童庆生，译.北京：北京大学出版社，1989.

［70］卡尔维诺.美国讲稿［M］.萧天佑,译.南京:译林出版社,2012.

［71］弗洛伊德.梦的释义［M］.张燕云,译.沈阳:辽宁人民出版社,1987.

［72］沈从文.沈从文全集:第17卷［M］.太原:北岳文艺出版社,2002.

［73］费孝通.乡土中国［M］.北京:北京出版社,2005.

［74］郭庆丰.生灵我意:人民艺术家周苹英个案调查［M］.上海:上海三联书店,2009.

［75］陈彦.说秦腔［M］.上海:上海文艺出版社,2017.

［76］林建法,乔阳.中国当代作家面面观:汉语写作与世界文学［M］.辽宁:春风文艺出版社,2006.

［77］李星,孙见喜.贾平凹评传［M］.郑州:郑州大学出版社,2004.

［78］费秉勋.贾平凹论［M］.西安:陕西人民出版社,2018.

［79］何丹萌.见证贾平凹［M］.合肥:安徽文艺出版社,2011.

［80］孙见喜.贾平凹前传:制造地震［M］.广州:花城出版社,2001.

［81］马河声.贾平凹书画艺术论［M］.西安:陕西旅游出版社,2001.

［82］唐妹,韩鲁华.《废都》研究［M］.西安:陕西师范大学出版总社,2022.

［83］李波,魏晏龙.《带灯》研究［M］.西安:陕西师范大学出版总社,2022.

［84］蒋正治,郭娜.《秦腔》研究［M］.西安:陕西师范大学出版总社,2022.

［85］张晓倩,秦艳萍.《高兴》研究［M］.西安:陕西师范大学出版总社,2022.

[86] 弋朝乐，么益.《古炉》研究[M].西安：陕西师范大学出版总社，2022.

[87] 刘婷，魏丹丹.《浮躁》研究[M].西安：陕西师范大学出版总社，2022.

[88] 韩鲁华，郭娜.《山本》研究[M].西安：陕西师范大学出版总社，2022.

[89] 程华，魏晏龙.《怀念狼》研究[M].西安：陕西师范大学出版总社，2022.

[90] 杨辉."大文学史"视域下的贾平凹研究[M].北京：人民出版社，2017.

[91] 韩鲁华.精神的映象：贾平凹文学创作论[M].北京：中国社会科学出版社，2003.

[92] 程华.细读贾平凹[M].西安：陕西师范大学出版总社，2021.

[93] 张东旭.贾平凹年谱[M].北京：中国社会科学出版社，2018.

[94] 贾平凹，黎峰.写作实在是我的宿命[J].青年作家，2017（4）：4-19.

[95] 贾平凹，张公者.嚼馍：贾平凹访谈[J].中国书画，2009（8）：66-75.

[96] 贾平凹.关于"山水三层次说"的认识：在陕西文学院培训班讲话[J].当代，2020（5）：193-195.

[97] 贾平凹.我们的小说还有多少中国或东方的意韵[J]当代，2020（5）：196.

[98] 贾平凹.文学与地理：在香港贾平凹文学作品国际研讨会上的发言[J].东吴学术，2016（3）：22-25.

[99] 贾平凹.我与传统接受[J].小说评论，2017（2）：111-112.

[100] 金吐双.《太白山记》阅读密码[J].上海文学，1989（8）：13.

[101] 胡河清.贾平凹论[J].当代作家评论，1993（6）：13-19.

[102] 乐黛云.作为《红楼梦》叙述契机的石头[J].中国文化研究，

1997（4）：117-118.

［103］陈思和.论《秦腔》的现实主义［J］.中国现代文学论丛，2006（1）：55-66.

［104］石昌渝.《金瓶梅》小说文体的创新［J］.文学遗产，1990（4）：78-84.

［105］石昌渝.春秋笔法与《红楼梦》的叙述方略［J］.红楼梦学刊，2004（1）：142-158.

［106］郑敏.语言观念必须革新：重新认识汉语的审美与诗意价值［J］.文学评论，1996（4）：72-80.

［107］胡涛.雅各布森与"文学性"概念［J］.外国文学研究，2014（3）：37-45.

［108］M.福柯.另类空间［J］.王喆，译.世界哲学，2006（6）：52-57.

［109］陈文新，余来明.《红楼梦》对人情小说传统的扬弃与超越［J］.红楼梦学刊，2003（3）：57-65.

［110］李敬泽.庄之蝶论［J］.当代作家评论，2009（5）：14-20.

［111］王德威.暴力叙事与抒情风格：贾平凹的《古炉》及其他［J］.南方文坛，2011（4）：22-24.

［112］谢有顺.在传统和现代中往返博弈的贾平凹［J］.小说评论，2017（2）：117-119.

［113］南帆.启蒙与大地崇拜：文学的乡村［J］.文学评论，2005（1）：95-105.

［114］南帆.乡土的持久煎熬［J］.文艺争鸣，2017（6）：27-31.

［115］南帆.剩余的细节［J］.当代作家评论，2011（5）：67-76.

［116］丁帆.谈贾平凹作品的描写艺术［J］.文学评论，1980（4）：74-77，130.

［117］雷达.模式与活力：贾平凹之谜［J］.读书，1986（7）：82-89.

［118］许子东.寻根文学中的贾平凹和阿城［J］.文艺争鸣，2014

（11）：9-14.

[119] 李陀. 中国文学中的文化意识和审美意识：序贾平凹著《商州三录》[J]. 上海文学，1986（1）：86-93.

[120] 段建军. 贾平凹与寻根文学[J]. 中国现代文学研究丛刊，2015（12）：180-186.

[121] 李震. 贾平凹与中国叙事传统[J]. 中国现代文学研究丛刊，2019（7）：82-96.

[122] 韩鲁华. 贾平凹文学创作与中国传统文脉的承续[J]. 文艺争鸣，2017（6）：50-55.

[123] 张清华. 在空白的尽头或背后：贾平凹《空白》阅读散记[J]. 文艺争鸣，2017（6）：32-37.

[124] 石杰. 贾平凹及其创作的佛教色彩[J]. 徐州师范学院学报，1994（1）：19-22.

[125] 张志忠. 贾平凹的创作：渐进与跳跃[J]. 文艺研究，1985（6）：75-80.

[126] 傅异星. 在传统中浸润与挣扎：论贾平凹的小说[J]. 文学评论，2011（1）：86-93.